KUWEI

酷威文化

图书 影视

THE
THREAT BELOW

威胁

[美]杰森·拉特肖◎著

阮雯◎译

四川文艺出版社

目　录

第一部分

世 界 之 巅

PART ONE

第1章

我们之所以会下山经历这一场旅行，都是因为松鼠。虽然不好意思承认，但事情就是这样。

我从水泵站的工作岗位上溜掉了。林卡斯对我这么做不太满意，但是因为喜欢我（这种喜欢还没强烈到让我感觉麻烦，就像喜欢泡满蜂蜜的橡子蛋糕，或喜欢一个风趣幽默的朋友那样），所以他没什么怨言，愿意帮我保密。他知道我喜欢和阿杜雷耗在一起，也知道这样的时间过一天少一点，还招来一些不相干的人看不惯。

阿杜雷在水泵站见到我时，显得喜不自禁，活像个身怀天大秘密的孩子，连平时拼命摆出来的一副沉稳坚忍的大人样都抛到脑后，又变成我打小熟悉的那个小阿杜，我就喜欢看到他这个样子。我们打小就认识！谁能有这样从出生就形影不离的好朋友？真不明白为什么别人会觉得我们不该老凑在一起。

我们这是要去哪儿？我问了好多次，阿杜雷就是不告诉我。他哄我说："到时候就知道了，我们就快到了。"

"那里。"他指着一棵树说道。这棵树普普通通，不比别的树更大，也说不上哪里更美。或许是他大惊小怪吧。

"呵呵呵，别逗了，这就是棵树而已，阿杜。"我说道。无论他是在开玩笑，还是真的看到这棵树觉得开心，都是件滑稽的事。

他翻了个白眼："走近点看，看那下面，就在那儿。"他凑近树干，在一个小树洞前蹲下身。

我一边朝里瞄，一边寻思着能从这里寻到什么宝贝。难道是先人的金银珠宝？无人知晓（或重见天日）的神秘生物？或者是通往异世界的大门？

结果只看到一堆橡子。

"好极了，阿杜。你要是想吃点心的话，这倒是送上门来的。"

阿杜雷伸手抓起一颗橡子，凑到我眼前："你看这个。"

我缓缓转动这个橡子，细细端详着。突然间，我愣住了，使劲眨了眨眼。橡子的一侧居然工工整整地刻着"艾瑟琳"一行字。

我不禁问道："为什么这棵树的橡子上会有我的名字？"

阿杜雷说："再看看别个。"我照做了，另一个橡子上也有我的名字。这一堆橡子里，居然每一个上面都标着"艾瑟琳"。

"我真不明白——"

"嘘，别出声！"阿杜雷把我从树边拉到附近的灌木丛里。"你看那儿。"他小声说。

一只松鼠从林地里嗖地蹿过，带来了更多的标着"艾瑟琳"的橡子。它把这些宝贝堆到树洞里，一忽溜儿跑去搜寻更多橡子。

"怎么会……"我瞠目结舌。松鼠怎么会把我的名字写在坚果上？真是匪夷所思。

"到这儿来，我带你看！"阿杜雷喊道，直接冲下山去。

山下，是我们的禁地。

可我不得不跟着。

山上的空气比山下稀薄。

人人都这么说。可是我只呼吸过山上的空气，又没体验过什么是浓厚的空气，哪里知道空气是薄还是厚？说不定就像是穿过一汪清水，会感到阵阵波澜的推阻，只是不会被打湿？

我一边这么胡思乱想，一边奋力追赶阿杜雷。我发誓，这小子在松林里疯跑起来活像超狮兽一样快。

可是我，凡是在要跑、要钻、要躲、要跳的时候，就只是个没出息的书呆子而已。

"要拉你一把吗？"阿杜雷回头喊着，朝我咧嘴笑，"就帮你一小会儿？"他就喜欢戳我的痛处，我有多爱护短，他就有多爱揭短。

"我上次来抽查，你的拉丁语时态还是一团糟呢。看来你偶尔也有帮得上忙的时候。"我奋力跨过一截倒下的树木，喘得上气不接下气。我究竟干吗要穿这一身鼓囊囊的皮大衣？之前明明觉得天气凉飕飕，这下却热得仿佛泡在岩浆里，要被滚烫的余烬吞没了似的。我确实需要帮助，但就是嘴硬不愿意承认。

"你要是没穿那身皮大衣就好了。我知道，你这会儿一定后悔得要命！"阿杜雷又一次看穿了我的想法。或者应该说，就是因为我太若无其事地拼命擦掉滑入眼睛的汗珠，被他看到了才猜中我心事的。

"凡事准备周全一些总是没有错。我爸预想天气很快就会转冷的。这种事说来就来。"

"你爸想得真多。"

"我爸做得更多。"

我和阿杜雷像往常一样你一言我一语地斗着嘴。这个场景，就像妈妈每夜睡前为我掖好羊毛毯一样亲切，已经整整十七年了啊（因为我们只有这么大岁数）。

我挺喜欢和他这样伶牙俐齿地打嘴仗，但是出于各种理由，就是不愿意承认。

山势渐渐往下。我从来没下山走这么远过，心里一阵阵发慌。

早知道刚才就不提爸爸了。现在种种规矩禁令和不听话的后果一股脑儿都蹦了出来。一想到可能被捉个正着，我那热得不能再热的脸就更加滚烫了。

"你觉得大家会来找我们吗？"

阿杜雷（有些维里塔斯的野丫头叫他"爱——地——雷"每次都把我气得半死）摇摇头。我担心成这样，但是他却一声都懒得吭。

"我们乱跑到这里来，要是被捉住了，可是要动用法典……"被驱逐出境的。我怕得说不出口。

我是脑子进水了吗？为什么不在吉斯好好待着，偏要跟着阿杜雷私自下山，跑到这里来？驱逐出境的事情虽然少，但确实是发生过的。

"哎哟，拜托！他们才不会驱逐你呢。到时候我们就说实话，都是我逼你下山的，这样他们只会怪罪我。"他这么说，是想让我好受些吧？但是没有阿杜雷，哪怕留在吉斯，日子也过得没意思。

山下这地方，就连树都长得不一样。我发誓，刚刚看到了一颗熊果树，这个样子的树我只在书里读到过。谁都知道，只有山上的熊果树长得矮。真不该到这样的地方来。

"反正都怪我，是我把橡子到处丢，藏到树洞里，还写上了你的名字……"就是嘛，阿杜雷，这还差不多。

"嘿，那是一棵熊果树，对不对？"我故作镇定。但是阿杜雷太了解我了。他笑嘻嘻地斜靠着那棵油光水亮的红色大树，总是这么一副漫不经心的样子，好像看到一棵熊果树没什么大不了似的。至少我们还没走到云线下面去。

"我本来想看看，在山上藏宝的那些松鼠是不是要下山来采坚果，你猜怎么着？结果还真是！"

好极了，阿杜。松鼠下山采坚果。冒着被驱逐出境的风险，就为了证明自己心中所想是正确的，真是再值得也没有了。

"少来这套故弄玄虚的把戏了。我也可以在橡子上面留个信，丢在这里，让人带上山，就像先人的邮政系统一样，只不过靠的是松鼠，不是人类。"的确，这样看来，确实是聪明的伎俩。我的意思是，至少还挺有意思的。

"不管怎样，我们走了多远啦？"

阿杜雷说："哎哟，你还相信那些老掉牙的神话故事吗？"我分不清他有没有在开玩笑，也不知道他懂不懂这些故事，我想他对这些事情毫不上心，至少不如我在意。

"这不是古老的神话故事，是历史好吗！这个区别，你学也学不进去，分也分不清楚，怪不得这么无所谓。"

阿杜雷毫不在意的从熊果树上撸了一把嫩叶，塞到嘴里嚼了起来。但对我来说，这棵树代表着恐惧，预示着毁灭人类的死亡威胁。阿杜雷"呸"地吐出叶渣，说道："口渴的时候，这些叶子可是天赐的好东西。我们明明可以走出去，自己去创造历史，为什么还要成天埋头研究别人的历史呢？"

他向前跑去。我猜他觉得我只要这样就好。有时候，我会禁不住觉得他天生就是用另一种材料做成的。我只有鼓囊囊、蓬松松、热乎乎的寻常血肉，而他却能忽悠悠、轻飘飘地飘浮滑翔，仿佛再容易不过。我刚刚才知道，鸟儿是因为有了中空轻盈的骨骼，才能展翅飞翔，我猜阿杜雷也是这样。但是我的骨子里却密密实实的，填的全是石头、金属之类沉重的东西。

"我已经见识过那些橡子了，为什么我们还要下山？"我跟在他后面，简直精疲力竭。

"噢，反正你都到这里来了，再看看这个也没关系嘛。"

"看什么？"

他转过头盯着我："艾瑟琳，我在说什么，你懂的。"

我恨不得自己不懂。

"你亲眼看到了？不是图片，不是插画……阿杜，你真的看了？这怎么可能？"

他又跑开了。

"忘了图片和插画吧，亲眼所见才是最好的。"他回过头，对我微微一笑，"反正，卡特兰蒂很喜欢下山看这里的风景。"

提卡特兰蒂做什么？他肯定知道我会纠结。是他真的不懂，还是故意要给我添堵？或者只是开朗到没心没肺？妈妈总说，阿杜雷生来眼里就闪动着一种异样的光华，无论这是好事还是坏事，我最好都乖乖记着。

我假装对卡特兰蒂的事情毫不介怀，而且知道她肯定追不上阿杜雷的步伐。我一个科格内特人，对于身为维里塔斯人的卡特兰蒂，本不该心怀向往，也没什么好欣赏的，但是她那柔软轻盈的美腿和骨肉匀停的玉臂，很难令我不感到羡慕。无论多不应该，单凭她被许配给阿杜雷，我就已经觉得够嫉妒了。

为什么阿杜雷会和卡特兰蒂单独待在一块？他们明明只有十七岁！在他的婚约落地之前，我们还有好几年可以玩在一起。阿杜雷肯定知道，整天卿卿我我，情意绵绵，和先人的庸俗言情小说里那些头脑简单、四肢发达的角色一样，是件多么恶心的事。光是想象他们在林子里出双入对，嬉笑追逐，我就恶心得想吐。实在想不通，阿杜雷居然会做这种事情，我真想去死一死。

这种事情，就是太早了呀，我们只不过是孩子哪。

阿杜雷放慢了速度，在我忙着躲开矮树丛的枝枝杈杈，免得划伤皮肤的时候，乘机偷瞄了我几眼。

"上这儿来，艾瑟，我看到它了。"

我停下脚步，整个人僵住了。

"我们到底走了多远？"我问道，这下子终于知道，浓密的空气是怎么一回事了。就像整片天空朝我压下来，把我往下挤压，动弹不得。如果能把空气切成一片片，呼吸起来应该会更容易些。就像和我的鼻孔不登对似的，我感觉不到空气在往我的肺里钻。

阿杜雷转回来，握住了我的手。要不是被浓厚空气呛得手忙脚乱，我应该会觉察到的。我们很少触碰对方，因为这是不合规矩的。但是嘛，既然下山也是不合规矩的，我们这下可就完全进入阿杜雷无法无天的境界了。

不行，我要完蛋了。

"我们应该回头——"

"艾瑟！都走了这么远，没法回头了。来嘛。"他拉着我，力道之大，令我震惊。轻盈灵动，天然强悍，像只公牛一样强大，这就是阿杜雷。顺便说一下，公牛是一种强壮的哺乳动物，先人在耕田时用它来干活，然后杀了吃掉。这是我在贝鲁巴斯的藏书房里读到的。明明被吓坏了，脑子里还能胡想这些东西，是不是很神奇？

我们挤进一片浓密的灌木丛，阿杜雷突然停下了。

我不确定，他停下是因为这沉重的空气，这令人精疲力竭的一路，还是因为被眼前的一幕所震惊，我唯一能确定的是——我喘不上气了。

第 2 章

尼可拉斯·波拉修斯从自己屋顶的露台上眺望着山顶界——这是波拉修斯塔的顶端，也是已知世界的最高点。

波拉修斯塔用磨光的岩石和手砍的松木搭建而成，位于萨维尔山之巅，是山顶界的中心。这座塔只有六十英尺[①] 高，称之为"塔"，实在有点言过其实。但是其他称呼更不合适，这建筑称不上城堡、算不上要塞，更担不起宫殿的美名。

塔玛尔·波拉修斯是尼可拉斯·波拉修斯的曾祖父，曾经在八十七年前尝试建造一座真正的塔，足有两百英尺高，结果垮塌得一塌糊涂，废墟横跨了整片萨维尔山陡峭的北坡，这件事被称为"塔玛尔的六十英尺愚事"，六十英尺高，就已经是极限了。在这样松软的地面上，任何高耸的事物都会倒下。忘掉先人城市里随处可见的高楼、教堂和城堡吧。

遥想先人的发达文明，山顶界的生活只剩下头疼和羡慕。毕竟早已沧海桑田。过上先人的生活，在如今看来，就像在火星上生活，或者在海底下生活一样遥不可及。

比上不足，比下尚且有余。尼可拉斯转而把波拉修斯塔和山顶界的其他部分相比。尤其是东侧维里塔斯人的聚居地。维里塔斯人住在低矮破烂的圆顶屋里，在林子里、泥地上，东拼西凑地拢成一堆堆。有些科格内特人轻蔑地叫东面的那片地为"野镇子"，称那里的维里塔斯人为"野人"。

和野镇子一比，波拉修斯塔简直就成了宫殿。其实东面并没有那么破烂，维里塔斯人的手还是挺巧的，也曾在科格内特人的区域里建起各种各样的设施，甚至也有类似波拉修斯塔的建筑。但是维里塔斯人分到的土地较小，彼此靠得更近。他们只有木料、树叶、泥土之类的材料，就是没

---

① 英尺（foot）：英美制长度单位，1 英尺 =30.48 厘米。

有石头。不过，这样才算公平。更多的维里塔斯人习惯了紧邻而居，不像科格内特那样需要一方清静来思考和研究。科格内特人普遍身子骨较弱，无法应对深深渗入泥巴圆屋子墙里的严寒和酷热。

科格内特人住在一种称为"实验屋"的双层石头房子里，之所以这样命名，是为了向很久很久以前，居住在先人城市的先祖们遥致敬意，纪念他们专门用来实现伟大发现的建筑。这种"实验屋"建得像西式街道一样横平竖直，有棱有角，和野镇子里随性自然的风格形成鲜明对比。

尼可拉斯不赞成科格内特人称东面的那片地为"野镇子"，也不赞成管维里塔斯人叫"野人"，但是不能把这限制列入法典，因为这充其量只是一个温和的建议。然而他深知，长此以往，这种侮辱会毁掉整个吉斯。

"叫你去取水，还要磨蹭多久？要不然我自己去算了。"

尼可拉斯转过头看到妻子玛加一瘸一拐地向自己走来。她还穿着睡衣，太不体面了，要是有吉斯居民往上看的话，那可真是不像样。他赶快把妻子拦进卧室。

"亲爱的，阳光太烈了。你身体不好，要多休息。"

"我只要水。"

"我刚要出去取呢。"

尼可拉斯再一次默默腹诽这些法令——虽然都是他亲手制定的。根据法令，私自引水入户是非法行为，就连波拉修斯塔也不行。先祖带到山顶界的水管早已腐朽，现在既没有金属，也没有塑料，无法进行替换，开裂的管了已经开始漏水。虽然山顶界缺很多东西，人人都不敢浪费，但水是最珍贵的。"我也不想，可事情就是这样。"这句话之所以成了波拉修斯家族的箴言，总是有原因的。

这么先进的理念，却时常回过头坑了自己。尼可拉斯讨厌这样。他真想叫一个塔利纽斯家的来做这种卑微的家务。塔利纽斯家族是维里塔斯人，服侍了波拉修斯家族好几代人。虽然记性日益变差，但是尼可拉斯从没忘记，波拉修斯家族一直都有仆人服侍的。为什么要浪费波拉修斯家的力气，提着桶到镇子上去呢？姓波拉修斯的从来不提任何东西。但是，尼可拉斯觉得，逼塔利纽斯家给自己家做仆人不公平，所以他解除了主仆关系。玛加让他再考虑考虑，但是尼可拉斯一向顽固。

尼可拉斯不想去水泵站，不想同任何人说话。他一旦踏出家门，就会立刻被各种要求淹没。马提尼克的女儿病了，要增加营养配额；崔里恩觉得自己的儿子和艾瑟琳是天造地设的一对儿，总想来为儿子说点好话；鲁纳尼斯想要知道下次科格内特族理事会什么时候召开，他有一个提议，希望委员会考虑考虑。

但是尼可拉斯心爱的玛加病了，迟迟不见好转，这才是头等大事，所以其他人的事，眼下他一概不管。他渴望塔顶独有的那一方清净（哪怕这塔只有六十英尺高）。

尼可拉斯披上超狮兽皮的斗篷，戴上超熊兽皮的帽兜，帽檐宽宽大大，把他的脸遮了大半。虽然天气还没冷到这般境地，但是他希望这样穿着下塔，不会被大家认出来。

然而事与愿违，尼可拉斯还是被认了出来。虽然不情不愿，他也只好微笑着在一大群科格内特人和不依不饶的维里塔斯人中奋力推来搡去，试图突出重围。尼可拉斯希望赢得民心，也自视为一个广受爱戴的领袖。但事实上，大家对他不爱也不恨。虽然尼可拉斯对法典规定的强硬修改颇受欣赏，但是他一点也不懂得振奋人心，民众最想要的，无非就是被打点鸡血，对未来多一些希冀，无论能否实现。

尼可拉斯尴尬地应付完三个人的要求，糟心得不得了：他许下了两个半真半假的承诺——"我看看能做点什么"，还答应去参加乔纳斯·克劳维斯的捕猎成人仪式，这可是不折不扣的谎话。低人一等的维里塔斯族办的成人仪式，尼可拉斯一点也不想去，但是对乔纳斯·克劳维斯说不出口，因为他对自己的儿子再自豪不过了。

尼可拉斯到了水泵站。至少他还有机会见见在这里工作的女儿艾瑟琳。这是他的另一项进步举措。不单是波拉修斯家的儿女，所有科格内特族的孩子，都要在山顶界周围拜师学艺、增进学识，就和维里塔斯族的孩子们一样。

科格内特人不满这项改革，维里塔斯人的反响也不及尼可拉斯预料得好。尼可拉斯对这决策有点后悔，但是艾瑟琳似乎挺喜欢在水泵站干活。

那就让她去吧，毕竟是自己的地盘。

　　水泵站是一座用石头和金属搭建起来的宏伟大厦，高度仅次于波拉修斯塔，是波拉修斯家族的骄傲，由波拉修斯家族凭借聪明才智和领导手腕一手构思设计。这是三百年前的希恩·波拉修斯创下的第二大丰功伟绩。希恩·波拉修斯不但设计了水泵站，而且还首先想出了办法来躲避山底凶兽。波拉修斯家族因此得以统领山顶界的科格内特族。

　　取水的人排成了长队，弯弯曲曲一路延伸到泥地里。尼可拉斯直接插了队，但是没人在意，因为他总有其他大事要忙。他叫住一个忙得焦头烂额的维里塔斯人，这个人耐着性子应着，觉得不管是哪族人，应付起来都一样烦人。

　　"林卡斯，感谢你对吉斯的贡献。"这是波拉修斯家对山顶界工人的正统问候，在时日最艰难的时候，这句话表示真心实意地感激，但是到了现在，只让林卡斯觉得厌烦，尼可拉斯也一样。

　　"科格内特首领，要多少水？"林卡斯直入正题。他没有闲工夫，被插队的维里塔斯人更是等也等不得，尼可拉斯可是占了他们的位置。

　　"噢，请让艾瑟琳来帮我打水吧，能叫她过来吗？"尼可拉斯身后哗然怨声一片，可是他转回头，却看不出来是谁发出来的。

　　"我也乐意叫她来替我帮您，可是她整个上午都不在。"

　　"不在？不会吧。她也没在家，说是去上工了。"

　　"相信我，她肯定没来。"

　　这一点也不像艾瑟琳。

　　"快告诉我，她可能会在哪儿？"

第 3 章

这个东西，我听说过。每个山顶界的孩子都听说过。但要亲眼看到，可真是要了命了。我到底为什么会跑到这里来？

我看到它的时候，一阵大风扬起。这一趟路，从头到尾，我第一次为自己穿多了而庆幸。我抓紧了大衣，希望眼前的这一切，都只是错觉。我真的没有自己想象的勇敢，只不过是初生牛犊不怕虎罢了。

这是一堵墙。

一堵久远沧桑，气势恢宏的巨墙。足足有三十英尺高，树干被整捆整捆攒在一起，用金属线缠绕着（看到斑斑锈迹和粗糙斑驳的质地，我才猜到是金属），组成了这堵墙。

墙上有一条灰泥刷成的警告，带着好几种语言的翻译。我认得，有好几种是先人使用的古老语言，一种叫作日语，另一种叫法语。有一个词——"ACHTUNG（德语'注意'）"，我不知道是什么语言。还有一些线条道道，我想应该也是词句，但是具体什么意思，恐怕谁也说不上来。

我想起来，第一批先祖会说多种语言，其至依照眼睛形状、皮肤颜色、信仰的神灵和食物偏好自成好几个派别。之后，他们躲进吉斯，统一了语言，把我的祖上希恩·波拉修斯奉为领袖。

注意！墙后致命危险，吾等九死一生方才逃脱。远离者生，擅入者死。

阿杜雷傻笑："瞧你说得像模像样，真把它当回事似的。"我才醒悟过来，刚才太入神，居然念出声来了。

当回事？我突然再也不想相信他，深深的恐惧一下子燃成了滚滚怒火。

"滚你的，阿杜！你到现在还若无其事吗？这堵该死的大墙横在这儿，难道还不能证明那些传说不是瞎编？"

"滚我的，艾瑟？我偏偏就爱看你对先人的迷信深信不疑，一副神神道道的傻样！"

　　我讨厌他老是对我另眼相看，不管我做什么，他都大惊小怪，就像用一套特别的标准来衡量我，或者用别样的规矩来评价我。大部分时候，我之所以喜欢和阿杜雷玩在一起，是因为他把我当成最铁的伙伴，我们俩只是两个从小穿一条裤子长大的孩子而已。但是有时候，他又把我视为特别的人，不是那种好的特别。什么叫"我偏偏就爱看你的傻样"？他为什么要这样说我？作为最好的朋友，他在我面前何尝没有露短的时候，对我又算不上特别好。

　　"他们不是平白无故造这堵墙的，阿杜。"我试着不去细想其中的原因，但是做不到。

　　"这是两百九十二年前的事了，艾瑟。我知道这段历史。至少我们都听过这段历史。"

　　"别人说的话，未必都是假的。"

　　"那也未必是真的。所以根本不能作数。就算这是真的，也是两百九十二年前了！你知道时间会改变多少事情吗？所有事情。这都是一百辈子之前的事了。"

　　按照阿杜雷的算法，一辈子也只有二点九二年而已。我知道他在夸张，但偏要纠正他。

　　"按照出生与死亡管理局统计的最新寿命数据，你到现在也只活了七辈子而已。"

　　阿杜雷乐了，但对我丢来一个表示失望的鬼脸。我早习惯了，也许都是我自找的。

　　"艾瑟，你看这墙。你觉得这个破屏障能拦得住什么？来袭的敌人？强大的对手？致命的危险？"最初的惊慌过去之后，我终于能够静下心来观察。这墙确实够荒颓破败的。木料早已虫吃鼠咬，衰朽不堪，不少已经横卧在地，化为齑粉。一条铁链被阿杜雷一碰，就彻底散架，丁零当啷滚到地上。我本想赞同他，但是每次让步承认他说得对，都没有好下场。他会牢牢记在心上，然后连续几个月，念叨个没完没了。

上帝啊！在三年级的一次期中考试时，我不过弄错了一道问答题，一时让他在分数上占了先，他居然到现在还挂在嘴边。他也不想想，我之所以答错，都是因为想得太多，而他不过是思考得肤浅罢了。再说了，我的答案错归错，却是思想开拓的体现。我当时坚持认为鱼也可能在天上飞，鸟也可能在水里游（虽然我不指望阿杜雷会知道，但是曾经确实有过飞翔的鱼和游泳的鸟。鱼是飞鱼，鸟是企鹅。我在贝鲁巴斯的书房里读到过）。整整十年过去了，那时候我们还小，尽管他是维里塔斯人，我是科格内特人，但我们在同一个班上课。就为这件倒霉的破事，阿杜雷到现在还在嘲笑我。

"这墙肯定烂透了，要不然呢？都是多少年前建的。"

"如果这墙真是用来阻挡什么东西的，你不觉得应该会有人维护吗？"

这也很有道理。我不作声，目光越过这堵墙，向山下扫去。感觉再往下一千英尺左右，就到了云线，云雾从那深深的山谷里飘起，氤氲缠绕、遮天蔽日。还记得小时候，我时常和爸爸一起坐在波拉修斯塔顶上眺望云线。那里的云朵浓密洁白，笼罩着毛茸茸的山峦和峡谷，仿佛一处充满魔力的天堂。当时爸爸说，云上不能走人，也不能躺人，我怎么都不相信，这些云明明看起来这么密实。我还求他让我试试："没人试过吗？那我们怎么知道不能呢？拜托，让我试试吧。"老爸告诉我，这样的话，我会跌穿云层，一直落到山底的。

"爸爸，山底有什么？"我继续不依不饶地追问，想要寻到些蛛丝马迹。但他总是一笑置之，直到我放弃为止。对其他大人看不惯的问题，爸爸一向都会耐心和善地解释。但是这个问题，他从来没好好回答过。

"山底有的只是危险，艾瑟琳。你绝对、绝对不能到山底去。"

云线之上的天空瓦蓝瓦蓝的。爸爸说，就像我的眼睛一样蓝。虽然他称之为波拉修斯家的蓝眼睛，但是他自己的眼睛色调却很不一样。我下意识抓着他在很久以前给我的一条项链，上面镶着一块璀璨耀眼的宝石，和波拉修斯家的蓝眼睛是一个颜色。

我想爸爸了。

我究竟下山来做什么？

山底有的只是危险，艾瑟琳。你绝对、绝对不能到山底去。

阿杜还在自顾自地说着："我是这样想的，我觉得这墙是用来阻拦山顶界的人下山的。好让他们监视我们，把我们管得乖乖的。我们明明被关在这里，还要感谢他们保护。"

哦，太好了——阿杜雷终于露出了满身反骨，矛头直指科格内特人，我的家族首当其冲。他总是这样，我一点也不喜欢。维里塔斯人本就不该想这些事情，就算心里这样想，嘴上也不该说出来，更不该当着一个科格内特人的面这样说。我虽然很喜欢他，但仍会禁不住想，阿杜雷敢不敢再有点维里塔斯人该有的常识，把自己堂堂正正地看作吉斯的一分子。他显然不是这样。

"你说的'他们'也包括我在内，对不对？"

他轻笑："少来了，艾瑟，你只是名义上的科格内特人罢了。"

但我不是。

我是艾瑟琳·波拉修斯，波拉修斯塔的儿女，是山顶界科格内特首领的接班人。绝不是名义上的科格内特人，我一直都在努力成为一个能够真正服众的科格内特人。

虽然和阿杜雷在一起很开心，即使许多人会怪我，我也对阿杜雷说不出这样的话。我只是对他露出赞同的微笑，却在心里默默自责给他这样的错觉。总有一天，我会和他说清楚的，但不是今天。

"好极了，我们终于见到了这堵墙！你是对的，这真是惊心动魄，气势磅礴。我们该回去了吧，大家说不定已经发现我们偷跑出来啦。我们应该为跑这一趟编个理由，该怎么说呢？"

阿杜雷扬起一侧眉毛，我就闹了个大红脸。

"阿杜雷·哈尔加德！就算你刚刚编的理由说得过去，这样也不行！我们还是会惹麻烦，特别是你。"

"我可什么也没说，都是你自己胡思乱想了什么奇怪的东西，脸红成这样。"

这算什么？调情吗？这样的对话在我俩之间越来越多，让我既欢喜又害怕。我知道这种危险又甜蜜的悸动也许会让我心魂俱创，但却希望它不要停止。不用多久，我就会做个了结，但不是现在。为什么我连这样暖昧的混话，都一一记在心里，真是恨自己不争气。

　　我正在为自己的想法动摇不已时，一阵噼里啪啦的碎裂声传来。怎么回事？灌木丛唰啦唰啦直响，有什么东西正在折断树干。是从墙那头来的，上帝啊！

　　我想扭头跑回山顶界，但是手脚不听使唤，整个人瘫住了。脑袋再好，身体不听使唤有什么用？

　　阿杜雷抽出心爱的刀，这是他爸爸在成年礼后给他的。这好歹说明，他还是有把当前的险境当回事。

　　"在这等我！这下子好玩了。"还没等我反驳这怎么会好玩，阿杜雷就从我身旁猛冲了出去，潇洒帅气地越过墙，消失在另一侧。

　　只留下我一个人。

第 4 章

尼可拉斯拖着装有三加仑①水的锡桶，急匆匆赶回波拉修斯塔，完全没工夫留意其他人羡慕的神情。金属是地位的象征。这些锡桶可是三百年的传家宝，当然要用来提水。难不成要他像维里塔斯人一样，用超狮兽的胃囊来装水吗？

或许还是用胃囊来装水更加明智。锡桶地位尊贵，但死沉死沉的，提起来就费了尼可拉斯好大的力气。他要赶快连桶带水运回家交给玛加，然后赶在事情败露前找到艾瑟琳。科格内特首领的女儿失踪了，别人会怎么想？要只是丢脸倒还好，最糟糕的是，大家也许会重新考虑继任人选。

尼可拉斯的腿快被压弯了，肺腔子里火辣辣地疼。他咬牙死撑着，拼命在心里暗示，自己行动迅速，就是深爱妻女的证明，有了这个想法鼓劲，仿佛身上的分量也没那么沉了。但是没多久，这股劲就散了，他真有必要找点不那么费劲的方式，来证明自己的爱意。

艾克罗尼斯·哈尔加德正忙着修理自己的圆屋顶，准备迎接接下来的雨季。他本不想出手帮助尼可拉斯。科格内特人身体羸弱，维里塔斯人注意到这点已经算是失礼，但是眼见尼可拉斯实在需要帮助，他也管不了那么多了。艾克罗尼斯从自家屋顶上跳下来时，尼可拉斯的锡桶刚好重顿在地上。

"虽然您未必需要，但是能有机会帮科格内特首领提水，我会深感荣幸。"艾克罗尼斯生性忠厚善良，总是乐于助人，说话又是那样委婉贴心，接受他的好意，倒像帮了他似的。这可是门功夫。尼可拉斯一向很欣赏这点。

---

① 加仑（gallon）：一种容（体）积单位，分英制加仑、美制加仑。1 加仑（英）=4.546092 升，1 加仑（美）=3.785412 升。

"我很高兴能为维里塔斯首领效力。"

艾克罗尼斯轻轻松松拎起了桶。"我们要去哪儿？"他本想再接着问"什么事这么着急？"但就算艾克罗尼斯和全村人都很好奇，刺探科格内特人的事情总是不妥。玛加好几个月没有见人，已经惹得流言四起。

被艾克罗尼斯开口问起，尼可拉斯才发现自己犯了错误。要是艾克罗尼斯陪他去了波拉修斯塔，就会碰见玛加。玛加生病的事情可是个秘密，只有他最亲密的顾问特兰顿知道此事。就连艾瑟琳都不知道妈妈病得多重。

尼可拉斯把桶夺回来。"我只要缓一缓就好，还能提得动。"可是疲惫劲却一下子涌上来，他在扯谎，任谁都看得出来。

"我很乐意帮忙。"

"还是我自己来吧。"尼可拉斯急急回答，口气已经不太好。

艾克罗尼斯让步了。"如果有需要，尽管来找我。"艾克罗尼斯说的是真心话，他向来只说真心话。

眼见尼可拉斯一步三摇地拎着桶向塔挪去，艾克罗尼斯不禁思忖，尼可拉斯使这么大劲，有没有超出法典规定的科格内特人劳动限度。科格内特首领活像操练的维里塔斯人一样挥汗如雨，真是不像话。但愿不要被别人看到。

尼可拉斯好不容易回到塔上，玛加干枯憔悴的病容让他一下子忘记了自己的疲惫。她这个样子，一点也不像二十年前他爱的那个朝气蓬勃、咋咋呼呼的小姑娘。他把忧虑抛到脑后，她正在恢复了，一定是这样。

尼可拉斯把一杯水递到玛加唇边。"还想吃点什么吗？"他问。玛加摇摇头。"亲爱的，你再多喝点水。"玛加一边继续摇头，一边喝水。争论也没有用。

"很抱歉要出门，但是我有急事……"

"别走。"

虽然想不通艾瑟琳为什么会失踪，但是尼可拉斯必须去找她，已经耽搁太久了。他也知道玛加这会儿离不开他。真是左右为难。

"我去请特兰顿来。"玛加摇头拒绝。尼可拉斯急道："你看起来病得不轻，我们要听听他的意见。"特兰顿·尼尔辛是尼可拉斯最信任的顾问，是吉斯的首席医术师，一直以来都在治疗玛加。

只要特兰顿来检查病情，尼可拉斯就能抽开身，这才是尼可拉斯想要他来的原因。

尼可拉斯来到了潘诺斯家的实验屋。这样把玛加丢给特兰顿照料，让他心中有一丝愧疚。可是艾瑟琳失踪了！反正玛加最近忘性大，他们说过的话，她有一半都想不起来。

尼可拉斯敲了门，希望自己显得够冷静。

"天哪，科格内特首领，出什么事了吗？"马索·潘诺斯迎接尼可拉斯，带着七分忧愁，三分惊讶，连传统问候礼都忘了行。

"没什么事，我来见见特朗因，好久不见了。"

"我去接南朵，这就办个团坐会吧。"

尼可拉斯一点也不想参加乏味冗长、束手束脚的团坐会。这种会上，订婚的年轻人和双方家长凑在一起，两个孩子四个家长，坐在一起分享彼此家庭的历史和轶事。这种会，谁会喜欢呢？

"可以的话，我想单独和特朗因谈谈。"

"科格内特首领，您自己知道，这可不是一般的请求。"吉斯人个个都是说话绵里藏针的高手。尼可拉斯知道，自己意外造访，马索不太痛快，于是赶紧扯出一个灿烂的微笑，缓解缓解气氛。

"法典又没禁止科格内特首领来表扬自己最青睐的年轻人，我只想来赞美一下他。"

马索并不信服，但是自己已经表明了迟疑，而尼可拉斯仍要一意孤行，那也只好恭敬顺从了。

尼可拉斯掩上了背后的门。一个十几岁的小伙子坐在树干凿成的书桌前，在又粗又厚的纸上作画（造纸术在人类迁居山顶界时基本保存下来了，只是做出的纸糙得像树皮）。

尼可拉斯按照惯例问候特朗因："感恩上天，让我的生命中有你。"

小伙子继续涂画着先祖的科技装置，汽车、火箭、摩天大厦和飞机，各种古代机器内部结构的图纸，还有一些其他的东西，尼可拉斯不认识。

尼可拉斯开始不耐烦了，特朗因一点反应都没有。"你的生命中有我，难道不更加感恩吗？"

特朗因笑了，虽然什么也没说，但是意思很明显，一点也没有。

"你在做什么呢？"尼可拉斯只好换了一招。特朗因第一次表现出了兴趣。虽然称不上礼貌，但至少愿意搭话了。"这是反向燃烧机构，会释放碳气体，碳气体就是我们呼出体外，转化为能量或能源的那种气体。可以用来——"

尼可拉斯啧啧称赞："我总想着，是不是有更加高效利用时间的方法。这是我给你定的研究主题，你先钻研着，别偏离方向。等到胸有成竹，再回到你自己的创新思路上来吧。"

特朗因知道，回到自己的思路上，一定不会讨好。山顶界从来不研究新颖（或陈旧但偏门）的课题。

尼可拉斯叹道："要是艾瑟琳在这就好了。"

特朗因没有回头，也没抬眼看："我也这么想，每天都盼着。"

尼可拉斯奇怪，这个小伙子为什么连个正眼都不给科格内特首领："我想问，你俩的联谊活动进展如何了？"

特朗因只是笑笑。尼可拉斯坐到小伙子简朴的床上。藤枝和树苗做成的床垫被他压得吱咯响。

"我猜进行得不错吧？"

终于，特朗因丢下了炭笔，转向尼可拉斯。

"你怎么什么都不懂？"

尼可拉斯希望这孩子能多给他些尊重。他不止一次质疑玛加看中的这个人。"我不是来这儿猜谜的，特朗因。你什么意思，直接说吧。"

"艾瑟琳从没和我联谊过。除非在她经过的时候，你掐准时间告诉我，我好截住她，否则根本不可能成事。不过你也不该这样做。"

尼可拉斯简直不可思议。

"为什么不早说？我和玛加都以为你俩已经联谊快一年了。"

"向父母打小报告，是没法赢得姑娘芳心的。"这句话，尼可拉斯不知道该不该信，但是他真是再也不想和这个小伙子说话了。没大没小成这样，简直是可怕。

"她不在这儿，会在哪里呢？"

特朗因自顾自低低地笑起来。掌管整个山顶界的领袖屈尊造访自己的卧室，他似乎一点也不在意。

"告诉我，科格内特首领，您把自己的宝贝女儿弄丢了吗？"

"没有的事。她肯定没去什么不该去的地方，只是我最近事太多，她可能讲过，被我忘了。我以为她和我打过招呼，说自己会在这儿。"

特朗因对尼可拉斯的解释不怎么满意，但也没兴趣回答，于是继续画画去了。这小伙子确实有才能，尼可拉斯不得不承认。但是很遗憾，艺术才能无论在山顶界，还是其他地方，都是一点用处都没有。但愿他的父母能让他早日重回正道。

"你居然以为艾瑟琳会和我在一起？我和她一点都不熟，但是知道她大概会在哪儿。你只有一个孩子，她喜欢什么，应该不难知道吧。"特朗因隐约其词的本事显然没有自己父亲高明。

"注意点，特朗因，僭越谴责是不允许的。"

"我保证，没有谴责的意思，只是直率提问罢了。想要赢得她的芳心，我还差得远。我想人人都清楚这点。"尼可拉斯第一次对这个小伙儿产生了同情。做艾瑟琳的未婚夫并非易事，她这孩子既倔强顽固，又难以捉摸。

"我肯定，是你担心过头了。"

"她说我是固执己见，脑袋空空的臭虫。她还说宁愿去面对山底凶兽，也不愿意跟我在一起待一分钟。"这话听来活脱脱就是艾瑟琳说的。尼可拉斯一点都不怀疑。

"告诉我，她可能在哪儿。"

特朗因的脆弱一眨眼就不见了，他微笑着摇头。"反正她没走失，对不对？完全没走失。"

"别多话，直接回答问题。接下来该上哪里去找她？"

特朗因盯着尼可拉斯，仿佛答案再明显也不过。"那让我问您一个问题，科格内特首领，但愿您也能别多话，直接回答，反正也没必要。最近有谁见过阿杜雷·哈尔加德吗？"

第 5 章

"阿杜……你……在哪儿……阿杜!"我话都说不利索了,"阿杜!阿杜!"

阿杜雷跑了,我吓得脑袋发木,恐惧和愤怒席卷而来,转瞬将我吞没。我的眼前一片血红,满耳轰鸣欲聋,鼻端灌满泥土味道。

他怎么能把我拐下山,带到这个噩梦般的境地里来,然后抛下我就走呢?我整个人都要被恐惧压垮了。终于——我的身体能动弹了。

但我却迈向了错误的方向,朝着巨墙和阿杜雷的方向走去。

我沿着阿杜雷的脚印,爬到了残破的巨墙前面。横倒的树干和锈蚀的铁索构成了一座阶梯。"如果这墙真是用来阻挡什么东西的,你不觉得应该会有人维护吗?"阿杜的话再一次闪过我的脑海。比起屏障,这堵墙确实更像是一个象征。

如果它连我都拦不住,又能拦得住谁,或者是什么呢?

我在巨墙顶端,偷看到阿杜雷追着什么东西,急奔过树林。

"阿杜雷·哈尔加德!"

他对我咧嘴一笑:"艾瑟!你好厉害!我从来没想过你还能做猎人,但是如果你这么想尝试的话,我一定等着你。"

"你个大坏蛋!我现在一点也不想和你待在这儿了。快回来,我们一起回山顶界!"

阿杜雷哈哈大笑,仿佛听到了最好笑的笑话。他今天真是逼近了我们友谊的底线。我在巨墙顶上小心翼翼地踱着步子。

"阿杜雷,求你了。虽然不想承认……但是我真的好害怕,我要走了。我要你陪我一块走。"居然逼我说出这么丢脸的话,回头一定不会轻饶他。但眼下实在害怕,又不想独自待着,也只好先把面子撇到一旁。

这话似乎奏效了。阿杜雷向我走来,我看到他眼中泛出同情。

"哎呀,艾瑟,你都那样说了,我怎能拒绝呢?"

我向他挪去。然而树干早已千疮百孔，腐朽不堪，被我一踏，一下子垮下来。

短短一瞬间，我就跌落了三十英尺，心里拔凉拔凉的。这下我死定了，害爸妈不明不白地伤心。他们一定会奇怪，我到这里来，到底要干什么？他们的家教出了什么问题？这个悲剧会对爸爸的首领身份造成什么影响？我想要留下遗言，告诉他们这一切只是个错误，千万不要以为，我这么死了是因为对他们的养育之恩不满。

我努力整理思绪，阿杜雷肯定也会难过，但可能不会太在意，反正他一定经常自由自在地在墙外面跑来跳去。但是他会想我的。他会非常寂寞，一辈子都惭愧内疚。可怜的阿杜雷。他肯定会在余生之年不断悔恨，恨不得和我一起摔下，一起死去。我不怪他，只希望我死了会让他醒悟，知道要成为一个有所作为的吉斯人。

我努力回想，还有谁会想念我的。特朗因·潘诺斯一定会大松一口气，他个废物。天知道我妈究竟是看上了他，还是他那心思龌龊的家人？哦，我亲爱的老师贝鲁巴斯，我是他毕生的心血，他最大的投入，他会一蹶不振的。

我跌入一大丛厚厚的荆棘里。虽然被刺得不轻，但是得到了缓冲，真是万幸。

我命大没死，只是有点擦伤。

"天哪，艾瑟！真对不起。应我一声。受伤了吧？天哪，快应我一声。"阿杜雷朝我俯下身，眼角都湿润了，"我从没想过会这样，我都来过一千次了。我发誓这里原本很安全的。应我一声吧，求你了。你还流血了！"

我细细回味着这一刻，真是太美好了。看着阿杜雷这样拼命地关照我、担心我，真想狠狠心多躺一会儿。

他对我这样呵护温柔，我的怒气早就消散了。

"我还没死呢。"

他神色一松，紧紧攥住我的手。"我就猜你的身体比预料得要结实。"

"多亏有这厚厚的灌木丛垫着。"

他细细检查我的前臂，上面早已横七竖八地划满了口子，不断渗着血。"这里要包扎一下。"

我坐起来，身子没有预想的疼。虽然现在没事，谁知道等一下会怎么样呢。

我落到巨墙外面了。

"特兰顿会治好我的，拜托了，我们回山顶界吧。"

"特兰顿一定会追问，你是怎么伤到的。你爸也是。两百码外就有蕨草，能用来疗伤。"

我拽住阿杜雷，怕他又丢下我。"我宁愿流干了血，也不要一个人被丢在这儿。"理智告诉我，这样口没遮拦，回头肯定要后悔。但是在这种流血受伤的场合，开口随意些，似乎也没什么不对。

阿杜雷把我扶了起来："我们一起去。"

"但是……这可是墙外面。"

"好几年前，我就在这捕猎了。所有的年轻猎手都这样。山顶界范围内的超狮兽和超熊兽越来越少。我知道这里没什么可怕的。"

我喜欢阿杜雷诚恳的样子，就像现在这样，感觉好可靠。

我在他身旁，一瘸一拐地向蕨草走去。"要是山底凶兽在附近，你觉得我会让你这样毫无防备地跑到这来吗？"

我也觉得他不会，但是之前那几下，真的让我心存疑虑。

"艾瑟琳，有时候我觉得，你真是一点都不了解我。"

到了蕨草丛，阿杜雷帮我处理伤口。我看着他用强健的手臂拽断蕨草茎，挤出疗伤的汁液，敷在我的伤口上。他小心翼翼地用叶子上下拍打着我的皮肤。"如果不想被父母问话，以后都要记得穿长袖。"

我点点头。疼痛平息之后，我才意识到自己伤得多重。

"你真到这里来打猎?!"阿杜点点头。"经常吗？到墙外边来？你爸爸知道吗？"

"当然不知道啦！他也是主张老一套的死脑筋，总是相信山底有凶兽。他不会明白的。"他这么说，显得我会明白似的。但是我也不明白，不明白为什么相信存在山底凶兽会是老一套。看来我自己也不过是个死脑筋，只是浑然不知罢了。

"即使这样，我想你也该停下，别再往前了。说不定之前没事，只是因为走运呢。"

"林子里有什么，猎人总是一清二楚，艾瑟。潜伏在这一带最可怕的生物，莫过于超狮兽和超熊兽——我找的就是它们。"他充满信心地用手一按，擦好了药。"好啦，搞定！感觉如何？"

"好多了，谢谢你。"真是觉得好多了。从来不知道，阿杜雷还有这手。他明明手脚强健，医术精湛，以前却都没对我做过这么好的事。

我们回头，向巨墙走去。"阿杜雷……"我吞吞吐吐地说，绞尽脑汁地编排语句。

"怎么啦？"

"以后别再来了。你不该来这儿的，这里就算安全，也是禁地。"

"我听见了，艾瑟琳。"

他答得真是莫名其妙。管他听见不听见，我是叫他别再来攀墙了，要他照我说的做。"意思是，你会照我说的做了？"

"意思是我听见你说的话了。"

"但是我又没要你听见我的话，我——"

"你要我照你说的做。我知道。"

"这不公平。好像我不是你老妈，你也不是熊孩子似的。"

"可不是嘛。我很高兴你这样说。所以眼下我只能说听见了。你说的话，我要好好琢磨琢磨。"

他注意到了什么。"噢，亚尔温！是亚尔温！"

这年头，还有谁没在巨墙外闲逛过吗？亚尔温也是维里塔斯人，是除了我还有卡特兰蒂（真是倒霉）之外，阿杜雷最好的朋友。如果他真在这儿的话，那么没把法典当回事的猎手，他也算一个。

阿杜雷放低了声音："他没有回应，也没有行动，一定在追踪着什么。跟我来。"我努力想要看清阿杜雷说的东西，但是除了茂密的树林，什么也没看到。

阿杜雷游刃有余地在灌木中潜行，动作之敏捷优雅，令我望尘莫及。而我一路磕磕绊绊的，动静不小，到了这个分上，要是亚尔温还没停下追踪，那可真是奇了怪了。

等我终于追上了阿杜雷，却看出有些不对劲。

"怎么了，阿杜？"

他的声音没了底气："你该走了，艾瑟琳。快掉头，回家吧。"他努力挡着我，不让我看什么东西。

我循着阿杜雷不安的视线，朝一棵树上望去，在那里我看到了亚尔温。他的身体用皮绳固定着，骨制长矛落在一边，脑袋垂垂挂下，似乎睡着了。

"上帝啊。"等我看清是什么吓坏了阿杜雷后，又一句老迷信脱口而出。

亚尔温不是睡着了。

我蒙住了，这是我所见过最可怕的一幕。

他的胸膛，或者原本是胸膛的部分，被整个儿掏空了。就像维里塔斯妇女做丰收馅饼，掏空一个葫芦似的。他的内脏被吃光了，肋骨都露了出来，泛着森森寒光，像是被打磨漂白过。

亚尔温的惨状让我魂飞魄散，直到被阿杜雷拽住，这才回过神来。刚刚他怎么喊我、拉我，想要把我拽到身后，我都死死盯着亚尔温，转也转不开眼。

"我们快走！跟着我跑！"他气竭声嘶地喊。

我从没听他这样说过话。我全力飞奔，尽量不要他放慢脚步来拉我。

这下，我也听到了。

林子里有什么，猎人总是一清二楚，艾瑟。

这就是让他害怕的东西？阿杜雷知道那些在灌木丛里呼哧喘气，步步逼近的东西吗？难道说，这是他第一次在林子里不知道遇上了什么？那可就糟糕了。

亚尔温很可能在树林里遇上了这东西。

不管这是什么，它在追逐我们。

我们跑到巨墙前，谢天谢地，从这面爬就和从对面爬一样容易。阿杜雷把我向前推，确保我先爬到墙顶。鼻息呼哧呼哧，灌木稀里唰啦，树枝窸窸窣窣，所有可怕的声响汇在一起，步步紧逼而来，令人心魂俱寒。

一阵怪异的嗥叫传来。我从来没听过类似的声音，一心祈祷着让它快停，然而叫声停止后，我的心却又悬起来，害怕再次响起。只要能让我忘掉这个声音，让我做什么都可以。

"那是什么？阿杜？是什么？"

"嘘。"他让我安静。

尖叫声撕裂为两个调子，高啸低号，争锋相斗，让我全身不安。这怪叫仿佛活活劈进了我的身体，在被心防阻隔之前，勾起了心中埋藏最深的恐惧。响尾蛇的沙沙警告，超狮兽的沉声低吼，和这相比，都只不过是舒缓的摇篮曲罢了。

阿杜怎么了？怎么还不到墙顶上来。只见他回头凝望亚尔温，仿佛还能帮得上自己的伙伴似的。

"阿杜雷，快爬！"如果要眼睁睁看着阿杜雷像亚尔温一样被活活掏空，要我好好待在上面又有什么意思？我宁愿和他一起去死。

阿杜雷看起来很心痛，但还是听了我的话。他几下攀上墙来，我们七手八脚地翻下墙，一路上坡，朝着山顶界狂奔而去。

嗥叫变成了更响亮刺耳的尖嚎，似乎非常痛苦。轰然一声巨响后，四周陷入了沉寂。接着，沉重的巨响渐行渐远，像是什么东西一瘸一拐地离开了。

"阿杜雷，阿杜……那是什么？"我气喘吁吁地问。

阿杜雷没有放缓步子，似乎像我一样迫切地返回山顶界。

"我也不知道，艾瑟。"

第6章

　　我们向山顶界冲去。我的胸膛里火辣辣的，快要容不下肺了，仿佛里面要融化，外面要撕裂。

　　就连这时候还能抽出心思走神，我真要感谢自己一无是处的身体。

　　要不然，我就会一门心思想着自己在巨墙外面的所见所闻所遇。

　　亚尔温。

　　小时候，他偷来妈妈的木头首饰送给我，因为觉得我戴上好看。可是第二天，他又对我开了过分的玩笑！他分橡子给我吃，我还以为是好意，因为橡子又香又脆，人人都爱吃。结果，他给我的是还没脱涩的生橡子。虽然我只尝一口就马上吐出来，可是一整天嘴里都又苦又涩。

　　为什么明明是同一个人，却一下对你好，一下对你坏呢？我被搞糊涂了。妈妈说，这是因为他喜欢我。这让我肯定，妈妈比我还要糊涂。

　　可是现在，可怜的亚尔温却高高挂在树上，被掏空了内脏，就这样死掉了。我从没想过人会以这样的方式死去。说不定亚尔温没有爬上树捕猎？说不定有什么东西把他挂在那示众，故意让人看见。

　　故意让我们看见。

　　虽然亚尔温的惨状历历在目，但是让我更忘不掉的，却是嗥叫之后的可怕声响，树木窸窣、鼻息呼哧，以及那快如闪电、穿越树林、直逼而来的脚步声。

　　我们成了猎物。

　　"他不该落得这样的下场。"

　　我这才回神。原来阿杜雷一直在对我说话。也不知道他讲了多久，我一直都沉浸在自己的思绪中。谁也不会怪我。好吧，说不定阿杜雷会怪我，那也是他不对。

　　"抱歉，哪样的下场？"

　　"像个没人要的稻草人，永远挂在树上。"

我知道亚尔温不会永远挂在那的。有许多因素会让他从树上掉下来，动物、昆虫、风吹、雨打、雪压，甚至杀害他的凶手。阿杜雷的说法有点夸张了，但是纠正他也没用。

"我本该将他弄下来带回山顶界交给他的家人，但我却像个胆小鬼似的逃跑了。"

只有阿杜雷才会觉得，逃脱了巨墙外面的噩梦，是件令人羞愧的事。

"你救了我的命，不是很了不起吗？"眼下，我还是先不提起是他害我陷入险境这茬儿吧。

"亚尔温是个了不起的维里塔斯人。"

"山顶界最出色的一个。"我决定再也不提苦橡子的事了，对谁也不提。

我的肺需要歇口气。我开始想要喝水，寻思着我们刚才出门，怎么不随身带上水。即使回想起刚刚可怕的情形，我的思维居然还会回到这么原始基本的需求上来，真是令人惊讶。

"这事，我能对父母讲吗，艾瑟？"

我像不小心折到了脚趾似的又疼又惊。阿杜雷什么也不能说，我也一样。亚尔温遭遇了什么厄运，我们决不能承认知道。因为一旦承认，我们溜出巨墙的事就会败露，说不定还会被驱逐出境。

我这么对阿杜雷说了。

"我和某个科格内特人一样逃跑，已经够糟糕了，你居然还要瞒着他的父母？他们担心自己儿子，期望他回家的时候，你要我怎么办？"

何必这样侮辱科格内特人。我是在为他着想。其实，爸爸要是发现我溜到墙外（他信不信还是个问题呢），那还没关系。我是为阿杜雷担心。

"不是说我，阿杜。要是有人发现我们下山，你的麻烦就大了。"

"还不只是亚尔温父母的问题，艾瑟。份额怎么办？人们总要知道亚尔温的下落，这样才能补充份额。"

份额。山顶界的水、食物和房屋只够供养一百个人。祖祖辈辈的人受尽了疾病、灾荒、干渴和死亡，才得出这样的经验教训。

维里塔斯人分得六十四份资源；科格内特分得三十六份资源。为了把人口刚好维持在一百，所有的出生人口都有限额和规划。只有一个吉斯人死去，才有一个吉斯人出生。

"只要亚尔温失踪超过十日，政府部门就会进行正式调查，判定是否将其列入永久失踪名单。一旦判断成立，生育名单上的待育夫妇就能够获准生育。这样一来，结果和我们坦白他死亡没有两样。"

我援引了法典的规定。烂熟于心的法典，这会儿背出来，让人莫名觉得安心。"阿杜，这下没话说了吧。你的想法太危险了。"

阿杜雷还在纠结，好像还有什么办法，只是一时没想到似的。但是没有其他办法了。他捡起一块石子，上下抛着。"真想把这些全部破除，但是不能这样做。"

这场争论是我赢了。每次阿杜雷提出异议，但是明知自己有错的时候，就会说这句话。这是他爸爸传给他的（山顶界的每个家庭都要有一套箴言、一个头衔和一个身份）。阿杜雷或许讨厌这句话，但至少他认同这份智慧。

"我也不想这样，可事情就是这样。"这是我家的箴言之一，爸爸从他的爸爸那里学到，传给了我，就这样代代相传。

不知道阿杜雷是否会高兴，但至少山顶界很快就要迎来一个维里塔斯宝宝。我们已经至少有一年没有新生宝宝了。

尼可拉斯也不想对艾克罗尼斯发火，毕竟人家一小时前还对他这样友善义气。但是他的维里塔斯族儿子把自己的科格内特族女儿拐跑了，带到谁也不知道的地方去。成何体统？有何居心？简直不能容忍。

"要是你敢包庇自己儿子，波拉修斯家族从此不再相信哈尔加德家族。"

艾克罗尼斯一副茫然的样子，要是他真的明白尼可拉斯的意思，那可真是太会演戏了。"尼可拉斯，阿杜雷一早出门打猎，给山顶界补给食物去了。我发誓。"

尼可拉斯并不满意。"要是我的艾瑟琳少了一根头发，我会翻遍法典，然后用最叫人难受的手段来折磨阿杜雷、他的孩子，还有他孩子的孩子。"

艾克罗尼斯家的圆屋子里算是舒适宜人的，但和科格内特族的实验屋比，还是寒酸许多。此时，艾克罗尼斯家的门哐当被推开，艾瑟琳冲了进来，撞进她爸爸怀里。"很抱歉让您这样担心！我今天上南边的树林，给猎人送水去了。"阿杜雷尾随而至，面无表情，但是像艾克罗尼斯这样了解他的人都知道，他心里已经怒火冲天。艾克罗尼斯希望尼可拉斯别再招惹他。

尼可拉斯盘问阿杜雷。"阿杜雷，艾瑟琳今天给猎人送水去了？"

"我们昨天起，就开始干这活儿了。"这话其实没说错，艾瑟琳就是以此为由，才扯的谎。

查明真假，对于尼可拉斯而言轻而易举。"那是谁在水资源申请单上签的字？"

艾瑟琳后缩了一下。谁签的单子？她怕阿杜雷一回答问题，就要说出那个名字，又要觉得伤心。于是抢着说："是亚尔温，爸爸。他签的单子。"

阿杜雷还没来得及向艾瑟琳使眼色，向她示意——这下不仅要假装不知道亚尔温的遭遇，瞒着他的父母，连我们的不在场证明也靠他来维系了。艾瑟琳就这么说了，然后只好硬着头皮继续扯。"真的非常抱歉，爸爸。我本来还给林卡斯写了一张便条，可是瞧我这笨脑子，给忘在自己口袋里了。"

尼可拉斯对女儿爱意深沉，足以掩盖这份罪过。他对艾克罗尼斯点点头："请原谅我。"

艾瑟琳大松一口气，是因为爸爸相信她；同时心里有愧，也是因为爸爸相信她。

艾克罗尼斯把右手搭在尼可拉斯的肩上，这是山顶界居民缔结约定的动作。"每个爱女心切的爸爸都会像你这样。"有时候，艾瑟琳不由得奇怪，艾克罗尼斯这样忠厚老实的人，怎么会养出阿杜雷这样疑神疑鬼的儿子，动不动就用恶意揣度尼可拉斯和科格内特人，就连对她也不例外。

她知道，阿杜雷下次把手搭上自己肩膀的时候，嘴里肯定吐不出什么好话。他一定会发脾气，又要开口侮辱科格内特人。

尼可拉斯也对艾克罗尼斯点点头，这个人大度慷慨，他一向心知肚明。"艾瑟琳的妈妈需要我们。"艾瑟琳还没来得及确认阿杜雷的态度，就被爸爸拽出了哈尔加德的圆屋子。

返回波拉修斯的路上，艾瑟琳决定多表示表示，让关系更融洽。"谢谢您理解我，爸爸。下次不会这样了。"

尼可拉斯牵住她的手，紧紧握住，表示安慰。"我不失望，只为你骄傲。"

艾瑟琳畏缩了。她很庆幸没让爸爸生气，但是他的称赞，自己也配不上吧。

"爸爸，你这有点过头了吧。"

尼可拉斯亲密地靠着她。"你以为送水的瞎话能瞒得过我？猎户人家今天早上就来取过水了，不用别人送。"艾瑟琳脸红了。白白扯了一个谎。

"我知道发生了什么，艾瑟琳。"

他怎么会知道？难不成被谁看到了？说不定是塔利纽斯家的人。他们总是千方百计地讨好尼可拉斯，巴不得重新当上波拉修斯家族的仆人。

"请您理解，我从来没想——"

"当爸的哪能不懂呢。别担心，我不会告诉妈妈的。"

不告诉妈妈？这是为什么？

"你看，艾瑟，我曾经也是个男孩子，那感觉并没太久远。阿杜雷肯定用尽了全力来追求你。"

上帝啊，爸爸居然以为阿杜要——

"老爸，拜托！"艾瑟琳想赶快截掉话头，但是他不依不饶地说了下去。

"但是我一看阿杜雷那灰心丧气的脸，就知道你拒绝了他的进犯。就像我和妈妈教你的那样。"

爸爸还以为阿杜雷失恋了，好像这种事会发生似的。做爸爸的哪能不清楚？做爸爸的最糊涂了。

没能为阿杜雷洗刷名誉，艾瑟琳很糟心。"那可不是。这种事当然没发生。"

"好好守住自己，留给潘诺斯家的小伙子，你日后会感到庆幸的。"艾瑟琳真希望他别提起那条臭虫。还要再过好几年，她才会过上那种日子呢。

"我知道你不喜欢他，但是他正在努力成长为一个出色的科格内特人。妈妈为你做的主张总是对的。"

艾瑟琳有很多很多话想说。她想哭着向爸爸坦诚，自己看到的一切——可怜的亚尔温和追逐他们的恐怖怪物。她还想问问，自己对阿杜雷感觉好奇怪，到底是怎么回事，怎样才能摆脱这些感觉。她还想求爸爸，让妈妈重新考虑自己和特朗因·潘诺斯的婚事，因为她也不知道要过多久，自己提起他的名字才不会反胃。

大部分时候，她都觉得自己像个小姑娘，事事求爸爸为自己做主，把一切安排得井井有条。

"你想得到，不意味着你该得到。"这是波拉修斯家的另一句箴言，她记得滚瓜烂熟。艾瑟琳小时候，玛加几乎要把这句话写在她的额头上。

她盼着能早点去找阿杜雷。毕竟他刚刚痛失挚友。她把阿杜雷或许不想见她的想法丢到脑后。只要时间足够，他一定会原谅自己的。

谈话之余，爸爸似乎还有别的烦恼，又一层新的烦忧袭上了艾瑟琳的心头。她简直不想问出口。"爸爸，今天妈妈的情况如何？"

"她不太好。"

艾瑟琳弯下身看着妈妈，妈妈迷迷糊糊的，总是睡不踏实，看来情况更糟了。"勺根怎么会不管用呢？难道应该试试接骨木果？"

先人非常擅长用药，厉害到艾瑟琳怀疑那是传说。每种病都有对症的药丸。先不说肺部堵塞和发烧虚汗，就连心绪不宁和心脏不适，对于山顶界的消费水平而言，都是不治之症。

现在他们还到灌木丛里搜寻草药，希望能缓解妈妈的病情。真是进步！

艾瑟琳奇怪，科格内特人上山几乎已经三百年了，为什么还没掌握先人药丸、香膏、疗法的秘密。那些借口她都懂。山顶界的资源有限，只有巨墙内的原料可用，先人却能够走遍世界。但是，要是科格内特人真的像自我标榜的一样杰出智慧，恐怕早就拥有了更多科学技术，况且，上山逃难时，人们还带着大量附有蓝图的书籍。

"特兰顿已经尽力了，艾瑟琳。我相信他。"尼可拉斯提醒她，听来像是责备。

说人人就到。特兰顿走进屋来。

"艾瑟琳，看到你回来真好。你在水泵站干得如何？"特兰顿怪腔怪调地问，艾瑟琳怀疑他知道自己缺岗。让自己不自在的人，才不要让他好过。

"不太顺利。"艾瑟琳停了一会，然后说，"那说说看，你负责照顾我妈妈，她却病得越来越重，你满意吗？"

"艾瑟琳！"尼可拉斯责备道。在山顶界，直接提问是不恰当的行为。特兰顿是科格内特的高官，不该遭到这样的冒犯。"赶快道歉。"

特兰顿紧闭嘴唇，对尼可拉斯的命令一笑而过。"不用不用。她生性活泼，不该加以限制。这个问题，艾瑟琳本就该问。"像往常一样。没人知道特兰顿说这话是出于真心还是假意。

艾瑟琳觉得他虚伪。

尼可拉斯坚持。"不，艾瑟琳。要是让维里塔斯人在家里干活，结果发现少了东西，或者淘气的孩子玩得太晚，不肯上床睡觉，我们可以对他们这么说。但是绝不能对科格内特人这样讲话，要是首席医术师，那就更不对了。"

因为我既没看到医，也没看到术，所以才一时忘掉了他的职位，请多原谅；或者说，我很抱歉，我还以为，这位伟大的科格内特人不会计较小孩子说的话呢——虽然反驳的话已经到了嘴边，但是艾瑟琳认为这场嘴仗不值得一打，何苦呢？

"请忘掉我的话，特兰顿，是我忘了规矩，唐突你了。"

特兰顿微微欠了欠身，表示接受道歉。"其实，我刚刚发现了玛加的病因，印证了我最糟糕的猜测。这不仅对玛加，甚至于对每一个吉斯人和整个山顶界，都是个噩耗。"

第 7 章

特兰顿变了，一开始只是微小的转变，和所有最重要的事情一样。当时，他在自己的床边清理卫生。这张床和山顶界的任何东西一样，有着上千年的历史。特兰顿想找一本解剖书，这本书曾在几十年前被自己的祖父放错了地方，一时传得沸沸扬扬（山顶界的日子真是清汤寡水，就连丢了一本书这样的小事，都会被传得满城风雨）。

特兰顿怎么也找不到那本书。他偶然发现了一张破纸，墨迹已经黯淡，但上面记载的神秘信息却点燃了他心中的欲望。

特兰顿对尼可拉斯的领导一向没什么意见，虽然没觉得尼可拉斯有什么过人之处，但也不介意服侍他。天才总要围着傻瓜转的。傻归傻，尼可拉斯还算是个好人。特兰顿认为，至少尼可拉斯是自己人，和他熟得很。

虽然有时候，艾瑟琳确实会引出特兰顿最败坏的一面，但他实际上没有艾瑟琳想的那么不堪。他虽然本性不恶，但也实在配不上尼可拉斯那毫不设防的信赖。他的品性介于善恶之间，刚好留足了空间区分彼此，或混淆彼此。

现在，这张古老纸片上的字字句句，却让特兰顿在不经意间，找到了自己的宿命。

我们才是山顶界真正的领袖。——T. 尼尔辛

他的妈妈总对他说："记住，尼尔辛是个伟大的家族。尼尔辛家族过去伟大，将来也伟大。"妈妈这样说的时候，他不明白这是什么意思。成为一名医师对他而言已经是很"不错"了，但算不上伟大。况且山顶界的资源又这样匮乏，他为别人治病的本领，实在是少得可怜。

"我们才是山顶界真正的领袖。"他放下笔记本，推到一边，尽量不去在意这行字。但是，这些字却在他的脑中挥之不去，特兰顿甚至不愿

相信这句话是真的，但是每当尼可拉斯说错了话，或者对法典进行了荒谬的修订，这句话都会在他的脑海中一再浮现。

这话是什么意思？到底是谁写的？

特兰顿想要挖得更深。

玛加张开了干渴的嘴。她渴得要命，却虚弱得话都说不出。

尼可拉斯把水倒进一个镶皮的高脚杯，把杯子凑近玛加的嘴唇，她的渴望得到了回应，脸上闪过一丝喜悦。但是在她尝到水之前，特兰顿却上前，把杯子掀翻了。

高脚杯摔到了地上，水洒了一地。玛加沮丧地缩回床上。艾瑟琳紧捏住特兰顿的手，仿佛想要阻止他已经做出的动作。

"你敢妨碍她喝水？"尽管这个责备直截了当，但是尼可拉斯太过震惊，一时顾不上训斥艾瑟琳。

特兰顿为什么这么做？

"你最好放开我的手，艾瑟琳。毕竟男女授受不亲。别人可能误会，以为我们俩在恋爱呢。难不成你一直暗恋我，打算对我表白？"

艾瑟琳恨不得抄起地上的杯子，狠狠摔到特兰顿那张小人得志的脸上。但她还是松了手，被他放肆的言辞激得满脸通红。特兰顿对她黏黏糊糊的眼神和有意无意地触碰，她早就注意到了。怀有奇思遐想的人应该是特兰顿才对，但是这种感情一点也不纯洁，完全称不上爱情。

尼可拉斯从地上捡起杯子，重新盛满水。"艾瑟琳，我确定这只是意外。"

特兰顿玩味着自己的话，"这不是意外。如果你再给玛加喝水，我还会再掀翻一次。"

尼可拉斯不明白。"她需要水！"

"不是这种水。去给她拿点冬天贮存的雨水。玛加就是因为这水才病倒的。亲爱的首领，从山底的山谷流到水泵站的水……"他故意停顿了下，好加强语气，"被下毒了。"

尼可拉斯总要艾瑟琳喝冬天的雨水，而不是和寻常吉斯人一样喝水泵站的水。以前玛加总觉得这是不必要的奢侈，但如果这是真的，那尼可拉斯可要庆幸自己的这份宠爱。

这下，艾瑟琳被惹火了："真是好笑。水泵站的每一个人我都认识，都是可信的好人！没人会对吉斯投毒的。"

特兰顿说："啧啧，我可没说水是在水泵站被下了毒。是在山下。山谷里。"怎么可能？在山底投毒？谁投的毒？为什么投毒？如果真是这样，那么这对吉斯和山顶界意味着什么，他们连想都不敢想。水泵站是他们的生命线。冬季的雨水储备撑不过四个月。

艾瑟琳打破了沉默，她这会儿满肚子问号。"这怎么可能？如果水有毒，为什么只有我妈妈生病？"

"她的身体更弱，所以发病快。但是，其他人都不能再喝这水，要不然都会生病。"

艾瑟琳害怕地问："那我们怎么办？"

特兰顿一手搭在艾瑟琳肩上，似乎想要缔结一份约定。艾瑟琳觉得屈辱。刚刚还说男女授受不亲，现在怎么就没关系了？"艾瑟琳，我也不想对你说这些话，"但他的语气却完全是另一回事，"但是这些事情，最好让你爸爸、我，和其他科格内特族理事会的成员来处理。虽然你聪慧又早熟，但仍是个孩子。"

艾瑟琳气得头脑发昏。"爸爸对我信任得很，我确信，他乐意让我参与讨论。"

特兰顿把手从艾瑟琳的肩上挪到尼可拉斯肩上。"尼可拉斯，你对女儿的信任是应当的，也很动人，但是这件事，只适合在科格内特理事会内部讨论。"尼可拉斯避开了艾瑟琳的眼神。"艾瑟琳，大局为重……你最好……最好还是……暂时退避一下。"

"爸爸，拜托了！这事关乎妈妈，关乎我们，关乎吉斯的每一分子。"

"子女乖顺听话，说明父亲领导有方。"特兰顿补上了一句尼尔辛家族的箴言，似乎想要圆场，但是没有用。

"去你那霸道的家族箴言，特兰顿，这是爸爸和我之间的事。"

"尼可拉斯？"

"其实嘛，这是你爸爸和我之间的事。对不对，尼可拉斯？"

艾瑟琳向爸爸投出了求助的眼神，她确定爸爸会支持自己，好让特兰顿安分一点。但是，她却看到了爸爸犹豫不决的表情。

我冲出门口，扬长而去，宁愿被活活剥皮，也不愿意让特兰顿看见我眼中的泪水。我要是哭了，特兰顿一定会以为是因为他太厉害，更加扬扬得意。我才不要把自己的眼泪，变成他的成就！他真是大错特错。我之所以痛心，不为别人，只为爸爸。

希望爸爸能懂得。

真不知道哪一点更让我心痛。

爸爸赞成特兰顿的意见，平静而坚定地说："艾瑟琳，你听到我的决定了。"看也没看我一眼。我可是他的亲女儿！他居然像对待维里塔斯人一样，只要擦完窗、扫好地，稍微多待片刻、多聊几句，就命令我出去。我几乎也要和他们一样鞠个躬，然后悄悄咕哝一声"感谢拔冗陪伴"。维里塔斯工人要和忙碌的科格内特人说话时，都会用上这句标准道歉语。但是现在，我得赶在眼泪决堤前离开屋子。

我在心里自责：艾瑟琳，一定要管好自己，哪怕特兰顿就是个装满蟑螂屎的烂桶，哪怕爸爸一时犯糊涂背叛了我；但是只要有可能，我就应该把这些事先搁到一边，回头再议。因为水泵站才是真正的威胁和烦恼之源。如果特兰顿所说不假，那么山顶界的人哪里还有活路。

冬季雨水的配给是严格受限的，一向是科格内特族的有钱人，在特殊场合下才用来替代普通山泉水的奢侈品。要是吉斯人做什么都用上冬季雨水，那么存水很快就会消耗殆尽的。

我从来没觉得，天上降下的水比地下抽出的水更高一等，也没觉得，有必要花上这样一笔钱来购买。

爸爸总要我喝冬季的雨水，但是我都无所谓，反正尝起来都是水。我以为雨水珍贵，是因为稀少，有钱人就是需要收集、消费贵重的东西，才能和穷人划清界限。

老天，这口气多像阿杜雷。

一想到阿杜雷，我脚步就不听使唤了。本想先到水泵站去，看看水的情况。但我却不由自主，向着哈尔加德家的圆屋子走去。

有个暂时没人提起的问题，我不愿去想。但是此时，这个问题却再次浮现，挥之不去。

究竟是谁，或者什么东西，在山底污染了水泵站？

我敲了敲哈尔加德家的门，希望阿杜雷来应门，免得我和他爸爸说话。虽然挺喜欢艾克罗尼斯·哈尔加德，但是此时此刻，我只想见到阿杜雷。他一看我，就知道我想要什么——虽然现在我也不知道自己想要什么。

艾克罗尼斯开了门。爸爸负责开门，并对客人致以家族的独特问候，是山顶界的习俗。"哪怕你来我家千万次，你走的时候，我们依旧想念你。"

艾克罗尼斯的欢迎辞比往常少了点热诚，多了点紧张。我对他点头致意，朝里张望着，寻找着阿杜雷的身影。结果——心里一沉。

居然是特朗因·潘诺斯和他油头滑脑的废物老爹马索。今天真是倒霉到极点。

要对他们致以传统问候，真是难为了艾克罗尼斯。传统问候礼就是这样——到头来就是逼着人撒谎。潘诺斯一家简直把山顶界的每一句友好问候都变成了谎言。

特朗因走过来，向我伸出手，仿佛我会接过来，捧在心窝里似的。我才不管什么习俗规矩，对他直接无视，擦肩而过。

"看到没，爸爸？她来了，就是来找那个维里塔斯人的！"特朗因说到维里塔斯人这个词的时候，简直咬牙切齿，仿佛这是人能够说出口的最恶毒的诅咒。

特朗因知道我会来，而我却对他到这儿来的原因一无所知，似乎不太公平。"你来这儿干什么，特朗因？"

"你的到来，比我的到来，更令人忧虑。"特朗因说着，一翻脸，就像变了个人似的。他的声音里带着一丝暴躁，让我觉得害怕。

步步都要小心啊，艾瑟琳。

我决定安抚一下他。

"特朗因，拜托。我们都还只是孩子。阿杜雷和我一块玩大的，我们的爸爸一个是科格内特首领，一个是维里塔斯族长，从先人上山起就这样了。仅此而已。"

特朗因根本不听我说，就算他听了，也和没听一样。

"我要正式发起一项谴责。"他一字一顿地说，让我不寒而栗。

我抛下了所有面子。就算他让我跪地求他，我也会求的。只要能让他不这么做——这实在太过分了，简直就像在玩泥巴之后，用烈火或强酸来洗手。"不，特朗因。没必要这样。别再说了。如果你真的在乎我们的婚约，就别谴责阿杜雷。"

谴责是件大事。只有科格内特人才有权谴责地位更低的科格内特人，或者维里塔斯人。谴责一旦发起，就再也无法撤回，通常以一方被驱逐出境的结果告终，所以说非常严重。

当然没到特别可怕的地步，我理智上知道，谴责的存在既有道理，也有益处。因为谴责的震慑，维里塔斯人才会对科格内特人友好恭敬。谴责制度带来了安宁、慷慨和善意。这是法典里写的，当然没有错。先人曾经和下层阶级艰苦斗争，奋力镇压各种起义和反叛。但那不是在山顶界，这里的每个人几乎都循规蹈矩。

眼下还是忘掉那些条条框框吧。我打心眼里明白，要打击阿杜雷，发起谴责是我能想到最可怕的手段。特朗因套住了阿杜雷的脖子，随时可以勒死他。

特朗因端详着我。我把手扭得太起劲，泄露了心绪。被他看出了我有多在意阿杜雷。

"我很抱歉，艾瑟琳，但是他干扰了婚约——尤其是两个身份高贵的科格内特人的婚约，是非常严重的罪过。他妨碍了我们的恋爱关系。我们连联谊都没进行过。"

"这不是阿杜雷的错，特朗因，都是我的错。"我知道，这会儿该停止争论，承担所有责怪，甚至稍微示弱一下，握住他的手，保证做一个更好的婚约伴侣，甜蜜蜜地对他笑，就像其他想要吸引小伙子的姑娘一样，我看过其他姑娘这样做。眼下就连这么恶心的动作，我也做得出来。

但是我反而想起了自己不想和特朗因联谊的理由。都是因为他傲慢自私，毫不贴心！在我们的订婚宴上，他送给我的订婚礼（让我至今不寒而栗）是一幅自己的肖像。按照传统，聘礼应该是最切合婚约对象的物品。我们要仔细研究对象的兴趣、性格，然后送出一份独一无二的礼物，表示我们理解、欣赏对方。当时，我送给他一套珍贵的文具套装，里面包括钢笔、画笔和一大叠纸，而他却送我一张他自己的肖像。

所以，虽然我知道不该再说下去，但仍忍不住补充"虽然大错在我，但你也有小错"。

特朗因讨厌认错，就连小错也不认。

"虽然不忍心谴责你，但是我不得不这样做。"

特朗因的爸爸在他身边，我也在场。这就有了两个科格内特证人。谴责一落地，就会具备法律效力。

"我，特朗因·潘诺斯，来自伟大的土木结构世家潘诺斯家族，特此正式发起一项谴责——"

我迫不及待地打断他："等等！至少他也应该在场吧？难道你想就这样鬼鬼祟祟地发起谴责？"

我直指特朗因唯一在意的两件事——他自己和别人对他的看法。科格内特人发起谴责时，被谴责人应该在场对峙。在背地里发起谴责，这种事哪里做得。

特朗因点点头，表示赞赏。我这样省得他丢脸。"把他叫来。"

我冲向阿杜雷的房间，拉开门，脑子里千回百转，希望能想出，该怎么利用我争取来的这一小段时间。或许我该小声告诉阿杜雷一切，或者我们一起跳窗，逃到林子里去，或者让阿杜雷装病，病得没法开展谴责程序——又或者——

我的上帝！

我僵住了。这下，解决方案可是得来全不费功夫。但是太不像话了，比问题本身更糟糕。

门被推开，我看到了——我们都看到了——阿杜雷和卡特兰蒂，在阿杜雷的摇床上，两人像情侣似的，又亲又抱。一点也不像山顶界的正经居民，倒像我在先人的小说里读到的那种角色。这种事，早就没人做了吧？

上帝啊，难道真有人做这种事吗？

这下，被我亲眼看到了，有人在做这种事。原来两人之间真会这样，欢欢喜喜地紧贴在一起。

我觉得肚子上猛挨了一击。从没想过，阿杜雷的脖子松了绑，会让我这么生气。

特朗因笑起来："哎呀，老天。我想这个谴责暂时该解除了。"

在艾瑟琳面对阿杜雷，或眼神相接之前，一种古怪的声音响彻了整个哈尔加德家的圆屋子，听来既熟悉又晕眩，艾瑟琳只听过一次（那是在他们还小的时候）。

声响不依不饶地持续着，艾瑟琳觉得震动穿过了她的胸膛。

"召唤钟怎么响了？"艾克罗尼斯忧虑地小声说。

啊，就是这个！召唤钟，只在紧急时刻使用。有十几年没用过了。这个铃在刚刚上山时经常用到，每周一次还不止，但都是在危急的时刻。

艾瑟琳回想起上次听到铃响的时候。

她的爷爷，池瑟·波拉修斯，当天夜里去世了。妈妈哭了，爸爸没哭。所有吉斯人都把尼可拉斯拥戴为新一届的科格内特首领。艾瑟琳很困惑。再也不能坐在池瑟的膝头，听他讲述先人上山的故事了，她很伤心，但也很骄傲，因为爸爸当上了所有人的首领。换届仪式之后，她问爸爸，这是否意味着整个山顶界所有的镇子都归他管。他哈哈大笑，一把搂紧她，说："差不多是这样吧。"

有多少孩子敢夸口，自己的爸爸掌管整个世界？也只有她而已。

但是，接下来的十年光阴却渐渐磨光了这份快乐。她看到了其中的代价，爸爸熬白了头发，再也黑不回去，时常在夜里和妈妈焦心地商量事情。阿杜雷还教训她，让其他人来掌管山顶界，什么都会更好，艾瑟琳很难过。

她真希望爸爸不用掌管世界。

阿杜雷和卡特兰蒂松开彼此，和其他人站在一起。真是不像话，艾瑟琳想着。卡特兰蒂向艾瑟琳悄悄点头致意。艾瑟琳理也不理。明明出了这样的丑事，为什么还要假装一切如常呢？

究竟是怎么走到贝鲁巴斯的实验屋前的，我想也想不起来，脑子里一团乱麻。阿杜雷摆出了最完美的微笑，假装我们之间就像秋天的月夜一样云淡风轻。我们达成了谅解。是啊，他就这么当着我的面和卡特兰蒂搂搂抱抱、亲亲摸摸，我还要一笑而过，能行吗？

能行才怪。

阿杜雷提议我们一块到吉斯大堂去。若无其事地和他一起走，就像当年一年级放学，我们肩并着肩，嘻嘻哈哈一起走似的。叫我怎么受得了。我恐怕说了什么叫人后悔的话，但又不确定。我当时大概要跑出门，有人要抓我的手，但是我踢了那家伙，也不知道是谁。但愿是阿杜雷吧。

现在，我迷迷糊糊地晃到了亲爱的老师家门口。我走进前门，希望贝鲁巴斯还没去吉斯大堂。真想见见他。大门一开，亲切感扑面而来，旧书和古代化学设备的气息真令我快慰。

虽然我绝不会向阿杜雷承认，但仍不由得怀疑，其实大部分科格内特人，包括爸爸和妈妈，对求知并不感兴趣。他们学起知识来大多像一潭死水，虽然抱着求知的义务，却缺乏兴趣或激情。

但贝鲁巴斯不是这样，他每呼吸一口气，都是为了能学习更多。我们在一起研究的时候，他呼哧呼哧喘着气，脸涨得通红，大汗淋漓，浸透了长袍，时常叫我担心。他深感探索未知的迫切，总在研究碰壁，或求知遇阻时痛心疾首。求知之路上的每分每秒，他都甘之如饴。我不能不被他追寻智慧瑰宝的热忱所感染。

"贝鲁巴斯？你在吗？"我踏进门，看到了他令人惊叹的收藏，各式各样的玻璃试管和显微镜摊成一片，显然试验还没做完。我心里升起了希望，因为在追寻知识的时候，贝鲁巴斯从来不会半途而废。

一个男人趿拉着鞋进了屋，他身量矮小，先人或许会称之为侏儒。贝鲁巴斯拿着皮毛、树叶和水壶，锐利的眼睛盯住了我。这样的眼睛，我从一本古代儿童读物上看到过。我想贝鲁巴斯有着狐狸一样的眼神，既尖锐又狡黠。

"宝贝儿！有何贵干哪？"

"听到铃响了吗？贝鲁巴斯？水被下了毒！阿杜雷他……还有亚尔温。特兰顿和爸爸……"我的思绪乱成了一锅粥，越理越乱。

"是啊，孩子，我们都会遇到这样的时候。"贝鲁巴斯和蔼地说，仿佛我真的说清了什么似的。

"水被下毒是怎么回事?"

"水泵站，那水，会毒死人!我妈妈!爸爸听特兰顿的话，不知道在策划什么。求求您，劝劝我爸吧。特兰顿的话不能信。"

贝鲁巴斯很容易为科学事业着急上火，却对一般人担忧的情况淡定得很。"我明白了，"他颔首道，仿佛刚刚只是在讨论我喜欢的茶叶而已，"水会毒死人。我猜是从山底被投毒的，是吗?"

"是的。特兰顿正在谋划诡计。我想劝爸爸，他却把我赶出来了。您快开导下他，就像现在开导我一样。我知道您的话他会听。"

召唤钟一声比一声响。我望向吉斯塔，生怕漏过任何一个动静。

贝鲁巴斯收拾着他的试验台。"你先走一步，我随后跟上。你爸爸的事，我不会不管的。你求我的，我都会做到。"

今天这么折腾，总算有了点好消息。

第8章

吉斯大堂，尖顶巍巍高耸入云，背靠嶙嶙花岗岩壁，是整个山顶界最壮观的建筑之一。

这座建筑是在先人上山不久，用当时的精妙工艺制作的，现已不幸失传。大堂用足了各种珍贵原料——坚固的石头和金属——当时人们还不知道，这些材料会变得如此稀缺。他们确信，可以凭借自己的采矿技术，采到山下的各种资源。但是根本没有资源的话，是什么也采不到的。

有人嚷嚷着把塔拆了，重新分配资源，但是尼可拉斯坚决反对。镇子需要传统，人们也需要美好的事物，来激发集体自豪感。

吉斯的所有成员，维里塔斯人和科格内特人，都集中到了吉斯大堂，他们从宏伟的圆拱大门下鱼贯而入，门下刻着一句话。正是这句话传达的信念，把吉斯人民团结在一起：

我们之所以壮大，不因上帝恩荫，不因众神恩赐，只因我们有知识。

召唤钟闹得人心惶惶。

"你觉得这是怎么回事？艾瑟？"阿杜雷凑了上来，一旁还跟着卡特兰蒂。该死！艾瑟琳确定，他本来已在吉斯大堂入了座，明明刚才还离她很远，怎么一下子就凑上来，还这样若无其事，仿佛艾瑟琳刚刚没有撞见，他俩像发情的超狮兽一样缠成一团似的。而且还叫她"艾瑟"！

要把阿杜雷怎样，艾瑟琳自己也不清楚，但是亲眼看见他伤风败俗的行为后，艾瑟琳决定重振礼纲，从此以全名相称。

她向来以身作则。"阿杜雷，艾克罗尼斯·哈尔加德的初生子，我不知道。"她用上了他的全名，整整四个音节，发音清楚响亮，冠上了他的正式头衔，而且确保了话够长。这是严肃的时期，当然要严肃对待。

艾瑟琳回答生硬，阿杜雷显得很伤心。她虽然希望他明白自己庄重的暗示，但一想到从此就要划清界限，仍感到一阵揪心的遗憾和失落。

艾瑟琳本想先告诉他山顶界所面临的危机。毕竟他非常聪明，又具备维里塔斯人特有的务实作风。但是刚刚在他房间里撞见的一幕，她还在耿耿于怀呢，最终，她的小气劲儿占了上风。"我猜是吉斯的已婚夫妇，听说了你和卡特兰蒂做出的风流榜样。如果他们抽中了签，获准生育的话，或许还盼着你能做个现场演示，来改善一下他们私下亲热的水平呢。"

阿杜雷眼中闪过一道光，仿佛没料到艾瑟琳会反感他和卡特兰蒂做的事情。明明做了这些事，却还装作没有背叛他和艾瑟琳之间不可言说的什么东西一样。"你的意思是……你和特朗因……还没——"

在他说出口前，艾瑟琳赶紧截住话头。难道阿杜雷以为她和特朗因做过这种事？难道她往常的话他全没听进去？她从来都不掩饰自己对特朗因的意见。"拜托！身体接触是禁止的好吗。"

"但婚约对象除外。"

"婚约对象之间可以进行允许的碰触。你那种碰触，不管按照什么标准，都不是允许的！"

"我的天，艾瑟。你知道，我们那会儿还穿着衣服呢。"

"你要是还指望因为没脱光而美名远播，那肯定要失望的。"

艾瑟琳穿过吉斯大堂的一道道门。洞穴般的大厅里早已挤满了人。没一个人说话。整个大堂的氛围和以往截然不同。这里是周末集市的举办场所，大人在这里相互问候，高声谈笑，孩子在这里奔跑呼喊，自由嬉戏。

阿杜雷向艾瑟琳讨饶。"艾瑟，不必对这事发挥这么多吧。"

自己有没有必要做什么，艾瑟琳一点也不想听。"祝你和卡特兰蒂在这儿玩得愉快，阿杜雷·哈尔加德。"

艾瑟琳撇下阿杜雷，径直往前走。因为维里塔斯人的座位在大堂后部。阿杜雷讨厌这个传统，说是一种歧视。有压迫真好，感谢上帝。艾瑟琳想着，庆幸自己所在的区域，阿杜雷和卡特兰蒂进不来。

她经过下层科格内特人的区域，一直走到最前排，波拉修斯家族的座位。

她也不想坐在这儿。虽然盼着见到爸爸和妈妈（玛加仍没有出席），但是她真的不想再看到特兰顿，看他掀开薄唇，咧开大嘴，露出阴森森的笑。别坐在波拉修斯家族的位置！这是不合礼数的。但是，他偏就坐在这儿了，还对着她拍拍身边的空位，好像和艾瑟琳交情很深，特意在午餐室为她留了座似的。

艾瑟琳注意到，特兰顿和爸爸时常眉来眼去，表情诡秘，就像共同守护着一个秘密。

艾瑟琳走到波拉修斯家族的一排座位，在最偏的一端坐下，同特兰顿和爸爸，阿杜雷和卡特兰蒂都离得远远的，一副孤零零的样子。她琢磨着秘密会是什么，奇怪自己为什么对内容这样惴惴不安。

尼可拉斯对自己要做的事感到害怕。他按捺住恐惧，希望找到对策。他讨厌承认别人比自己聪明。但是今天和特兰顿讨论之后，他甘拜下风。虽然玛加心智越来越不清醒，但是她久病不愈，或许只是缺乏睡眠和忧虑攻心导致的。他安慰着自己。

他本该推动社会进步，打造一个更自由、更平等的吉斯。一个阶层分明又和睦友好、井然有序又和谐自由的吉斯。

今天却要推翻这一切，甚至还不止。

"大难就要临头了，严重程度仅次于最初的山底屠杀，尼可拉斯！现在不是拘泥细节的时候，礼貌闲谈和友善微笑都该抛到一边。光靠彬彬有礼，我们是活不下去的。"

特兰顿不依不饶，把尼可拉斯逼到了死路，驳回了他提出的每一个主张。无论他怎么转换话题，结论都一样可怕。

尼可拉斯向高高的演讲台走去，空阔的大堂里，只有他的脚步声寂寂回荡。让他觉得这是个意义非凡的时刻，就像学生被逼埋头苦读好几年，才能换来的这么一天（如果还能有好几年可活，或者还会有学生的话）。他过去总盼望着，自己也能实现这样的时刻。但是他现在才明白，自己过去有多傻。重大的时刻形形色色，并不总是美好的。

他的身边响起了另一串脚步声，特兰顿跟了上来。原计划不是这样的。但尼可拉斯没法指挥特兰顿坐下，在众目睽睽之下和他交锋，那会引发混乱的。尼可拉斯只好假装这是安排好的，对他感谢地颔首。

尼可拉斯走上演讲台，面向全体吉斯居民。特兰顿站在精雕细刻的演讲台边上，庄严而肃穆。尼可拉斯缓缓扫视每一张熟悉的脸。昨天，这些人还在一心对付各种鸡毛蒜皮的问题，捕杀猎物进行成人仪式，争论重力理论的各种细节，希望生育申请能获审批……而他将要宣布的事情，将使民众心中的一切大事黯然失色。

尼可拉斯扫视着听众，看到了艾瑟琳。他想要从她的眼神中读到支持，但是她转开了眼。

艾瑟琳一肚子闷气。特兰顿那家伙！站在爸爸身边，活像个共同领导人。爸爸本该让她陪着的。她哪里都不比那个挑衅的小人差。

她讨厌爸爸把自己推开，还要假装一切如常。他的眼神仍透出当初的亲密，但她不打算领情。你不能一边在我背上插刀，一边假装在和我拥抱，爸爸。世界上没有这样的事。

尼可拉斯开口了。"我们正位于历史上的危急时刻。先祖九死一生，逃过了山底凶兽，幸免于难，我们是唯一的后裔。上天赋予我们一项重任——作为人类的唯一代表，守卫伟大种族的生存。"

艾瑟琳在心里抱怨。毫无疑问，爸爸的演讲词是特兰顿写的。要是她来的话，一定能够写出比这堆废话文雅优美得多的稿子。

"我作为科格内特首领，始终以淡化阶级界线为首务，因为我相信，维里塔斯人和科格内特人越是平等，吉斯就越是强大。"

真是的，爸爸。开场白够长了。大家想知道召集大会的原因。

"但是，我们必须认清自己的历史。在威胁汹汹来袭的时刻，维里塔斯人的祖先奋力保护人类，他们的战士挥着武器战斗。虽然英勇无畏、可歌可泣，但不过是徒劳的努力。体力训练和英勇战斗，都没能阻止山底凶兽的猛攻和屠杀。他们失败了。"

维里塔斯座位区响起了窃窃私语。虽然这段历史会传授给孩子，但讨论范围仅限于教室。尼可拉斯还亲自组建委员会，重新编写了历史课程，突出了维里塔斯人的勇敢，回避他们的缺点。

"虽然维里塔斯人失败了，但是科格内特人成功了。他们闪耀着知识的光芒，引领大家登上高山。他们发现山底凶兽在高地无法生存、无法呼吸，也难以保持清醒。是科格内特人开发了技术，制定了政策，确保人类幸存无虞。

"这个结果恰如其分。因为只有凭借智慧和知识，人类才能战胜其他野兽，冠绝一切生灵。无论人类运动员如何训练，论跑步，我们比不过普通猎豹；论强壮，我们比不过最弱的水牛；论跳高，我们比不过愚蠢的山羊。我们上不能高飞，下不能深潜。在体能上，我们连最小的鸟，最弱的鱼也比不上。磨炼这些无关紧要的技能的时候，即使我们再自欺欺人，也绕不过一个不可避免的真相。人类的身体力量永远无法超越，甚至贴近动物界里的愚蠢畜生。"

爸爸居然把"身体力量"这个词和愚蠢畜生挂上钩！这绝非偶然。他就是要侮辱维里塔斯人最珍视的价值。上帝啊，阿杜雷这会儿的心思一定很可怕。

"所以，科格内特人自古以来就拥有至高无上的地位。正是我们的灵智、远见和创新令我族脱颖而出，这是我们的救赎。所以，科格内特人在吉斯享有更高的荣光。我们至今仍延续这个传统。"

虽然此话不假，但爸爸的做法似乎并不明智。对于某些令人不快的事实，心照不宣不是比一语道破要好吗？尼可拉斯忘了，自己家族就有好些这样的箴言，"暗示胜过明言"和"残酷的事实，只需轻声诉说，默默记住"。

在后排的维里塔斯座位区，低声私语渐渐高涨成了一片哗然，艾克罗尼斯不得不起立，直接面对尼可拉斯。即使他镇定自若，彬彬有礼，但是光凭在科格内特首领讲话时站起来，就够得上一种反抗。

"请问，您回顾这段历史，究竟有何目的？"

虽然尼可拉斯手上有特兰顿写好的三大张稿子，但他还是决定用自己的话来回答艾克罗尼斯。

"我不得不痛下决心。虽然肯定不讨好，但我必须提醒各位，必须不折不扣地遵循我的命令。只有这样，我们才能渡过难关。"

大厅的后排，一个维里塔斯人——尼可拉斯没能认出来是谁——恼怒地大喊："到底是什么危机？您能屈尊告诉我们吗？"

尼可拉斯屏住了呼吸。回不了头了。从此一切天翻地覆。

"水泵站被人下了毒，谁喝都会生病。我们再也不能喝那里的水了。"尼可拉斯的话引发了一大波惊恐和叫喊。

"请大家安静！"根本没人理他。他提高了嗓门。"再这样吵下去，我就排干冬季雨水，大家一起等死！不要考验我的耐性！统统坐下听我说！"

这招收效不错。以排干剩下的水为要挟，一定是特兰顿的点子。只要维里塔斯人决定推翻尼可拉斯和科格内特人的统治，他们一定能做到。放干存水是压制反抗的手段。尼可拉斯本来确信无需威胁他们的。他错了。

"艾克罗尼斯会集合一队维里塔斯人，去寻找投毒的源头，然后负责清理毒源。"

"高高在上地下达这样的命令，没有必要吧，你以为自己是上帝，还是国王？"艾瑟琳认出这个清晰自信的声音。

是阿杜雷。

"直接找志愿者不就行了！"

暴脾气的阿杜雷，总会给自己找麻烦。他还敢质疑法规！她有这样的勇气吗？没有。就算她当众质疑爸爸，也不会被流放的。

艾克罗尼斯搭上儿子的肩膀，示意他冷静，对他耳语了一阵，用只有阿杜雷才能听见的声音说："他是对的，儿子。他要求我们做的，正是维里塔斯人应尽的本分，是个救赎的机会。"

艾瑟琳真想听到他们在说什么，人人都想。

"但是爸爸，那不是要求，是命令，就像吩咐一只驮兽似的。他本该请求我们，但他选择了命令。"

"那是他的个人失误，改变不了我们的正道。这是个软弱的人，让其他人的错误葬送了自己的命运。"阿杜雷坐下了，虽然不服气，但也一时安分了。

艾克罗尼斯转向尼可拉斯，提出了一个问题。"尊敬的科格内特人是否发现了毒源在哪里？"

尼可拉斯停顿了会，知道自己一回答，众人又会炸锅。"投毒的地方在……山底。"

第9章

正如特兰顿所料，大家一明白自己的处境，吉斯大堂顿时就乱成了一锅粥。水里下了毒，需要一支队伍下山，躲过山底凶兽，前去清理水源。山底凶兽早在几百年前，就在不断残害人类。幸存的先人就是因此才躲到山顶界定居的。这似乎是不可能完成的任务。

眼看科格内特人像一大帮畜生似的，没头没脑全靠本能行事，尼可拉斯觉得很失望。他还以为只有维里塔斯人会这样。结果，维里塔斯人以自己的首领艾克罗尼斯为榜样，反而大都保持了镇定。

虽然大会一开头就提醒大家，是理智拯救了人类，但科格内特人却野蛮地踩踏成一团，一窝蜂拥向冬季雨水仓。维里塔斯人不想被人抢光了水，连忙紧随其后。

一大群人聚集在冬季雨水仓外面。这雨水仓是个小小的石头建筑，充其量是个立在地上，没开窗户的管子，靠近石头地板处，设有一个带盖子的小孔。

尼可拉斯万幸，很早之前就分配了金属，围着雨水仓建了一圈高高的栅栏。冬季的雨水很珍贵，需要保护。尼可拉斯本以为这是源自先人文明的多余遗迹，因为山顶界一向少人犯罪（就算有，罪犯也会很快被驱逐出境）。

在这样一个小地方，凡是谁偷了别人东西，没过多久总会被发现，几乎不可能逃过。自从维里塔斯人亚迪勒，被发现在自家圆屋子里藏了一个大桶，结果被驱逐出境后，就再也没人敢来偷雨水。亚迪勒的下场够惨的，没人敢重蹈覆辙。

然而今天的世道变了。科格内特人和维里塔斯人推推挤挤地拥到雨水仓的大门前，七手八脚地用石头砸掉了锁。

塔利纽斯家族的成员驻守在栅栏内，看护着雨水。特兰顿早在吉斯大堂集会前，就安排他们在此站岗，准备大开杀戒。

要不是整个场面太离奇，人群中深深奔涌着恐惧的暗流，艾瑟琳或许会忍不住笑出来。看那些塔利纽斯家的汉子晃来晃去地巡逻，就像训练有素的士兵似的。他们怎么绷得住脸？

一个塔利纽斯家的人攀上了石头墙，守在雨水仓的主要入口上方，大声喊道："所有人退后！远离这座楼！尼可拉斯大人制订了一套完善计划，每家每户都会分到水！你们在这儿对所有人都没有好处！"

他的话没有用处。"这显然不公平！我们怎么知道水分配得是否平均？分少了怎么办？水会先被波拉修斯塔占光的！"

我努力挤过人群。这里有不少我认识的吉斯人，有的人还看着我长大。他们昨天还是深明事理的好人，愿意按照公约的规定，礼貌地退一步让我先喝水。现在他们却推挤着彼此，也推挤着我，仿佛不去阻挠这些新出现的敌人，自己就没了活路似的。这样的人，我一个都不认识！

我低着头，不想被人发现。有人喊着水路被改接到了波拉修斯塔。要不然呢？科格内特首领和他的家人当然也要喝水。只要大家相信我爸爸，我们就能渡过这个难关（但是我哪有资格说别人？现在就连我自己，都不太信得过爸爸）。

或者说，只要特兰顿离爸爸不足十英尺，我就难以信任爸爸。我希望他能够更坚强，更像阿杜雷。要是爸爸像我，我还不满意呢。

我被挤得踉踉跄跄。时间仿佛凝固了，我陷入了回忆。小时候的一天，我不顾妈妈的警告，在水泵站的水渠边玩耍，结果跌进了水里。一波波水流抓住了我，把我卷入了交织着黑暗、恐惧和慌乱的深渊。终于，妈妈把我拽了出来，我满心欢喜地扑进她的怀抱，虽然回头挨了好一通骂。

这个场景又一次出现了，只是可怕得多。我被自己相信的一群好人挤倒了，就要被吞没。我大声呼救，可是没人搭理。站不起来的人不止我一个，还有许多人也被推倒，遭到踩踏。

这一刻看不到光明，只觉得各种痛楚，被碾压、被磨削、被刺穿的痛楚。突然，如同许多年前，我感到一只手伸下来，抓住了我。强壮又温柔的手。恍惚之中，我似乎回到了小时候，妈妈来了，和上次一样安慰我，训诫我。这一切究竟是回忆，还是现实？如果能选择的话，我宁愿重新变成一个孩子，再全身湿透一次。

有人拉着我站起来，用身子护着我，不让我再受伤。我跌入那健壮的臂膀，满心感激，精疲力竭。

阿杜雷在我耳边低语："好了，没事了，艾瑟。"

我真想永远停留在这一刻。这一整天，我想听到的就是这句话。不管是真是假——我想不会是真的，恰恰因为这样，我才需要听到这句话。

好了，没事了，艾瑟。

突然好想哭，但是眼泪只会加剧此刻的疯狂。

阿杜雷把我带出了人群，走向更高的据点，居高临下地看着混乱的人群。这就是吉斯？难道只要区区几滴毒药，就能把我们卷入这样疯乱的旋涡？

阿杜雷扯下外袍，帮我擦净腿上和脚上的血迹，我这才注意到自己流血了。

"这不是我们的乡亲，艾瑟。我们不是这样的人。"阿杜雷说出了我的心声。

"我也这么想。"

"我们失了人心。尼可拉斯……"阿杜雷停了停，看看我对爸爸的名字反应如何。也许是因为失血，我没力气和他争辩，所以没有反驳。而且，我或许会同意他要说的话呢。阿杜雷继续说："尼可拉斯这样做了，就再也没人相信他会大公无私，会把整个吉斯的福祉看得比自己和其他科格内特人的利益更重。"

真不想面对。我的本能叫嚣着反对阿杜雷的话，要把羞耻感埋葬。但是爸爸犯下的罪过，我们有目共睹，我遮掩不了。天下没有哪个爸爸，会让女儿陷入这样的境地。

"我没法替他辩解，但是要说，这一定是特兰顿的计划，不是我爸的。如果我们能突破重围，让爸爸知道这样做的代价，或许事情还能有所改观。"

爸爸出现在冬季雨水仓的栅栏内侧，大声呼喊着，吸引大家的注意。但是没人听他的。除了只言片语，我听不清他说什么。我听到他说"放干"和"供应"，但是在我拼凑起他说的话之前，一阵急促的流水声击碎了这片嘈杂。

只见冬季雨水仓的开口处，一泓清水直泻而下，飞溅落地，蜿蜒下淌，向着众人的方向流过来。

这可是上百加仑的冬季雨水。至少够四户人家用上好几个月了。

爸爸这样浪费水，只是为了吸引大家的注意。

众人尖叫着，匍匐在地，争着在水渗入泥土之前，掬起一捧来。有人连泥带水地喝下去，仿佛这是有生之年，能饮到的最后一口水。

爸爸说："我刚宣布了，如果再不恢复秩序，我就排干所有的水，大家一起渴死。看到了吧，我说到做到。"这可恶的举动奏效了。周围陷入了死一般的寂静。众人连大气都不敢出一口。

"合理计划现已初步制订，确保人人都能生存。大家只需等待我们敲定方案，公布内容。现在，请诸位各回各家，照常生活。"

没有人动弹。

"雨水仓周边是禁地范围。禁止逗留！"

还是没有人动弹。没人想做第一个照办的人，生怕让其他不守规矩的人得了便宜。

特兰顿和爸爸站到了一起。可不就该这样嘛。

"尼可拉斯·波拉修斯是个好人，下不了痛手来维护秩序。我没有这样的好心肠，所以愿意来替他唱白脸。"

特兰顿掏出一张纸，读了起来。

"科格内特首领下令，逗留雨水仓禁地者，均征召为远征队员，发配下山整顿水源！无论性别年龄，一概不得赦免。"

周围一片倒抽冷气的声音，我自己的声音最大，几乎要盖过其他人。爸爸居然要把妇孺发配下山？他绝不会的！

特兰顿转向尼可拉斯。"尼可拉斯·波拉修斯，您是否首肯下发这条法令？"

爸爸奋力斟酌着词句。"为了吉斯，为了生存。就这样吧。"

人群开始退后，空出了整片雨水仓区域。众人远远站着，仍在观望。

特兰顿咧嘴笑了："好极了。我们就知道，吉斯人民是信得过的。"

我不由怒火中烧。是谁把我爸变成这样的？刚才的威胁，一字一句，都在我脑中盘旋不去。爸爸怎能忍心把妇孺发配下山？让他们去面对那个在山下嗥叫的怪物？

绝对不会。波拉修斯家族从来只拯救弱小，绝不牺牲弱小！我们不是这样的人。我必须告诉爸爸，他做了糊涂事，让他赶快悔改，变回原来的那个好领袖。

我从阿杜雷身边走过。他伸手想拽我，低声道："艾瑟琳，你要做什么？"

"做我要做的事。"这下要轮到我挺身而出了。我抬头挺胸，像阿杜雷一样，充满了自信。其实心里全不是这么一回事。

我昂首阔步地走向雨水仓，从散去的人群中走了出来。

爸爸看到了我。"不，艾瑟琳！这项法令适用于所有人。快回头！"

我会逼着他撤回法令，结束这一切。这不是吉斯的作风，不是山顶界的做法，更不是爸爸的统治方式。波拉修斯家族的人绝对下不了这个手。他一定要停手，重新回归礼法。

我继续向前走，身上满是踩踏留下的血迹和瘀青。肾上腺素在我体内奔涌，一点都不觉得疼（其实还会觉得疼，但这没有关系）。

我站在特兰顿和爸爸面前，中间隔着栅栏。全体吉斯居民鸦雀无声，站在远处，在我背后观望着。我转向他们，请求他们和我一起反抗。"有人要和我站在一起吗？你们觉得，山顶界的日子能像这样过吗？"

有许多人，我以为他们会支持我，此时却只垂下了眼，仿佛地板才是最有趣的东西。而不是我，一个置生死于度外，公然违抗父亲的小姑娘。

特兰顿开口了："艾瑟琳·波拉修斯，你看懂你爸爸签署的法令了吗？"

"是的。我知道，无论性别年龄，一概不得赦免。对不对，爸爸？"我直直盯着爸爸。不是用温情的眼神，而是用挑战的眼神。我希望，我的做法让他重新认识我，就像今天，我不能相信他会这样做一样。

第 10 章

找到自己宿命的第一缕线索后，特兰顿更彻底地搜索了尼尔辛家祖传的实验屋。他在另一部落满灰尘的古籍里发现了一张手绘的地图。地图完整描绘了山顶界和巨墙外面的区域，甚至包括山底的山谷，但是没有任何注解或线索。

他认出了地图上的字迹，是他的曾曾曾曾祖父，特拉维斯·尼尔辛绘制了这份地图。但是为什么呢？他必须到巨墙外面一探究竟。

艾瑟琳辗转不安地昏睡了一天还没醒。尼可拉斯不安地看着她，觉得精疲力竭。她睡得这样不安分，受伤的身子能休息好吗？他感到非常自责。她被人群踩踏，让他非常过意不去，几乎无力关注任何其他事情。对此他很惭愧。艾瑟琳没有被驱逐出境，也不会被派遣到山底去。

这对他是这样显而易见，就算特兰顿试着提醒他法令中"一概不得赦免"的部分，语气重得让他觉得过分，也无济于事。有时候，特兰顿的想法真是莫名其妙，这就是个例子。如果没法拦住自己的顾问，救自己女儿一命，这个科格内特首领当着还有什么意思？

尼可拉斯坚持让艾瑟琳在波拉修斯塔养伤，不去吉斯医术实验屋。特兰顿认为，这样会在山顶界的居民中产生不良舆论。人人治病都要用到的公共设施，科格内特首领居然信不过。特别在眼下的敏感时期，科格内特人和维里塔斯人的隔阂这样深重，是几个世纪都没有过的。既然是特兰顿的政策导致的，他又何必着急弥补？特兰顿似乎只在自己合意的时候才关心平等与和平。科格内特人通过实验屋巩固私人财产。这没什么新鲜的，维里塔斯人明白。科格内特人雇得起医生定期出诊，但是维里塔斯人雇不起。世道就是这样，没有争议，也没有不公。

玛加迈着步子进了房间。不再喝有毒的水，她的身体好多了，但是还没大好。

"亲爱的！快躺回去。你需要休息。"

"我们的女儿昨天被踩伤了，难道要我假装不知道吗？这时候，做妈妈的哪里能休息。尼可拉斯？"

尼可拉斯早料到她会这样想。任何慈爱的妈妈都会这样。但是他不想让她看到接下来的谈判。

"相信我，我来照顾她，玛加。放心吧，你需要休息。"

那我昨天睡觉的时候，谁来照顾她的？玛加想着，但是一阵敲门声响起，提醒她，现在不是争论这个的时候。她顺从地低下了头。

"感谢你为我们家着想。"尼可拉斯把她拥入怀里。玛加流下了眼泪。她知道来的是谁，也知道尼可拉斯不得不做的事——她真庆幸，这里没有自己的事。

特兰顿在门口。尼可拉斯不顾自己发布的法令，拒绝把艾瑟琳送下山。特兰顿声称，他们必须遵照统领一切的法典规定，判定"你要为自己的决策所付出的代价"。他是来完成这项任务的。

特朗因在波拉修斯家的客厅里等待峰会召开，态度异常冷漠。仿佛这件事给他增添了很大的不便。既然和艾瑟琳订了婚，他本就该来。但是他这个样子，倒像是被人拖累了似的。占用了你在自己家无所事事的时间，可真是抱歉哪？尼可拉斯在心中对他愤愤然。逼着你特意上我们家来无所事事，还真是过意不去！

尼可拉斯还要求阿杜雷与会，相信他会说明，艾瑟琳从暴民手中死里逃生，当时神志状态不佳，这样的证言对她有利。

特兰顿开口了，语气很严峻："我们都知道，科格内特首领发布的法令是他权威的极致体现。目前时局不稳，堂而皇之地撤回直接发布的命令，恐怕会令情况更加岌岌可危。"

尼可拉斯插嘴道："让我补充一下。波拉修斯家有句箴言说得好：'让一条法律作废，胜过让一颗心灵破碎。'让我们把这句话作为今天探讨的基础。"

特兰顿嗤嗤一笑："有些说法还不如填进枕头里。不是所有箴言都合时宜的。"

阿杜雷热血上涌，急急说道："她那会神志不清，差一点就被暴民踩死，刚刚被救出来才不到五分钟。她对抗法令的时候，脑子还缺着血呢。"尼可拉斯环视房间，对阿杜雷满心感激。阿杜雷和他站在一起，特兰顿持敌对态度，特朗因漫不经心。

特兰顿不为所动。"艾瑟琳煽动了民众情绪。"他扫了一眼特朗因，然后说，"至少，是大部分民众。但是，为了确保人类生存，我不会顾及个人忠诚。为了捍卫法律尊严，我宁肯粉碎千万颗心。法律旨在保护。法律之所以存在，就是为了保护人们脆弱的心。尼可拉斯，如果伤的不是你的心，你一定也会这么认为。"

尼可拉斯觉得脸开始发热。特兰顿主张严守法规，仿佛艾瑟琳真有可能下山远征似的。"我知道，你乍一看到自己的女儿倒下，肯定会被一大波情感占据了理智，就像池塘里泛起淤泥似的。但是随着时间推移，水会渐渐澄清。但愿你会明白，如果自己不以身作则，却要求每个吉斯成员做出牺牲，这是多么虚伪狡诈。"

尼可拉斯的脑袋高速运转着，翻来覆去地思考，反复对比着每种想法的优劣，但大部分主意都不成形。他暗骂自己运气不好。好点子不能靠冥思苦想，只会在不经意的时候造访，就像一只蝴蝶轻轻停在肩膀上一样。天才似乎能够吸引尽可能多的蝴蝶，但并不能创造出蝴蝶。

此时，他突然想到一个点子，能让他尽可能团结这个房间里的盟友。"特朗因，你准备下山去吗？"

这一问，把小伙子从心不在焉的发呆状态里惊醒。"很抱歉。凭什么？"

"婚约规定，一旦成立婚约，男性就应尽自己所能保护女性。"

"那不过是个浪漫的花哨把式罢了，只是法典里写的空想诗句！"

"即便这样，那也是法典的规定。要是艾瑟琳下山了，你也要跟去。"尼可拉斯曲线救国，达到了预想的效果——特朗因被前所未有地调动了起来。尼可拉斯看特朗因吸引来了机智的蝴蝶。这个小伙子，要是放下那一副没精打采的样子，还是挺显高的，体格上也颇有几分存在感。只见他站了起来，向特兰顿走去。

"特兰顿，要是我们把一个小姑娘送去直面山底凶兽，吉斯人民会吓坏的。光是这样，就足以引发叛乱！艾瑟琳是波拉修斯家族最受欢迎的成员，许多人都盼着她掌权领导吉斯的那一天。"虽然这话对尼可拉斯有些轻蔑的意思，但是尼可拉斯不会不同意。只要人民喜欢艾瑟琳，就会间接地喜欢自己，或至少自己家里的人。

特朗因继续说："冬季雨水仓关闭后，你还没出过门吧。但是关于艾瑟琳是否下山远征，表示反对和赞成的舆论比例已经达到二十比一。如果你逼着尼可拉斯实施他的愚蠢法令，就必然会遭到反抗！你不至于犯下大错来弥补小错吧。"

尼可拉斯由衷折服。虽然特朗因只是为了保全自己，但他在短短几分钟内，就完成了尼可拉斯花了整整两天还组织不清的论证。

特兰顿丢盔弃甲："那你有什么主张？把事情推得一干二净，然后说我们在开玩笑？"

特朗因沉吟着，突然灵机一动，想出了一个绝妙的点子，虽然有点风险。这是只恶毒的蝴蝶，如果这种生物存在的话。

"找个人来顶替她如何？说实话，送一个小姑娘去远征，能顶什么用？找个人替她去，岂不是更好？"

尼可拉斯觉得，他或许错看了这个男孩。难道他自愿替代艾瑟琳的位置？"特朗因，你想顶替她去吗？"特朗因笑道："才不呢！面对危险，我能做什么？叹口气，翻个白眼，然后——"他拿起刚才专心盯着的草图，"把它活活画死吗？我到了山顶，一定比艾瑟琳还不中用。但是厉害的另有其人，可以作为替代人选。"

所有的目光都转到了阿杜雷身上，因为特朗因指的是谁，显而易见。特朗因简直不相信自己的好运气。终于可以甩掉这个该死的维里塔斯人了。要是阿杜雷答应去远征，他一定会被山底凶兽撕成碎片，要是他不答应，那么艾瑟琳也会看透，厉害的阿杜雷原来是个懦夫，不敢搭救她。

尼可拉斯知道特朗因的意图，打心眼里厌恶他。但这个方案确实很有道理，恶毒归恶毒，却能一下子解决许多问题。艾瑟琳既不用到山底去，愚蠢的法令和尼可拉斯脆弱的权威也能得以保全。尼可拉斯虽然鄙视把抉择丢给阿杜雷的行为，但也不打算阻止。就连特兰顿都表示支持。"这样的话，阿杜雷，你怎么说？你觉得会有谁自愿顶替艾瑟琳？"

第 11 章

就算睡着了，我仍觉得缺乏真实感。一切都沉滞而涩重，每个声音和动作都慢了半拍。

我总是羡慕别人能做绚丽缤纷、天马行空的梦。我从没梦过。我总是将此归咎于自己的生活面太窄。困在山顶小小的区域里，每天见到相同的人，做着相同的事。醒着的时候，压根没有什么内容值得让大脑在梦里进行处理的。在我的潜意识里，没有难题要解，也没有密码要破。

现在，尘封已久的谜团终于要被揭开了。

其实，书上说每个人都会做梦。唯一的区别在于醒后是否记得。我的梦境大概太乏味，实在不值一记。

在我平静无波的生活里，过去的几天算是意外。现在，我想自己应该是在做梦。有阿杜雷，还有爸爸。他们在说话。我听得出他们在讨论我，但是具体说了什么，我听不清。没有特兰顿、特朗因或卡特兰蒂，所以我想这个梦应该不坏。至少不会是噩梦。

一阵声音回响着，催促我醒来。我挣扎着，想继续睡下去。但是声音越来越大，既缥缈，又熟悉，令我心绪不宁，无法忽视。

接着，我醒了，发现自己躺在自家床上，昏头昏脑的，像是沉睡了好几年似的，连怎么回的家，怎么上的床都记不清了。

"爸爸！妈妈！"我一从床上跳起来，立马就后悔了。身上的疼痛一下子唤醒了我的记忆，我被人群踩踏，是阿杜雷拉我起来，救了我一命。我瘫回床上。

"艾瑟琳，你醒了呀。"妈妈在门口，被忧虑扭曲了面庞。除此之外，她看起来比前阵子好多了。

我下床站起来，虽然身上疼，但还动得了。妈妈的神态不太对劲，她太不想让我不安，倒让我更加不安起来。"怎么了？爸爸呢？"

"快坐下。你需要休息。我们都要休息！我给你泡点茶吧。"

我八岁以来，妈妈就没再给我泡过茶。记得这么清楚，是因为非常想念。"我睡了多久？"

妈妈走上前，握住我的手。她看着我的眼睛，就像小时候一样。那时候，她还是个年轻的母亲，一心要让我明白，她爱着我。但不知从什么时候起，她确信我已经学会这堂课，无须再提醒。我想这是对的。我再也不是一个需要时时温习爱意的小娃娃了。

但是，这样的时刻依然令人慰藉，叫我不得不留恋。长大后，肢体接触就变少了。我知道这样没错——家长不该拥抱十几岁的孩子。但是，我发现自己对此很怀念。然而，一切还是不对劲。我抽回了手。"妈妈，你到底有什么瞒着我？"

"我们就是担心你。爸爸到雨水仓去领取本周的份额了。你醒了他一定会很开心。他一直守在床边等你好起来。你这孩子，真把我们吓坏啦。"

这话让我想起了自己挑战爸爸法令的事。

最近的事情，我能记得的就到此为止了。"妈妈！在冬季雨水仓，我反抗爸爸的法令，一直往前走……"

妈妈知道我要问什么。"照顾好自己，亲爱的。不用再担心这个。你爸爸已经都解决了。你该为他骄傲。"妈妈没有说"像以前一样，总是为他骄傲"。但是她的想法，我们都心照不宣。此时，我的房间外传来一阵响亮的哨响。

"茶泡好啦！我们一起喝点，然后开始做我们的正事，好好休息下疲惫的身子。"我喜欢她说"我们"。成为集体的一分子，感觉真好。我已经孤单太久了。

妈妈端来一个茶盘，就像小时候一样。我还到床下翻出一堆娃娃，布置了一个像模像样的茶话会。我悄悄转开眼，咬住下唇，怕妈妈看到我眼中泛起的泪花。多么情不自禁、情非所愿，而又不请自来的泪水啊。

"我好想你，妈妈。"我现在才知道自己有多想她。我有多久没享受到得知她病情好转的快慰了。

和妈妈在一起的温情时刻，正是我想象的，别人享用的那种梦境。

我的梦！我想起来是怎么被打断的了。是那奇怪的声响把我从睡梦中唤醒的。现在我醒了，一对比有意识的思维和下意识的回忆，我就知道刚才听到了什么。

那不仅是我的梦，我是被召唤钟叫醒的。

我该走了。

第 12 章

等我到达吉斯大堂的时候，仪式已经开始了。我这才恍然大悟，妈妈不是在表现爱意，而是想要转移我的注意。他们故意要让我怀念这一刻。

让我觉得被珍爱，是妈妈的终身目标。我之所以知道，是因为她每天都对我这么说。眼见着这个人，从一开始对你乐于照料，一步一步变成对你勉强容忍，我越长大，就越看透这残酷的伎俩。我不确定这转变是从何时开始的。她是从什么时候起，成了对我撒谎不眨眼的骗子？任何出于自私的理由欺瞒我，蒙骗我，让我相信自己是被爱着的人，绝不会是真心爱我的人。

我涨红了脸，不知是出于愤怒，还是悲伤。刚刚居然信了她，我有多蠢。

真是奇怪，阿杜雷居然站在人群头排，就像是爸爸和特兰顿专属班子的成员。难道他猜出了密码？他一侧站着爸爸，另一侧是特兰顿——这架势，活像是要访问吉斯似的。

阿杜雷的声音冷静沉着："本来，我对我们的领袖处理投毒和冬季雨水仓的做法心存忧虑，但是和尼可拉斯深入探讨之后，我认可了他的周全计划。"虽然阿杜雷显得胸有成竹，但我看得出来，他完全是言不由衷。什么都瞒不过好朋友的。阿杜啊阿杜，他们到底对你说了什么，让你做出这样的事来？

"争论时间结束，该采取行动了。我会全心全意效力尼可拉斯·波拉修斯。"我几乎要笑出声来，多么荒谬啊。我怎么也想不到，阿杜雷嘴里会说出这样的话来。

我溜到大堂前方，躲在火炬照不到的阴影里。作为波拉修斯家族的成员，我本该坐到波拉修斯家族的那排位置去。经过的时候，我瞥到了维里塔斯人的表情。他们脸上的忧虑被阿杜雷的演说软化了。维里塔斯人敬重阿杜雷，就像科格内特人敬仰我一样。我不怪他们。阿杜雷·哈尔加德确实有很多讨人喜欢的地方。

到了波拉修斯家族的座位区，我忍不住暗骂自己，因为被爸爸发现了。

他无声地向我示意，简单粗暴地丢了个手势过来，让我掉头快走。就像对着一条狗或者一个婴儿发号施令，指望他们会懂一样。我懂归懂，但是一点也不打算遵守。

"为了支持尼可拉斯的计划，我会亲自——"阿杜雷停下了，看到我径直坐在他面前，惊得目瞪口呆。这不是巧合，我要的就是这样的效果——和我爸的愿望恰恰相反。

我用口型示意阿杜雷——"你在干什么？"无论特兰顿和爸爸达成什么协议来换取他的支持，阿杜都过不了我这关。我提醒他，别忘了自己是谁。他转开了眼神，咽了下口水，仿佛整整一周没喝过水似的。我等他再次看向我，从我的目光中汲取力量，然后重新变成那个在逆境中勇往直前的阿杜雷。但是阿杜雷不断逃避着我的眼神。

"……我会加入远征队，深入山底。"

什么？我感觉脑袋挨了重重一击，就像以前在高山树林里追逐妈妈，结果一头撞到树上一样。

人人都望向我，有些人倒吸着气，不断摇头。看到一位母亲掩住了孩子的耳朵，我这才反应过来，原来我居然喊出声来了。音量肯定不小。而且肯定还说了什么刺耳过分的话，才让许多母亲掩住了孩子的耳朵，免得听到我发脾气。

"什么！不！阿杜雷！你在想什么？想想亚尔温的遭遇！"

阿杜雷继续说着，对我的大声抗议充耳不闻。

"我们会找到毒源，让水泵站恢复洁净。"

爸爸对两个塔利纽斯家的维里塔斯人点点头，他们一左一右把我夹在中间，仿佛在响应我的需求。但事实并非这样。他们挟持了我，把我强行带出会场，免得我闹事。

"好啦，好啦，我们休息一下吧。"一个女人说着，拿出了一个长颈瓶。其他人还以为里头装的是水或者茶。我的嘴巴被强行撬开，灌进了汁水，那汁水一触碰我的嘴唇——我就头昏眼花，身体无力。我几乎丧失了意识，但最后听到的是阿杜雷说"我们明早出发，必将胜利"。

我真想去死，说不定我已经死了。

第 13 章

特朗因低声窃笑，闲闲地踱步，沿着两侧夹道的峭壁，向波拉修斯塔走去。这个打败对头的绝妙计划，虽然算不上深谋远虑，高瞻远瞩，但也差不太远。

他盘算着如何重构局面。他该承认自己是急中生智，毫不费力地做个天才呢，还是该假装已经谋划了好几个月，甚至好几年？能够提前两年设想二十步的一位谋略家，该多么令人生畏啊。

特朗因此刻还没决定。让他们猜吧！难道他不能二者兼备吗？无论哪种情况，人们都要承认他的才能，要争论的不过是哪一种才能而已。

在他近乎完美的交响乐中，艾瑟琳是唯一变调的音符。得知阿杜雷下山远征时，艾瑟琳那心碎的表情，几乎要让特朗因回心转意——就因为她。但是木已成舟。潘诺斯家族有一句箴言："我们从不后退，是有原因的。"

对艾瑟琳的感情，让特朗因心烦意乱。在他被迫维护她的时候，才产生了这种感情。在此之前，特朗因除了烦恼她无视婚约之外，对艾瑟琳并没有太多想法。她起了那么多可怕的外号来骂他！什么蛆虫、虱子、蠕虫、扁虱、爬虫，在艾瑟琳眼里，他还要等到猴年马月，才能从无脊椎动物毕业呢。

现在特朗因明白了，只要艾瑟琳当上科格内特首领，他作为丈夫，必将成为实际上的科格内特领袖。所有的科格内特女性都对丈夫百依百顺（当然不包括子女的婚约对象人选）。这点很吸引特朗因，然后发现自己一整天都在想着艾瑟琳。

他看到艾瑟琳进了吉斯大堂——即使尼可拉斯和特兰顿向阿杜雷保证，艾瑟琳不会出现——结果，艾瑟琳的现身和阿杜雷的反应，都令他吃惊。他想弄清，为什么她总是这样充满魅力。结果他把这归功于自己，就像一个光芒四射的光环，让周边一切物体都显得流光溢彩。

特朗因发现，就算打发走了阿杜雷，自己仍对艾瑟琳念念不忘，简直夜不能寐。他终于决定和她谈谈，因为她是战利品，而他打赢了这一战。

他走近波拉修斯塔，被塔利纽斯家巡逻的汉子逗乐了。他们以为自己成了什么？正儿八经的卫兵吗？周围还有许多未经训练的普通仆人和帮手。特朗因躲在一块大石头后面，决定不经通报就闯入，才不要去迎合他们的伎俩。

等到巡逻兵走到波拉修斯塔西侧时，他悄悄潜进了黑暗之中。

他一来，就听到她说："拜托了！谁来帮帮我。谁来都好。别丢下我。"像是个跌伤了腿的小姑娘，既恐惧又委屈。

该死，我的胃又开始抽了。特朗因搞不懂这是为什么。也许我是病了。他想着。他隐隐约约地感到同情，但因为他一生之中同情的经历太少，所以他还以为，是妈妈做的超狮肉馅饼害他闹了肚子。为了赶上吉斯大堂的典礼，特朗因妈妈赶着做的饼真够难吃的。妈妈做饭的时候，不是漏放了关键的食材，就是多添了奇怪的原料，她多放的东西，任何一个靠谱的厨子都不会考虑加入饭菜里。他提醒自己，回家后要和爸爸说说这事。

窗户边露出了艾瑟琳的脸，满是泪痕，两眼通红。她抽噎着："你们不能把我关在自己的房间里！"

一阵丁零当啷的金属声响起，具体位置，特朗因分辨不出。他觉得更难受了，看到她的时候，自己好像发起了烧。沉沉夜色中，他的脸涨得通红。他想和她说说话，说不定能让她好受一些。

特朗因走到月光下，"嗨，艾瑟琳。"她一见他，脸就皱成一团，肯定是不想见到他了。

他也不知道自己想要什么，但肯定不是这个样子。他感觉很糟糕，胸口一片火热，胃里一抽一拉地疼。这种感觉很陌生，因为他已经很久很久没伤过心了。艾瑟琳的模样让他伤了心。

"你来做什么？"她吃惊地哽咽道。

特朗因这才想起来，自己也不知道来这里做什么。他以为这是件好事。"我想，说不定，你需要有个人陪。"特朗因支支吾吾地说。

"才不要你陪。"

特朗因不知艾瑟琳是否知情，让阿杜雷下山远征是自己的主意。

大概因为这个，她对自己更恶劣了。与其领教这种滋味，他宁愿吞下妈妈做的整块馅饼，然后添了再添。

"你的诡计，我听人说了，都是你逼阿杜雷下山的！我知道你干了什么。你利用了他！"他的疑问这下解开了。

"我只不过想救你，让你下山是大错特错，我怎么能容忍这种事发生。我也没其他办法了。你要是走了，我会很想你的。所以我来，就是想和你说清楚。"

这些话萦绕在空气中，艾瑟琳和特朗因都有点不知所措。他们对彼此的关系是这样陌生。特朗因说话的腔调，简直就像先人一样老掉牙，叫艾瑟琳读不懂。

特朗因在对我示好吗？

他的话让艾瑟琳心生一计。纵然不太地道，却能实现她的目的。虽然对特朗因不公平，但是这种人配得上公平吗？哪怕成功的可能性不大，但是试一下又何妨？她觉得，特朗因的这些甜言蜜语都是编给她听的，希望能从自己这捞到什么好处。所以，自己这么做是很公平的，你骗了我，我也骗你。

但是艾瑟琳还是觉得好卑鄙。

"特朗因，听你这么说……我有了一样的心情，但是担心再也没机会回应你。"艾瑟琳撒谎了，扮得像先人小说里的女性人物一样，用美色和魅力来操控别人。从特朗因的表情上看，效果似乎不错。艾瑟琳觉得很荒唐，因为无论是美色还是魅力，自己一样都没有。

特朗因很震惊，她的话竟会这样触动自己。他心脏狂跳，满脸通红。她也有一样的心情？

他回答："等这堆麻烦事过去，我们就重新开始，更进一步。我们之前都没想过要这样。"

扮成这样虽然别扭，但是艾瑟琳却走近了一步。"还要再等吗？人家今晚还一点主意也没有呢。"她用拇指和食指轻轻捻起一缕头发，卷啊卷的，就像卡特兰蒂和小伙子们说话的那个样子。这般作态，艾瑟琳真心讨厌，但是小伙子们好像都很吃这套。

特朗因当然也欣然接受。"但是你还锁在这儿呢，"他笑道，"难道我们要躲着塔利纽斯家的守卫，隔着窗户办一场野餐吗？"

艾瑟琳也展颜一笑。"瞧那帮塔利纽斯家的，还真把自己当卫兵了，真是好笑！"等等，我们这会儿在一起笑呢，是真心在笑，还是都在做戏？艾瑟琳无法确定，一时犯了迷糊。她正下脸来，口气带着一丝挑逗。"你这么聪明，快来想个法子，把我放出去，好好在一起待一会儿。你懂的，就我们俩。"

艾瑟琳之前从未要求和他独处过。从来也没有姑娘想和他在一起，无论是否独处。特朗因的脑子飞快地转着。她说得对，我这么聪明，带着艾瑟琳，躲过个把塔利纽斯家的守卫，根本不在话下。

计划敲定后，他对艾瑟琳微笑："别走开，我马上带你出去。"

"别走开？人家就算想走，也走不了呢。等你哦。嘻嘻嘻。"他俩一起笑了。

上帝啊，他看起来真的很开心。艾瑟琳简直看到了小时候的特朗因，还没变成自大狂的样子。她觉得对不起他。他不是比我还会演戏，就是真心喜欢我。她赶快把这个想法甩到脑后—他当然是在假装啦。特朗因从来只在乎自己，以及怎么利用别人。

她等着他回来。塔利纽斯家的守卫可笑地巡过另外一圈后，她听到特朗因靠近的声音。

但愿这家伙确实和他自己认为的一样聪明。

第 14 章

特朗因大步迈向艾瑟琳家的窗户，不再懒懒散散，看起来简直换了一个人。他好像还带着一束鲜花。艾瑟琳好奇，这么短时间内，他是怎么弄到花的。难道他还随时带着一束，时刻备用不成？

特朗因轻轻敲了敲前门，静静等着。他想，这一步成功的概率只有百分之五十，只要这步成了，接下来的都好办。开门的是玛加，不是尼可拉斯。特朗因大松一口气。真是好运气啊。

玛加神色紧张地扫视着黑暗，特朗因看出，她对波拉修斯塔的安全不太放心。冬季雨水仓的场面太过吓人，塔利纽斯家的守卫也未必靠得住。

特朗因把鲜花举到玛加面前，微微一笑。"送给您的，没有您，就没有我心爱的姑娘。"他轻轻点头致意。

玛加接受了鲜花，但显然没有心情接待他。"特朗因，怎么偏偏今晚……"她的声音弱下去，没有力气再斟酌接下来的话。

"我只是来帮忙的，我保证。我想见见艾瑟琳。"

"在这关头，管不管用，我不确定。"

特朗因放低了声音，仿佛怕被房间里的其他人偷听到似的："最近出了这么多事，我想眼下正是关键时刻。艾瑟琳可以喝一点提神酒吧？这种叫人振奋的好东西，能够做出来的人，现在可是越来越少了。"

就让这小伙子试试吧。他似乎非常积极。大不了，就让艾瑟琳骂他叛徒，罪无可赦，发誓永远不再爱他了，就像对玛加和尼可拉斯一样。玛加暗自叹了口气。还是年轻小姑娘的时候，她可从没像艾瑟琳这样火暴脾气。不过，玛加的父母也没让她最好的朋友去送死，然后把她软禁在自己屋里。

玛加指指艾瑟琳的房间："你走的时候，一定关好门。很遗憾，这是必需的。"她背对着他，重重关上了自己房门，身心俱疲。

特朗因庆幸着自己的好运气。玛加这么疏忽大意，真是没料到。

他抽掉了艾瑟琳房门上的厚重木闩，门吱的一声开了。艾瑟琳扑上来，温暖地、紧紧地抱住了他。

此时此刻，无论她是否逢场作戏，无论她心中如何看待特朗因，她的危机都大大解除了。艾瑟琳感激特朗因的帮助。塔里的这个房间，已经从她最心爱的地方，变成了一个绝望的陷阱。她必须离开。

恢复理智后，她挣开了拥抱。"未经批准的身体接触是禁止的，就连婚约对象也是……"她咕哝着道歉，为这突兀的转变圆场。对特朗因说真话，可就太残酷了。艾瑟琳知道自己在欺骗特朗因，打心里厌恶自己。

"你不愿意的话，我保证不说出去。"特朗因眼睛都亮了。他这样子近乎天真，有些可爱，还挺讨人喜欢的。真够单纯的。

"先甩掉那帮塔利纽斯家的，然后我们一字一句对着法典来，看看到底能遵守到什么地步。"艾瑟琳脸红了，这种角色，自己居然演得像模像样，真是羞死人，简直装得比卡特兰蒂还卡特兰蒂。

特朗因还以为艾瑟琳脸红是出于爱意，更加坚定了要实现幽会的决心。他吹灭了蜡烛，守在窗边，张望着。

"到这儿来！"他轻声说。艾瑟琳跟上他。"看那里。"

艾瑟琳什么也看不到。"我该看哪儿？"

"到这儿来，靠近点。看那里。"艾瑟琳快步跑向特朗因，几乎整个人窝进他怀里。她等着自己的眼睛适应窗外的月光。特朗因的鼻息和心跳清晰可闻。看来，就连特朗因也不由自主地紧张呢。

艾瑟琳想要让他放松下来。"知道吗，就算我们被捉个正着，别人也只会嘿嘿笑着，丢来一个心照不宣的眼神。"会不会这样，她其实不确定。一周之前，肯定会是这样。但是现在，一切都不一样了。

"你怎么知道？难道你经常和小伙儿溜到树林里？"

艾瑟琳心头火起，但是按捺住了。她轻飘飘地笑着："哎呀，可不是嘛，一晚一次呢，周六还要两次。"

就算即将重获自由，她也要坚持演到底，这是达到目的的最佳方式，她不得不弄清真相。能冒这份险，是她的荣幸。"开玩笑啦。你要知道，人家还是很纯洁的呢，不管是心灵，还是身子哦。"虽然不全为了调情，但这话不说清楚不行。

他答道："那个……我在想，如果被捉住了，我不会被驱逐出境吧？"

"怎么会呢！你是科格内特人，我们可是订了婚的。"

他放心了，她看得出来。但是说清这点，让她更紧张了。这可不仅是两个孩子背着父母幽会而已。她刚刚还被软禁在自己屋里。阿杜雷要被遭到山下去送死。逃出波拉修斯塔后，我该怎么办呢？

她还没拿定主意，但是塔利纽斯家那帮不靠谱的守卫就要巡过来了。她得当机立断。

第15章

特朗因跟着艾瑟琳穿过树林。他虽然放低了声音，但是啰里啰唆说个没完。特朗因平时不是没讲过话，但是艾瑟琳觉得，他说的话，不是无聊，就是讨厌。不过今晚，他的表现蛮有进步。

"特兰顿很有必要调个职。让他去研究霉菌孢子算了，这个议题再适合他不过。你要让波拉修斯家族掌权。"

艾瑟琳知道，他在迎合自己的心意说话，不管他说什么，她都觉得受用。她想着，难道说些别人想听的话，不是一种善意吗？你饿了冷了，别人关照你，让你吃饱穿暖的时候，怎能开口批评？凡事要知好歹，阿杜雷真该学学这点。

"我爸爸把事情搞砸了。"艾瑟琳应道，惊讶自己能和特朗因像朋友一样倾心相谈。"我没想让他当上人人都爱戴的科格内特首领，"她顿了顿，"但是他本该更有主见，敢于反对特兰顿。我就会这样做的。"

"你不就是这么做的嘛。你明确表示反对。你知道山顶界的人是怎么说的吗？"

艾瑟琳涨红了脸。这一点，她没多想，但是她在大庭广众下的行为，肯定要让吉斯居民议论纷纷。"他们怎么说的？快告诉我。"

特朗因逗她："或许我不该说呢，怕你太骄傲。我知道你讨厌自大。"

"我是讨厌你自大，我自己嘛，还是受得了的。"

"人对缺点总是这样，不是吗？"

"这大概就是缺点和优点之间的差别。同样的品质，在我身上是优点，在你身上就是缺点。"

两人你来我往地打着嘴仗。艾瑟琳很少和别人这样。和爸爸只有过一次。和阿杜雷经常这样。以后还有机会吗？谁知道呢。她按下这个念头。贝鲁巴斯，当然少不了他。特朗因似乎从来没有资格进入这个圈子，但是现在基本够格了。

他们到了塔玛尔愚事的废墟。这是她的先祖塔玛尔在几十年前尝试建造的高塔。艾瑟琳攀过这片残垣断壁。这里的金属材料早就被搜刮得一干二净，徒留岩石在风吹雨打中剥落侵蚀。哪怕爸爸觉得她应该以此为耻，艾瑟琳也一直很喜欢这里。她很喜欢这片废墟的意味——塔玛尔曾经奋力一搏，但最终失败了。这比现在人人倾向的偏安保守要好得多。塔玛尔愚事，真像是阿杜雷会去做、然后搞砸的那种事。阿杜雷要是听了这话，一定会哈哈大笑，然后变本加厉地反驳我。

这样莽撞冒进的行为，她无法想象自己会去尝试，因此觉得更加肃然起敬。

距离塔玛尔愚事的地基不远，她能看到自己先祖的坟墓。坟墓建在波拉修斯家族的专属墓园里，嵌在两个大圆石之间。爸妈觉得这里令人毛骨悚然，但是艾瑟琳却很偏爱这个小小角落。

她能感到，长眠于此的波拉修斯家先人（即使她知道，自己列祖列宗根本不在这里，根本不在这个世界上）。艾瑟琳尤其喜欢看希恩·波拉修斯的坟墓。这座墓已有两百五十年之久的历史，墓志铭写着：

痛之至切，莫过于抛却所爱。

这是什么意思，虽然她问了很多次，但是从没人告诉过她。多么充满诗意，痛彻心扉的墓志铭！艾瑟琳觉得，自己一定会和曾曾曾曾祖父希恩相谈甚欢。

"你的爸妈居然会让你晃荡到这里来。我还以为，他们恨不得把这片废墟整个儿铲平抹净呢。"特朗因边看边说。

"这样的话，不是令吉斯劳民伤财了吗？"

"可以理解。但是我想，波拉修斯家族或许想要抹去这片记忆。"

"这没什么好羞愧的。"

"但也没什么好骄傲的。"特朗因脱口而出。他犯了一个错误，这样的调笑让他落入了艾瑟琳设好的陷阱。他本来是在开玩笑，但是艾瑟琳可不这么想。

刚一跨过废墟，跳到地上，艾瑟琳脸上的调皮笑意就消失了。"我骄傲我的，要你多管闲事吗？"

这一击真狠。特朗因一下蒙了。这脸也翻得太快了。"不，当然没有，艾瑟，我只是——"

"是艾瑟琳。"她向树林更深处退去，潜入夜色里，"别叫我艾瑟。"

"等等！我带你溜出家门，你不能走。大家都会想你去哪儿了。"

"让他们想去吧。"

"为了放你出来，我可是违反了法典！你不能走！我能守候你，保护你的。"

"保护我？就凭你？"

艾瑟琳继续退后。他想追上她，但是她对这一带要熟悉得多。

"这是怎么了？明明刚才还有说有笑的。"

艾瑟琳感到一阵内疚。按照计划，逃出房间之后，她本来就要甩掉特朗因。都怪刚才处得太好，差点让她忘了这茬儿。无论如何，她接下来的几步都不能扯上特朗因。算计也好，翻脸也罢，总要甩掉他的。实在说不清楚，一了百了，反倒是对他好。

"没怎么。我就是不想和你在一块了。我们之间总是老一套。"

"艾瑟琳，求你！别离开我。明明刚才还……我不想就这样结束。"他声音中的痛楚是实实在在的。他一点都没在演戏。

她伤了他的心。

她知道，自己欠他不少。刚才确实很开心。但这也是问题的一部分。前一周发生的每件事——亚尔温遇难、妈妈生病、水被投毒、爸爸暴政、阿杜雷下山——在这种时候觉得开心，真是不合时宜。

但是，这是他们最后一次相见。哪怕最后一小时里，他们在一起很开心，他也不该落得这样的下场。更好的对待，他不是配不上，只是她给不了。

"你走了，我该怎么对大家交代？"

"就说……就说，你没有我想的那么坏。还有……我很抱歉。"她说着，消失在一片茫茫夜色中。

第 16 章

艾瑟琳长这么大，从来没有行过这么多骗，扯过这么多谎，心里很烦恼。她觉得，言语不合事实是发疯的标志，只有疯子才总说假话。但是她知道自己没疯，因为她还有理智，而疯子（那种被驱逐出境的疯子）没有。她是自己选择这么做的。

她没发疯，只是堕落。

她走向恩师的实验屋。"贝鲁巴斯！贝鲁巴斯！"艾瑟琳急切地低声叫唤着。自己逃了，特朗因不会告密的。别人发现了，他自己还会陷入麻烦。但是要不了多久，就会有人来搜寻她。吉斯没有一个人不认识她的。她最近的事迹人尽皆知，谁都知道，她不该半夜在山顶界晃荡。

贝鲁巴斯的实验屋上了锁。但是贝鲁巴斯从不锁门的，不管白天还是黑夜。他连钥匙都没有呢。

她站在他的卧室窗外，轻轻敲墙，想引起他的注意。屋里黑洞洞的。艾瑟琳抬头望望月亮的方位，算出这会儿才午夜刚过。这么早就睡，一点也不像贝鲁巴斯——要是以往，越是夜深人静，他越会灵感泉涌呢。

锁上的门。半途而废的试验之夜。艾瑟琳努力压抑着心头慢慢升起的恐惧。

"贝鲁巴斯！贝鲁巴斯！"

一阵沉重的脚步声传来，打破了黑夜的静谧。艾瑟琳忙趴到地上，紧紧贴着贝鲁巴斯实验屋的外墙，希望来人看不见自己躲在暗处。

火炬的橙色光芒靠近了。艾瑟琳松了一口气。原来贝鲁巴斯不在家，是到树林子里采集标本和材料去了。居然连他都锁上了门，她一定要好好开个玩笑。最近世道不好，闹得每个人都神经紧张。

来人渐渐走近实验屋，艾瑟琳本想跑上前迎接。但是，眼见火炬越靠越近，艾瑟琳的心沉了下去。举着火把的身影不是又矮又胖的老师，而是一个塔利纽斯家的汉子，穿着不登对的黑色制服，活像一只满背尖刺的野猪。

艾瑟琳躲在一块石头后面，担心他在搜寻自己。

塔利纽斯家的汉子一步步向前走。靠得近了，艾瑟琳认出来，是雷斯汀，平日里总是一副五大三粗的样子，鼻息粗重，嗓音低哑，满脸胡茬儿。别看他总是故作粗豪，艾瑟琳知道他内心的秘密。

有一次，艾瑟琳在黄草地附近遇到他。只见他抽抽搭搭地哭着，手里捧着一只冻死的蜥蜴。这只蜥蜴叫格兰，是雷斯汀的宠物，已经养了好些年。但是那天一早，他去看格兰时，却发现它已经……雷斯汀的声音低到听不见了。

"死掉了"——这话，他说不出口。他们为格兰挖了一个墓，用树皮和树叶做了一个棺材，一起悼念这个小生灵。艾瑟琳当时就想，世上再没有哪只蜥蜴，会拥有这样动人的葬礼。

那天，艾瑟琳看穿了雷斯汀的灵魂，瞥见了他那温柔脆弱善良的心灵。

她差一点要喊他的名字。任何愿意给爬虫送葬的人都不会背叛她，害她被囚禁的。但是人心善变，她提醒自己。有的时候，人翻脸真比翻书还快。

雷斯汀走近了前门，从口袋里掏出一张纸和一颗钉子，然后用火炬磨钝的边缘把纸钉在门上，转身走开了。等到火炬的光亮移动到远处，艾瑟琳才探出身子，奔向前门。

科格内特首领下令：

收缴此实验屋，作为吉斯共有财产。

贝鲁巴斯违背公共利益，已被驱逐出境。

除异端方可兴国邦。

共同遵守，人人有责。

艾瑟琳提心吊胆地读完，泪水模糊了眼睛。

贝鲁巴斯只是完成了她的嘱托！他不过是针对特兰顿和法令的事情，试着和爸爸讲道理。都怪她。他一定被丢出巨墙了，被丢到挂着亚尔温的那个地方。

科格内特人被驱逐是非常少有的事！维里塔斯人要是违背了法典规定，就会被驱逐出境，任其自生自灭。身体不好的维里塔斯人，例如视力不佳或肺脏虚弱，当然也会被驱逐出境。但是这是一种慈悲，而非惩罚。维里塔斯人一旦身体虚弱，就会深感耻辱——健壮的体格是他们唯一的资本，与其白白受辱，还不如干脆离开。

艾瑟琳突然想起了什么，溜进贝鲁巴斯的后窗，爬到内房里。只见实验设备支离破碎，一片狼藉。现场有过挣扎搏斗。可怜的贝鲁巴斯，这时候还想着反抗。至少他没有任人宰割，真是好样的。

艾瑟琳在贝鲁巴斯粗糙的草垫子下摸索着，够到了一个盒子，赶紧掏出来，掀开盒盖，却是空的。

她希望贝鲁巴斯还戴着眼镜。驱逐出境也就罢了，但是作为一个睁眼瞎被驱逐出境，那就一点机会都没了。但愿他被捉走时藏好了眼镜。镇子里的眼镜所剩无几，都是先人很久以前带来的，肯定会被没收充公，留给其他高层科格内特人，绝不会被送到巨墙外白白浪费掉。

此地不宜久留。种种迹象显然表明，她的恩师贝鲁巴斯已经被捕。她必须赶快脱身。

第 17 章

队列里一阵响动，撕裂了黑暗，照亮了队伍里一张张悲伤的脸庞。他们有的双眼紧闭，有的垂头丧气，有的泪眼蒙眬。

查妮丝·哈尔加德魁梧健壮，红着眼圈把火种投进一个又长又细的泥瓦罐里。羽毛般的烟气懒洋洋地浮起来，散入空气里。

查妮丝起了一个调子，高亢清澈、柔和婉转。其他人各自发声，高低不一地应和着，组成了一支和谐悦耳的歌。那歌声，就像一缕青烟，幽幽飘转，盘旋萦回。令人不由觉得，原来缥缈的烟气不仅看得到，闻得到，还能听得到，而且听起来，是这样转瞬即逝，甘美浓郁。

她扇扇手，引来一丝烟雾，让它在身边流转盘旋。

"我们为艾克罗尼斯祈求宽恕，为阿杜雷祈求恩典。请加持他们力量，赐予他们智慧，请您派出天使，铺平他们的道路，引领他们的脚步。"

查妮丝跪倒在地。其他人把手放在她的背上，给予她安抚与力量。她做什么，大家都跟着做。她喊，大家也喊；她唱，大家也唱。

"除了他们，我一无所有！掏走心脏，我或许还能残喘片刻；失去亲人，我一刻也无法苟活。取走我的肺吧，反正也用不上了。我喘着这口气，全是为了艾克罗尼斯和阿杜雷！"

我居然一口气跑到了镇子的外围。阿杜雷会为我骄傲的。

我独立于寂寂夜色之中，静静感受着自己的身体。感受这份胸口火热，满头大汗，两腿酸痛的苦楚。我想，这未必是坏事，因为这令我想起阿杜雷。只有这样，我才觉得自己能够和他站在一起，努力够得上他的水准。我总是奋力追赶他，然后落得全身难受的下场！以前觉得这样很惨，直到现在才醒悟，只要能让我再像以前一样，跟着阿杜雷潇洒稳定的步伐，上气不接下气地奔跑，我愿意付出任何代价。虽然身体又酸又疼，但是这感觉真好。

我只有我自己了。爸爸背叛我，妈妈摆布我。贝鲁巴斯被赶出了实验屋。阿杜雷被遣到山下去送死。我还断送了自己和特朗因之间仅有的薄薄的情分。

　　我徘徊着，让自己平静下来，缓一口气。

　　突然，我听到一种声音。一开始，我还以为是自己耳鸣。但是，这声音舒缓动听，一点也不讨厌。我不仅不愿它停止，还希望能够更大声，真是听也听不够。

　　我循着这声音，一路向南走去。

　　这种声音，听来像是某种动物在鸣叫，像某种兽类咆哮或哀号，又像清晨鸟儿的悦耳啁啾。我好奇那到底是什么，居然发出这样的声音。我该害怕吗？难道这种令人陶醉的声音，就是杀死亚尔温的凶手发出来的？不，这种声音中深藏着什么东西，一点也不吓人，我甚至听懂了其中包含的苦痛和哀伤。

　　我追随着这声音，进入了维里塔斯人的聚居地——野镇子。我总这么叫着玩儿。要是我知道，可怜的维里塔斯人将要面临怎样粗野残暴的命运，绝不会再这样说。

　　这个声音把我引到了一个地方，我本该感到惊讶的，但此时却出奇地冷静。这里是阿杜雷的家。

　　不会错，声音就是从这里传来的。哈尔加德家的圆屋子和后院前的那片空地，我熟得不能再熟。篱笆下面有个洞，我从这里悄悄钻了进去。我和阿杜雷经常从这里钻进钻出。

　　我撞见了非常私密的一幕，陷入了两难，既觉得应该走开，但又非常想留下。

　　我透过栅格窗，看到了圆屋子里面的情形。阿杜雷的妈妈查妮丝，跪在一个粗糙的 X 形木架前。其他维里塔斯妇女围着她，轻轻拍打她的背，在她耳边喃喃安慰着。原来好听的声音是从这里传来的！

　　我记得贝鲁巴斯曾经教过我一种令先人沉迷的活动，人们在上山后没几年就放弃了，因为这会激发起我们体内低级的兽性。这种活动，他们称之为歌唱。因为他自己也没听过歌唱，所以描述起来令我困惑。他说歌唱很像说话，但是带着雄鹰的高唳和超狮的低吼，听来如同鸟儿在朝阳中婉转啁啾，但是开口说的是人言。光是想象这般光景，我就忍不住要笑。也许是那天有风声和雨滴应和着的缘故吧。那时的我，怎么也不懂他的意思。我求他做个示范，结果他发出了一串沙哑难听的喉音，逗得我哈哈大笑。多么滑稽的声音，为什么会有人喜欢？

现在，我明白了。

或许维里塔斯人从未放弃过歌唱。虽然我分不清好坏，但是他们似乎很擅长这个。肯定比贝鲁巴斯强多了！他们各唱各的调，却组成了和谐的声音。我之前从没听过。

歌声飘荡在屋子里，我渐渐听明白了。

"护他们安全，赐他们光明。抚慰他们的疼痛，治愈他们的创伤。上帝，我们的祈求，愿您倾听。"

上帝！他们在对上帝歌唱。这不是日常的口头禅，而是一个真正的存在，希望上帝能够倾听他们，或许回应他们。

当时脑海中浮起的第一个荒唐念头，我想都不愿去想。他们或许在仿照先人的做法进行一个历史悠久的仪式，以便更好地研究古代典礼仪式？

但这一切都不是做戏，是真是假，我分辨得出来。难道他们在用一种古老传统来传承先人的信仰？虽然这么想很可怕，但毕竟是亲眼所见，亲耳所闻。难道这还不算证据确凿？

他们对上帝的信奉，是自古以来从未断绝，还是本已淡忘，因为时日艰难才死灰复燃？难道科格内特人在实验屋中无知无觉地沉睡时，他们都在开展秘密集会，几十年、几百年来从未停止？

难道阿杜雷家始终都信奉这些宗教迷信？难道阿杜雷也会对着上帝歌唱、下跪、哭泣、倾诉？

我觉得很反感。这么大的秘密，他怎能瞒着我？法典禁止信仰宗教，我一直都觉得这点多余，因为我从未见到有人沉迷宗教，或者至少，我自认为没有。

虽然一切大错特错。但是我能够理解，为什么她们会在将要痛失丈夫和儿子的时候，做出这些事情。这歌声、这眼泪、这祷告、这青烟、这木十字，以及这份分享。我虽然厌恶，但仍能感受到一丝吸引力。

我感觉到了什么，虽然难以言状，但是非常熟悉。我读到过，先人总是亲密地抱着自己的婴儿，直接用乳房喂养。就像动物一样！而吉斯采用的是社区育幼制度，为了确保效率，把每个幼儿分派给特定的维里塔斯人。居然让妈妈搂我抱我，哄我逗我，我以前还觉得，先人的做法真是好笑！但是，我又深深眷恋这份亲密，作为婴儿，让妈妈抱在怀里喂饭。明明是从未发生的事，我却为此惋惜遗憾，希望能亲身经历。

在哈尔加德家，每个维里塔斯人都是妈妈从小抱大的，我真羡慕他们能够这样不顾旁人的眼光。我从没感受过这样的滋味，真叫人难过。我知道这样很傻，就像渴望重回襁褓，让妈妈抱着一样傻，但就是无法释怀。

真该死，我的眼泪掉下来了。一点都不想这样。之前只觉得孤独，现在却感到凄惨。科格内特人已经容不下我了。维里塔斯人的真面目也让我觉得陌生，根本就格格不入。我偷偷溜进去，和他们打成一片的希望破灭了。

山顶界一片荒芜，充斥着谎言和空洞的承诺。我在意的人和在意我的人，都在巨墙之外了。

我怎么早没想到？

巨墙外面，才是我该去的地方。

第二部分

离开山顶界

PART TWO

第18章

我从没独自离家这么远过，就算和阿杜雷在一起走过这么远，那也不是在黑暗里。

人生陷入了这样的灾难，我该做什么呢？

成为英雄？我该找到贝鲁巴斯，把他安置好，然后呢？挑战爸爸和特兰顿，让他们撤回驱逐出境的法令？这不可能，我自己还是个逃犯呢。

成为战士？加入阿杜雷的下山远征军，发挥自己的聪明才智和领导手腕，成为他们的一员得力干将。但是艾克罗尼斯肯定会坚持让我回到山顶界。他绝不会让尼可拉斯·波拉修斯的女儿卷入一场注定失败的使命。

每个设想的结局，都是我再次被锁进山顶界的卧室里。

独自求生？或许我该找一个山洞，削一些木棍，尝试自己捕猎。这种生活，虽然和我十三岁在科格内特人潜力测试中夺冠时设想的很不一样，但至少好过被关在自己的卧室里。

我可以在失落迷宫中栖身。吉斯人在此挖掘了数百年，以求寻到金属和其他矿藏。这个地方够我玩儿的，我可以像幽魂似的游游荡荡。

我折了一截树枝，把一端磨尖。虽然算不上战士，但是拿着自己做的长矛，心里好受多了。我能行的。我加快脚步，向前跑去。只要手握武器，我就能既做英雄，又做战士，并且安然幸存。

苍茫夜色中的树林和白天很不一样，灌木里窸窸窣窣，枝头上噼噼啪啪，到处鸟鸣兽啼，但是我充耳不闻。上周的艾瑟琳肯定会害怕，然后掉头回家。但那不是现在的我。现在只要发出声音的东西胆敢现身，我就会用这根锋利的长矛狠狠戳上去，叫它后悔跳出来。

真希望阿杜雷能看到我这个样子，他会为我骄傲的。我感到全身轻捷灵巧，就像长出了鸟儿一样中空轻盈的骨骼。原来，他就是像这样奔跑的？多么轻松，多么有趣。怪不得他喜欢！

我看到巨墙了。

回想上次看到巨墙时候的心情，再对比此刻的心情，我惊讶于自己的成长。当初的种种顾虑，现在看来全都不值一提。我当时担心的，无非是擅自从水泵站离岗，一旦被人发现，免不了要被爸爸责骂。现在，我成了个逃犯，家里的水被人下了毒，迫不得已逃出巨墙，希望能找到被流放的恩师和莽撞的好友，而且两个人幸存的可能性都不大。

真想把手中的长矛径直投向巨墙之外，投向潜伏在那里的不可捉摸、行迹不定的恐惧，就像战胜自己一样。但是手里没了武器，一看到巨墙，我一定会打退堂鼓的。胆小真讨厌。

虽然心中渴望逃离，但我仍毅然决然地爬上了巨墙，弃墙内的那份安全于不顾。这份安全，我上周仍乐于享用，如今却选择弃之脑后。

我爬到了巨墙顶部。回想起以前读到过先人描写的，人从高楼或大桥上故意跳下求死的故事。这种杀死自己的行为叫作"自杀"，就像早就无人问津的小说，是先人对后世子孙开的一个巨大玩笑。这分明是在搞笑！说真的，谁会这样做呢？

但是，在自己所熟悉的世界和巨墙之外的神秘领域之间，在这致命的分界线之上，我想象自己是一个想要自杀的先人，站在高高的大桥顶端，脚下浊浪滔滔滚滚。

我现在懂了，为什么会有人觉得，跳下去才是最好的选择。在自己熟悉的世界，丧失了立足之地，除了一心寻死，还有什么办法？无非就是紧闭眼睛、深吸口气，希望获得解脱。

我就是这么做的。

第 19 章

特朗因蜷起身子，抱住双腿。慌乱如潮水一般袭来，简直要把他淹死。以往的他能够排除任何混乱，解决所有问题，让所有事情都各归各位，井井有条。

但是现在，他却在和乱七八糟的念头和情绪搏斗着，分不清哪里是情感，哪里是理智，就像一个被抛弃的婴儿，神经刺痛、泪眼迷离、心痛难当，全部乱成一团。

艾瑟琳背叛了他。他怎么会搞砸呢？难道一开始她就是计划好的，故意给他难以企及的希望，然后再令其生生破灭，以求逃离被软禁的境地？

还要再过多久，尼可拉斯就找来看他？艾瑟琳不在了，他会很快发现的。特朗因看着夜色消逝，清晨来临。他怎能蠢到去和玛加说话？他这样不加掩饰，肯定会被怀疑，是自己帮助艾瑟琳逃跑的。

特朗因必须放下感情，赶快编出一套说法，一套合情合理的说法，好让自己从波拉修斯家的风波中脱身。明明是人家父女之间的小小摩擦，却把他卷入，多么不公平啊。

他抛开一切，大哭起来。全部说开了又何妨。既然心都碎了，否认有什么用？一切都幻灭了，他再也敷衍不下去了，也强撑不下去了。

波拉修斯塔中也传出了哭声，却不是因为背叛。玛加流下的是愤怒的泪水。

"全都怪你！你就不能好好做个爸爸！你总是放不下科格内特首领那一套！"

玛加的谴责点破了尼可拉斯的噩梦。自从发现艾瑟琳失踪起，他就在努力逃避这个噩梦般的现实。"我还能怎样？整个山顶界都快完蛋了。我们的女儿就是这么善变，现在哪里是一心关照她情绪的时候。"

"没要你一心关照，至少也不要把她关在屋子里，软禁起来吧。"

尼可拉斯知道都是自己的错。"她怎么逃走的？门明明锁上了，窗户也加了栅条。"尼可拉斯问道，不由自主地带上了兴师问罪的意思。

玛加顿了一下。"我还以为他只想来看看艾瑟琳。"

儿子的抽泣声一阵阵传来，马索和南朵吃着早餐，努力做到充耳不闻。不管魔住了自己儿子的是什么恶魔，南朵都恨不得撞破房门，杀进儿子房间里，紧紧抱住他。

马索轻轻摇头，否决了这个计划："风暴来了，我们阻止不了的，只能清理善后。"

南朵争辩："说不定特朗因有他自己的办法，这孩子就是心思敏感，爱哭，心里又不设防，还总是一会儿微笑，一会儿皱眉的。"

"等他长大，懂得像大人一样控制情绪，就不会这样了。他最近一次哭是什么时候？"

特朗因房间的动静让答案不言而喻。"你去市场买点超狮肉回来吧？"马索就是这样，结束对话的时候，总是让别人转移注意，而非正面解决问题。

"我不去。"孩子哭成这样，他别想把她支走，好让自己继续淡定地对特朗因不闻不问。

"怎么不听话？"

"我认为在心存渴望的时候，只有自己努力争取实现，才对性格有益。一味依靠他人，是小鬼和懦夫的做法。"

马索讨厌南朵引用自己的话来反驳自己。凡事要分清状况，南朵就是不明白，有些话他自己说着合适，南朵说着不合适。"我明白了。"他回答。

于是，他们俩继续吃橡子蛋糕。

尼可拉斯和玛加在去潘诺斯家的路上，遇上了特兰顿和塔利纽斯家的那帮呆侍卫。玛加对他们不屑一顾。

"两家人都该对此事保持沉默。"

"不能对任何事关人类命运，或者下一任合法领袖的事情保持沉默。"

"别小题大做，特兰顿。不过是孩子任性不听话，闹得有些过火，仅此而已。"

"但愿是这样，不过我们都担心，事情不是这样，不是吗？"

玛加怀疑特兰顿幸灾乐祸，不由对他痛恨。

特兰顿叹了口气："但愿潘诺斯一家眼下心情不错。"

塔利纽斯家的一个侍卫和特兰顿彼此点头示意，仿佛暗地里达成了某种默契。尼可拉斯注意到了，心中不由泛起一丝嫉妒。一般情况下，特朗因有什么秘密，都不会瞒着自己的。"他们当然要有默契啦，要不然呢？"尼可拉斯讪讪告诉自己。

"最好准备周全，考虑多种结果。"

第 20 章

敲门声响起，马索和南朵一阵慌乱。特朗因哭成这样，居然还有人上门，真是倒霉！出于礼貌，他们不得把客人迎进门。但是一边听着特朗因哭，一边若无其事地请客人坐下，还要摆出一张笑脸来待客，这有多难办啊？

"尼可拉斯·波拉修斯造访贵府，占用你们的宝贵时间，请求各位拨冗接待。"这话说得多么虚伪！南朵瞪大了眼睛，又惊又怒。说了别人时间宝贵，自己还要来占用。时间的主人却无法做主。

她决定对尼可拉斯将计就计，他的请求都要拒绝，当然要礼貌地拒绝。

"向您致以我们最卑微的道歉，科格内特首领，马索和我都觉得身体不舒服。"

尼可拉斯大吃一惊，隔着门低声说道："我们稍后会留一些时间，让您两位歇息的。"

"我看我们今天是不太方便见客了。"

马索凑了上来。"你做什么？"他责怪道，"这样太失礼了。"

"儿子这会儿像小鬼一样号啕大哭，现在接待科格内特首领，恐怕更失礼吧。"

马索低声道："哪能把他拦在门外？"

他拉高了声音，隔着门对尼可拉斯说："我们可以在房子外面会面，在中心绿地，水泵站附近的水池边上。"

尼可拉斯和玛加察觉到，特兰顿对这般交锋很不满意。玛加抢先开口了，声音里带着一丝暴躁："你该不会说，让我们在公共场所碰面，就像两个紧张兮兮的婚约对象初次联谊一样吧？我们一定误会您了。"

塔利纽斯家的侍卫包围了实验屋。一个人指了指一扇窗户，那是特朗因的房间。那里传来瓮声瓮气的哭声。

特兰顿点点头，似乎对一切都了然于胸。

玛加沉下脸斥责："这事让我们来处理。"

特兰顿柔声说："目前为止，有太多事情失控了。"

玛加换上了一副祈求的口吻："马索、南朵，都是亲里亲家的，请两位开个门吧，我们有事情要商量。"

他们等了好一会儿，最后，门开了。

南朵一看到特兰顿，就紧紧把住了门。"不，我们只让您俩进门，不是他。"

特兰顿紧紧抓住门，使劲往里推。南朵拧不过他。

"我是尼可拉斯的亲信。我们是来看特朗因的。"

马索也帮着南朵，紧紧顶住门不放："孩子心情不好，不见任何人。"

特兰顿继续推门："我才不管什么心情。科格内特首领命令你马上开门。"

南朵本来就讨厌特兰顿的作态，现在听到特兰顿说话的那个口气，简直就是在威胁人，就更加讨厌他了。"法典里面，哪条规定允许科格内特首领强闯科格内特民众的实验屋，我可不记得。反正各位今天别想见到特朗因。我很抱歉，就这样。"

眼见情况越发不妙，玛加想要缓解气氛："特兰顿，退下吧。让我们和南朵、马索谈谈。尼可拉斯和我现在不用你帮忙。"

眼见尼可拉斯点头，特兰顿很失望。

"由不得你们做主，"他像蛇一样嘶嘶对他们说，"特朗因必须负责！"

南朵听够了："负什么责？走开走开。他心里难过着呢，用不着你来火上浇油。快给我滚！"

南朵袭向特兰顿，把他从门边推开，狠狠揍了他三下。

尼可拉斯和玛加倒抽了一口冷气，惊得呆若木鸡。这是何等暴力的行为！就像野兽一样蛮横冲动。这种行为，就连最下等的维里塔斯人都做不出来。

马索想要制止妻子，但是拦都拦不住。

"南朵，我的好朋友，你怎么啦？快冷静下来！"玛加话都快说不利索了。

特兰顿虽然遇袭，但依然保持淡定："最后警告你们一次，马索和南朵。让我们见到孩子，否则后果自负。我们或许要把他强行带走。"

这冷静的威胁彻底点燃了南朵的怒火，她的指甲狠狠扎入特兰顿的胳膊，留下一道道深深的抓痕，渗出了鲜血。

尼可拉斯倾尽微薄的力量安抚着特兰顿："特兰顿，我确定，这是一个意外。"谁都没想到，事情会闹成这个样子。南朵还在推推打打，不肯停手。"先让我们各退一步，缓一口气，冷静思考一下，然后再——"

"砰"一声巨响从天而降，尼可拉斯住了口。这似乎是谁也没听过的声音。尼可拉斯头昏眼花，两耳嗡鸣，重重咳嗽起来，眨巴着通红的眼睛，只见一片烟云笼罩了视线。

南朵倒向他，瘫软下去。

马索第一个注意到异常。"南朵？"只见她身上破开了一个殷红的窟窿，鲜血汩汩外流，沾染了袍子。这一冲击让所有人都陷入了沉默。

马索抬头瞪着塔利纽斯家的守卫："你们干了什么？"

特兰顿在南朵身边蹲下，查看情况。她的鲜血沾到了马索身上，渐渐在地上汇成一摊。

"妈妈？"

特朗因听到了异常响动，推开了门。马索含着眼泪看着儿子。

尼可拉斯简直无法置信，塔利纽斯家的守卫居然带着枪？这怎么可能？山顶界哪儿来的枪？

特兰顿小心地擦着手，仿佛上面沾满了鲜血。

特朗因奔向倒下的妈妈："妈妈！你怎么了？"

"非常遗憾，她受伤了。"特兰顿伸出手臂，露出一道道血红抓痕，"布劳尔只是在保护我，免受她的攻击而已。"

尼可拉斯畏缩地看着枪："我可没吩咐这么做，你从哪里弄来的这……这……"

"这叫枪，是种很强大的武器，尼可拉斯。你要是以为山顶界没有这个，那可就低估了先人对它的喜爱。但是别担心，我保证，只有效忠于你我的人才能有枪。"

南朵死了。她还没来得及告诉特朗因和马索，自己多爱他们。

她什么都没来得及说，什么都没来得及做，就这么静悄悄地死了。特朗因眼睁睁看着她红润的肌肤黯淡下去，一寸寸转成可怕的灰色。他知道她走了。

特朗因愤然起身，直直面对特兰顿和布劳尔的枪："你们究竟把什么鬼东西带到我家来了？"

特兰顿轻声地叹息着。"她是个好女人，我因此而痛心。拜托你退后点，免得血溅得到处都是。"

马索死死拦着自己的儿子。

特兰顿很满意："现在，我们来谈谈昨晚发生的事吧。"

第21章

因为怕看到他——亚尔温,所以我朝着与他相反的方向,往山下跑了五百步。

但是我知道,必须掉头了。虽然这意味着向上艰难跋涉,拉近我刚才下山时傻傻拉开的距离,但必须去看看他。

我真怕再见到他,见到他被紧紧绑在树上,死无全尸的惨状。一认出那片区域,我就开始觉得恐惧。就是这里,距离不远了。

我假装有一种高尚的情怀,驱使着我走向亚尔温。我必须对他行礼。那就按照传统,为他背诵一段法典上的葬礼致辞吧。

我还是有自知之明的。仅靠高尚的情操,绝对不足以使我返回陡峭的小路,直面那份日益增长的恐惧。我盼着找到阿杜雷,或他的蛛丝马迹。下一步该做什么,我已经打算好了。

找到阿杜雷。

阿杜雷一翻过巨墙,肯定会带着远征队直奔亚尔温。

他才是真正怀有高尚情怀的人,我只不过是想借此找到他而已。

此时,亚尔温已不再曝尸树上,月光之下,我看到了一个新挖好的土堆,细致地装饰着树枝、树叶和石子。虽然浪费了时间和资源,但维里塔斯人的设计真是令人惊叹。这些石头能用来抵抗野兽或防御危险吗?

我没有动土堆上的任何东西,就离开了亚尔温的坟墓。

正在我心烦意乱往山下走时,突然发现地上有一些被捆成 X 型的树枝,就和维里塔斯人秘密歌唱仪式上的一模一样。我要找的是阿杜雷的线索,不是这种东西。要是运气好,找到了他,我会试着和他讲道理,让他抛掉这种古代陋俗。

然而,除了这些,阿杜雷和他的队伍来过的痕迹,我一点都找不到。我不由地涨红了脸,这才明白自己有多么天真。我又不是追踪高手,哪里知道他们往哪儿去了?除了削尖一根长矛,我究竟上这里干吗来了?

我本想跑，但是一个想法浮出了脑海，一个连我自己都惊讶的想法。亚尔温就该受到礼遇，我下定决心，要回到他的坟墓。我要体体面面地为他背诵法典篇章。获得科格内特首领女儿的葬礼致辞，是一般维里塔斯人想都不敢想的无上荣耀。一道灿烂的阳光刺穿了重重阴云，笔直射向大地。

我跪在坟墓旁，用令自己惊讶的沉郁嗓音诵道：

"虽身为宇宙之涯的一介浮尘，永世之幕上的一闪流光，但在吉斯人中间，你寻到了人生真谛。你将在我们心中永生，至此求得无上福祉，大功落成。"

真希望阿杜雷能在这儿，看到我用隆重的科格内特人葬礼为亚尔温送行。他会为我骄傲的。

第 22 章

这份地图真是详尽又准确。特兰顿为自己祖辈的制图技巧而骄傲。虽然还有许多标记地点远在山下,他不敢去,但光是位置最近的这个,宝藏就够惊人的。

这个洞穴恰好落在云线之上,被浓密的灌木和雾气笼罩着,要不是事先知道,他肯定找不到这个地方。特兰顿偶然间发现一个神秘机器上的电池,仍在运行着。这里居然有电! 怎么可能? 这是做什么用的?

特兰顿还发现了一个武器库,这里的枪支足以武装起塔利纽斯家的侍卫。

但是这一切和特兰顿的更大发现相比,显得相形见绌。这里还藏着一座图书馆。他发现了闻所未闻的尼尔辛家族史,明白了自己的角色。原来全人类都要仰仗他,就像几百年前,仰仗他的先祖一样。

他第一次明白了,妈妈说尼尔辛家族伟大是什么意思。尼尔辛家族过去伟大,将来也伟大。

是的,特兰顿这下明白了。

尼尔辛是个伟大的家族。

他们才是山顶界从古到今真正的领袖。

第 23 章

南朵死了，特兰顿十分懊恼。虽然在他迫不得已发起的战争中，死伤无法避免，但是南朵的死却是无谓的牺牲。布劳尔·塔利纽斯轻率随便地用枪，他感到怒火中烧。

事情发展到这个地步，特兰顿很不满。浓重的黑暗笼罩了整个房间。

"我希望能找到其他解决方法。不该让一个人在一天之内，失去所有家人。"特朗因和马索身上散发的悲伤气息是如此的沉重，就连特兰顿都被感染了。

马索脸色苍白。他害怕接下来要发生的事，但又实在无力争辩。白纸黑字的法典规定，让人无可辩驳。

特朗因害怕了："爸爸，他说什么？尼可拉斯，玛加，他到底在说什么？"

马索摩挲着南朵僵冷的手，一遍又一遍，仿佛这样做，能令她起死回生似的。他看也不看儿子一眼。

特兰顿破天荒保持了沉默。尼可拉斯不和任何人眼神相接。塔利纽斯家的侍卫在屋外为南朵掘墓。

玛加觉得该由自己来解释，伸手揽住了特朗因。她不知道，这个举动令他想起了自己的妈妈，又一串热泪簌簌流下。

"你的婚约对象艾瑟琳身陷险境。依照法典的规定，你必须找到她，营救她。"

"在巨墙外面？"

"你确定她真的在外面？你知道她在哪里吗？"

"我不清楚，我不知道。她甩掉了我。我们哪里算得上婚约对象，她早就想要和我一刀两断。"更多眼泪流了下来。

不知道是因为妈妈去世、艾瑟琳对他冷酷无情，还是对巨墙外的恐惧，一切的一切都搅和在一起。反正也无所谓了。

"无论是不是婚约对象，实际都没什么差别。你都会因为绑架科格内特首领的女儿而被驱逐出境。反正都要到巨墙之外的，至少这样，你还能够做个英雄。"她本想鼓励他，但是话一出口，连玛加自己都觉得没什么用。

在特朗因的愿望清单上，成为英雄根本不值一提，甚至凑都凑不上数。"绑架！她让我帮她逃出去，我就这么做了。就是这样！我们只在一起待了半小时，最后她还甩掉了我。这算是哪门子绑架？我以为，她终于开始喜欢我了，我要错，就只错在这里。我有多笨，多惨哪。"

"法典规定得清清楚楚。"

特朗因第一百次希望妈妈还活着。她会为他争取的，她才不会觉得一切都无可挽回。她不惜一切地抗争，哪怕以自己的性命为代价。

"爸爸，你怎能坐视不管？要是妈妈，肯定不会撒手不管的。"每个人的目光都转向了南朵的尸体。她就是因为护着特朗因，才丢了性命的。马索虽然心里悲苦，但还没想要步她的后尘。

再也没人会为特朗因抗争了。再也没人会冒险捍卫他了，他只有自己了。

"法典规定得清清楚楚，孩子。"马索轻声说。

第 24 章

口好渴。虽然这一连串麻烦事都是因水而起，但是逃出山顶界的时候，我居然一滴水都没带。

我飞快转动着脑筋。这种错误是会害死人的。我确定阿杜雷和他的远征队带上了充足的水。聪明人本该是我才对。但是我越走，嘴巴就越渴。

记得阿杜雷说过，熊果树叶子可以嚼着解渴。我赶紧撸了一大把，全部塞进嘴里，但是马上就吐出来了。从没吃过这么苦涩的东西，简直会毒死人。

巨墙外的求生技能，我一样都没有。因为我从来都以为，自己会一直在巨墙内过着安然无虞的生活，所以只知道文绉绉的学术理论。但是现在我才明白，无知在现实世界里意味着什么——苦味、口干、饥渴、晕眩，乃至死亡。我本来还怕被怪兽吃掉，但这样看来，我可能会先被自己的无知坑死。

在久旱不雨的时候，动物是怎么找到水的？相关知识，我不是读到过，就是听到过——但是忘记了。这种事情，我向来没什么兴趣。人的心思变得真快。现在，我满心只想寻到水。我的心跳声在耳朵里重重回荡，于是我决定坐下缓口气。我想象着胸膛里有一个水泵，日夜不停地运作了十七年。要是我有一把叉子或者一件衬衫用了十七年，肯定早就破破烂烂了。但愿我的心脏还能这样多跳几年，扑通、扑通、扑通。

血。血是液体，肯定含有水分。我当然可以喝这个。一些动物在吃其他动物的时候，都是这么做的，从猎物体内夺取水分和活力。我听说人体主要由水分构成。我想着，能不能喝点自己体内的水分。我舔了舔自己前额的汗水，虽然沾湿了干渴的嘴唇，但也仅此而已，根本不够救命。

我瞄到一只亮黄色的鼻涕虫，在一截断木上蠕动前行，身后拖着一条亮闪闪的浓厚黏液。黏液好歹也含水，我知道要怎么办了。小时候，我见过狠心的男孩子把鼻涕虫踏成一摊软泥（我记得，亚尔温就这么做过）。

我渴望的就是那种软泥。

　　我捏起鼻涕虫，庆幸它既不会蠕动挣扎，也不会尖叫反抗。我一口咬上去，把它生生扯成两段，弄得一塌糊涂。咀嚼一只又肥又黏的鼻涕虫，比我预想的要困难许多。虽然虫子外皮坚韧，但我咬着牙死命磨，终于尝到了又黏又湿的芯子部分。虽然味道恶心，但总比树叶强。

　　黏液缓解了我的干渴。我继续寻找下一只鼻涕虫。多么可怕！艾瑟琳·波拉修斯沦为了鼻涕虫猎手！但至少这样能成事，是生存下去的方法。

　　我在茂密的树林里跌跌撞撞地走着，眯着眼搜寻每一抹黄色，但是遍寻无着。难道这是山顶界唯一的鼻涕虫吗？说不定它是唯一一只敢于独自探险的鼻涕虫，正在伟大年度探险途中。然而时乖命蹇，魂断我口，多可怜啊！

　　我苦笑。难道就连慢吞吞的鼻涕虫，我都捉不到，只能原地等死？

　　虽然头顶阳光灿烂，但是我眼前却一阵阵发黑，就像进入了一个隧道。视野边缘黯淡下去，周边视觉丧失了。我开始想象，有可怕的野兽潜伏在左右，躲在我看不到的区域。我一向左看，它们就朝右躲。我想象有东西在玩弄折磨着我，就躲在我看不到的附近，一玩到尽兴，就跳出来杀死我。

　　我跌跌撞撞，朝着一簇洞穴边的岩石大厦走去。

　　这不是天然洞穴。而是人工凿出来的。我到了失落迷宫。一定是这里。脚下是绵延数英尺的洞穴，全是祖先挖掘的。他们希望能挖到金属、水、硅，任何能够改善山顶界生活，使之接近山底生活的材料。

　　这片绵延不绝的黑暗空洞，象征着无数落空的失望和盲目的乐观。

　　眼前的事物不断黯淡下去，脑袋一突一突地跳，灼热得发痛。我要死了，但是至少这颗上了年纪的心脏还在运作！要是晕倒在这儿，就真的离死不远了，死在这片象征失望的纪念碑入口。

　　我跌倒在地。地上真是舒服，刚才怎么没早点躺下？昏过去之前，我确信看到左右出现了影子，弯下腰看我。我眼前一片模糊，什么也看不清。这种可怕的场景，却没让我感到害怕。

　　我只求一了百了。

第 25 章

阿杜雷假装没听到爸爸的话，只想这么直直盯着篝火，把自己完全忘掉。火舌烁曳飘悠，伸缩不定，阿杜雷想象着从火中接收到秘密信息。火焰是这样生机勃勃、缥缈空灵，说不定就是传达秘密信息的使者呢。

阿杜雷相信，只要熟悉火焰，就不再觉得它神秘。传说火是众神的恩赐，甚至是偷来的宝物。要想象神的世界降落凡间会是什么样子，火是个不错的猜测。你在第一次见到火的时候，难道不觉得它神奇吗？既纤细飘忽，又强大有力，明明毫无重量，却能填满自身占据的一切空间。

"要穿越云线的话，我们要怎么筹备人员？"艾克罗尼斯继续探讨这个问题。阿杜雷觉得这是对自己的认同。爸爸把自己当成了平等可靠的参谋。但眼下阿杜雷只想在这片跳动的温暖的橙黄色光亮中独自待一会儿。看来，今晚是接收不到火中的信息了。阿杜雷问："大家知道了吗？"

艾克罗尼斯答道："他们私下都在议论。"

阿杜雷不依不饶地问："他们怎么知道的？"

"孩子，只有我们才知道云线里潜伏着什么。他们只会恐惧和谣传。"

阿杜雷抓过一把刀，把一根树枝削成长矛。"我肯定，凶兽比他们的所有想象都要可怕。"

尼可拉斯在吉斯大堂宣讲山顶界古代史时，刻意突出了维里塔斯人之耻，忽略了他们的丰功伟绩。维里塔斯人的先祖确实大多从事社会安保工作，先人称之为军人、警察、消防员等。山底凶兽袭来时，他们也确实失败了。维里塔斯人之中不乏英雄豪杰，但是科格内特人在历史中抹去了这点。阿杜雷和艾克罗尼斯之所以知道，是因为他们的先祖奥利弗·哈尔加德详细记叙了人类上山的历程，以及维里塔斯人为了保障人类生存所做出的牺牲。

云线地带位于云遮雾绕的半山腰上，在上山的艰苦历程中，先人在此抛洒了无数热血。奥利弗在书中写道，当时共有二万五千名科格内特和维里塔斯人上山，但最后幸存下来的，却不足五百人。

山底凶兽是一种残害人类的可怕怪兽，无法在海拔一万英尺以上的地带生存。它们会缺氧而死，就像人类被水淹死一样。在海拔一万英尺到七千英尺之间的地区，它们虽然能够存活，却会出现可怕的副作用，变得疯癫狂暴，科格内特先人称之为"高山疯"。这种病的许多症状和狂犬病类似。患病的怪兽会异常凶暴疯狂，比原先还要致命，而且一味突进，不懂退缩。大部分进击的动物，只要受到猛烈反抗，或者遇到威胁，都会懂得掉头逃跑。既然还有不少其他更好对付的猎物，为什么要在一场搏斗中以死相拼呢？但是，高山疯却会让动物丧心病狂，变得加倍危险。

云线是一片浓密的水汽雾带，茫茫环绕着整座大山，位于海拔五千到八千英尺之间，一只乌鸦需要飞行两英里①才能穿过这片区域。虽然近三百年来没人可以证实，但是奥利弗·哈尔加德称，这片区域充斥着穷凶极恶、机敏矫捷的可怕怪兽。在云线出没的野兽可不是寻常的山下动物，它们很不对劲，就像因为患病而被驱逐出自然栖息地的野兽，不得不四处流浪求生，因为被自己的同类排斥孤立，所以格外凶悍暴戾。

奥利弗还把自己看到的野兽画了下来，不过看上去基本是阴影和残影。阿杜雷还研究了奥利弗描述的，被这些怪兽撕碎的人类残骸。

阿杜雷不寒而栗，把这份恐惧抛到脑后，他不确定山底凶兽到底是否存在。"虽然我们不清楚山底还有什么野兽，只知道，目前情况有所改变。"这是真的。早前，人人都说，云线是有时令的，大多在六月出现，由海上厚重清凉的水汽和内陆的温暖热风相汇而产生。然而，吉斯人上山不久，云线却变得四季恒常，越来越浓密阴郁。许多上山的先人都描绘过这一现象。此后的三百年间，云线没有一天不显得浓重稠密。山顶界再也望不到山谷底部了，大山顶峰被一片茫茫云海掩映着，就像漂在天上的一座小岛。

艾克罗尼斯感到此行凶险，危机四伏。"再做二十支长矛，我们今晚就下达命令，明天一破晓，就向云线进发。"

---

① 英里（mile）：英美制长度单位，1 英里 =1.609344 千米。

第 26 章

我睁开眼睛，周围黑洞洞的，一丝光亮都没有。我死了吗？虽然身体还有初步知觉，但是什么也感觉不到。只有满脑袋的想法和回忆。

我努力适应着这片沉闷的黑暗，其他感官也渐渐苏醒。远处有滴水声传来，带着回声，令我觉得这地方不小，冷飕飕的。我正躺在一片满是卵石、泥土和大石块的地上。

我这是被山底凶兽当成猎物，拖回老巢了吗？我才不会遂它们的愿，放声尖叫呢。

干渴的感觉复苏了，滴水声让我更加口渴。我刚试着站起来，就被拽得跌回地上。

我的腰和胸被什么人（东西）捆住了，拴在地上。我发狂似的想要挣脱。

至少我不会渴死，因为其他东西会先杀死我。我听到它渐渐靠近了。

艾克罗尼斯的远征队从山顶界出发时，得到了吉斯人民的夹道欢送。特朗因没指望能得到这样的待遇，但只要有人送行，哪怕少得可怜，他心里总会好受些。他这一行，对外宣称是为了营救艾瑟琳，难道不该得到欢送吗？

其他吉斯群众和他一样不相信这个谎言。他分明是去送死的，是个受罚的犯人，根本没人来和他道别。

甚至连马索都没来。特朗因心想，南朵来不了，她没来得及道别就死去了；马索也不会来，他一个人躺在床上，闷在黑洞洞的房子里，昨天起就没出来过。

"拿着这矛，矛头用火烧过，也用超狮兽试过刃了，是合格的武器。"塔利纽斯家的汉子一边递给特朗因各种装备，一边絮絮不休地说着。特朗因心里知道，这会儿应该好好集中精神，但是他要对付的绝不仅是超狮兽，面对山底凶兽的时候，这把长矛能顶什么用，他心里一点谱都没有。

"这些水能支撑三天，够您穿过云线了。"

云线。特朗因不寒而栗。他可是个科格内特人，本该去研究云线的成因和地方植被，写一篇论文，深入探讨那里的浓雾现象，而不是亲自前往，以身犯险。

这下完了。不把艾瑟琳带回来，他在山顶界肯定没有容身之处，而她很可能已经死了。

塔利纽斯家的汉子拎来了一个沉甸甸的皮包袱，一股脑儿挂在特朗因肩上，压得他几乎站不稳。

"这玩意儿比我自己还要重。"

"真可惜您不是维里塔斯人。"

有生以来第一次，特朗因对此深有同感。

"好了，一切就绪。"塔利纽斯家的汉子对着巨墙一扬下巴，"您应该动身了。"

特朗因不知道自己在等什么。马索肯定不会披荆斩棘地穿过树林，给儿子最后一个拥抱了。但是特朗因确实看到灌木丛里有响动。

玛加从厚厚的树丛里钻了出来，两眼通红，满脸泪痕和汗水。

她抱住了特朗因。

"你是个聪明的小伙儿，特朗因。你的妈妈活在你心里。"

特朗因不知道该说什么。

"你一直都比南朵和马索更了不起，记住这点。哪怕你自己还不明白。哪怕潘诺斯家抛弃了你。"

特朗因顶着包袱，挺直了脊梁。

"她是个战士，特朗因。这不是死刑判决，因为你也是个战士。找到艾瑟琳，作为英雄凯旋吧。"

肩上的包袱仿佛没那么重了。特朗因握紧了长矛。

玛加把妈妈还给他了。

冷静，艾瑟琳。冷静，决不能在惊慌中死去。哪怕这是生命的最后一刻，我也要活得充满意义。

妈妈背叛了我，但是她也爱我。我希望她知道，我也爱她。小时候，我们一起在塔玛尔愚事废墟玩耍时，她假扮成初代先人希恩·波拉修斯的女儿拉芙莉；我假扮成一只山底凶兽，嗥叫咆哮着追逐她。虽然法典明文禁止模仿山底凶兽，但她并未纠正我的行为，也没叫我对此避而不谈。妈妈只是假装非常害怕，一边尖叫，一边大笑着跑开。我好喜欢这个游戏。

捉住妈妈的时候，我就给她一个大大的拥抱，大汗淋漓的、亲热滚烫的拥抱。这感觉是如此美好，好像做梦一样。突然法典并未禁止母女之间这样接触，但科格内特人很少这样做，不像维里塔斯人，总是相互扭打、挠痒，野兽似的滚成一堆。

我听到声音了。随着砰咚砰咚的拖曳声和嘎吱嘎吱的咀嚼声，有东西靠近了。快想点别的，艾瑟琳。

爸爸。他虽然软弱，我依然爱戴他，希望有朝一日，他能战胜自己的弱点，成为一名真正的领袖。他能够成为伟人，我知道的。虽然身为科格内特人，但他总是对我和蔼可亲。科格内特族的父亲之中，能做到这点的少之又少。对自己的孩子，大部分人除了留下地位之外，基本不闻不问。爸爸却为我投入了大把时间。他至少每周带我散步三次，每次我提出各种又傻又烦人的问题，他都会耐着性子解答。

"爸爸，我们怎么知道，世界上没有其他村庄，其他人类，其他像吉斯一样的地方？"

"所有地方，我们不是都见过了吗？"

"哦，我不知道。说不定他们住在别的山上，离这里很远很远。或者住在大海底下，沙漠中间，其他山底凶兽去不了的地方。"

"还是把心思放在我们确知的地方吧。另一个吉斯就是这里。这里就是我们的世界。"

"还有各种动物。"

"对呀，还有超狮兽、超熊兽、鼻涕虫、蜥蜴、鸟儿。我们和所有的生物共享一座大山。"

"我是说住在山底的动物。有一种高高的动物，叫作长颈鹿，就像踩着高跷似的。还有一种壮壮的动物，叫作水牛。"

"是啊，你爱怎么叫都可以。但是你永远都见不到。这些动物很有可能都是想象出来的。最好去研究能够亲眼看到的事物。"

"我们不该去了解山底凶兽吗？"

"我们永远不会看到那个，艾瑟琳。"

砰咚、砰咚，声音越来越近了。

真希望爸爸是对的。我总是对山底凶兽充满了好奇，希望了解更多。但是眼下却迫不得已，一不小心知道太多了。

我死命拽绳子，但是完全没用。我只好逼着自己想想阿杜雷，我快乐回忆的源泉。死到临头，除了回想和阿杜雷一起度过的欢乐时光，难道还有什么更好的事能做吗？

砰咚，砰咚，嘎吱。我听到了呼哧呼哧的鼻息。有什么东西进了洞穴。

有一次，我在林子里追逐阿杜雷的时候跌倒了。脚踝肿得有原来的两倍大，变得又红又紫，随着心跳一突一突地疼。本来想一笑置之的，但不管我怎样用力眨着眼，泪珠还是不听话地滚了下来。我以为这下要被阿杜雷笑话了，因为他就是这样对伤痛一点都不在意的（我从没听过他喊疼，就连七岁的时候，阿杜雷从大圆石上跌下来，摔折了胳膊，他也只是眨巴着眼睛说他很高兴，因为骨头受伤后，长好就会变得更结实。噢，阿杜）。但是他没有笑我，只是用强健的双手轻轻握住我的腿，将它托了起来。

虽然很疼，但是他温暖的手贴着肌肤的感觉真好。

然后我笑了。因为这样感觉好傻。在我的回忆中，阿杜雷开始歌唱。虽然这不可能，我昨天才第一次听到维里塔斯人歌唱。但是无论如何，我都想让他在我回忆中歌唱，所以我加上了这段。听到他哼鸣的颤音，我真是再高兴不过了。我的每种感官都陶醉在这一刻，阿杜雷的样子，阿杜雷的气息，我们这样靠近。他碰触着我的肌肤，唱着歌让我快乐。如果他能设法再给我烤个馅饼，让我尝到阿杜雷的味道，那我真要幸福死了。

真想念阿杜。我脑中回响着他的歌声，我从没听过的歌声，把直逼而来的怪异声响盖过去了。他的歌声令我想起那天灿烂的阳光，他背起我，带我回家。法典禁止未相互婚配的年轻人肢体接触，但是紧急事故除外。真庆幸扭伤的脚踝为我创造了这么个例外。

咦，我眨着眼，满心困惑。这光亮不是我的想象，但也不是阳光。

是火炬，慢慢地向我靠近。

我等待着第一缕被撕裂的灼热疼痛。眼前浮现出亚尔温被开膛破肚的惨状。我知道该指望什么了。我不在这里，我告诉自己，阿杜雷正背着我，穿过林子呢。他还唱着歌，温暖的肌肤上淌着汗水。我满心幸福。

"又一个被驱逐出境的，这么年纪轻轻，真是可惜。"

这声音和蔼慈祥。山底凶兽是不会说话的，就算它们会说话，声音也绝不是这个样子。

一个老太太蹲在我身旁，温柔地解开了绳子。她递给我一个沉重的杯子。里面是水。我大口大口灌着，心里感激得不行，简直觉得喉咙和嘴巴太小，不够喝水用。

"我们怕你醒来后，又晃荡到矿洞里去，所以把你绑在地上。希望没吓到你。"

其他四个人也走上前来，和老太太站在一起，每个人都带着一点残疾。说话的这位老太太年纪很大了。亲眼见到年老的女性，真是新奇！他们中有一个年轻小伙儿，左腿膝盖以下的部分没有了，用一截粗橡木顶替。一个戴着单眼罩的男人，用完好的独眼瞄着我。还有一个女人，半边脸上长着亮红色斑块，要不是这样，她的模样是很俊俏的。这个女人向我伸出了手。我握住了。

她把我拉起来，安抚似的搂住我的肩膀。"无论你在吉斯遭到了什么可怕命运，现在都没事了。这里很安全。我们和其他被驱逐的人都躲在矿洞里。"

第 27 章

特朗因站在巨墙顶上。夕阳西下，暮色沉沉。下面的树林里一片漆黑，充斥着各种可怕的声响。他要是认识这些叫声的来源，就肯定不会这么害怕了。鹌鹑咕咕鸣，蜥蜴嘶嘶响，青蛙呱呱叫。但是对他来说，一切都是那么疏远而未知。

他回头瞥了一眼双目通红的玛加和不耐烦的塔利纽斯家汉子。虽然不抱什么指望，但他还是磨蹭了一会儿，给爸爸更多道别的机会。

不抱指望是对的。

特朗因跳下了墙。他的脚第一次接触到了山顶界之外的土地，一切都是这样野性难驯，陌生疏远。他握着长矛，攀过裸露的山石，踩着沙沙作响的厚厚落叶，慢慢前行。这里根本没有路，只能顺着墙向前走。

巨墙之内，塔利纽斯家的汉子对玛加咕哝了一声之后，就返回山顶界了。只留下玛加静静地望着特朗因的背影。她知道，这是一场缓慢的处决。特朗因必死无疑。

山顶界变了。

吉斯人民曾经聚在绿村里，讲故事，说笑话，欢声笑语闹到深夜。可是现在，这里只剩下空荡荡的街道，圆屋子和实验屋门户紧闭，街坊邻居闭门不出。

除了偶尔有塔利纽斯家的卫兵，带着锃光瓦亮的来复枪，大摇大摆地巡逻而过，这里似乎成了一座鬼城。

虽然世道不好，有官当总比没官当好。玛加心想。

"站住！你是什么人？"一个塔利纽斯家的卫兵用来复枪指着她。玛加的第一反应是抗议，但是一想起可怜的南朵，就不由退缩了。在冷清的街面上受伤流血，即使捍卫了自己的尊严，又有什么用？

"做什么的，快说！天黑之后还在山顶界走动的人都要清楚交代事由。"

这是新规定。一定是特兰顿的点子。

"我刚才去给特朗因·潘诺斯送行，他要下山去救我女儿。"塔利纽斯家的卫兵这才认出她。

"不错，你的行为合法。现在不管看到谁，我们都要拦下。听说有人要盗窃冬季雨水，这可是祸国殃民的勾当。"

"不用道歉。"

"别弄错了，我只是解释，不是道歉。没有人能凌驾于法典之上。"

虽然心存疑虑，但是玛加不愿就此息事。"法典没有规定限制常规自由吧。我们又不是小孩子。"

"特兰顿和尼可拉斯新增了法典规定。"

"新增法典规定是有程序的，要经过全体科格内特人和维里塔斯人的族长批准。"

"特兰顿说事态危急，顾不上走程序。"他轻抚着枪，加深了玛加的忧虑，也让她顾不上争论。"您最好回家去，和丈夫待在一起。"

玛加一回到波拉修斯塔，就感觉到特兰顿可怕的气息。她不用看就知道，特兰顿正在尼可拉斯的大房间里踱着步，尼可拉斯在一旁抄抄写写。他说什么，尼可拉斯就写什么。堂堂科格内特首领，居然沦为一个卑屈的抄写员！

特兰顿咂摸着自己说出口的每个字。"为了保障吉斯的利益，确保人类生存，兹允许科格内特首领及其下属机构，积极采取一切手段，捍卫社区安全，凡为保卫吉斯安全所采取的行动，一律不得追究过失。"

玛加故意敞着门。"特兰顿，我想和丈夫单独说说话。"

"等我们做完再说吧。"

她搭上尼可拉斯疲惫的肩膀，看着他写的字。

"你们今天做得够多啦。我想尼可拉斯需要休息。"

特兰顿扮得像一名亲切的仆人："当然。等到尼可拉斯召唤的时候，我再过来。"

玛加背对着特兰顿关上了门，用一根粗木闩锁好。

尼可拉斯站起身，不愿看她。"我这就去休息——"

"那些武器——来复枪和子弹——下山的远征队或许用得上的。"

尼可拉斯叹了口气。他一直都在躲着这个话题。"我们要保护冬季雨水库——"

"你觉得这比吉斯惊慌失措的大众更需要保护？山底的可怕野兽呢？我们明明有一整个仓库的枪支弹药，你为什么不早告诉我？"

眼见尼可拉斯犹豫不决，玛加恍然大悟。

"噢，上帝。你还不知道，对不对？特兰顿瞒着你呢，你们俩到底谁是掌权的？"

"是我！我敢说，这一点毫无疑问。"

"那就撤了特兰顿的职务。他把你带偏了轨道。这样下去，吉斯就算幸存下来，也背叛了自己的精神。"

"我不能，做不到。"

玛加明白原因："塔利纽斯家只效忠特兰顿，对不对？那些枪，全归特兰顿所有，受控于特兰顿。之前连你自己都不知道有枪。"

尼可拉斯盯着玛加，终于对自己的老搭档开诚布公了："我不知道，玛加。我也不愿去追究。就算眼下是特兰顿掌权，我宁愿默默等待翻盘的机会。"

玛加一语道破了他们心照不宣的事实："他才是掌权的人。"

玛加紧紧抱住尼可拉斯："我们一起想办法，眼下，就按照你这样来。"

尼可拉斯阴笑道："做他的哈巴狗？"

玛加赞许地笑道："是做一只强大的哈巴狗。你愿做一只哈巴狗，是出于策略，而不是软弱，这点对我来说太重要了。"

尼可拉斯感激地把头靠在她的胸膛上，感到身心俱疲。玛加轻轻拍着他的背，让他舒缓下来。她说："与此同时，我们想一想，怎么利用那些枪。"

第 28 章

失落迷宫。我们从小就听大人说过这地方不能去。这是一片闹鬼的诅咒之地。我们的祖先在此挖掘了几个世纪，然而除了致命事故和贫瘠空洞之外，一无所获。

大人告诉我，这里漆黑的巷道中，游荡着死去矿工的幽魂。大家只是一笑而过。因为吉斯人并不相信鬼怪魂灵之类的事情。然而，这片黑暗之中，仍有着我所了解、我所感知的东西。感觉真是个优势。

我跟着老太太佳尔达穿过弯弯曲曲的狭窄巷道，眼前一片漆黑，时不时被树根、石块或者废旧机械绊倒。佳尔达对这里很熟悉，作为一个老人家，她走动的速度快得吓人，连转弯都干脆利落。我不好意思让她等我，只好拼命加快脚步。

"他们真是黑心烂肺！居然把你这么个娇嫩嫩的小姑娘，独自丢到巨墙外自生自灭。知道吗，他们也是这样对我们的。"虽然佳尔达对我很好，但是她对吉斯却极尽刻薄。我决定还是暂时不公开身份。

"尼可拉斯·波拉修斯！那个假充慈悲的小人！就因为我跌了一跤，折了髋骨，就把我丢到了野地里。"

爸爸绝对不会仅仅因为别人受了伤，就把那人驱逐出境的。"哦，我从没听说这事。吉斯的医生会疗伤的。这是他们的骄傲。"

佳尔达嗤之以鼻："你要是个维里塔斯人，又过了六十岁这道坎，事情就不是这样的了。他们会把你永久驱逐出境。知道了吧？"

我还是不信。

"我们都被流放了。他们肯定会对你说，我被送到了老年休养所。他们都是这样对外宣称的。但实际上，是把我丢掉等死。这里的每个人都这样。芬利考试分数太低，不配做科格内特人，彭索派尔出身维里塔斯族有名的美人世家，但是脸上却带着胎记。"

欧派尔家族，素来以美貌闻名，长着深棕色的杏仁眼、高挺秀雅的颧骨，优美匀称的身段。就在我出生前，他们家的幼女不幸在出生时夭折，举家哀恸。莫非这个婴儿其实没死，只是因为脸上长着胎记而被抛弃了？

佳尔达领着我穿过一片窄道。我自己走的话，肯定要迷路的。我努力往里面挤着，到了一个四英尺高的洞穴里。我只好蜷起身，免得脑袋撞到砂岩洞顶上。

佳尔达从外套里摸出一个杯子，递给我。"喝吧，我的孩子。"

我把杯子举到唇边，却发现这是个过分的玩笑。杯子是空的。看着我犹豫畏缩的模样，佳尔达哈哈大笑。

"你要先盛上水才行！"

她指了指洞穴的一角，我先是听到了滴水声，但是跟前却一片黑暗，过了好一会儿，才适应这里的光线，看到岩壁下方有一块暗色区域。这里竟然有一处天然泉水，真是奇迹！这座山本该没有泉水的。

我奔向那里，用杯子抵着墙盛水。等了好一会儿，水还装不到四分之一满。这毕竟不是瀑布。

"装一桶水要花一整天呢，这里的水只够我们几个住在矿井里的人不渴死。"佳尔达解释道，"到了夏天，这里的水只能一滴滴流。"

"谢谢您让我喝水。"我大口喝下泉水，心里想着，能否再要一些。

"当然啦，孩子！你一定渴了，无论你是谁，我们都会让你喝水。只要水被人喝了，我们就不觉得是浪费。知道吗，我们都有一脉相承的灵魂。无论残忍对待谁，都等于在这灵魂上撕开一个口子。"

哎呀，究竟是谁疯了？为什么我在这年头无论走到哪里，都会遇到有人在扯灵魂、精神什么的。

"伤害他人就是伤害所有人，甚至伤害自己。只要我们关怀那些被吉斯像丢垃圾一样抛弃的人，就有机会壮大这个灵魂，哪怕年老、体弱、残疾……"她仔细端详着我，"无论你犯了什么错误。看起来，你或许有头晕发作的毛病，或者歇斯底里的毛病？"

我不知道有这些毛病的人究竟是什么样，但是觉得有点受辱。"不，不是这些奇怪的毛病，我保证。"我努力掩饰声音中的怒气。

"那告诉我，孩子，他们为什么抛弃你？"她把火炬凑近我的脸，近得令我感到火焰的热度。我觉得自己仿佛成了放大镜下的一只虫子。

结果令她大吃一惊。

"他们究竟为什么会抛弃……艾瑟琳·波拉修斯?"

我想逃跑。

佳尔达把我猛地向前一推。我真庆幸,身份被她拆穿的时候,自己没有逃跑。因为这里光线昏暗,到处都是峭壁和矿坑,企图逃跑只有死路一条。佳尔达和那个脸上长胎记的女人(她叫作彭索派尔·欧派尔)一起,用又粗又黑的树根捆上了我的手脚。

"安静,波拉修斯家的丫头!这下倒要看看,我们亲爱的领主对你的故事有什么说法!"我告诉他们,我从山顶界逃跑,是因为不认同那里的现状。但是佳尔达坚称我是个奸细,要来偷他们的水。"入侵我们这群和善的人?你真不害臊!"我这么容易被人认出来,怎么可能适合成为奸细?她这样对我,哪儿还能自称和善?这有多讽刺,她自己都不觉得吗?莫非她本来是因为智能水平测试分数太低,才被驱逐出境的?我总觉得髋骨受伤的说法很可疑。

我跟跄了一下,佳尔达更生气了。"站都站不稳吗,波拉修斯家的丫头?你这么年轻体壮,怎会这样?我还以为只有年老残疾的人才会这样呢。"

佳尔达对吉斯和波拉修斯家族有着化解不开的怨恨,我正好成了她的出气筒。

我察觉到,彭索派尔对佳尔达的行为感到难堪。上帝,她真是个美人。清澈的棕色眸子,琥珀一般的颜色。高挺的颧骨,秀丽的双唇。除了那个胎记,一切都很美。她真像哈萝丝,她素未谋面的妹妹。彭索派尔死后(或者被驱逐出境后),哈萝丝出生,替代了她。不知道爸妈会不会再生一个孩子来替代我。

被人替代,多可怕啊。希望彭索派尔永远不知道哈萝丝的事。但是有个妹妹多幸运啊!在山顶界,每户能有一个孩子就算不错了,多个孩子是绝对禁止的。只有先人才有兄弟姐妹。那会是什么样子,我无法想象。

"你真美,彭索派尔。"除此之外,我不知道该说什么。这是事实,所以我想赞美她不会有坏处。

佳尔达把我拽倒在地："再谄媚也改变不了你的命运。亲爱的领主会决定怎么处罚你，和彭索派尔的外表一点关系都没有！"

"我只是觉得她应该明白这点。"

彭索派尔柔声说："谢谢你。"

"她自然知道。"佳尔达回答，打断了彭索派尔，"你这种人不配得到感谢。都按你的意思来的话，那张漂亮脸蛋不被野兽啃掉，也会被严寒冻烂的。"

"都按我的意思来的话，我们会成为朋友的。"这是真话。我喜欢彭索派尔，自然而然、发自真心地喜欢，我很少这样喜欢别人。

"我还以为你在嘲笑她呢，艾瑟琳·波拉修斯。哦，我听说过你。各种流言从山顶界飘下来，流到这深深的地下。他们说你很骄傲，总是自恃高人一等。"

人们这样说我？我的态度明明和自己的地位很相称，哪里会傲慢。

"到了这里，土地下面，你也不过是阴影一团罢了。我们会让亲爱的领主决定你是不是比我们更强，听听他怎么说。"

我又跌倒了。彭索派尔扶我站了起来："我没觉得你嘲笑我。"

佳尔达一路催着我们前行。"彭斯，这种人你还没见识过呢。养大你的都是心胸开阔、慈爱和善的人。"我又一次摔倒，感觉到温热的血液沿着腿流下。我痛得咬着嘴唇，不吭一声。

佳尔达拽起我："快走。我们就要到了。亲爱的领主会主持公道的。遇到这种危机，能有他来帮我们解决，我们真是幸运。我们能拥戴他，真是太有福气了。"

我们走到了一座锈迹斑斑的铁门前。两侧站着守卫。他们握着长矛，直视前方，看也不看我一眼。

他们使劲拉开铁门，佳尔达把我推了进去。

这里是一个和波拉修斯塔一样高大的山洞，熊熊燃烧着三十英尺高的篝火，热得叫人难受。钟乳石颜色各异，交错参差，一簇簇倒挂下来。这还是我第一次在书本外见到钟乳石呢，虽然好看，但我并不喜欢。

"走上前来。"一道声音从石头宝座上洪亮响起。这个宝座是用沉积了几个世纪的钙盐和石笋雕刻而成的。我很庆幸能走向宝座，远离炙热的火焰。

　　声音来自一个黑色的人影，他穿着黑色的斗篷，遮住了头和脸。左右都坐着人，一副法庭的架势。他们或许都是顾问或者领导，身上各有各的缺损。

　　我尽可能平稳地走上前，脚踝上还绑着可笑的树根。

　　"看来传言不假。科格内特首领尼可拉斯·波拉修斯的女儿艾瑟琳·波拉修斯，原始上山先人的领袖希恩·波拉修斯的曾曾曾曾曾孙女确实来拜访我们了。告诉我，艾瑟琳。你怎么来到这里，和这帮老弱病残混到一起的？"

　　我考虑着他的问题。我在外面晕倒了，被带到矿山里面来，但是我知道，这不是他们想要的答案，我也不愿给出这样的答案。自从见到这里的人起，我就在转动脑筋，努力动用自己的聪明才智来编一个说法。

　　山顶界之所以放逐那些人，是为了令吉斯更加强大。但是，看看现在！吉斯陷入了前所未有的衰微境地，简直濒临灭亡，连这帮矿井里的杂兵都不如。这种充满讽刺的反差令我觉得痛快。

　　亲爱的领主不耐烦了："你哑了吗，艾瑟琳·波拉修斯？人人都说你能说会道，就连在不该说的时候，也管不住嘴呢。"法庭上响起一阵哄笑。被一群素昧平生的陌生人讥笑打趣，就像亲人或朋友似的，感觉好奇怪。

　　好想再喝点水啊，我清了清干渴的喉咙，小心地措辞道："如果您发现哪个地方没有老弱病残的，请务必告诉我。至少这里没有虚伪，一切都坦坦荡荡。在山顶界，他们把缺陷都藏在心里。人的罪过，最坏不过是隐藏缺点。"

　　亲爱的领主低声笑了，那笑声真是熟悉，令我心中泛起一阵温暖怀旧的感伤。等到理智终于赶上了情感，我却震惊得不敢相信。他脱掉了斗篷，微笑道："看吧，我就说，我把她教得很好。欢迎来到矿山，艾瑟琳·波拉修斯。"

　　贝鲁巴斯——太好了，是贝鲁巴斯！他向我伸出了手。我一把抓住，他把我拉到怀里，给了我一个结结实实的拥抱，我还故意瞄了一眼佳尔达的眼神。

"你还没喝够吧？"

贝鲁巴斯拍了拍手，一个侍卫挤进了我们所在的狭小房间，这里富丽堂皇，灯火通明。洞穴墙壁上挂着栗色的天鹅绒帷幔、艺术品和挂毯，都来自先人上山前的时期，描绘着先人喜好的主题，都是骏马、君王、士兵什么的。

贝鲁巴斯成了亲爱的领主，他在这儿的房间，可比山顶界那清苦朴素的实验屋要华丽得多了。仆人端来一个精雕细镂的水罐，是用我从没见过的一种金属做成的，流光溢彩，灿烂耀眼，像夕阳的余晖一样金黄悦目。

我伸手拿住杯子，仆人满上了水。我喝着水，松了一口气。在漆黑的矿山里找到贝鲁巴斯固然令人开心，但在最初的欣喜过去之后，我们的关系却掺入了什么陌生的东西，让我觉得心里疙疙瘩瘩。

贝鲁巴斯对我说着话，我心里却只想让他安静。在此之前，贝鲁巴斯的话，我是听也听不够的。这真让我感到不安。

"我想你一定很惊讶，艾瑟琳，心里有一千个问题要问。我保证好好回答，让你满意为止。"

我不明白。以往他的声音是令我慰藉和惊奇的源泉，但是现在，我却一个字也听不进去。

"我生您的气，贝鲁巴斯。"这话脱口而出，我才回过神来。哦，那就这样吧，"明明过着这样的生活，却把我蒙在鼓里。"

"我早就想告诉你了，亲爱的艾瑟琳！但是万一你告诉了你爸爸，或者更糟一点，告诉特兰顿怎么办？"

我想起了贝鲁巴斯的另一面。他是爸爸的敌人，还秘密统治着一个蔑视山顶界的王国。他怎么可能一边真心关爱我，一边还领导这些对山顶界满怀恶意的子民？

他不能。难怪我对他生气。

"口还渴吗？"贝鲁巴斯召来了仆人，重新装满了我的杯子。我的前任老师太心急了。他知道我心里烦闷，希望这是因为口渴导致的。

我考虑着把水泼到地上，寻个由头发作，但是我不能浪费水。

水。等等，水！这样一来，一切问题都能解决了。

"贝鲁巴斯！我们要让爸爸知道，您找到了另一处水源！现在还来得及召唤阿杜雷和他的远征队，在穿过云线之前撤回来。这样就能解决问题了。"

贝鲁巴斯不自在地换了个姿势，清了清喉咙："我仔细考虑过了。艾瑟琳，我们不能让山顶界知道我们的存在。"

他明知道阿杜雷和他的远征队是缘木求鱼，白白送死，都是为了得到清洁的水。而他正独自坐拥这片山泉水！他宁愿眼睁睁看着整个山顶界干枯凋零，我最好的朋友被凶兽屠杀，也不愿爸爸知道他的秘密。好一个贝鲁巴斯，他都仔细考虑过了！看来我没什么好指望了。

"再考虑下吧，亲爱的贝鲁巴斯。"我努力让声音保持平稳，"您这决定，是要逼死所有吉斯人民啊。"

"他们的决定，又何尝不是要逼死每个住在矿山里的人。"又来了，这个刺耳的声音。他说的每个字，都在我耳中激起了嗡嗡的回响，就像虫鸣一样烦人。我只想让他安静，走开。

"这都是为了报复，是你以牙还牙，耍小脾气的一个机会，对不对？"我咬住了嘴唇，不想再说更多，即使吐出了这些尖锐刻薄的话，我心中仍感到有千言万语要说，不吐不快。贝鲁巴斯有着怎样的神经啊！坐在这么一个金碧辉煌的房间里，比波拉修斯塔的任何设施都要华丽得多，也荒唐得多。看这些精雕细琢的红木家具、光彩夺目的贵重金属和珠玉宝石，难道他自以为是神话传说里的帝王吗？他只不过是个自欺欺人的可怜骗子，躲在一个自诩为王国的山洞里，可悲地向我爸爸——山顶界的真正领袖宣战！有谁会在发起战争的时候，连向对手宣告的胆量都没有？

"艾瑟琳，你自己也看到了，这口山泉只够住在矿山里的五十个人喝，哪里还能喂饱另外一百张嘴？特兰顿和你爸爸肯定会拿着枪，开进我们的矿山，以为吉斯人民谋福的名义将其据为己有，然后把这些不幸的人再次驱逐。这些人现在寻求我的保护。但是我无力阻止特兰顿的暴行。"

我恨他，主要是因为他说得很对。我结结巴巴地回答："我爸爸才不会做出这样……"我的底气太过不足，连自己都觉得不好意思。

"你爸爸未必会，但是特兰顿肯定会。被特兰顿知道的话，我们就全完了。"

"所以，你就让山顶界的每个男女老少统统完蛋。山顶界的人不都是像特兰顿和塔利纽斯家的那样，大部分都是正直诚实无辜的好人，他们对矿山居民的悲惨遭遇一无所知。"我终于能利索的说话了。

"一无所知是一种选择。"虽然我不是第一次听到贝鲁巴斯说这句话，但却是第一次对此感到怒火中烧。

"那您每天都是这样选择的，亲爱的老师。"

他哈哈大笑，多么自以为是！仿佛当我是个婴儿，咿咿呀呀说了傻话，逗他开心似的。

我再也待不下去了。我知道山上有什么在等着我——饥渴、疲惫、恐惧，乃至于死亡。我宁愿去面对这些，也不想认清贝鲁巴斯现在的样子，或者他一贯的本色。

"贝鲁巴斯，感谢您的慷慨招待，但我要离开矿山。"

"艾瑟琳，这只是资源匮乏的问题，不存在谁逼死谁的问题。几十年前，山顶界何尝不是做出了一样的决定。现在只是风水轮流转而已。我也希望大家都能活命。但既然资源不够，我不得不先关照自己的子民。"

我开动脑筋，琢磨着他的话，觉得确实有道理。上帝啊，我才不过十七岁，人命关天的大事，无论如何都不该轮到我来思考吧。

"请让我回到地面去。"

贝鲁巴斯再次叹息："我做不到。"

事实再明了不过。这个房间虽然镶金错玉，但仍不过是个牢房，我可能再也逃不出去了。

第 29 章

特朗因本以为自己会变得自怨自艾、悲伤恐惧,但是恰恰相反,他全身充满了自信。

反正最糟糕的事情都已发生了。艾瑟琳抛弃他,爸爸无视他,妈妈死去了,自己被吉斯放逐。所有值得烦恼的事都发生了,他却还活着。失去一切,反而令他自由。

特朗因放缓了脚步,但是没有停下,继续向茂密的灌木丛走去。

一簇茂密的蒺藜划破了他的前臂。殷红的血液驱散了他脑袋中的迷雾,这迷雾挥之不去,已经有好几天了。

特朗因听到鸟儿在头顶高唱,他攀过倒伏的树木,绕过巨大的原石,好奇自己为什么之前从没来树林玩儿过。他在这里,比宅在潘诺斯实验屋更富有生气。

特朗因想出了一个计划。他要走到山下去。这是阿杜雷和他的大军前进的方向,艾瑟琳肯定会跟着。他一定要找到她,讲清楚自己对她根本不屑一顾,然后抛下她,自己走自己的。他会在山底生存下去,享受别人不敢探索的世界。离开山顶界,还没走上几小时,就看到了如此美妙的树林,那么远在云线底下,又会有怎样不可思议的奇迹在等待他呢?

不知不觉间,鸟儿停止了歌唱。整座树林陷入了沉寂。他怀念那鸟鸣。穿过一片松树,他瞄到了一排大大小小的石头,居然摆放得错落有致。真奇怪,他跑了过去。

这是一座坟,上面写着名字,亚尔温。

特朗因认识亚尔温,他是阿杜雷最好的朋友。难道远征队已经有人牺牲了?不对,亚尔温不是远征队的成员。他死了,为什么从没听说?死人在山顶界是大新闻,因为吉斯人除了出生夭折之外,很少死亡。亚尔温是什么时候死的,又是怎么死的?

他为什么会被埋在这片无人问津的地方?

这片树林，乍一看生机勃勃，充满希望，实际上却危机四伏，暗藏杀机。有个人死在这儿，埋在这儿，在孤寂的永恒中静静腐烂。那个人和他年纪相当，却比他更强壮有力，身手更好。

特朗因掉头向山顶界走去，他刚才在想什么？他必须回去，爬过巨墙，躲在镇子边缘，忘掉世界上的一切，等待一切风平浪静。

他想要掉头跑上山，却发现自己的动作变得无比缓慢，呼吸变得粗重响亮。

不可思议地响亮。

特朗因放慢脚步，改跑为走，试着控制自己的呼吸。但是，呼哧呼哧的喘息声依然没有停。

特朗因屏住了呼吸，希望能够尽量压低自己的动静。

原来这沉重的鼻息，根本不是他发出来的。

第 30 章

我必须逃跑。贝鲁巴斯请我做他的副指挥官和顾问。不要。我才不要当一个冒牌君王的特兰顿呢。

我以为他会把我当成囚犯关起来。但是贝鲁巴斯打算采用怀柔策略。他为我安排了一个设施完善的房间，装饰着许多先人的古董。房间里放着一个插着许多蜡烛的金属架子，架子的底座上刻着许多英雄雕像，有引导着军队走向胜利的、战胜敌国的、屠杀恶龙的，还有许多女人围在周围服侍的。

我有一张柔软的床，一大壶水（多幸运），地上铺着地毯，墙上挂着图画。这就是贝鲁巴斯想用来诱惑我的生活。多么乏味。他至少应该给我一架子书的。这个样子，倒显得他一点都不了解我。但是我了解他。

我敲了敲被锁上的门。无论他是否束缚我，都违背了我的心意。贝鲁巴斯不相信我不会把矿山的事告诉爸爸。思考了一段时间之后，我觉得特兰顿确实会逼死这里的居民，到时候我也难辞其咎。我不能让爸爸知道这里。

佳尔达隔着门问我。虽然贝鲁巴斯下达了指令，但是她仍然对我时不时流露出怀疑，仿佛当初是我亲手签发了她的驱逐令似的。"你想怎样？"

"我想见贝鲁巴斯，我做好决定了。"

"当然啦，小姐。"

这座正殿真是荒唐，比山顶界的任何建筑都要富丽堂皇。在深深的地底下，在恶臭的黑暗中，我的前任老师当着国王，享用着比真正的权力宝座——波拉修斯塔还要充裕的道具。谁能想到他会犯这显而易见的糊涂？我按下心中的念头，摆出一副充满敬畏的模样。

但愿我说谎的时候，表情不要将我出卖："贝鲁巴斯，我们相互知根知底。之前我一下子知道太多，对您有所怀疑，是我太轻率了。现在我想通了，觉得您说得很对。我很乐意辅佐您。"

我看到贝鲁巴斯松了一口气。我骗了他，就像骗特朗因和爸爸一样。这才发现自己居然还有骗人的本事，但是一点都不值得自豪。

他向我伸出一只手："那么请你辅佐我吧。这房间条件一般，请你多包涵。我还是你以前信任的那个寒酸学者。但是你会明白，住在地底的这些人，需要这些噱头。这会让他们觉得宽慰，觉得自己得到妥善关照。"

"他们确实得到了妥善关照，这些可不只是噱头。"

他笑了："可不是嘛，我很关照他们的。"这点我相信。

要是换个方式了解这里，我会为贝鲁巴斯骄傲的。他看到了世道不公，而且勇于挺身改变。但是我也不会忘记，他把我当成囚犯，关在这个肮脏的泥坑里。

"有一个请求，您要是拒绝，我也能理解。"

"恕我一滴泉水也不能分给山顶界——"

"不，"我打断他，"不是这个。我明白，决不能让特兰顿发现这里。我是想说……从我小时候起，您就经常和我一起看星星，还为我指出各种形状，教我看各种各样的星座，讲述星座的故事。"

"我记得。"我知道他会记得。这是我们最喜欢做的事情。

"在这里，我想念天空。我还没来得及和它道别呢。"

贝鲁巴斯摇摇头："获准到地面上去的人很少，艾瑟琳。只有我和一些负责收集必需品的人。再说，外面很危险。"

这一点，我太明白了。但是我不能困在这里。

"您还记得吗，有一次，月亮很圆，周围环绕着许多星星。我说这些不是星星，而是月亮的宝宝，它们总有一天会长大，前往另一个世界，照亮那里的夜空，就像它们的妈妈照亮我们的夜空一样。"

贝鲁巴斯沉浸在美好的回忆中："我问你，那它们的爸爸是谁，你还哈哈笑着说，'傻老师，当然是太阳啦！'"我们都笑开了，就像我十岁的时候一样。贝鲁巴斯膝下无子，我就像他的亲女儿一样。

"这周就是满月啦，傻老师。"

我的话奏效了。虽然佳尔达表示反对，但是贝鲁巴斯还是把我带到了地面上。我的手脚没受束缚。我们两人独自行动，没带守卫。

我在贝鲁巴斯的心中种下了重温往日美好的渴望。特朗因让我明白了，人一旦被渴望支配，就会更不安定，缺少理性，什么事都做得出来。就连聪明绝顶的贝鲁巴斯也不例外。

我们走过漆黑的通道时，贝鲁巴斯对我讲述了更多故事。但因为心怀愧疚，所以我没法放开享受。

"您以前唱过一支歌，旋律叫人难忘，调子相同，歌词多变，心里怎么想，歌词就怎么唱，也可以光哼调，不唱词。您还记得那首歌吗？"

他哼起了一个调子。上帝啊。我一听就想起来了。虽然早就忘得一干二净了，但是小时候，我还跟着一起唱过呢。我以前还唱过歌？多丢脸啊，像只小鸟儿一样歌唱。至少那是小时候的事情。

"哦，好久以前的事了。这种事，长大后就不做了。"

"这可不算拒绝，你要拒绝的时候，从来都是直言不讳的。来吧，为我唱支歌。让我这老头子开心一下。"

脑海中浮起了旋律，真让我惊讶。我哼起了旋律舒缓的曲调。这个人，很快就要因为我而心碎难过，在子民面前蒙羞。我愿意唱一会儿，缓和即将到来的打击。他停下了脚步，靠着阴冷的泥巴墙，闭着眼微笑。

"就是这个。我听上一整天也不会腻。"

他这简直是在求我丢下对他的所有敬重。他居然被我的歌声打动了，就像一只被触摸迷惑的动物。这样的举止拉低了他的品格，也拉低了我的品格。放任自己沉浸在这种享受之中就是自甘堕落（但曲子还是很美。我不好意思承认，自己也因此产生了一丝悸动）。

我唱出最后一个婉转的音调后，贝鲁巴斯领着我走过一个大大的圆形石门，看起来就像是世界上最大的人造巨石。只见他摆弄了好几个门锁和门闩，在一个圆形转盘上输入了特定的代码，按照一定次序牵拉了几条绳子，又按下了几个按钮。看这架势，我自己是绝对逃不掉的。

固定住石门的金属条滑开了。贝鲁巴斯推开了门，月光如水，一下子洒了进来。他迈出步子，踏入凉爽的夜风里，此时空气微凉，比任何时候都要醉人。我跟了上去。

我们站在矿山的秘密入口外，月色明如白昼，但是色调和七彩俱全的日光不同，只有一片片深深浅浅的蓝和灰。我站在离贝鲁巴斯一臂远的地方，自由已经唾手可得。我跑得比他快，身子比他壮。我要是现在逃跑，他肯定捉不住我。

"这样看来，我也不过是个老笨蛋罢了。"此时此刻，自由近在咫尺。但表情还是出卖了我，我想逃，被他看穿了。

"我别无选择，贝鲁巴斯。是您逼我的。"

"别无选择？你的选择非常珍贵，波拉修斯家的孩子。这是你最珍贵的财富，请别白白浪费。你有得选，你可以选。别把选择的机会丢给我，自己好好把握吧。"

"我要找到阿杜雷，到山底去，拯救我的人民。"我把话说开了。我要拯救山顶界？话已出口，那就这样做吧。听起来是正道。

"这是高尚的选择。"原来早在正殿里的时候，他就对我的心思洞若观火了。我涨红了脸，利用我们最珍贵的回忆来欺骗他，让我心怀愧疚。"你何苦这样骗我。"

"我说了，我要离开——"

"你只提出了一次。提两次和提一次是很不一样的。告知和请求，也完全是两回事。你还可以劝说、号召、激励，据理力争，动之以情、晓之以理。在开口骗人之前，还有许多更高尚的手段可以采用。"

他依然对我谆谆教诲。

他递给我一只装满水的超豹尿泡，一袋子薯块和肉干。

"为了生存，你或许不得不像蠕虫一样卑微蛰伏，但至少先要试着像雄鹰一样光明坦荡。哪怕暂时韬光养晦，也要时刻牢记高尚的初衷。"

"您总是对的。"他确实是这样。

"艾瑟琳，别判处我们死刑。住在这里的都是好人。"

我点点头："请别挂念我。"

"我每时每刻都在挂念你，今后也不例外。快走吧！"

我钻进了树林里，远离矿山而去。

我一路向前，听到背后传来贝鲁巴斯哼唱的歌声，越来越低微邈远。

第 31 章

歌声消散不见了，我听见石门隆隆关闭的声音。我又一个人了。我对贝鲁巴斯说过的话在脑中不断盘旋，相互矛盾，斗得精疲力竭。有些充满感激、温暖贴心，有些又充满愤怒，令人厌烦或尴尬。

他放我走，还给了我水和食物。但是他并未一开始就这样做，而是对我进行了一场道德考验。我虽然没通过考验，但是他放过了我。欺骗他，我觉得很内疚。即使这些年来，他一直都把我瞒在鼓里，有时候用谎言来欺骗，有时候用沉默来隐瞒。

明明是矿山里的国王，却要假扮成一个卑微的导师。究竟哪一面才是贝鲁巴斯？他是我全心信任的恩师，还是一个吝啬水源、穿着华贵紫袍的统治者？如果两面都是他，那我该怎么看他？我敬爱前者，但藐视后者。

明明自己是个骗子，却教导我不要过分采用骗术！

为了生存，你或许不得不像蠕虫一样卑微蛰伏，但至少先要试着像雄鹰一样光明坦荡。哪怕暂时韬光养晦，也要时刻牢记高尚的初衷。

他趁着夜色，偷偷溜出山顶界，躲进地下的舒适山洞。像蠕虫一样的人是他，不是我。

诚实从来不是波拉修斯家族信守的价值。哈尔加德家族把忠信奉为最高品德。要是阿杜雷说谎了，那是可耻的事。我是波拉修斯家族的人，我们心思活络，头脑机敏。我的逃跑计划就充分体现了这点。不是挺管用的吗？我不过是忠于自己，忠于自己的家族罢了。所以，我本可以把波拉修斯虚伪的演说和心里的愧疚一并抛到脑后的。

但是罪恶感始终挥之不去。我讨厌左右两难的感觉，就像夹在两个毫不留情地相互搏斗的巨人中间，没有一寸安全的立足之地。

我又困又渴，不再奔跑，抿了一小口水，又掰了一块薯根，慢慢嚼着。饥饿和干渴被满足感所取代，足以令脑中的争端停火。

感激之情占了上风。我还是敬爱贝鲁巴斯，这份感情始终不渝。

然而这份安逸只持续了短短几分钟。

一阵粗嘎沙哑的喘息撕裂了树林的夜晚。

是我幻听了吗？现在又听不见。我屏声静气。

我只听到自己的心脏突突狂跳，害怕极了。

又来了，这声音听起来充满痛苦，就像每呼吸一口气，都要奋力挣扎一般。但是我不觉得它可怜，只觉得可怕。声音越来越近，越来越响。

我在树木间撒腿狂奔，有东西在追我。喘息声越来越快，树干枝叶在我身后噼里啪啦响成一片。不管这是什么，它都无意收敛动静。

我本能地移动着脚步，避免向山下跑。不管这是什么，它很可能是山下来的，到了山下，只会更加得势。但是我往上跑的话，又容易耗尽体力。我沿着山坡，在同一高度跑动，尽量往茂密的蒺藜丛里钻。

听起来，这只喘着粗气的野兽块头不小。这茂密的灌木丛，连我都钻得很吃力，但愿它完全钻不过来。果然，那声音变得怒气冲冲，终于越甩越远。

我义无反顾地向前爬。身体每往前突进一寸，刺扎和擦伤就新增几分。真希望能停下躲好，等那野兽追累了自己走开。但是我每次刚一停下，又会被那异乎寻常的嗥叫催促着往前爬。

我爬到了一个地方，确信这里没有比兔子更大的动物来过。树枝蒙络摇缀，把我困在了一条死路里。

粗重的喘息声在我背后回荡着。我每向前一寸，这野兽就更加暴怒、执着几分。距离越来越近了。我满怀绝望地向前爬，枝叶和刺根交织缠绕，构成了一副恶魔般的利爪，把我深深困在里面。慌乱席卷了我的理智。我深吸一口气。

艾瑟琳，不能就这样放弃。

我在周围的地面上摸索着，努力想找到点东西派上用场，结果摸到了一些石头。我把一个向左边抛去。石头飞得很远，砸进了枝叶里面。

那粗喘声停住了，看来那野兽困惑了。

拜托了，跟着那声音去吧。

快去快去。

我屏住呼吸，找到另一颗石头，丢了出去，发出更多响动。

这调虎离山计兴许管用。

等待的时间如永恒般漫长。我希望能看清追逐我的东西。

它一动不动。

我有条不紊地看准每一根困住我的枝条，用手捂着，一条一条地折断，希望能压低声音。咔嚓咔嚓咔嚓。每一丝声响都是一个巨大的冒险。

一片寂静之中，响起了另一个声音。我花了好一会儿，才从夜间树林的窸窣中分辨出来，但那声音已经清晰可闻。

这野兽正在嗅味道。

不！过了这些天，我肯定自己身上的味道很明显。接着，它又朝我移动而来。呼哧呼哧的粗重鼻息，一步一步逼近。我又朝左边投出一个石头，但是没有用。那野兽认准了我的气味，不再被声音迷惑。

我抓住另一颗石头，使劲敲打困住我的陷阱。

一条粗壮的树枝咔嚓一声断开了。那野兽嗥叫着，加快了脚步。

声响虽吸引了那野兽，但也令我振奋。我虽然还被困着，但是距离自由不远了。我猛砸另一根树枝，把它折成两段。

可怕的声音凑上前来，带着一股味道。真是恶心，就像尸臭混着一股辛烈的麝香味。我努力忽略掉这臭味，按捺下随之而来、愈演愈烈的恐惧，压根不敢回头看。

我把全副注意力都放到了拦着我的树枝上。

我被困住了，不行动，就要死。

一丛枯死的灌木中，有一个小洞，我死命钻过去，被折断的枯枝扎得遍体鳞伤。虽然感觉到那野兽追不上来，但是我不敢回头确认。它恼羞成怒地尖叫着，在落叶堆里翻搅缠打。我不顾一切地奔逃，它的叫声和气味都渐渐被越甩越远。

我钻过浓密的灌木丛，走到了狭窄的峭壁边缘，左右两侧乱石嶙峋。下方三十英尺左右，浓雾迷蒙，前途未卜。

虽然前路看似凶险，但是我决不会回头再去面对那个野兽。

事到如今，别无选择。我向下爬去。

第 32 章

云线的茫茫雾气笼罩着大山，临时营地驻扎在云线边缘，艾克罗尼斯在营地里闲逛着。

他看着阿杜雷盯着云线沉思。他亲爱的儿子——阿杜雷是他所有的希望。有些事情，虽然听自己说起来，那孩子肯定会不耐烦，但是艾克罗尼斯必须确认阿杜雷明白这些。

他看着自己的战友削尖长矛，打磨石刀，切削木头，制作武器。

哪怕进入云线之后，这些武器效果甚微，但是这时候能做点事情，分散一下注意力，也是好的。整个营地看似一派安宁，但是艾克罗尼斯感觉到了渗入每一个人心魂的恐惧。

恐惧是这样深重，而且营地里没有其他人读过或见过奥利弗·哈尔加德描绘在纸上的形象。

艾克罗尼斯知道他们将要面对什么。他不指望每个人都能活着穿过云线，这样未免太贪婪愚蠢、不切实际。他只求至少有一个人活下来，继续接下来的旅程。

他希望这个人是阿杜雷。

沿着峭壁爬下一半的时候，我肌肉酸疼，不由自主地颤抖。

我腹诽着科格内特人的生活方式，科格内特人对身体活动能免则免，只一味追求学术成就。

既然生而为人，何必像野兽一样活动？

在此之前，我一直都觉得这话很有道理，何必像动物一样活动？当你有朝一日陷入了动物一样的境地，例如被捕猎追逐，不得不逃到悬崖峭壁上求生的时候肯定就不会这样认为了。此时此刻我真希望自己能像动物一样自如活动。

我一路下爬，到了一个难以攻克的转折点，需要高超的技巧才能逾越。

我知道自己要做什么。我的左侧三英尺之下，有一小块平坦的石头。如果能用左脚够到哪里，就能平稳下降，接下来的路程就会好走。但是下挪三英尺需要过人的臂力，我的力气实在不够。

我使出了吃奶的力气，努力伸长左脚，盼着能用脚趾蹭到那个平台。

太远了。

我的手臂撑不住了，整个人滑了下来，虽然蹭到了那块石板，但是刹不住车，继续往下滑。石头和尘土重重砸在我身上，就像整个世界都在欺负我似的。上帝啊，真的好疼。每挨一次疼，时间都仿佛变得格外缓慢，像煎熬一整天一样漫长。

我身在浓雾之中，什么也看不见，无论这是好事还是坏事，至少情况有所改变。我不再下落，身上也不再挨砸了。整个世界安静了。

我还活着。

至少，我认为自己没死。身处茫茫云海之中，头脑出奇地清醒（我听说疼痛会有这种效果）。借用一句先人俗话，这里的一切都像天堂一样美好。一个傻气的想法闪过我的脑海——要是我死了，会不会成为天上的星星？

也许只有在天上的星星会哭的时候，才会这样吧。

一阵抽抽搭搭的哭声打破了寂静。我特意确认了下，我自己没哭。虽然全身肿痛，头昏眼花，但是貌似没有出血。

有人在哭。我知道不会是阿杜雷。因为他宁愿脑袋朝下从山上栽下去，也不会像个小鬼似的哭鼻子。

在距离巨墙这么远的地方，会是谁在哭泣？我循声而去。

我走到了一个山洞口。哭声似乎是里面传来的。

雾气似乎也是从洞里飘出来的。雾气本不该来自山体内部，真是奇怪。

更奇怪的是，山洞口还散落着机器。都是人造设备，黑漆漆、亮光光、晶闪闪，朝天摆着。虽然破旧，但并未废弃，像是从先人时期就留在这里的。

这些设备的下部是固定在地上的黑色金属架子，上部是一个扁平的长方体构件。还有人造的细长塑料管，我想这是电线，是用来输送电力的。这种能量曾经为先人创造了许多奇迹，却在山顶界失传了。

在锃亮的长方体构件左下角，有一个绿色的小光点，一明一灭不停闪烁着。我从没见过这样的东西，但是我猜，这台机器里有电流在运行。

抽抽搭搭哭着的人似乎在尽力压低声音，但是不怎么管用，倒让回声显得更明显了。我的好奇心被激起，向山洞里走去。

山洞本该挺吓人的，浓雾腾腾翻滚而出，越往里走，光线越暗。但要是有危险的话，怎么还会有活人在里面哭呢？

我透过浓雾和黑暗，看到六个嗡嗡作响的金属大箱子，排成一组。摸上去热乎乎的。

我的眼睛适应了黑暗，看清了这些巨大的金属箱的作用。每个箱子顶端都开了几个槽子，正在汩汩冒着雾气。

这雾气是人造的，一直飘到山洞外，汇入云线里。这些机器是用电的。我的脑袋里全是谜团，怎么也想不通。

这里不仅有机器。还有满架满架的罐装食物和其他我不认识的东西。看起来像是先人才会用的玩意儿。还有成堆成堆的书本和卷轴。这山洞究竟是什么来头？

在我不远处，响起了抽泣声，本来挺吓人的，但是我完全被这个神奇的洞穴迷住了，没去在意这个。"你知道这是怎么回事吗？我一点都不明白。"

从阴影中出现了一个人，双眼浮肿，满脸是泥，是特朗因。他好似被一群闹腾的超豹崽子打闹争夺过的一只破鞋子。

看到他这个样子，我的心被揪了一下，悲伤、内疚，或许还夹杂着些许释怀，一股脑儿涌上心头。"特朗因，你下山来做什么？"

他不由自主地一咧嘴，露出一个微笑，却是惨淡的笑，比他刚才的抽噎还要悲伤。"我来就是要告诉你，我一点都不在乎你，你根本伤不了我。"说完他的眼泪流了下来。

第33章

这和特朗因当初演练的完全不一样。他原想着找到艾瑟琳，然后面沉如水，毫不动情地告诉她，自己来就是为了营救她。她之所以可以由着性子乱来，是因为他之前在乎她。现在，她再也不能害他伤心了，请她少自作多情，以为自己为她伤心。她要做什么，要去哪里，他一点也不在意。然后特朗因会得意扬扬地默默离开，不管艾瑟琳怎么叫他，求他，都绝不回头。

然而事实却是，他磕磕巴巴没说几句，眼泪就止不住地往下流。他瘫软下去，靠在石壁上，简直喘不过气来，真是太不顺利了。

艾瑟琳忧虑地朝他俯下身，搭上他的肩膀。"不，"特朗因坚决地想，"她再也骗不了我了。"

"特朗因，你到巨墙外面来做什么？"

"我才不是迷路的小屁孩。少来同情我。"这话听起来比他自己希望的要可怜。

"你说你不是迷路？我的意思是，上帝啊……你是来找我的吗？"

"不是事事都围着你转的，艾瑟琳。忽略这眼泪吧，说点别的。"特朗因的语调又恢复了往日的冰冷。自己终于不再这么脆弱了。

"这样就好，你不用求我忽略你的情绪。我自己也会这么做的。"虽然是自己要求的，但是特朗因还是觉得，艾瑟琳对他的眼泪忽略得未免也太快了。

艾瑟琳问道："我们这是在哪儿？"

特朗因走向一个庞大的金属设备，艾瑟琳也凑了上去，两人一起盯着这嗡嗡作响的庞然大物。一阵阵白雾升腾而起，汩汩飘涌，像一条奔流不息的河流，看久了，令人昏昏欲睡。"有人设计了这个机器，故意一直开着，让云线一年四季浓雾弥漫。我试过把它关掉，但是没有用。"特朗因成功把情绪丢到了脑后，用这个话题来转换心情倒是不错。

"为什么？云线有什么用？这里居然还有电。不是说山顶界不可能有电吗？只有山下才有条件发电。"

"说不定，这样是为了不让山下的凶兽看到。"特朗因一说出口，就后悔了，又惹自己想起了之前是怎样一路被一个奔跑如飞，穷凶极恶的野兽赶到这里来的。他的眼泪又开始涌上来了。

"这样很不错，我们在云线上方比在山底安全。"艾瑟琳回答。

"你怎么知道？"特朗因问道。

亚尔温被开膛破肚，内脏掏空的事，还有其他许多事情，她都不愿告诉特朗因。

"特朗因，你必须回山顶界去，巨墙之外很危险。那些警告并不是大人编出来哄小孩子听话的。"

艾瑟琳显得像个饱经沧桑的战士，见识过许多他只能在梦里才能见到的事物。特朗因讨厌这样。明明他也从怪物手下死里逃生，还亲身经历了和妈妈生离死别。

特朗因出乎自己意料地生气："我才不是天真的兔宝宝，要别人来娇惯。"

"我从没这么说你。"艾瑟琳忍着笑说，"我从没说你或者任何人是天真的兔宝宝。"

"不要，"特朗因心想，"我才不要和她说笑呢。"

嗡鸣声让他烦躁。他已经在山洞里和嗡嗡响的机器待了好几小时，渴望安静片刻。

"我必须到山洞外面去。"他要一大早出发，直到深夜再回来。艾瑟琳忙拽住他的胳膊。被碰到的地方，特朗因仿佛感到一阵电流刷过。除了小时候玩跑跑抓，他从没被姑娘碰过。

"不行，这里不安全。"

他一把拂掉她的手，虽然他的皮肤被拍得刺痛，但是他终于有机会扮演一次冷血冷面的角色去甩掉别人了。

"你之前不是对我不屑一顾吗，怎么现在又变卦了。"

"特朗因！拜托，现在不是要小性子的时候。特朗因！"

他头也不回地走掉了。这效果比他原来计划的还好。

第 34 章

"感谢您召唤我，科格内特首领。能为您服务，是我的荣幸。"特兰顿走入了正殿。这间正殿专门用来商讨重大议题和发布正式公告，尼可拉斯在位期间很少使用这里。

尼可拉斯很烦躁，他知道自己应该展现出自信，但是他做不到。"我发现法典的某个章节适用于我们目前的行动方案。"

特兰顿咧嘴一笑："您知道我一向乐于深入探讨法典细节。"

"法典中丙款申条的内容规定：'除抵御可能威胁吉斯的外来势力外，任何人一概不得出于明示或暗示的目的，携带武器威胁吉斯的其他成员。'如你所见，法典的规定非常明确。"

尼可拉斯知道他在试探。尽管法典中有关于配枪的政策，但这条法律是针对一百年前，两名维里塔斯人在田里发生争执的案件而制定的。当时，两个人因为水的份额而争吵，其中一人威胁要用铲子殴打另一人，但是法典里没有明确规定禁止这一行为。为此，时人在这间正殿里召开了紧急会议，修订了法典。

特兰顿对这来龙去脉一清二楚，心里惊讶，尼可拉斯为何现在才提出异议。做不到对法典烂熟于心的科格内特首领是没出息的首领。厉害的首领一看见枪，就该本能地当场表示反对，而不是拖拖拉拉、按部就班地回头查阅验证。特兰顿庆幸自己好运气。

无论是自己成为领袖，还是辅佐一个软弱的领袖，都是掌控实权之道。这是尼尔辛家族秘而不宣、代代相传的箴言。

"一百年前那场田地里的争执不适用于现在的严峻局势。人命关天，玉米秆子怎能相提并论。"

尼可拉斯没心情争辩，反正辩也辩不过他。"我想要那些枪，特兰顿。那些枪让我来保管，锁在波拉修斯塔里。"

"解除塔利纽斯家的武装，会让民众误会的。"

"我们这是开着大炮打蚊子呢。"

"我做的一切都是为了您好，尼可拉斯。整个吉斯都以为您软弱可欺呢。"

"难道不愿意看到特朗因的母亲遭难就是软弱？南朵只是想要保护她的孩子——"

"让吉斯承担风险就是软弱。当前局势需要强硬，您的境遇需要强硬。历史需要强硬。未来的孩子们需要学习我们强硬刚毅的光辉事迹。"

"那些武器是哪儿的？"

这些枪和特兰顿的宿命一样，都是在巨墙外的雾洞里找到的。但是他不打算告诉尼可拉斯，没必要过分吓唬他。

"吉斯的一个贵族匿名向我提供了线索。"

"为什么你不把枪配给下山的远征队？"

特兰顿称："远征队出发后，我才得到枪的。要不然我肯定会把枪给艾克罗尼斯和他的队员。"

尼可拉斯感到安慰，终于可以告诉玛加点好消息，对维持波拉修斯塔的安宁有好处。

"我们要时时紧盯局势，见机行事，灵活变通。我只求你做到这些。"

特兰顿搭上尼可拉斯的肩膀，请他放心："能够服侍您这样深明大义，悲天悯人的首领，我深感荣幸。你的要求正是我们所需要的。在这样的时局之下能得到您的领导，真是我们的福分。"

第 35 章

除了嗡嗡响的造雾机器，这里只剩下我一个人了。只要安静片刻，我什么都愿意做。特朗因不在，洞里好可怕，这下可惨了。我把这念头抛到脑后。因为现在和刚才唯一的不同，就是特朗因抛下我走掉了。难道我在为特朗因离开而感到寂寞？

我大可以跟着他走，这可不是为我自己，而是为了他好，免得他被切成肉片或者曝尸树上。我跌跌撞撞走出了洞口。云雾像河水一样汩汩涌出洞口，汇入一千英尺之下的云线。这些布置的用途一定是保持云线雾气浓密。

不懂爸爸是否知道这里。如果他知道，为什么从不告诉我？我能够保密的。尤其在这秘密是别人告诉我，而非我自己偶然发现的情况下。

特朗因没费什么劲儿，安安静静走到前面的林子里去了。把我甩在后面，他现在肯定非常得意。我知道他刚才没说真心话。我伤了他的心，他肯定很在意。我自己又何尝不在意。

我攀过最缓的岩壁，跟在特朗因沉重的脚步后面。他一路折断树枝，扬起尘土，就连不善追踪的我，都能清晰看到他的路线。

我看到他了，但是他浑然不知，还在自言自语。虽然听不清他说什么，但是他这傻样，连我都替他害臊。

现在他说什么，我听得清了。"你之前不是对我不屑一顾吗，怎么现在又变卦了？"他在为甩掉我时说出的台词而扬扬得意呢。

他走到了一个制高点，一个位于道路尽头，视野开阔的瞭望点。我爬得更近了，看得到他的脸涨得通红，身体有点踉跄，不知道他上顿饭是什么时候吃的。

他又把甩掉我的宣言回味了一遍，还时不时嘻嘻呵呵笑两声。我真想掉头就走，丢下他算了。让他嘲笑我，然后可怜又可悲地不是被吃掉，就是被饿死。

尽管他对拒绝我感到这么痛快，但我仍渴望能有机会做些好事，救这小伙儿一命。

我从树林里钻了出来，把薯根递给他，作为和好的表示。"你肚子饿了吧，特朗因。"

特朗因的笑意消失了，面无表情地瞪着我，显得空洞而烦躁。

"吃点吧，你需要这个。"

"你怎么在这儿？我不是把你丢在山洞里了吗？"他茫然地问，仿佛我是凭空变出来似的。

"我跟着你来的，太容易了。你也没有要避人耳目的意思。"

"但是我明明走开了，永远都不想再见你。我把你丢在山洞里了。"

"你吃上顿饭，是什么时候？"

"如果你的意思是我把你甩在后面，是因为肚子太饿，脑袋不清楚，你可就大错特错了。你到底是怎么来的？我明明甩掉你了。"

"我知道你不在乎我，我知道我之前都对你不屑一顾，现在又变卦了——"

"嘿！那是我说的话！你怎么知道的？那是我想的！也是我说的！不准你学我！"

他真是昏了头了。

我硬着头皮继续说："拿着吧。人总要吃饭的。"

特朗因满腹狐疑地端详着薯根，仿佛一不留神，就会被我毒死，或者勒死似的。天地良心，我这是要救他！

有些人就是不讨人喜欢。

我把薯根丢到他脚边："随便你，想活命就吃下去。"我真是不想再管他了。我径直走到制高点上，离特朗因远远的。好吧，要比冷酷的话，我有多冷酷，可是你想也想不到的。我连眼睛都是冰蓝色的。

我背对着特朗因，从眼角瞄到他围着薯根团团转，活像一只好奇的动物。他捡起薯根，小小啃了一口，发觉我在看，赶忙丢到地上。真是笨蛋。我不再理他，一心一意地站在石头上张望风景。我看到大约五百英尺以下，有一块平坦的沙地，再往下约五百英尺，就是云线的茫茫白雾。

我听到特朗因在身后嚼着薯根，心里松了一口气，连自己都觉得奇怪。我虽然没想做他最好的朋友，更不想做他的妻子，但也不想让他渴死或饿死。

"真好吃！这是什么？"他的声音变稳了，恢复了理智。气色也好多了。

"薯根，是一种植物的根块。真见鬼，我哪里会知道？"

他笑了。他当然知道自己在吃一种植物的根。

我开玩笑道："我的意思是，我又不是植物学家，山顶界又没有这样的食物。"

"噢，我还以为你是个植物学家呢！我想不该再叫你植物学家艾瑟琳了。"他凑了上来，也站到了制高点上。我也掏出一个薯根，啃了起来。和人相处联络感情时，没有比吃更好的手段，就连对特朗因也不例外。

"尝起来像薄荷，我想可以管它叫沙漠薯根。"

要是特朗因想叫它沙漠薯根，我没意见。"看看你，还给植物起名字呢。说不定你才是植物学家。"

"我妈妈死了，艾瑟琳。"他的口气近乎随便，就像告诉我要换个新发型似的。

"什么？"

在他回答或者解释之前，我看到它了。我看到了可怕的东西，真希望刚才吃的薯根是致幻剂，因为沙地上站着的这个怪物，简直超乎了现实。

它外貌丑陋，先是四肢匍匐，然后两腿站立。移动时，时而两腿前扑，时而四肢着地，敏捷潇洒，迅疾刚猛，令人胆寒。

它直立时，高得吓人，预计足有九到十英尺高，比我见过的任何生物都要高大。身形瘦削刚健，就像壮年的维利塔斯人。这怪物走动时，呼哧呼哧地喘息，破烂邋遢的毛发从头上、背上披挂下来，沾满了泥巴和不知什么污物，恐怕是血迹。怪物在田野里潜行时，周身嘤嘤嗡嗡环绕着苍蝇。虽然距离我们很远，但是那死亡腐烂的气息袭向了我们。我能看到它弯曲锋利的爪子。

在它本该长着脸的部位，只有一片红黑色的阴影。

这个怪兽唯一令人觉得熟悉的地方，是在阴影笼罩的脸上闪烁的一双泛着幽蓝的冷光，令人毛骨悚然的眼睛。它的两眼长在面孔前部的左右两侧，很像灵长类。和人类有点类似，只是更大更圆。

山底凶兽。我之前总是对它的样子满怀好奇。但是现在，我只希望自己从未见过。

我捂住特朗因的嘴，不让他出声，然后拖低他的身子，蹲到地上。希望这个梦魇般的怪物在路过山下的原野时没看见我们。

但是事与愿违。

第 36 章

它用冰蓝色的眼睛瞪着我们，打了一个响鼻，然后用快得吓人的速度奔向我们。

我揪着特朗因，冲向树林里。我们的位置比这怪物高出五百多英尺。它能跨过这段距离，一下子抓住我们吗？我们安全吗？

它当然能。我们一点也不安全。

我一边奔跑（上帝啊，我还要拉着特朗因，不让他落后），一边转动脑子，思索着如何摆脱这个大型猎食者。十二岁的时候，我对各种食人野兽深深着迷，读了不少相关书籍。灰熊、大白鲨、咸水鳄、非洲狮、蟒蛇。此时怎样才能保命？逃跑？不对。要保持静止，原地装死。如果不管用，就上蹦下跳。要不，就制造骚动，虚张声势。攻击依旧继续的话，那么要保持安静。如果一切手段都不管用，那就只能反击。

逃生方法众说纷纭，莫衷一是。但只要野兽铁了心要吃你，无论你怎样拼命尝试都逃不掉。

我们跳下树，一左一右分头逃跑。不能直线逃跑，随机转弯能够增加我们摆脱山底凶兽的机会。想要甩脱一种叫作鳄鱼的大型爬行动物，就要这样逃跑，这会让它们感到困惑。

我不确定那只山底凶兽是不是还在追逐我们，也不想停下搞清楚这个问题。

特朗因喘得上气不接下气。"等等。停一下，我要休息。"我无视他的哀求，又拽着他跑了三十几步，他可以等我们摆脱了危险再休息一会儿，也可以等我们没命之后，爱休息多久休息多久，但绝对不能现在停下休息。和他比，我现在简直成了阿杜雷。特朗因的身体就是这么弱。

也不知道是出于抗议还是意外，特朗因面朝下摔进了一堆松针和泥沙里。

"快起来！"

"我说过了，我要休息。"他大口喘气，顾不上脸上的血。他似乎很高兴跌倒，因为至少不用再动弹了。我看不起他科格内特式的生活，他大部分时间都待在房间里，文文弱弱，手无缚鸡之力。至少我还追着阿杜雷到处跑，好歹有一些锻炼。

我听不到怪兽追赶我们的动静。我们或许安全了。

"这里不能久留，特朗因。"

"我又没有要在这里野餐。肌肉不听使唤了，我要在这儿缓一缓。"

"小声点。"我低声说。他嗓门太大了，声音大的简直像是在学校辩论。

"再等十秒钟吧。"他央求道。我花十秒钟环视了下周围的环境。一切都很安静。特朗因的粗喘是周围最大的动静（真希望他能闭嘴）。说不定那怪兽被甩掉了。

"时间到了，十秒钟。"我向他伸出手，"我们要走了。"特朗因面色苍白如纸，瞪着我身后的某处。一股可怕的恶臭袭向我的鼻端。

不。

我转头一看，只见一只山底凶兽，一动不动地站在离我们几英尺远的地方。它明明刚才还在远处！怎么会一点动静也没有，一下子就逼得这么近？

我死定了。

我们的距离不可思议地近。我想要转开视线，但这样就等于示弱。它两腿直立起来，在我面前立起一座死亡和腐朽之塔，用充满灵性的双眼端详着我。知道逃不掉了，我弯下身，捡起一个石头丢向它。

石头啪地打在它蓬乱的毛皮上，弹开了。它毫发无损。

一阵微风扬起，从我背后吹向它。山底凶兽深深抽着鼻子。

不。我铁了心，绝不能不战而败。我向前一步，摆出一个架势。真是荒唐，我哪里是战士。

我挥出一拳，结结实实打中了凶兽的腹部，但是没对它造成多少疼痛。它看起来很困惑，用长着尖爪的手摸了摸肚子。靠这么近，我能看清那怪物的一只手有五个手指，除了利爪之外，和灵长类很相似。

它抓住我的手，靠近它的脸，又嗅了嗅。用手背碰了碰我的脸，慢慢轻抚着。我屏住了呼吸，等待着接下来的一击。

它俯下身子，开始倒退。似乎厌恶或惧怕我，或者害怕我碰脏了似的。

然后转过身，急忙逃跑了。

我长舒一口气。和山底凶兽对峙的过程中，不知道我是否吸过一口气。

特朗因凑到我身边。"你到底做了什么，艾瑟琳？"

"我也不知道。"

特朗因和我漫无目的地走着。天色越来越暗。我不知道接下来该干什么。所有的选择似乎都是死路，所以干脆放弃了思考。

我没有说话的心情，特朗因除了在一小时前向我要沙漠薯根之外，现在也不想说话。我们步履沉重地跋涉着，进展缓慢，反正也不知道往哪里走。

我思索着与山底凶兽对峙的情景。要是人们只在它肚子上揍一下就能保命，那这种怪兽怎能屠杀人类？先人拥有的武器比我们的要先进得多，却在对付山底凶兽时表现平平。

难道是因为我能打它，而且虚张声势？亚尔温肯定也反抗了，而且他比我强壮得多。我是怎么击退它的？

"这说不通，特朗因。我的反抗明明很弱，但是那怪兽却掉头逃跑了，这是为什么？"

特朗因只是发出一串叫人不知所云的咕哝。我说过，他没心情聊天。

我把水分给特朗因，存货越来越少，我们都很着急。我开始厌烦他了，希望他能回到山顶界，但是我知道，不带上我，他是没法回去的，而我又不想回去。

我思绪飘散，又回到了在哈尔加德家外面听到的，维利塔斯人唱出的余音缭绕的和声。那个秘密集会令我感到哀伤，也令我眷恋那歌声。那歌声里包含着什么东西，让我在理智上觉得他们可笑，但感情上却并不这样想。

等等，那支歌。

这支歌，我不仅在回忆，而且听到了。歌声微弱而邈远。我脑子糊涂了吗？我确实听到了。要是我真的发疯了，至少还能听到动听的曲子。

我问特朗因："你听到了吗？"虽然这样做有一定风险，可能会让特朗因觉得我发疯了。但是我要确认他是否听到了。我们停下了步子，倾听着周边的动静。特朗因不知道我指的是什么。他很疲惫，我觉得他厌烦我，就像我厌烦他一样。

"那是风吹叶子的声音，艾瑟琳。"

"不，不是叶子，是旋律。仔细听听。"我确认了，那声音不是在我脑海中的。一个姑娘疯没疯，她自己是知道的。我虽然离发疯不远了，但还没到那个份上。

虽然特朗因还没承认，但是从表情上判断，他也听到了。

"这是歌声，特朗因。就像先人们经常做的那样。"

特朗因瞪大了眼睛，兴奋又好奇地看着我："山下会有先人吗？难道有人幸存下来了？"上帝，他完全被自己的问题吸引住了，一心盼望得到肯定的答复。

"你也听到了！"能和他共度这一刻，我真高兴。孤独放大了我前几天经历的种种悲惨遭遇。终于，我能和别人分享这种感觉了。就算是特朗因也好。"歌唱就是让人像鸟儿一样鸣叫。你相信吗？这歌声不太完美，我不太会听。但是我觉得挺美的。"

特朗因点头："我喜欢。"

"这不是先人，特朗因。"看来我该对他好一点，和他分享秘密，因为他很失望的样子，就像听到我说他的宠物死掉了一样。"是维利塔斯人。他们保留着许多传统。歌唱是其中一个。这是他们的秘密活动。"

"哦。"特朗因那孩子气的好奇心一眨眼就烟消云散了。

"我们去找他们吧。"我向前走去，他不得不跟着。我们的亲密感觉一下子消散了。

我感到兴奋，他感到消沉，都是出于同一个原因。我们要去找阿杜雷。

第 37 章

阿杜雷对爸爸的领导很不满。虽然不足以激起他的反抗，但足够让他在别人唱歌的时候一声不吭，怒火中烧。

他们本该在昨天一早就进入云线的。阿杜雷不明白，为什么艾克罗尼斯到现在还按兵不动。难道他胆怯了吗？所有人都这样。要是他们按照阿杜雷的想法，提前一天向云线进发，他们这会儿早就到了山谷，距离拯救山顶界不远了。

远征任务令阿杜雷热血沸腾。特兰顿和尼可拉斯没想到，如果山顶界得救了，这会是维利塔斯人的重大胜利，足以弥合阶级鸿沟。维利塔斯人不再低科格内特人一等，不再因为对人类贡献不力而仰人鼻息。

但这一切，都建立在能够尽快进入云线的前提下。

阿杜雷站起身，走向爸爸。"我觉得对您报以敬意，越来越困难了。"

"我看到的东西，你没看到，孩子。"艾克罗尼斯仿佛一瞬间看到了那些可怕的事物。

"我们必须做点什么，不能老在这儿开祷告会似的唱歌。"

"歌唱能够振奋士气，阿杜。"

"对我没用。"阿杜雷不知道接下来该说什么。他克制着催促爸爸前往云线的冲动（爸爸，我们出发吧！就这样，有那么难吗）。

"你不该这么心急。时机到了，我们就出发。"

为什么此时的艾克罗尼斯显得像个饱经沧桑的战士，仿佛历经了千百次战争洗礼？爸爸对付过的，阿杜雷也对付过。无非是超狮兽、超熊兽什么的。

"我会召集愿意出发的人，自己进入云线区。再不采取行动，会有人因此丧命的。"

"行不行动都会有人丧命的，孩子。千万不要冲动，盲目牺牲。"

他们听到上方的树林里有动静。阿杜雷和艾克罗尼斯握紧了手中的长矛，在其他战士发觉之前，向可疑的地方潜行而去。

阿杜雷首当其冲。"对超狮兽来说，这动作未免太多了，"他轻声低语，想着亚尔温挂在树上的情形。"不管来的是什么东西，听起来数量不只一头。"

艾克罗尼斯点头同意，拉大了封锁圈的切入角度，包围住动静区域。

有什么东西在灌木丛中快速地穿梭。阿杜雷担心队伍的歌声和火光会招致危险。他又暗骂起了爸爸。什么鼓舞士气，害死人才对吧。

阿杜雷借着微弱的月光，瞥了一眼动静所在的方位。他握紧长矛，蓄势待发，准备迎战。他用眼角瞥到艾克罗尼斯摆出一样的架势，心中一阵骄傲。他们两个人，就是一只强军劲旅。只要进入云线，就能成就丰功伟绩。

他们攻倒猎物的时候，听到一声尖叫。黑夜里闪出两道阴影，身形比当地的动物都大。察觉到阿杜雷和艾克罗尼斯杀意后，它们急急更改了行动方向，重重摔倒在地，滚到陡峭的路堤上。

阴影撞到一堆原石，停了下来，阿杜雷聚精会神，紧追不舍，高举长矛，眼见就要往下戳。

他的眼睛适应了黑暗，看到其中一个猎物转过头看着他。月光照亮了那对冰蓝色的双眸，他感到肚子上仿佛挨了一击。

"艾瑟琳？"阿杜雷丢掉了长矛。

第 38 章

一看到阿杜雷，我就泣不成声。要我当众哭鼻子，还不如判我死刑，但是顾不了了。我太想念他了。

阿杜雷想要杀死我和特朗因的误会解除后，我如释重负地抱住了阿杜雷。他也用力拥住我，说不定一开始是他先抱住我的。具体记不清了，那是喜极而泣的一刻。我顾不上特朗因还在一边孤零零看着，没有拥抱。如果想要和人接触的话，他可以和艾克罗尼斯说话的。

跟着他们回到营地后，我觉得更振奋了。他们猎杀了一只超熊兽。和特朗因一起耗尽了仅有的薯根之后，超熊兽肉的滋味令我觉得置身天堂（是的，我饿极了）。

特朗因讲述了他妈妈南朵的遭遇，太可怕了。我感到义愤填膺，但是必须克制，因为这会加剧阿杜雷的怒火。可怜的特朗因。要说他有真心爱过谁的话，我相信，一定是南朵。或许她也是唯一真心爱他的人。但是她却不在。山顶界成了个可怕的地方。我不会说破这点，但是必须改变现状。我深信，无论能否洁净水源，我们回去之后，都不能再若无其事地照常过日子了，阿杜雷也没点破这点，我感到欣慰。

谈话尴尬地停了下来。除了南朵的死，此时谈论什么都显得不合时宜。但是再提南朵，未免显得残酷。我决定抛开礼数，首先打破僵局。

虽然不知道该说什么，但我和特朗因不约而同地决定不说看到山底凶兽的事。太可怕了。最后，我想出了另一个话题。

"我很惊讶在这里找到你们。我还以为大家已经穿过云带区了。"

阿杜雷斜了他爸爸一眼。"我原也这么想的。但是我们在树林里唱歌，玩儿得太开心了。士气水平简直突破历史新高。"虽然别离还不到一周，但是我和阿杜雷仿佛已经好几年没有相见了。居然这样嘲笑他爸爸！真是让我哭笑不得。孩子是不能对父母这样没大没小的，这么说，大家已经认定，阿杜雷已经不再是个孩子了。

艾克罗尼斯对儿子的讽刺充耳不闻："阿杜雷，我们明天一早就进入云线，但是你要留下。"

"太荒唐了。"阿杜雷叹道。

"你要把艾瑟琳和特朗因送回山顶界。"

我争辩道："艾克罗尼斯，无论如何，山顶界都是我现在最不想去的地方。特朗因也是。那里成了我的监狱，再说——"

"我要是把你留在这里，或者更糟糕，带你一起上路，你父亲永远都不会原谅我。"艾克罗尼斯提高了声音，和往常的他判若两人，我被吓住，不敢再说。

我讨厌大人不问青红皂白，就把我们看作私人财产。"我爸爸无权决定我的去留。"我说得勇敢而强硬。最终决定权在我，这一点，我确定无疑。

阿杜雷说："我不能放弃远征，爸爸。"仿佛安排已经敲定似的。

艾克罗尼斯深深看着火光中的儿子，只有我看清了他的眼神。这是充满绝望和困扰的眼神。我明白是怎么回事了。艾克罗尼斯不愿阿杜雷下山。他害怕。我的出现是解决问题的完美方案。我们不可能辩赢的。

"孩子，如果你不愿带她回山顶界，那我就调动整支远征队回头，护送她回家。尼可拉斯绝不会把女儿置于险境的。"

阿杜雷觉得这样做很愚蠢。"要是远征队掉头返回山顶界，那我们岂不是白白浪费了一整周时间？多一周没有干净水喝，可是生和死的差别。"

"由不得你选，必须把她和特朗因送回去。我们下山，你留在山顶界。"

阿杜雷身不由己，从长大成熟的男人，又变回了伤心的孩子。"为什么你们非要下山来？"他噘着嘴嘟囔。他往篝火里丢了一个木棍，愤然站起身，向远处走去。

"你和特朗因准备好，明天早上出发。我去睡了。"他消失在黑暗中。我讨厌被人左右摆布，阿杜雷这个样子，倒像是我的到来毁掉了他的人生似的。真希望挖个洞躲起来。我又没想把事情弄成这个样子，臭阿杜！

我一句话都不想对艾克罗尼斯和特朗因说。我们三人默默嚼着食物，他们假装没看到我的泪水。

第 39 章

昨晚简直有如三个晚上一样漫长，我记不清自己什么时候睡着的。只记得躺在泥地上有多么不舒服，无论怎么翻滚，地上都有树枝和石头没完没了地硌着我，而且冷得要命。作为队伍里唯一的姑娘，我睡的地方，必须距离其他汉子或小伙儿十英尺远（这是为了保持我的清白）。阿杜雷才不会靠过来，损害我的名节呢。他根本看都不看我一眼。

这一夜过得真惨，星星是我唯一的慰藉。星星明亮耀眼、闪烁悦目。但是我无心欣赏，因为耳边一次次回荡着维里塔斯人哼唱的歌曲和阿杜雷的质问："你们到底为什么要下山来？"越是回想这个问题，我的心情就越糟糕，直到我连他怎么说的这话，以及说了什么都搞不清楚了，只剩下满满的愤怒、失望以及类似仇恨的情绪。

第一缕晨光亮起时，我满怀欣喜——终于不用再装睡了。我起身，看到阿杜雷在生火。

"我没想毁掉你的人生，阿杜。"

"我又没这么说。"

"不用说了，我都知道。"阿杜一副不想多谈的样子，但是我继续往下说："听着，我也不想回到山顶界去，但是至少你在那里是安全的，不用面对山下的什么怪物。"我想起山底凶兽，感到一丝庆幸。阿杜雷会和我一起留在山顶界，不用下山去送死。

"我会把你和你的对象送回山顶界，然后就回头加入远征队。"首先，他无论如何不该把特朗因称作我的对象。其次，他的计划很愚蠢，简直就是去送死。

"我鄙视你刚才说的每一句话，阿杜。"

"你不会明白的。你什么都不用做，别人就已经为你，为科格内特人打点好了一切。而我必须努力去创造出一个自己能够忍受的世界。"

"别人为我打点好了一切？上帝啊，阿杜！你到底懂不懂我？我一点都没想要这样。一点没有！所以我离家出走了。要去破除什么，我虽然不如你想得透彻，但是情况不对劲，我是明白的，只是不知道该怎么做罢了。"

"快去叫醒你的对象，我们马上就要走了。"

"不准这样叫他！"我怒不可遏，完全失控了。

我抓住一把长矛，脑海中隐约形成了一个计划。老是被人牵着、拉着、推着，或者用其他方式管着，我早受够了。为什么要跟着阿杜返回山顶界呢？他不愿送我，我也不愿回去。

"阿杜，你想要冒着生命危险，去改变这一切，是不是？你的日子这么难过，哪怕今天就去死，也好过再多熬一天，是不是？好的，我也一样。"我的叫嚷吵醒了维里塔斯人。他们既不耐烦，又好奇地看着我们。他们大概早就对我厌倦，希望我快点走掉。我正有此意。

我大步走向云线区。

实际上，云线之下的事物，始终深深吸引着我。山顶界从未令我感到真正的轻松自在（这点真奇怪，因为我根本没去过其他地方）。从小时候起，那片山谷就像磁铁一般吸引着我。这感觉很奇怪，就像身上有一块痒处，想得到，看得见，却永远都挠不到似的。我曾经和爸爸说过，但是他的反应太强烈，令我再也不愿去坦露这份冲动，就连对我自己也不例外。或许，我本来就该属于山下的世界。

阿杜明白了我的打算。"艾瑟琳，快回来，别这样。"

"不，是时候明白，没有什么是为我打点好的，没有什么是应该打点好的。"丝丝缕缕的雾气边缘变得越发浓密。我猛地扯断波拉修斯家传的项链，扯断了我和山顶界生活的最后一丝联系。我从脖子上拽下项链，朝阿杜雷丢过去。"这下一了百了，阿杜雷，你满意了吧？"项链落到了他脚边。

我继续背对着他，向云线走去。

我回头看到阿杜雷急急忙忙捡起一支长矛和一些物资，跑着追上来。我走入了浓厚的白雾，云雾先是淹过了我的脚，然后没过了我的腰，渐渐盖过了肩膀和脑袋。最后，我全身都消失在重重浓雾之中，就像走入了深水区一样。

　　我听到营地传来一阵骚乱，更多维里塔斯人明白了我的意图。

　　不错。终于有一次，可以由我来左右别人，而不是被人左右。

　　我热血上涌，做出决定之后，一时之快马上就被令人窒息的现实所取代。眼前迷雾茫茫，一步开外什么都看不清，我要去哪里，心里也没数。

第40章

艾克罗尼斯瞥见艾瑟琳没入了茫茫雾霭之中。必须派人紧跟着她，不得延误。他奔过营地，叫醒维里塔斯人，命令他们跟上。艾瑟琳走入云带不过短短儿分钟，整支远征队已经整装待发。

艾克罗尼斯纠结着要公开几分实情。到底该不该让队员充分了解当前的可怕境遇，他们会不会因此退缩，进一步降低幸存的概率？他心里也没谱。

"我们进入云线后，必须共同行动。这里视野有限，步步凶险。要想活命，就必须同进同退。我们一定要找到艾瑟琳和阿杜雷，只能前进不能后退，直到走出迷雾为止。绝不能逗留徘徊，停留时间越短越好。"

他示意队伍前进，开进白茫茫的雾气中。队伍组成了三人一排，六人一列的方阵，每批三个方阵，向云带突进，直到眼前什么都看不到。

这是一片乳白的世界，既不浪漫，也不魔幻，不是你在大雪之后，迎来的那种看得到蔚蓝天空、棕褐树干的清晨，而是消弭一切色彩，融化一切形状的一片茫茫白色。

就像闭上眼睛，感到一片漆黑一样，只不过眼前是一片白色。这是最可怕的失明状态，简直快要把人逼疯。我在雾气中走动，一片迷蒙之中，时不时就有什么东西扑面而来——一块石头，一簇树枝，随着我走过一段距离，或者随着一阵雾气如水般流转泛起而迅速消失。

不弯下膝盖或者低下身子，我连自己的脚都看不清。

我听到阿杜雷喊我的名字。他的声音透过重重雾障，变得瓮声瓮气，仿佛离得很远。他可能真的离我很远，也可能实际上离我很近。反正我没兴趣去管。要是被他捉住，又要被送到山顶界去了。

"这里很危险，艾瑟琳！"

"我能应对得来，阿杜！"我回过身，向他喊，"别人说的都不对，我一点都不渴望养尊处优的生活。"

我这才想到，一旦开口答话，自己的方位就暴露了。阿杜雷向我跑了过来。

"你不了解云线。你不能一个人待在这儿。"

只听唰啦一声响，一声痛呼定住了我。是阿杜雷。他摔倒了。我看不见他，但是听得出他很痛。

"阿杜？"我转向我认为他所在的方向。一心要寻找重要的人的时候，却什么也看不到，满眼只见回旋盘绕的白雾，真是令人迷惑。

"阿杜？"我喊道。

"安静。"阿杜重重嘘着气对我说，像在耳语，但是更用力。就像在用耳语高喊一样。

我听他的话，保持安静，站定不动。一阵树枝折断，卵石翻动的动静传来。我明白阿杜雷为什么要我收声了。

这里不止我们两个。

艾克罗尼斯带领着战士进入了这片乳白的屏障。他们在云带里行进了至少三十分钟，但是什么也没听到，什么也没看见。或许是先祖在此遭遇的死亡被夸大了，或者那些恐怖的怪兽早在三百年前就已迁离此处。

他看出自己的队员颇有同感。漫步在这片前所未见的，梦幻般的浓雾中并不令人感到危险。他们一路潜行，虽然还握着武器，但不知不觉放松了警惕。

为了不让大家松懈，艾克罗尼斯咆哮道："摆出防御阵型，最可怕的部分就要来了。"后排的维里塔斯战士转过身，队列排得更紧凑，举起长矛，倒退着行走。两侧的战士侧着身行走。

艾克罗尼斯带领着维里塔斯战士们缓慢前行，四周竖起长矛，时刻保持警惕。

我感觉到压低的鼻息，有什么东西正在奋力喘气。不是阿杜雷。

我必须找到阿杜雷。他崴了脚，雾里还有什么东西在移动，我不能抛下他走掉。

我跪了下去。低下身后，至少能够看到地面，而且减少踩到东西的概率，压低动静。我向一个方向爬去，但愿他在那里。

　　迷蒙雾气之中，只见一个人形，在地上蜷成一团。我赶忙奔过去。"阿杜？"我抓住一只胳膊，凑上前仔细一看，却不由发出一声尖叫。原以为会看到阿杜雷的脸，却只看到一具发黄的骷髅，眼窝空洞洞，血肉被剔得一干二净，吓死人了。一时间，我本能地把这副裹着破布的枯骨当成了阿杜。

　　突然，我的肩膀背后被紧紧抓住了，我又尖叫一声。

　　"安静！"阿杜雷厉声道。

　　"我以为那是你。"我小声说。

　　阿杜查看了尸骨，自顾自笑起来，但是并不轻松。"这都死了几百年了。"他剥开骷髅的破外套，露出肋骨，边缘断得整整齐齐，就像用锯子锯断的。"这一定是初代上山的先人。"

　　"你觉得他怎么死的？"我问。

　　"躺在床上，家人环绕，安然离世，寿终正寝。"

　　怎么可能，我才不信呢。阿杜雷有时候就是这么难缠。"他的肋骨怎么了？看起来……"

　　"他是被猎杀的，就像亚尔温一样。"

　　我不愿再看这副古老的骷髅，于是站起身，迷蒙雾气之中，它又消失在我的视野里。

　　"我以为你受伤了。"我嘘他，带着责怪。虽然他没落入鬼门关，我很高兴，但是也觉得讨厌。难道他装作受伤，就是想把我骗出来？

　　"跟着我，那里有危险。"他指指高处，然后开始往山下走。我注意到他走得有点瘸，身上还带着尘土和血迹。阿杜雷就是这样，对这种事提也不提，至少不会放在心上。

　　身上出汗，雾气潮湿，我们全身都湿透了。我欣喜地发现，我们没往山顶界走。他没打算把我关回去。

　　"这下子，你也觉得我是山底远征的关键人物咯——"

　　他一本正经地说："安静，艾瑟！这次探险可不是闹着玩的。我们都可能会死在这儿，就像你的那位朋友一样。尤其在你不肯闭嘴收声，还到处乱跑的情况下。"

因为他看起来很害怕，所以我原谅了他的粗鲁。其实，我自己也害怕。胆子都快吓破了，哪里还顾得上自尊心。

"那尸骨才不是我的朋友，阿杜。"为什么要说这个，我自己也不清楚。他当然不会把一个三百多年前的骷髅当成我的朋友。但是上一周来，我真正的朋友死了不少——南朵、亚尔温——再多几个，也无所谓了。

维里塔斯人的远征队已经临近云线边缘，一次袭击都没遇到。说不定，云线的种种凶险只是传说而已，就像笼罩着他们的这片浓雾一样飘忽无形。这个想法令艾克罗尼斯倍感宽慰。

他转念一想。难道说除了自己曾经对付过的熊、狮和狼，山底根本没有危险？这样的话，这次远征，岂不是不仅可以避免人员伤亡，而且还能带回可以想见的最好的消息——外部的危险消除，吉斯人终于可以自由探索，主宰世界了。

那他们都成了英雄。

艾克罗尼斯一心想穿越云线，每迈进一步，他的希望就增加几分。

他仿佛已经看到了希望——白色雾气出现了扰动，气压悄无声息地一变。一道含混短促的叫声响起，然后陷入了死寂。

"停！"队伍停住了。艾克罗尼斯从前排走了出来，在战士身边走过，仔细检查队伍。

"穆拉利恩去哪儿了？"

穆拉利恩原来排在队伍后排，现在人不见了。

他就这么神不知鬼不觉地消失了。艾克罗尼斯蹲在地上，查看穆拉利恩所在的位置。

他看到一小摊血迹和一排殷红的斑点，从队伍里向外延伸，仿佛彪形大汉穆拉利恩活生生从队伍里被扯走了一般。"有谁看到了什么吗？"艾克罗尼斯厉声问道。没人吭声。艾克罗尼斯弯下身查看情况时，只能看到战士的腰部以下的部分。

他在等待答复，突然看到一双腿在浓雾中被直直拎起，一瞬间泥土、皮毛、鲜血四下飞溅。一阵恶臭向队伍袭来。

"全员集中，防守姿势！"艾克罗尼斯下令。他们背对背围成一圈，对外警戒着。

猎杀他们的东西速度太快，战士们一见它从雾中现身，就立刻出手搏击或用长矛刺杀，但仍无济于事，只能扑空。艾克罗尼斯诅咒着这片雾气。

即使在浓雾中看不分明，艾克罗尼斯也能感受到这怪物的可怕。这些维里塔斯战士，个个都是他从小的同学、朋友的孩子，纷纷被活劈、撕裂、扯断、掏空。

奥利弗·哈尔加德涂抹的画面，描绘的形象，血淋淋、活生生地呈现在艾克罗尼斯面前。

光是站着搏斗一点用都没有。

"快跑！逃命！"

艾克罗尼斯担心，无论是战是逃，他们都只有死路一条。他自己没打算迎战，也没打算逃命。

战士们狂奔下山，躲避着树木和石块。但是仍逃不过被猎杀的厄运，队伍中的人越来越少，被怪兽追上的人发出惨厉的哀号，还没死的人一心逃命，顾不上理睬。

究竟是什么在残杀他的军团，艾克罗尼斯看不清，也分不明数量到底有多少。他觉得这是一群可怕的怪物。

接着，他迎面就看到了一只。他刹不住脚，猛地撞上了那只庞大的怪物。它没有跌倒，也没有退缩。艾克罗尼斯往后摔倒在地，瞪着它。怪物弯下身端详他。

他一直以来的怀疑得到了证实——奥利弗·哈尔加德一点没夸张。山底凶兽的丑陋可怖和他的描绘相比，真是有过之而无不及。

这份惊悚骇人，简直没有笔墨可以形容。

我比阿杜雷先听到尖叫。他就是听到了，也不会说出来。

嗜血怪兽汹汹来袭，人们吓得魂飞魄散。真是噩梦般的场景。真希望这一切，只是我被吓糊涂了，想象出来的。所以我什么都没对阿杜雷说。我不想知道他是否听到这尖叫。

第41章

我跟阿杜雷走着,我们放慢了脚步,很久没有说话。看不出来他是否生气或害怕,但是我知道,他的心情很灰暗。

"阿杜雷,你的想法是——"他用一个眼神打断了我的话,高傲地要我噤声,我讨厌这种眼神,好像他是对的,我是错的,不管我说什么,都只会让事情更遭。

我收声了,不仅是因为阿杜雷瞪了我。这里感觉不对劲。我很害怕,不顾受伤的自尊,跟得更紧了。

"怎么了?"

"我不知道。"

我们向前走着。阿杜雷停下来,查看了地面。雾气越来越薄了,我们现在至少可以站着看到脚了。

阿杜蹲下来,捡起一片红得发亮的落叶。他抹了抹叶子,伸手给我看,上面染了点点殷红。

是鲜血。他丢下叶子,看清了在地上曲折蜿蜒的血迹。阿杜看着我,泪水在眼圈里打转。我真想抱住他,希望他不要太难过。

"我听到有人在尖叫。"这句话,阿杜几乎说不口。我觉得糟心。我们都听到了动静,却让阿杜独自面对恐惧。还有我陪着他。我握住了他的手。

维里塔斯人的尸体被蛮力撕扯得四分五裂,有些死去的人,生前和阿杜雷亲如兄长。阿杜雷想要甩开我的手,但我死死握着不放。

我们走在一片死亡之地。阿杜雷细细查看每一具尸体。

我知道他在找什么。希望他不要找到。

"我本该和他们在一起的。这是我的战斗。"老天!难道他不觉得幸免于难很走运吗?这分明是场屠杀,遇上就没有活路。他挣脱了我的手。

"都是你!害我错过了战斗!我能力挽狂澜的。"

他要责怪我，我当然要回嘴。

"这是血腥屠杀！那时候你要是和他们在一起，看到这个情形的，就只有我一个人了。我可不想给你收尸。"

"我能出力的。他们需要我。"

"这种战斗没有活路的，阿杜！"话一出口，我就知道自己说错了，"我当然不是说所有人都会死，我的意思是……"

但是为时已晚。阿杜雷走开了，继续查看维里塔斯人的尸体。

他在找爸爸。

希望艾克罗尼斯能够逃脱一死，不要像其他远征队员一样。但是这场战争太惨烈，存活的希望很渺茫。

阿杜雷走近一个倒下的战士，整个人僵住了。尸体离得太远，我看不清是谁，但是能认得出来。阿杜雷猛扑在地，颓然泄气。认识了他整整十七年，我第一次听到他哭。

这比之前的尖叫还叫人难过。

我们应该逃离云线。但是在情感和理智互不相让的情况下，情感总是占据上风。虽然出于谨慎，我们知道不该在这血腥屠杀的战场上逗留，但是阿杜雷坚持为每个牺牲的战士举行正统的维里塔斯人葬礼。

他们是吉斯最勇猛的战士，却惨遭屠戮，葬身于此。不带任何情感地，我突然明白了，反正阿杜雷和我也离死不远了。为什么不让他做自己觉得该做的事情呢？

我也来搭把手，真庆幸他没有阻止我。这是份阴森恐怖的活儿。我们捡来尖利的石头，用来刨地。潮湿的雾气湿润了泥土。我们为每个维里塔斯战士挖了坟墓。阿杜雷对着他们的坟墓轻声地念叨（他大概不希望我听到，但是我能听到），用木头十字架标记每座墓。我们迟早会好好讨论下这些迷信活动，但不是现在。

要是我们在这儿待太久，说不定连谈论这事的机会都没有了。说不定，我们都是死路一条。

暮色降临，我们只剩一个墓要挖了。

艾克罗尼斯的墓。

我不知道该不该走开，让阿杜雷和他爸爸单独在一起。我对艾克罗尼斯也很不舍，他是我最敬爱的长辈之一。

虽然不想看到艾克罗尼斯的遗容，但是我必须这么做。虽然他的身子四分五裂，但是脸还完好，我松了一口气。他还是一如既往的庄严高贵。我轻轻搭上阿杜雷的肩膀。"他很伟大，是我见过最好的人，总是正直真诚。"

阿杜没有躲开。"我有好多话要对他说，好多事要对他讲。现在都太迟了，他永远听不到了。世上再没有比这更可怕的诅咒了。"

我争辩道："噢，阿杜，你的心思，他都知道。"

阿杜问："我没说出口的话，他怎么会知道？"

"他不是造就了你吗？他就是你想要成为的那种维里塔斯人，从他的眼睛里，就能看到赤诚坦率的心灵，他看你的眼神中，也充满了骄傲和信任。看看他的为人和他对你的评价，你就知道自己会成为怎样的人。"这话，尽管我从未说出口，但是我了解这对父子，也喜爱这对父子。

阿杜雷敬畏地看着我。"你怎么知道？"

"每个吉斯人都知道。都写在你们脸上哪。艾克罗尼斯也知道的，阿杜。他什么都懂，你的感受，他也懂得。"刚开始在艾克罗尼斯身上撒土时，阿杜雷还想把我赶走，现在他不再这样了，我觉得很感激。他精心雕琢木棍，做了一个更大的十字架，上面装饰着鲜花。阿杜雷把十字架插在他爸爸的坟头，双腿跪地。

"我把您托付给所有恩赐的创造者，空气、复活与生命的造物主，爸爸。死亡并非终结，只是往生。安息吧。您已赢得奖赏，请悦纳。我在心里为您留下一片无垠天空，一片广阔土地，直到与您重逢。"

多美好的感怀。希望这一切是真的。泪水从我脸上滚滚落下。

阿杜雷带着沉重的伤悲站起身，在落叶和灌木丛里翻翻找找。艾瑟琳静静看着，生怕惊扰到这份神圣。阿杜雷抓了一把橡子和一片花岗岩碎片。

阿杜雷一边流泪，一边在橡子上刻字，一笔一画，一个一个地刻好。艾瑟琳好奇他刻的是什么，但是她不愿偷看。

刻好之后，阿杜雷抓起橡子，撒落在地。

第42章

艾瑟琳和阿杜雷争吵的时候，特朗因就醒来了，仿佛灵魂出窍般注视着这一切，像在注视着一个梦，不是自己的梦，是别人的梦。

他看见艾瑟琳跑掉了，阿杜雷追着他。艾克罗尼斯集合维里塔斯战士，一同静悄悄地进入广阔的云雾地带，一点也没注意到他。等到他从震惊之中回过神来，发现自己已经落了单。

他骂自己在不经意间做出了不靠谱的决定，骂自己没能去追艾瑟琳，又让阿杜雷充了一回英雄，让瘦弱无力的自己苟且被动，龟缩求安。

他本可以进入云线区，追上阿杜雷和艾瑟琳。但是他们俩恐怕早就把他忘在了脑后。

特朗因的念头又转回了摆着造雾机的山洞。那里既有一个谜团需要解决，又像是个安全的庇护所。

他返回山洞的路程风平浪静，没遇到一点追逐、袭击、骚扰、纠缠。他只花了几小时就到了山洞。

到了洞里，他觉得干渴难忍，把脑袋探到山洞里流出的滚滚雾气中，用湿气覆盖肌肤，凝结成水。

特朗因是个聪明的小伙儿，知道机器要产生雾气，肯定要用到水。要是山顶界的居民住在机器附近，那岂不是可以把这当成水源？为什么还要依靠水泵站？

特朗因怎么也放不下这个念头。虽然从没人说他是好相处的人，但却有好些问题纠缠着他不放：到底水源在哪里？为什么不使用这水，而要派遣远征队下山？

能被这些问题吸引住，特朗因很庆幸，因为这样就不会胡思乱想了。他待在山洞里，眼睛适应黑暗后，找到了一些先人的工具，然后开始入迷地拆解一台庞大的造雾机。

机器里的线圈和管道林林总总，构成了错综复杂的图案，令他惊叹着迷。虽然他从没见过这样的东西，但这些东西让他觉得莫名的熟悉。这里有他自出生起就渴望的井井有条，就像有人把他的思考方式用金属和塑料活生生呈现出来一样。

特朗因拔出一大卷电线，却不由大喊出声。他感到一阵电流通过金属工具，电麻了他的手。他的心跳得更快了。这种肉眼看不到的能量对于先人而言至关重要，却在吉斯失传了。

他触电了！虽然受了伤，但非常振奋。这种能量穿过他的手，在一瞬间，带来了非同一般的体验。

他用金属工具又碰了碰电线，又遭到了令人痛苦的电击。这次，他感受到了一波波能量。他想起了山顶界流传的先人传说，想起了那些盗走众神秘密的伟人，就像普罗米修斯和火，或者本·富兰克林和闪电。在他心目中，自己也是这些伟人中的一员。特朗因，让电力重返吉斯的科格内特人！触电虽然很疼，却令他欣喜若狂。

第 43 章

阿杜雷和我在他爸爸坟墓附近度过了一夜。他还没准备好就此离开艾克罗尼斯。

我们没有像卡特兰蒂和阿杜雷那样紧贴着抱成一团，我希望能够让男女大防放松点，才不是为了追求浪漫，而是因为黑夜寒冷，难以入睡，万分难熬，不得不借阿杜雷的体温，这是生死攸关的问题。清晨的阳光射穿潮湿的白雾时，简直像是一个奇迹。我满心感激，迫不及待想要出发。

我们心照不宣，知道是离开的时候了。重重浓雾之中，我看不清他的脸，但是我知道，他在哭泣。不是泪眼蒙眬，而是泪流成河。可怜的阿杜雷。

他把维里塔斯战士身上捡来的物资整理打包。我们匆匆忙忙啃了薯根作早餐，就要动身再次向山下进发。我以为他会在离开前对爸爸说点什么，作为最后的道别。

"我们走。"

好一个"我们走"。阿杜雷的雄辩独白，或者深思极虑，时常令人惊艳，但是有时候，他也会用"我们走"三个字，言简意赅地了结一件事。

我想说点什么。不知以后是否还有机会再来这片荒野，看看艾克罗尼斯的坟墓，是否还有机会向他表达我们的敬意。谁都不该在十七岁失去父亲。我希望能铭记这一刻，让阿杜雷明白我深知这其中的意义。

"听来不错。"我回答。

我只能想到说这个。说不定阿杜雷已经对我不耐烦了。

下山的路上。阿杜雷突然回头，示意我别动。我顺从了，恐怕他感觉到了危险。然而，在前方十英尺处，我看到了一只可爱的动物。这种动物，我小时候管它叫小毛贼。因为冬天的时候，它会从我们的储藏室里偷走食物。先人称之为浣熊。我拿了一个薯根，递给浣熊。它谨慎地向前挪着。"嗨，小家伙，在找家里人吗？"它伸出前爪，想要够到我的礼物。

一阵疾风扫过我的脸，只见阿杜雷的长矛扎进了浣熊又绒又软的胸膛。浣熊被撞得往后飞了好几英尺，倒在地上死掉了。"你干什么，阿杜？"

"好办法，就这样转移它的注意力。"阿杜雷拎着那只可怜的小东西，仿佛在炫耀一个奖品。

"不！我才不要加入你的可怕阴谋。这只是森林里的小动物，不是敌人！"

"艾瑟琳，那是只超熊兽。我们终于可以吃点薯根之外的东西了。"

超熊兽？阿杜雷捕猎的就是这个？他总是把捕猎活动渲染得英勇非常，仿佛要冒生命危险似的。原来他追捕猎杀的，就是可爱的小毛贼？

"那就是超熊兽？这连熊都算不上！"这和书上画的熊差太多了。

"我不一定要把肉分给你哦。"阿杜雷已经清理好了浣熊，正在生火。

"但是它这么温良可爱……还对我信任地伸出爪子，你却——"

烤肉的香气足以让我闭嘴。上帝，难道我这么渴望薯根之外的食物？

"那个，我就是不想浪费食物嘛，"我说着，一口咬下去，"但是，下次一定要提前说清楚，这可是件烂事。"

"烂了哪还有这种好味道啊？"阿杜雷打趣道。

"快闭嘴。"我骂他，但依旧忍不住微笑。

我们继续往山下走，路过更多枯骨。数量太多，我们不再停留检视，只是迅速查看是否残留些让我们感兴趣的东西。经过风吹雨打，动物啃食，他们的皮肉早就脱得一干二净。接着，我们又遇到了一大堆枯骨，这也是一个战场，但是时间要久远得多。"上帝，吉斯人能活着到达山顶界，真是个奇迹。"阿杜雷喃喃低语。我们小心翼翼地绕过他们的尸骨，避免踩到。这并非易事。

"不知道我们和这些可怜的人有没有血缘关系？"我刚一问道，心里就希望没有。我的问题说不定会让阿杜雷想起艾克罗尼斯，他遭遇了相同的厄运。

阿杜雷没有生气。"很有可能。那一个和你长得太像了。"他指着一个眼窝空空的丑陋骷髅说道。

"可不是吗，我就像在照镜子似的。"

阿杜雷的笑意消失了，我知道为什么。一股可怕的味道袭来。腐烂的气息。越来越浓烈。他握住我的手，朝一堆枯骨里拉。我不打算反抗，一言不发地迅速执行了他的计划。他想要躲在这堆骸骨下面。我们提起一大串骷髅，躲到下面去，然后用枯骨盖住身体。骸骨比我想象的要重，但却压不死我们。透过胸腔、胫骨和腓骨，我们能够看到外面发生的事情。

怪物的气息越来越浓烈了。我本来不害怕紧闭的空间，但是在浓密雾气的重重笼罩下，在沉重骸骨的沉沉重压下，和那恶心气味的步步紧逼下，连我都要发作幽闭恐惧症了。

阿杜雷和我紧紧挨在一起，我即使想要开心（我也没想开心啦），也开心不起来。他的指甲深深扎入我的肩膀，弄得我好痛。但是我知道，他这是在警告我保持安静，不要乱动。

我知道为什么。盘旋弥漫的雾气，泛起了层层波澜，时而顺滑平静，时而波荡摇曳。怪物走近了。我看到好几双腿，上面挂着一簇簇凌乱的杂毛。我们只能看到膝盖以下的部位。这些怪物身材高大，直立行走。

山底凶兽。我之前见到过，但是阿杜雷是头一回见。他屏住了呼吸，我也是。这群山底凶兽一共四只，不知道是不是它们血洗了远征队。虽然它们移动起来东歪西倒，但动作却像猫科动物一样优雅。这姿势相当古怪，一曲一张，却涩而不滞，简直不符合已知的物理定律。我想，这是因为我们对它们的样子太过陌生的缘故。

凶兽一路潜行着，缓缓踱步，时不时停下，追踪着我们。我们听到它们悠长的鼻息。虽然看不见它们的脑袋，但是它们显然在嗅着味道。

它们一定是听到了我们的动静，才来追踪的。希望先祖先辈的骸骨能够遮盖掉我们的气息。凶兽的脚掌如爪似钩，趾尖锋利，预计足有九英寸① 长，我从没见过其他动物有这种爪子。一个筋肉遒劲的腰身在我们身旁的骸骨边上停住了，犹豫着。距离我们只有一英尺远。最后，辛烈的气味已经叫我闻不出好坏，单纯成了一种刺激。我只求死个痛快。

---

① 英寸（inch）：英美制长度单位，1 英寸 =2.54 厘米。

凶兽的腿对着我们藏身的骸骨堆又踢又刨。许多头骨、肋骨、关节，噼里啪啦地在我们周围散落一片。但是大部分骸骸保持完整，仍然掩护着我们。

后来四对可怕的腿移开了，消失在茫茫雾气中。我们在先祖不幸的骸骨下又躲了一小时，才敢发出动静。

我们俩都忘了怎么聊天。我虽然想说话，但考虑到我们刚才的可怕经历，还是没有张口。盘旋的雾气越来越稀薄。我跟在阿杜雷后面，他的身影清晰可见。我们路过的事物——灌木、乔木、岩石、泥土——都变得越来越清晰。

虽然刚才经历那样的恐怖，但是我仍感到心中存有一丝兴奋雀跃。阿杜雷和我一定是几百年来第一批穿过云线，看到山底世界的人类。

小时候起，我就常常一连几小时沉浸在想象中，如饥似渴地翻看书里画着的充满异域风情的各种人造奇观。这些建筑的名字都很诱人，例如摩天大楼、高速公路、高架桥、体育场、医院和购物中心。我从小就对此心存疑惑，现在也不例外，因为这些设施太不可思议了，作者肯定有所夸张。

谁会建起一百多层，直入云霄的高楼大厦？或者能够容纳千百个人的大体育场？就算能够做到，那又图什么？

我曾经向爸爸抱怨过："爸爸，恐怕我们的先祖都是骗子。他们盖的那些建筑，都是吹出来的吧！怎么可能是真的。"我想起山顶界的矮塔，只有四层高，再往上搭，就要垮掉。还有我们的会议厅，只容纳一百名吉斯成员，就已经挤得要命。

"人类能够成就你想象不到的奇迹，艾瑟琳。他们一点点慢慢地捕捉梦想，用劳动和智慧把梦想一片片拼在一起，使梦成真。总有一天，我们会重现这一切的。"

他说的这些话，我一个字都不相信。

他虽然比我年长，更接近先人上山的时间，但是对于先人的成就是否可信，他所掌握的材料和我没有两样——书本、图画和世代流传的故事与传说。他能够亲自去验证的证据，并不比我更多。

他太想去相信这些奇迹，削弱动摇了自己的信念。一个人越是想要相信，就越可能被不实所蒙骗。

　　他说的后半句话——总有一天，我们能够重现这些成就。听到这话，谁能忍住不笑？我那时虽然只有十一岁，但是连我都能看出来，这是个愚蠢的信念，连小孩子都不相信。

　　现在，我和阿杜雷到达了云线边缘，即将进入山底区域。爸爸的话在我脑海中响起，唤起了更多希望。

　　说不定，有可能呢？我的想法变了，从不可能变成了说不定可能。这个转变虽小，却意义非凡。虽然我没有完全相信，但是现在也没有百分百不相信。说不定，我还能亲眼看到，超乎想象的人类奇迹呢？说不定我能发现重现并超越这一切的方法？

　　"你想自己能看到什么，阿杜？"

　　阿杜雷不知道我心里想着什么，对我的问题不明就里。

　　"很抱歉，请用人话再问一次。"

　　他就是不肯好好问一句"你说什么"。

　　"穿过云线，就到了山底。我们是几百年来第一批见到那里的人。你想去看什么？"

　　"水源，我们把毒素清除，然后尽快离开。"

　　"得了吧！每个小孩都想着山底界。五岁的时候，你简直对山底世界入了迷，阿杜，是入迷哦。"阿杜雷讨厌提起他小时候，仿佛他现在这个成熟、坚强、勇敢的男人，对自己当初曾经是个认真、敏感、爱幻想的小男孩深以为耻似的。

　　"我想去看看武器。"

　　当然啦，阿杜雷总会拿出最厉害、最硬汉的答案。我哈哈大笑，觉得他在说笑。

　　"不，我是认真的。"他坚持说，"你知道他们都在用什么武器吗？像鸟一样飞的运载工具，能向地面上的敌人喷射火焰；会爆炸的金属圆筒，一下子就能把整座城市夷为平地。还有枪，各种各样的枪，都一样厉害。戴上能夜视的眼镜，带装甲的交通工具、坦克车，只要安全坐在里面，就能披荆斩棘，战无不胜。"

这些我都知道。阿杜雷有段时间时常描绘这些致命武器。他甚至画出了示意图，似乎有朝一日，他会亲手用树枝、橡子和泥巴造出这些武器似的。仔细想想，我确定，他肯定动手做过。和我们目前使用的矛和箭相比，这些强大神奇的武器，似乎就和摩天大厦和体育场一样华而不实。

"如果有了这些武器，你想用来做什么？"

"裹足不前真令人恼火，艾瑟。上山后的几百年里，我们都学到了什么？发现了什么？了解了什么？"

"阿杜，山顶界缺少开发先人的科技所需的资源——"

"我不仅是说科技，艾瑟。我们不再开拓新知，只对先人知识的残渣挑挑拣拣，似乎祖先的骨骸就能喂饱我们似的。进步呢？人类总在进步，我们也该进步，但是吉斯总是止步不前。"

我只不过问了阿杜雷想在山底看到什么，但是他却洋洋洒洒编出了一大套针对科格内特人的刻薄言论。瞧这德行。

"我猜，你觉得这都是科格内特人害的，对不对？"

"科格内特人总是为自己的聪明而扬扬自得，但是其实他们不比任何维里塔斯人聪明。是的，虽然我们一直对学习抓得很紧，甚至专门指定人员去学习，但是再这样一味固守旧识，故步自封，只有死路一条。"

我还没来得及反驳，阿杜雷接着往下说，情绪激昂起来："不仅仅是科格内特人，艾瑟，还有维里塔斯人！我们夸大其词，借此来慰藉受伤的集体自尊。我们自称为英雄，因为我们能够猎杀超狮兽，或者超熊兽，仿佛能和击退真正威胁的先人媲美似的。艾瑟琳，超狮兽既不危险，也不难猎。捕杀超熊兽一点也算不上英雄。就连我们称之为狮和熊也很可笑，先人叫它们猞猁和浣熊。你是对的！它们不过是温良可爱的森林小动物罢了。但是我们却把它们称为传奇的祸害猛兽，自欺欺人地自以为强大。所有吉斯居民，无论是科格内特人，还是维里塔斯人，都沉浸在这种自以为是的半吊子心态里。至少我们还擅长一件事，就是自我催眠，确信自己很强大。"

真不知该说什么，阿杜批判了我们的整个文明，刀刀见血，体无完肤。

"既然这么耻于自己的身份，那就干脆离开算了。"要是我过过脑子，就肯定不会这么说出口。但是此时此刻，我就是这么想的。

"进步之所以重要，是因为一旦真正的考验来临，只有杰出卓越的人才能经受得住试炼，我们完全缺乏这种品质。要是科格内特真的杰出卓越，除了派遣我们下山，他们一定会有其他方案来解决用水难题。要是维里塔斯人真的杰出卓越，他们就不会在云线区被血洗团灭。我爸爸的本事，不过是对着猫咪和浣熊练出来的，根本敌不过山底凶兽。我们抱残守缺，故步自封，艾瑟，我们死了活该。没能奋力超越，就只能被追着打。这是千真万确的，所以进步至关重要，艾瑟。"

阿杜雷的这番话，让我不再生气，反而心悦诚服。

"我们必须改变这一切，对不对？"我发自肺腑地说。

他盯着我瞧，眼神庄重严肃，令我不由想要转开目光。但是此刻意义重大，所以我没有避开，和他坦然对视。世界上有多少人，不敢赤诚待人，对真挚的感情顾左右而言他，对重要的时刻视若无睹。我要敞开心扉，赤诚地接纳这个时刻。

"谢谢你，艾瑟琳。"他感激地说，仿佛我给了他什么珍贵的东西。是的，我倾听了他内心深处的想法，而且没有加以嘲讽践踏。

"一起变强吧，阿杜。成为真正的伟人。你觉得我们要怎么做？"

他哈哈大笑，刚才慷慨陈词时的沉闷严肃气氛一下子被我们甩到了九霄云外。

"我懂什么？我不过是个野镇子来的维里塔斯人罢了！我还要就近找个科格内特人，学聪明点呢！"

透过薄薄的雾气，我看到他对我微笑，眼角闪着泪光。

他握住我的手，加快了脚步。"快点，就快到了，我能感觉到。"我觉得他又成了以往的阿杜，充满生机和活力，毫不掩饰自己对探索山底世界的兴奋。真高兴看到他这个样子，出乎意料地高兴。

"哦，你想知道我真正的答案，艾瑟？是河流和峡谷。我等不及地想看到河流和峡谷。"

这正是我等待的答案。

云雾渐渐稀薄，周围的事物基本恢复了正常模样。虽然远处的景色仍有些迷蒙，但是我能看得到头顶上的一片片蓝天了。

这里的草木更苍翠，空气更浓厚。明明跑了好一会儿，但我一点都不喘。每一口气都又深又长，把肺灌得满满当当。虽然我们理论上还在云线区（在云线的山底边界不如山顶边界清晰），但这个地方比我见到的任何地方都陌生。

我们之前称之为树的东西，和这里的树相比，简直名不副实。这里的树高大挺拔，比波拉修斯塔还高，树干粗壮，我们两个人都合抱不过来。这种色泽的树叶，我从未见过，这样碧绿葱茏，令人不禁遐想，这青翠的叶脉中奔涌着生命的秘密。

就连这里的树皮，也和我之前见到的完全不同，就像某些地方的雪一样洁白，浓浓淡淡地长着许多斑点。看着这些树，令人觉得心神安宁。阿杜雷和我停下脚步，盯着树木看了半天，我一点都没觉得浪费时间。

我坐在地上，周围树木环绕。这份美景就像药膏一样，治愈了之前种种丑恶场景对我的双眼造成的创伤。我不由像孩子一样幻想，长得出这种树木的世界，不会完全是丑恶的，甚至说不定，美好会多于丑恶。这里的树，就是这样美。

"有可能的话，我们应该把坟墓迁到这里来。"我建议道。看得出来，阿杜雷觉得这是个好主意。让自己深爱的人在这里永恒安息，而非葬在云线的冰冷荒野里，光是知道这点，就令人觉得心里温暖。

"许个诺吧，要是我们活下来了，一定要这样做。"阿杜雷伸出食指，就像要握手一样。我笑起来，因为不知道他要干什么，只好依葫芦画瓢。他用手指勾着我的手指，我猜这是永不反悔的意思。一瞬间，千百种感觉涌入我的身体——只是一根手指而已！我开始脸红。哦，艾瑟琳。阿杜雷要么没注意到，要么就是注意到了，却选择什么也不说。无论是哪种情况，我都深感庆幸。

我们再度开始奔跑。空气是这样浓郁醉人，仿佛我们吸进体内的不是氧气，而是周边的所有美景。藤蔓粗壮浓密，葱郁苍翠，花朵五光十色，色彩缤纷，一路边走边看，令我如痴如醉。与之相比，我在山顶界的生活则显得色彩单调，灰不溜秋。

我们已经完全走出了云线，能够看得很远很远。但是，草木浓密繁茂，苍翠碧绿，令人惊叹（真没想到，原来一种颜色还能有这么多种色调），全遮蔽了山底景色。

我这才恍然，这是到山底了。

我对阿杜雷说："我们要看得更清楚，全都看清楚。"他的心思和我一样，因为他指了指左侧一块凸出的岩石。这块石头似乎挺好爬的（至少对阿杜雷是这样，对我来说有难度），我们可以爬到顶上远眺景色。

阿杜雷用长矛敲打着丛生的杂草，我们登上了那块石头。他先爬上石头，看也不看山下风光，径直把我拉了上去。这样真好。我们俩要同时看到山底风光，才算得上公平。

我站到了他身边，还要再向上攀爬一小段路，才能到达我们选定的眺望点。

"你准备好了吗？"我问他，不由自主地露出了八岁小姑娘的淘气样。但是阿杜雷没有嘲笑我，而是同样顽皮地回答："我们数到三。一、二、三。"

我们一起转身远眺。

哇。

第三部分

来到山底界

PART THREE

第 44 章

真是太美了，这样的景色，我做梦都想不到。

我们所在的大山西侧，有一大汪碧蓝——是大海！极目远眺，广阔无垠。怒涛浩荡，席卷而来，猛力拍打海岸，渐渐平息后撤，积蓄能量后再次奔涌袭来。水岸交界之处，波浪澎湃汹涌，卷起一片纯白，狂欢般炸裂，纷纷扬扬地飘上蓝天。

"以前没有这片海的。"阿杜雷说得对。大山原本距离大海有一天的路程。反正我没什么不满，这里太美了。

地平线远处，海涛稍微平静的地方，伫立着一座座大厦，直直杵在水里。这些大厦呈细长块状，向天空伸展，不是用泥土、石头和木头建造，而是用玻璃和金属打造的。即使在远处，我也能分辨出，这些建筑已经破败不堪。

"那就是你的摩天大厦，艾瑟。"

"不如我想象的那样宏伟。但是大部分楼层都在水下，所以看不出究竟有多高。"滚滚水浪吞噬这些高楼的景象，让我觉得说不出的诡异。

大山东侧，是一大片高地，高于海平面数百英尺，延伸到我们的视野之外。

远处还有不少山峦。一切都青葱嫩绿。丘陵和平原披着一层毛茸茸的绿茵毯子，显得那样蓬松绵软，真想伸手过去，触摸那份柔软。

山谷中心，树木之下，一条河水滚滚奔流，在山石间曲折穿行，汇入一个高大的瀑布，流向一片黄色的海岸（那是沙吗）。我一动不动，久久盯着瀑布，只见水雾腾腾，轻薄似纱，河水撞击崖壁，千姿百态，真是目不暇接，叫人看也看不够。我根本舍不得眨眼。

阿杜雷露出了我所见过最灿烂的笑容。我迫不及待，真想把这情景全都看尽。

"你看到了吗？艾瑟，看到了吗？"阿杜雷兴奋地指着一个河湾。

等了一会儿，我的眼睛才适应好，看见了让他兴奋的东西。

那是一群熊（真正的熊，强壮有力，肌肉发达。说实话，挺吓人的，不是那种被阿杜雷称为熊的浣熊），一共有七只，在水边挥舞着爪子，想要捉鱼来吃。它们皮毛深棕色，光洁油亮，双脚直立。

眼睛适应之后，我这才注意到野生动物，这里到处都栖息着动物。阿杜雷一一告诉我，先人称之为狼、鹿、臭鼬。我们还看到了一只美洲狮。可不是超狮兽哦，是一只真真正正，杀人不眨眼的美洲狮。天上还有雄鹰在飞翔。这个没有人类的世界是这样美好，让我不忍心去打扰。

但是，一个更强烈的渴望在我心中占了上风。我希望能成为这个世界的一部分，住在这个世界，改变这个世界，主宰这个世界。

"我猜，他们曾经住在这儿。"虽然不知道阿杜雷在说什么，但是我循着他的目光望去，只见一座被绿色淹没的城市，到处是蔓藤、灌木和乔木，简直成了一片林海山峦。虽然已经剥落残破，但是荒废了数百年后，仍能留有这样的规模，足以令人惊叹。

我们的先祖自以为主宰地球，可以为所欲为，然而现在却被大自然还以颜色。我曾经如饥似渴地阅读古代先人文明的书籍，他们比我们的先人还要古老，名字也充满异域风情，叫作阿兹特克人和埃及人。近代的先人发现他们的城池和石碑时，这些古老遗迹早已被热带丛林或茫茫狂沙吞噬。眼前这座先人的壮观城市，令我想起书上的那些图片，不过不再是石头砌的金字塔和神庙，而是座"现代"大都市，爸爸见了，准会嫉妒得发疯。

阿杜雷指着不远处河畔边的一个石头水渠，里面塞着各种管子，周围摆满了机器。这就是水泵站的源头。是时候弄清楚是怎么回事了。不用他劝，我自己也跃跃欲试，想要进入山谷。

就在我恋恋不舍地扭头离开这片美景时，突然看到一缕细细的烟雾，在澄澈的空气中袅袅升起。

"阿杜，那是什么？"

阿杜雷显得和我一样困惑，我们的目光一路追随着烟雾，落到了一个石头烟囱上，烟囱建在一个破败的小屋上。这个屋子，比山顶界的任何圆屋子都要简陋破烂。

"是谁在生火？"

"我们去弄个明白。"

我的身体感觉和在山顶时大不一样，对低地环境感觉这么好，真令我惊讶。

从小我的身体就不怎么听话，时常和我作对，除了让我撞伤、跌伤、砸伤、碰伤、疲惫不堪之外，还经常惹麻烦。有一次，它对甜莓馅饼犯了馋，这种饼妈妈只让我饭后吃。我屈从于身体的欲望，只掬了一小口，结果所有的书都被没收了！多不公平啊！身体才不管有没有书看呢，都是它出的坏点子。我拼命拦着它不把整个馅饼吞掉，结果倒霉受罚的还是我！

随着我渐渐长大，身体总是违背我的心意和想法，带来各种欲望和冲动，一一去分析这些欲望和冲动，想明白如何去安排安置，哪些要接受，哪些要否决，真是累人。

还有各种各样的比较！我的身体和其他人身体的差异，全世界都有目共睹。孰高孰低，虽然大家都礼貌地闭口不谈。但是站在卡特兰蒂或其他维里塔斯姑娘身旁时，我总能听到窃窃私语。她们能够随便娇宠自己的身体，比我有明显的优势。如果可以的话，我宁愿做一个泡在罐子里的大脑，彻底摆脱这具烦人的身体，因为它只带给我折磨。

但是现在，身体和我却达成了谅解。我们虽然还不是最后的朋友，但我开始从身体角度来看待事物，明白了身体并非一无是处。这种崭新的盟友关系，时时令我惊喜。

其实，都不过是一些小事。阿杜雷和我勾手指，发誓有朝一日为战士们迁坟，唤醒了我的食指。为什么要费心琢磨其中的深意，在脑子里安排一块地方来存放这些感觉，好平复这种骚动呢？我就是留恋这些感觉。每次和阿杜雷不经意地彼此触碰，被他握住手或者肩膀时，我都感到一阵欣喜流过身体，并且坦然接受这份欣喜，仅此而已。

好一个充满各种气味、声音和景象的新世界！我的身体充分意识到这一切，就像一个热情高涨的导游，一路上为我指出各种新奇有趣的事物。我没有加以制止，而是任它诉说，发现有不少话语值得倾听。

我的身体可以跑、可以跳、可以爬，仿佛地心引力减轻了对我们的束缚。而在从前，我总觉得身体沉重，就像在我想要活动时，有人拼命拽着我的骨头，扯住我的后腿，拖慢我的动作，逼着我停下来似的。

　　最后，令我惊奇的是，身体还带来了一个意外的礼物。在我奔跑、出汗、活动的时候，身体充满勃勃生机，感知我想感知的周边万物，思想也变得更加清明、深刻、犀利。我的思想！我开始用一种全新的姿态，深思自己对阿杜雷和维里塔斯人怀有的种种疑虑，以及他们对宗教的虔诚（维里塔斯人笃信宗教，或许不是他们的错，而是我们的错，是我们科格内特人让他们生活在一片广阔虚空之中，让他们需要用虚妄来填补）。我试着理清自己对爸爸和特兰顿在山顶界行为的看法，这一度让我心烦意乱，但是现在，我却能够自如地深思，不再慌乱绝望。特兰顿之所以能够为所欲为，是因为别人不加干涉。想要加以制止，就要设法夺取他的权力。

　　我们奔跑着，我脑袋中的想法、发现、洞察，一个接一个地冒出来，我恨不得停下来用笔把这些都记下来。

　　我跟着阿杜雷的步伐（自己跑快些，而不是求他跑慢点），惊叹于一路冒出的想法。我要是一个泡在罐子里的大脑的话，可就永远不会发现这些知识的线索了。

　　阿杜雷回头瞥我一眼，忍笑道："看来，某人就快羽化成仙啦！"羽化升仙是旧时维里塔斯人的一个神话传说，一旦身体和精神水乳交融，大彻大悟，人就会超凡升天。

　　"噢，得了吧，真是荒唐！"我本想模仿阿杜雷的玩笑口气，更戏谑地反驳，但实际口气却过分认真，似乎害怕他是认真的，甚至害怕他是对的。

　　"嗯哼，我开玩笑的啦。艾瑟琳·波拉修斯，在为羽化成仙而痛苦挣扎？真是好笑。"我附和着笑起来，心里却有一点受伤。为什么阿杜雷会觉得荒唐？羽化升仙什么的，当然是荒唐事，但是，为什么羽化成仙的人是我，就显得格外好笑？

　　我们到了山谷里。这里空气浓厚，往下的路似乎已经到了尽头。只见到处树木丛生，头顶一片苍翠树荫，我们已经下了山，现在自己身在何处，刚才那片美景又在何处，都变得难以确定，真是奇怪。

我们沿着一条小道，走了将近一英里。这条小道，似乎近期有东西走过，具体是什么不得而知，但是令阿杜雷精神紧张。他紧紧握住长矛，对最微小的响动都异常警惕。周围一片风声鹤唳。

这条小道之外，令人寸步难行。树木密密匝匝，磐石般紧密结实。我们试着走其他路线，但是费了九牛二虎之力，只走了十分之一英里，两人都被草木荆棘划得遍体鳞伤。

这座山谷充满了生机，每隔几分钟，就会遇到前所未见的小鸟或者虫子。书本上没见过的品种，我们就直接编名字。

阿杜雷一听见什么风吹草动，我们就要敛声屏气地迅速完成一套动作，做了这么多次，早就烂熟于心。他会伸出手臂，把我拦（其实是推）到小道之外，让我钻到灌木里面或下面，然后蹲在我前面，长矛就位，随时准备刺击出现的敌人。我们就这样待着，直到他觉得危机解除，可以继续前行为止。

"我也想要一支长矛，阿杜。"返回小道后，我对他说。

"你连怎么用都不知道呢。长矛挺危险的，没经过训练的人就别再添乱了。"

说得好像我只能对着浣熊宝宝磨炼技巧似的！他自恃战士，自命不凡，但是他所搏杀的动物，我只要柔声哄哄，揉揉肚子就能降服。

"你做的那些，都是老一套，我看都看会了。最惨会有什么下场？"

"你会扎到自己，或者扎到我。"

我飞快地抓住他的长矛，虽然我在闹着玩，但是惹他生气了。或许是因为，任何合格的浣熊猎手，都不会让一个柔弱的科格内特姑娘夺走自己的长矛。

我哈哈笑着，故意摆出各种笨拙的姿势，把矛头指向他。"哦，不。你在干吗？这玩意不好掌控的！"我把矛头东瞄西瞄，仿佛好不好掌控，我说的不算数似的，"但愿我不会扎到你，或者扎到自己！"阿杜雷想要夺回长矛，一本正经地厉声警告我，这可不是玩具，还怪我什么时候变得这么疯疯癫癫的。但是他的口气渐渐软化了，我们都心知肚明，要不了多久，他就会被我逗得笑出声来，因为我的动作实在是太好笑了。

他抓住长矛，我也握住不放。我俩以一种滑稽的姿势定住了，死死较着劲儿。最后，我们丢了长矛，瘫倒在地，并肩躺在地上，肚子笑得发痛。

"好吧，"他终于抽出了长矛，"我给你削一支。"

"那就拜托你了，阿杜。"

躺在地上，仰望着参天古木之间露出的片片蓝天，吹拂着温暖的风，被甜美气息和迷人天籁所围绕，我知道，自己一定会适应山谷里的生活。这里真好。

第 45 章

特兰顿和尼可拉斯勉强达成了和平，山顶界似乎恢复了常态。尼可拉斯的预言终于成真，寒流降临，帮了大忙。天上开始下雪。人们可以收集天上降下的水分，缓解水泵站的紧张局势。即使大家知道，这点水不足以撑一整年，但是有水，总是令人感到宽慰。

尼可拉斯和玛加看着孩子们在雪地里玩耍，几乎可以想见，这是危机袭来之前仅存的片刻宁静。他暗骂自己耐不住寂寞，想要出人头地。要是能够抛却这份功名，重归无名该多好。

尼可拉斯伸手去握玛加的手，被她一把回握住。他们更加融洽了，并肩默默承受这份痛苦，日复一日，共同期盼着艾瑟琳的消息。然而女儿始终杳无音信。他们相依为命，再也禁不住更多打击。

尼可拉斯细细品味着这片刻的宁静。

就快到头了。

玛加确信无疑。

克利夫赛德位于镇子边缘，是一处险要的悬崖，走错一步路，就会坠入万丈深渊，一直跌入云线区。他们要去那里领取武器。

这个疯狂的主意是玛加提出来的。她说吉斯的每户人家都应配一支枪，用于防身。只有塔利纽斯家持有武器，就等于特兰顿持有武器，这样有失公平，惹得人心惶惶，许多居民都吓得闭门不出。

由于尼可拉斯仍然是法典规定的山顶界领袖，做出这个决策并不算违法。特兰顿觉得尼可拉斯做不出什么出格的事，所以让他知道了武器隐藏地点，也让他自由出入。

虽然觉得是自取灭亡，但尼可拉斯许可了这项计划，玛加跃跃欲试。自己唯一的女儿被迫出逃后，他总觉得自己欠她的。

趁着夜黑风高，塔利纽斯家的守卫巡过了吉斯大堂，玛加召集了所有没下山的维里塔斯人领袖，在吉斯大堂的地下室找到了武器隐藏点。这些都不算难，最难的一点在于如何将劫来的武器送到克利夫赛德。

为了避开特兰顿和塔利纽斯家的耳目，这次武器分发被安排在大风呼啸的荒凉山崖边，这里召集了玛加信任的维里塔斯人和科格内特人。武器由各家族的男族长负责签领，在男族长下山远征的情况下，则由女族长领取。领取人不得选择武器，否则可能耗时太长。所有武器随机分发。

"这是您的家族武器，遗失或损坏后不得再领。仅限用于自卫，违规滥用者将立即受到重罚。明白了吗？"玛加向每位族长一一说明规则，对方不同意，就不分发武器。

尼可拉斯不喜欢这种心情。他盼着重新分配社会权利，迫切感到有必要不惜一切代价，为每位吉斯成员配枪，好安抚民心。

人人都有了枪，那我们用什么来保护自己？这个想法令他不寒而栗。

他担心一旦打破这份大家习以为常的宁静，一切就都无法挽回了。

"我同意。"少数几个没有下山远征的维里塔斯汉子之一，尼尔罗德·潘泽卡，在听完规则之后说道。尼可拉斯取出一把黯淡破旧的左轮手枪，放在尼尔罗德迫切伸出的手上。枪比尼可拉斯预料的要沉。他瞥了眼玛加，见她对枪一脸厌恶的样子，心里深以为然。

上帝啊，但愿没人会用到这个。

查妮丝·哈尔加德最近唯一感到的一丝喜悦，就是走向收信树时，心里怀着的几许期待。阿杜雷让她在那等着收他的信。文字刻在橡子上，由松鼠送到树下。

这全是阿杜雷创造出来的，这孩子。想到这儿，她不由泛起一丝微笑。

但是，她次次去看，次次失望。今天终于不一样了。

她热泪盈眶，翻来覆去地看着手里的橡子，仿佛能从坚果上感受到他的魂韵。这些坚果，他在不久前亲手拿过呢。

一个上面写着：遇阻但未失败。

另一个写着：我们必将重逢。

第46章

从小到大，特朗因从未这样如痴如醉过，妈妈死去之后，他第一次完全摆脱了可怕的念头，选择独自行动，真是太值得了。除此之外，他感到血脉贲张，满脸通红，欲罢不能。

这都源于一个简单的想法。他能否改造一台造雾机，使其不再喷出雾气，而是吞噬雾气，把这片茫茫白雾完全清理掉。这样一来，他或许就能轻松穿过云线，进入山底。

他把一台造雾机拆开，对里面的各种元件功能似懂非懂。即使他的直觉出错了，纠正这些错误，了解这些电线或设备的真正用途，也充满了乐趣。

他发现机器连着一小截供水管道，管道直通地下。他尝了尝那水，尝起来和闻起来一样恶心，简直和臭鸡蛋没两样。他甚至觉得反胃。这水源不能解决山顶界的干渴。就连这样的挫折也不能打击他的士气。他刻苦钻研，废寝忘食，终于得到了回报。他制成了一台便携式清雾机，用太阳能电池供电，虽然简陋，但是管用。现在，他要试一试这机器的功能是否符合他的预期。

他拧紧最后一个螺钉，走出了山洞。他端着机器，对准造雾机喷出来的雾气，连上两根电线，以便实现通电（他提醒自己，记得把这个替换成开关）。

只见噼啪一声响，机器开始嗡嗡运作起来。这个设备发挥作用了。在特朗因面前，汩汩涌出山洞的雾气被清出了一条道。自己施放的神奇魔法让特朗因乐不可支，发出了一声欢呼。还好周围没人，要不然他会害臊的。有史以来第一次，他萌生了改变世界的念头，如愿以偿地实现了自己的计划。他也能做好事情的，而不是像他习以为常的那样搞砸。不是的，他会让一切都变得更好。

第47章

我相信，自己永远不会回到山顶界了。山谷里的生活令我充满活力。我有了自己的长矛，异常锋利，是阿杜雷帮我削的。和阿杜雷一起走在小路上。每件事情都更加真实。见识过山下的大世界后，我再也不愿回到那片又窄又小的边村部落，过着受困一隅，身不由己的生活。

我们曾经登上高台，遥望这条小路通往何方，结果看到那个小屋又飘出了炊烟，居然距离很近，只有一两英里。

阿杜雷话变少了，似乎很不耐烦。但是他不愿说自己为什么不耐烦，或者说是根本不承认自己不耐烦。他或许很在意那个小屋里住的到底是什么，我自己也很在意。我们离开云线，进入山谷之后，我感到死亡仿佛也被我甩到了背后。我们在山上看到的、遇到的可怕事物，这里一样也找不到。

我变得更加乐观。水被下毒，肯定不是有人故意为之，或许只是一些自然因素罢了，我和阿杜雷能够解决的！很快，这就不再是个问题。为什么人类要躲在一个又冷又窄的石头山顶？我们明明可以回到这里，繁衍生息，不断壮大。我知道，阿杜雷肯定会对我的幻想泼冷水，所以我没怎么对他说。

我的曾曾曾曾曾祖父曾经率领人类登上山顶求生。现在，由我带领人类重返山谷。我将开启一个黄金时代，摆脱幽闭恐惧症，破除生育限额，取消消费限制，眼镜也不再限量供应。人类将进入一个充满希望、自由和发展的时代。

"你在笑什么？"阿杜雷疑惑地问我。我根本没觉得自己在笑。

"我只是……"我该把心事告诉他吗？开玩笑，这可是阿杜雷。我知道，他肯定会嘲笑我。"没事，我就是太喜欢这里了。"

"是吗？你刚才的样子，就像想起了最有趣的笑话似的，只是因为喜欢这里？"

"我就是喜欢这里。"

"好吧，别太松懈了。我们完成任务之后，就要离开。"

"我们为什么这么快就要走，阿杜？"

"你忘了，你根本不该下山来的——"

我急急打断他的话。在进入云线之前，他对我有多么恶劣，没必要提醒我吧。"这里有这么多事物值得探索，光是野生动物就一辈子都记录不完！还有河流、先人的城市，看也看不完！"

"这里不是天堂，艾瑟琳。我们还没进入天堂呢。你这样子，活像发现了乌托邦似的。"真庆幸没把自己对山谷的遐想告诉阿杜雷，哪怕天堂确实存在，比这里更美的地方，我根本想象不来。

"我敢说，这里比山顶界要强一万倍。"

"这里危险，艾瑟。别忘了云线里发生的事。我们现在仍然身处险境。能回到山顶界就算走运了。"

"这里这么美，哪里有什么危险。死亡都在山顶的巨墙之外，山谷上方的云线里。闻闻这味道，阿杜！闻到了吗？这个地方是甜的。"

阿杜翻了个白眼："你会害我们俩都被这甜味杀死的。"

我提醒自己，阿杜雷是受过太多创伤，甚至失去了爸爸，所以才会这样，就连遇到了真正的好事，他也分辨不出来。

我喜欢这里的一切。

他会恢复正常的。

第 48 章

小屋坐落在一片草地上，屋后是一片树林。我们现在所在的地方就是树林。虽然这屋子一副马上就要垮塌的样子，但是周围的环境却非常怡人，四周开着五颜六色的花朵，小鸟相互嬉戏，飞来跳去，比山顶界上懒洋洋的鸟儿要可爱多了。

阿杜雷坚持把这当作一场严肃的军事包围，所以我们俩从一棵树背后溜到另一棵树背后，鬼鬼祟祟地前进。

我最有把握的猜测是，这座小屋属于被吉斯所抛弃的人，或者很久以前被抛弃的人的亲戚。好在我有过矿山的经验。阿杜雷不知道这点，所以他想不到我们会遇到更多人也是情有可原。住在屋子里的，说不定是比我们更弱，更丑，更笨的人。

我们到了树林边缘，距离小屋不足两百米。一种崭新的声音传入我的耳朵，既陌生又迷人。就像维里塔斯人的歌唱，又像鸟鸣啁啾，但是更响亮、更激昂、更丰富。不仅飘进我的耳朵，更飘进我的心里。

"那是什么？"我问道。阿杜雷也听到了，但是他似乎陷入了深思，就像在努力回想什么重要事情似的。

"是交响乐！"他惊呼道，但是压低了声音，因为我们还躲在灌木丛里，"先人能同时演奏多种乐器，有时甚至有一百种。"用不着他给我上历史课，虽然从没听过，但是先人的交响乐我熟悉得很。被阿杜雷抢先说出名字真讨厌，他不过就是想证明，自己比我聪明罢了。

"你的意思是，那座小屋里有一百个或更多……什么东西在演奏乐器？"这怎么可能，我不明白。但是过去几天内，我见识过了许多捉摸不透的事物，所以什么都有可能发生。

阿杜雷忍着笑，仿佛我一本正经提出的问题太过荒唐，逗得他忍不住大笑出声似的。他一定看出来我生气了。因为他立刻试着安慰我："别生气，我很抱歉，但是你必须承认，这个小屋里无论容纳一百个什么东西都很荒谬。这只是录音罢了。记住，先人掌握了保存音乐的技术，他们回头想听什么，都可以放。"

又一个不可思议的传奇和神话——录音。看来这个先人的传说也是真的。

"所以我们听到的，就是先人演奏乐器的录音？"多么惊人的想法。

"这至少有三百年历史了。"

仿佛只要我们踏进门，就会穿越时空，回到过去一样。几百年来，听过这段录音的人类只有我们。或许还不只是我们。

"是谁在播放录音？"

"我们现在就搞清楚。"阿杜雷蹑手蹑脚地潜向小屋。

第 49 章

"野镇子里发生枪击案啦!"塔利纽斯家的人气喘吁吁地赶来报告。

尼可拉斯满脑子问号。谁被枪击了?谁开的枪?死人了吗?暴徒是否已经伏法?

特兰顿坐了回去。尼可拉斯,这下看到了吧?活该。

特兰顿假装对玛加的微弱反抗生气,她怎么敢这样?这是危险的举动!但实际上,他只对尼可拉斯生气。

但是,他很快就明白了分发枪支其实是件好事。

特兰顿原以为掌控所有枪支是维护秩序的最好方式。如果科格内特人想要理所当然地保持自己高维里塔斯人一等的地位,必然要具备更多武器,来抗衡维里塔斯人在数量和体力上的优势。但是随着情况发展,他开始产生疑虑。因为自己一人无法掌控所有武器,所以他不得不把枪支托付给塔利纽斯家。不管什么计划,只要托付给塔利纽斯家,就注定要失败。他考虑过了,总有一天,会有一些维里塔斯人带领大家奋然起义。特兰顿饱学先人历史,知道起义在所难免。

除非特兰顿既能够控制山顶界,又不让自己的统治成为起义的目标,这才是要点。

玛加把所有武器都分配给吉斯居民时,特兰顿发现这主意不坏。哪有人会推翻愿意均分枪支的政权?这说明领导人只在意民众安危,集体利益。

特兰顿研究过山底历史。许多先人文明都在崛起后覆灭了。

他读过一篇文章,作者不明。文章解释了一个庞大政权如何稳固统治了百姓几百年,一次反叛或起义都不曾发生。唯一影响帝国安定的因素就是山底凶兽。被奴役的民众满心欢喜,对自身受到的压迫毫不知情。

特兰顿觉得这真是绝世好文。尼可拉斯慌慌张张地为自己和玛加的行为辩解,喋喋不休地扯着吉斯需要自卫云云,特兰顿突然觉得灵光一闪。

"恐惧是最优雅的武器。绝不会弄脏手。与其用酷烈刑罚治国，不如思想信念治国。要如弹钢琴一样灵巧地操控民众的不安。手段要富有创意。用焦虑来折磨人心，或巧妙地削弱大众信心。慌乱把大众赶上悬崖。安全不再，神圣泯灭，理智消散，民众就会陷入恐惧，得不到一丝喘息。这是绝对的真理，绝妙的结果。"

为什么还在忙着摆弄物理武器？屈尊低就，反而受制于人。只要控制吉斯大众的情绪，他们不但会顺从你，还会感激你。

现在既然发生了枪击事件，特兰顿只能盼着这是维里塔斯人在对另一个维里塔斯人发泄恐惧。只要放任不管，吉斯大众会开始自相残杀。特兰顿就成了领袖，人人指望求助，乞求更多管控。

尼可拉斯根本不是当科格内特首领的料。真希望他马上退位，对着开花松柏的种子写生去。

"我们该怎么办，特兰顿？"尼可拉斯问道，"派塔利纽斯家的人去看了吗？恐怕我们犯了大错。"

特兰顿发动了一次政变，但是无人觉察，他确信，除此之外，山顶界不会再发生任何革命。

尼可拉斯和特兰顿前往野镇子东边的圆屋子。叶尼斯的妻子吉扎还没正式开始办丧事。她被吓瘫了，还没恢复过来。

特兰顿查看叶尼斯毫无生气的身体，擦掉那汉子胸膛上的血迹，露出了一个小小的穿孔，和橡子差不多大。伤口明明这么小，杀伤力却这样大，真是不可思议。

"是枪伤，正中心脏下方。"特兰顿摇摇头，满怀同情地咋舌，仿佛对枪支造成的伤害万般厌恶，对吉斯配枪之前的日子万般怀念似的。尼可拉斯不由愤恨。明明是特兰顿把武器带到山顶界的！要在一个月之前，叶尼斯和另一个维里塔斯人发生争执，最多只会被打青眼眶。

"今天早上，我们对他早餐泡茶用多少水起了争执。"尼可拉斯知道，艾克罗尼斯组织下山远征队时，叶尼斯落选了，深以为耻。从那时起，他就一直心情不好。

叶尼斯的地位不高，分配不到眼镜（他的指定工作是收集科格内特实验室的垃圾，埋到山顶界边界之外，不需要视力敏锐）。他的眼睛还没坏到要被强制驱逐的地步，但是一天不如一天，就算到了山底，他也帮不上忙。

维里塔斯人一辈子都在等待展示武力的机会，在这个千载难逢的关头被淘汰，叶尼斯很伤心。这样的人不少。几乎所有不得不"留守原地，保护妇孺"的男性维里塔斯人都深感不满。无论是家里还是家外，打架斗殴情况都有所增加。

特兰顿甚至获知，塔利纽斯家的守卫在树林里发现了酿酒装置。酒是法典明令禁止的违禁品，这项禁令从未被人挑战过，人人都知道酗酒给先人带来的可怕后果。但是目前却有死灰复燃的趋势。特兰顿决定放任不管。维里塔斯人自己想要喝得昏昏沉沉，他凭什么去阻止？恍惚麻木的人不是更好管吗？

"你可知道叶尼斯发生冲突的原因和对象——"

"一定是尼尔罗德·潘泽卡。"一个小伙子打断了特兰顿的话，是伊斯托克。他年纪轻轻，肌肉发达，刚满二十岁。

"爸爸说，尼尔罗德夺走了他的工作，想要把他挤到牧场上去。"

落选远征队的人急于证明自己的价值，尼尔罗德和叶尼斯原本干的是同一份活。尼尔罗德或许是担心，很快山顶界上的垃圾会越来越少，只需要一个垃圾清理员就够了。

尼可拉斯觉得自己应该说点什么。

"吉扎，伊斯托克，我不知道说点什么漂亮话，才能让你们心情好一点。但是我在此承诺，我们一定会查清真凶，还你们公道。天下是有王法的，吉斯并不软弱可欺，我们有法可依。"

尼可拉斯惊讶地看到，特兰顿从长袍里摸出一把手枪。他究竟有多少这种玩意儿？特兰顿把枪塞进伊斯托克手里。"仅限用于自卫。你现在是一家之主了。明白吗？"

这样把致命武器给一个孩子，吉扎要是觉得不妥，肯定不会一言不发。伊斯托克更是感激涕零。

尼可拉斯不确定："把武器分给孩子，能行吗——"特兰顿打断了他的话："他已经不是孩子了，尼可拉斯。看看他，他已经长成男子汉了。"

离开之后，尼可拉斯急于查出真凶，想要弄清到底是谁对可怜的叶尼斯下的毒手。"你觉得会是尼尔罗德·潘泽卡吗？虽然令人难过，但是这样说得通。我们应该去会会他。"

"尼可拉斯，我们应该专注于更重要的事务。他们争狠斗勇，我们掺和进去，只会惹得自己一身腥。为什么要勉强进入不欢迎我们的地方呢？这岂不是恰好落入凶手的圈套？我把武器给了伊斯托克，让他保卫家人安全，也把武器分给其他人。我们只能做到这些，他们才是需要使用武器的人。"

"我答应会尽力的。"

"你不该答应的。"

第50章

阿杜雷拉开门，花了好大力气才不让门出声，然后蜷着身子，溜了进去，我跟在后面。幸好放着音乐。一个棕色的箱子上摆着一张不断打转的黑色薄圆片，音乐就是从那里发出来的。真好听。之前的瀑布、汪洋、河流和青翠山谷是眼睛的盛宴，这些美妙的音符，则是耳朵的盛宴，令人陶醉。从没想过，声音也能成为欢乐的源泉。在我心中，声音似乎纯粹是拿来用的：听到钟声，知道要集合；听到妈妈呼唤，知道她盼咐你做什么；听到山底凶兽的嗥叫，知道要逃跑。这音乐让我明白，原来声音也能让我心跳加速，心旷神怡。

交响乐的音量够大，足以掩盖我们的动静。

屋子局促逼仄，虽然外面阳光灿烂，但是里面却一片昏暗。这房子不大，我猜最多有三个房间。我们所在的玄关里塞满了先人制造的各种工具和物件。有不少是我认识的。有一盏台灯，用电照明，就像夜晚的阳光一样！但是现在派不上用场了。一套金属叉子，先人用来插取或舀取食物，和我们现在使用的简陋石头餐具很不一样。我还看到一把发刷，是先人妇女用来整理或梳理头发的，一把抓在手里。我想试试看看，纯粹为了好玩。

我想向阿杜雷指出我认识的所有物件，炫耀自己的知识，因为是他先挑起的。但被他抢了先，仿佛要给我上课似的。

"这些是厨房用品，都是电器，所以对我们来说没有用。我觉得这个是用来冷冻的，那个是用来搅拌的，那个是用来切菜的。"

"我知道。"我回答，虽然那个切菜和搅拌的工具我是第一次见。阿杜雷打开了袋子，开始往里面放东西。感觉像是在偷东西，但这是在山顶界之外，法典管不到我们。

他抓起几个小小的方块，每一面上都标着数量各异的斑点。我记得叫甩子。"这个是纯粹用来玩的，但是占不了多少空间。我早就想玩玩色子啦。"哦，原来是色子，不是甩子。反正差不多。阿杜雷顿了顿，满心欢喜。"是照明弹！"他拿起一根红色棒子，外形非常地规整，明显不是从树上锯下来的，"只要打开这个盖子，就会有烟雾和火星冒出来！太神奇了。"

他把照明弹和可以用作武器或建造工具的其他金属物品塞进包里。先人这么用，我想阿杜雷也会这么用。其中一样，我记得叫作锤子。有先人认为，有一个神随身带着一个锤子。先人神灵的那一套，总是让我不明白，有些分明就傻里傻气。要是让我创造一个神灵，他肯定要随身带着一个照明弹，或者台灯什么的，反正要比锤子神奇得多。

不知道阿杜雷的神灵会带着锤子，还是其他工具？说不定是搅拌机或切菜机呢。或许神灵也有需要搅拌或者切菜的时候呢。

我们爬到小储藏室外面，靠近小屋的主室。我看到这个房间大一点，设有一个石头壁炉，炉子里的火焰熊熊燃烧。火是不会自己在壁炉里烧的，动物也不会生火。

这音乐，这壁炉，唤起了我心中所向往的宁静和渴望。仿佛这才是家该有的样子，而不是像波拉修斯塔那样寒冷、沉闷、死寂。我努力把这份恍惚抛到脑后，因为我确定这里很危险，绝不是叫人躲着看书喝茶的地方。

阿杜雷默默地指着大屋的一个昏暗角落，我循着他的手指看去。起初只看到一片昏暗，等到眼睛适应了昏暗之后，我才看清他指的东西。

我简直无法呼吸，眼前的东西，太叫人熟悉了，和我们在云线看到的一样。这个皮毛黯淡，血迹斑斑的东西正是山底凶兽。而这里至少有两只山底凶兽，一动不动地站在角落里。

它们也看到我们了吧？虽然无法察觉，但是这太像埋伏了。在它们扑上来前，我们愣住了。

第51章

特朗因在浓雾中清出了一条道路。虽然他已经在云线里走了好一会儿，但一开始的骄傲劲儿还没过去。从小到大，他从未产生过什么有效的影响。就算他对着父母生气噘嘴，大发脾气，他们应对他坏情绪的手段，就是无视他。

爸爸总会对妈妈说："他这样闹，无非就是要人关注。只要装作没看到，他自己会放弃的。"马索·潘诺斯当然没有错，但是有时候，一个人可以既正确又错误。关注一下发脾气的儿子，又有什么关系呢？结果，在特朗因眼里，这个世界以及世界上的人，全都僵硬静止，无法沟通。就像艾瑟琳的遭遇，虽然令他难过，但他无能为力。

这条在茫茫浓雾中开出的小道，改变了他的想法。他成功了。他发明了这个机器，让云线区变得更安全。没人做到过这一点。他在改变世界。要是阿杜雷和艾瑟琳等着他，一定更有安全保障。

特朗因觉得，在云线区看得清楚，会让他更安全。仿佛山底凶兽需要这片白色雾障来捕猎似的。他想自己或许错了，不由一瞬间担忧，自己能活到现在，说不定只是因为潜伏在附近的怪兽已经吃饱喝足。最终，他还是相信自己的发明能够保护他，因为他知道，自信对于生存至关重要，无论这份自信是合情合理，还是纯粹的幻觉。

特朗因开拓出的道路在他面前延伸。他这才知道，原来可以按照自己的意愿改变这个世界。不管山底凶兽有多可怕，他都会研究剖析，然后发明出防护装置，甚至把它们做成食物。一切都有可能。

首先，他必须穿过云线。

这没什么难的，因为他创造出了清雾机。

第 52 章

阿杜雷像弹簧一样扑向凶兽。希望有朝一日,我的本能能有他一半凶悍。等我想好要采取什么行动,他通常已经完成了动作。

阿杜雷挥舞着一把锋利的金属刀,又长又尖,我猜是他从储物室偷来的。我从他包里拽出锤子(看看谁才是挥舞大锤的神灵)紧随而上,打算和房间角落里的怪兽拼个你死我活。

阿杜雷的对手毫无反抗。他逼近那只庞然怪兽,举刀就刺,但扎了个空!那怪兽仿佛是空心的,只有壳子。我抡起锤子,直朝着那恶心怪兽狠狠砸过去,但锤子也挥了个空。

"什么玩意儿?"阿杜雷握刀狠力一拉,划破了皮子。里面什么也没有。

"这只是件斗篷,或者……"我说不上来,因为我也不知道这是什么,只觉得这臭得要命,就像臭肉和死尸。阿杜雷气冲冲地一把从墙上拽下这血迹斑斑的畸形怪物,细细查看。

只见皮毛斗篷上连着一个脑袋,是个样子凶残可怕、长着毒牙的熊脑袋,定格在死亡时的狰狞嘴脸。

阿杜雷凑近端详那脑袋,发现在熊的咽喉处有一个开口。

"这是头罩,给人穿的。"阿杜雷说。角落里挂着的两个可怕东西,我们以为是野兽,其实只是张皮。但是有谁会穿这些可怕的毛皮呢?这么宽大,适合身板比我们大一倍的人穿。

阿杜雷把恶心的熊头套在自己脑袋上。"上帝啊,阿杜,别穿这个。太可怕了。"看得出来,无论他多讨厌这件乌漆漆的带帽斗篷,心里还是有一丝欢喜的。

他套好头套,整张脸都遮没在阴影里面。

"你看起来真像……"我不想说下去。他看起来活脱脱就是一只山底凶兽,那种屠杀了他父亲的怪兽。

"快点穿上。"他拽过另一件斗篷丢给我。真是重得不可思议，我不小心把它丢到了地上，如果可以，我真想故意丢在地上。

"不，阿杜。你或许会觉得好玩，但是我觉得可怕。"

"艾瑟，我没在叫你玩。这不是玩笑，快穿上。"他一字一句地强调，我不再争辩。默默从地上拎起那件又厚又烂的斗篷，研究了一会儿。这个头罩不一样，是美洲狮的，不是熊。

"拜托，快穿上，艾瑟！"

我把脑袋塞进头罩里，实在太臭了，不得不屏住呼吸。沉甸甸的皮毛压得我差点站不住脚。

"到这儿来。"阿杜雷拉着我的手，把我推到原先挂着斗篷的角落。他拉来几张木头板凳，我们站在上面。看他这样风风火火，我也不去质疑他。

我努力在板凳上保持平衡，躲在沉重的斗篷下面，套着狮子的脑袋。我终于知道阿杜雷为什么这么害怕了。

不知不觉之间，音乐声停了。一切都陷入了令人不安的寂静。屋外传来了一阵吱吱嘎嘎，咕咕哝哝的声响，仿佛有人踩在木板上。

声音越来越近，绝对错不了。

是脚步声。

第53章

阿杜雷和我一动不动地站在角落里，身上压着血迹斑斑的皮毛和动物脑袋。我想问他，到底发生了什么，但是我一说话，他肯定要生气，而且理由充分。可是连他的样子都看不到，让我觉得好孤单。

我快憋晕了，就是不愿多吸入这股臭气。干脆闭过气昏倒算了。

我探出手，被阿杜雷紧紧握住。这就是我想要的。我心里一松，开始大口吸气，努力站稳脚跟。屋子里明显来了其他东西，但是我什么也看不见，只能听到动静。

我听到地板上传来咔嗒咔嗒的脚步声，就像石头的敲击声，坚定清晰，既不沉重缓慢，也不急切仓促。我分辨出，除了我们，屋子里不止一个活物。我还听到了平稳的鼻息，一点也不粗重，或许还有说话声。这下，屋子里的究竟是人还是兽，我拿不准了。因为这动静听起来似是而非，呼哧呼哧、嘟嘟囔囔、吱吱啾啾，但又依稀夹杂着人言，我以为自己能够听懂，但是事与愿违。

真是恼人，一切都近在咫尺，却又什么也看不见，只能用耳朵听，用鼻子嗅。我向左偏了偏脑袋，想从斗篷的开孔处偷瞄到屋里的情形。阿杜察觉了我的动作，狠狠捏我的手，表示制止。他都不用开口，我耳边就仿佛响起了他说的话："你疯了吗，艾瑟琳？他们会看见你的！要躲就好好躲着。"

为了强调这点，他还把我硬挤回墙边。好啦，阿杜，我知错啦，对不起。

我感觉到有东西朝我们过来了，动静越来越大。就连空气都开始骚动，就像风暴来临前，气压沉沉降低似的。我麻木地感到，有东西凑了过来，但是心里只有一片超然好奇，并不感到非常害怕。或许我已经不报任何求生的指望，心里一片宁静的悲哀。

更多重量压了上来，我躲藏的斗篷里变得更暗了。角落里似乎挂上了更多斗篷。

看来，无论住在这屋子里的是什么，至少还挺会收拾屋子的，还懂得挂衣服。虽然这衣服血迹斑斑，一股尸臭。

只听扑哧一声，响起了一阵噼里啪啦，毕毕剥剥的声音，地板上铺开了柔和的橙色光芒。火被拨旺了。

对话般的声音再度响起，如果算得上对话的话。我发疯似的想要听懂他们的话。每次感觉快要听懂某个词的时候，又会发现接下来的完全不是人话，不由叫人怀疑，这语言对我来说，等于鸡同鸭讲。

阿杜雷放开了我的手，我感到他缓缓挪着手臂，把毛茸茸的斗篷掀开了一角。呵呵，阿杜雷想看的时候就可以冒险，我想看的时候，他就把我挤到墙边，还死命捏我的手。

但是不得不承认，同样为了偷看，阿杜雷掀斗篷的动作比我谨慎多了。他花了老半天，才掀开一个口子，我被金煌煌的火光晃到了眼睛，一时间什么也看不清。

接着，我看到了两个阴影，因为映着火光，所以看不清细节，只看到他们身材高大，肯定不是人类。我猜，他们足足比我高出四五英尺。至少其中一个是这样。另一个似乎个子矮一些，但是按照人类的标准，依然算得上魁梧。

他们双腿直立行走，动作流畅优雅，两人一问一答，继续说着话，漫不经心地交流。这样的场景深深吸引着我。不管说的是不是人话，他们确实在对话。个子矮的做饭，个子高的拨火，就像人在漫长劳作之后，天黑回家歇息的情形。

我一点也不怕他们。虽然只能看到一个影子，但是他们又高又瘦，动作轻盈果断。虽然不好意思承认，但是他们的一举一动吸引着我，有一种令我心动的美感。真想脱下斗篷，结识他们。

我当然没有这么做。阿杜雷要是发了脾气，谁都会被修理到没脾气。不过他理应发火，因为这么做确实很蠢。于是，我们就这样一直躲着，直到夜幕降临。他们在房间的另一角吃的饭，我们视线受阻，看不到他们吃起东西来，到底像人还是像兽。他们一吃完饭，就离开了我们的视野。接下来的几小时，他们都待在另一个房间。音乐又响了起来，真叫我开心。

时间不知不觉过去，屋子静了下来。过了好一会儿，还是一点动静也没有。我确定，他们睡着了。

"阿杜？"我小声道，"你觉得他们睡了吗？"

"是的。"

"我想凑近看看他们，好好研究一下——"

"艾瑟，你怎么会想溜到他们床边凑近看呢？老天爷。"

我被他们吸引了，才不想告诉阿杜雷呢。有些话，我压根不用对阿杜雷说，因为他会说什么，我会答什么，我都一清二楚，反正最后也是不了了之。这件事就是例证。

"好吧，你是智能测试的全才优等生，你说该怎么办？"

"我不想在这儿耗到他们醒来，该走了。我想在日出前到达水泵站。"

我不想离开这个小屋，但是实在没什么理由提出留下。一股盲目的冲动驱使着我，让我揪心，理智不清。

我们从斗篷下面钻出来——是的，我的猜想得到了验证，角落里果然多了几件斗篷。我试着朝他们的卧室迈了几步，想在轻轻离开前瞥一眼他们的睡颜。阿杜雷拦住了我，朝小屋的另一头霸道地扬了扬下巴。

"走那里，更安全。"

我们踏入了茫茫夜色，重新回到树林里。朝着水泵站的水源走了好一段路，回头去找那些生物的念头才被我甩掉，天知道是什么原因。

第 54 章

夕阳西沉，伊斯托克躺在自己房间的地板上。太阳走了，他想着。就像爸爸一样。但是到了早上，太阳还会再度升起，日复一日，年复一年。叶尼斯却再也回不来了。

伊斯托克以为妈妈会哭，但是吉扎早在几天前就流干了眼泪，也似乎抛开了眼泪。她继续忙活着家务，烤橡子蛋糕，清扫地板，张罗伊斯托克洗澡、穿衣，唱歌哄他入睡。但是，一切都大不一样了。

之前，吉扎哄伊斯托克入睡时，他觉得自己是世界上最幸福的人，在无尽的温暖中安然睡去。现在，这份温暖烟消云散，就像太阳落下了一样。所有美好消失殆尽，都是尼尔罗德害的。

今晚吉扎也没有像往常一样，到他房间来道晚安，也不知道伊斯托克躺在地上，而不是睡在床上。如今的生活和又冷又硬的泥地更合衬，又痛苦，又难熬。

伊斯托克握着特兰顿给的枪。特兰顿和尼可拉斯一走，吉扎就没收了他的枪。"杀人武器怎能给一个孩子拿着？这些傻瓜在想什么？"她嘟嘟囔囔，踱到另一个房间去了。

她说："你都没学过怎么用枪，会伤到人的。"

但是吉扎心不在焉，并没把枪藏好。

妈妈，您把枪藏床底了，对不对？谁没事会去看那里呢？

用枪哪里还要学？当然会伤到人。枪不就是用来伤人的吗？他知道怎么用枪。枪上有一个弯弯的金属片，那就是扳机，只要扣下扳机，子弹就会射出来，枪对着谁，就在谁身上钻一个窟窿。

扣下扳机，简简单单一个动作，就能在人身上开一个大洞。扣下扳机，尼尔罗德就能血债血偿。扣下扳机，吉扎或许就能不再魂不守舍，和伊斯托克过上正常的生活。扣下扳机，就能还叶尼斯一个公道。

这是唯一让生活重回正轨的方法。

第55章

特朗因走出云线后，夜色沉沉，他看不到迎接艾瑟琳和阿杜雷的壮美景色。

他把便携式清雾机埋在一棵好认的树下，回头肯定要用到的，他不想再扛着这机器到处走了。一定要改良，到时候他会造一个更轻更小的新版清雾机。

因为在夜晚进入山底，特朗因没感觉到新奇，既看不到草木多么苍翠，也看不到古树如何参天。特朗因只觉得这里一片漆黑，许多生物窸窸窣窣在夜色中活动，叫他害怕。

自己居然毫发无损地穿过了云线区，什么也没遭遇到，他觉得非常荒谬。目前为止，他遇到的最大难题就是无聊（还有清雾机太重了，这个问题很快就会解决）。

特朗因断定，几百年前纠缠着原始先人的怪物不是一场骗局，就是已经灭绝殆尽。所以他决定放大胆量。他要面对现实，解决水泵站源头的污染问题。

特朗因在黑漆漆的树林中快步穿行，能这样长时间走路跑步而不气喘吁吁，他很欣喜。他要比维里塔斯的远征队更早一步赶到水泵站的源头，清理水源。这样一来，山顶界的每个人都要认可他的功绩，不再驱逐他，还会求他回去，举办庆典恭迎他凯旋。

这些念头让他加快了脚步——虽然周围风声鹤唳，但是他必须抢在维里塔斯人之前到达水源！他一再提醒自己，这全是一派骗局，明明穿过了传说中的云线，却什么也没看到。是什么东西把我赶进了山洞；什么东西差一点袭击了艾瑟琳；自己安然穿过云线，或许只是运气好之类的念头，必须赶在生根发芽之前，统统甩到脑后。

阿杜雷和我找到了流进山谷中心的河流。小时候，我经常用桶在石头地上泼一道水迹，当成小河，幻想着要是我能变小，顺流漂流而下，那该多么有趣。我总觉得河流湖泊太过美好，不可能是真的。这么多水，汇于一处，那样幽深、清冷、壮美。

但是，我现在就身处这样一条河边上。这条河比我想象出的任何河川都要宏大雄浑，湍急处白浪涛涛，洪波滚滚，拍打嶙峋碣石；碧波深处静潭幽深，有水帘晶莹，有水瀑磅礴。阿杜雷一个劲闷头往前走，丝毫不肯让步，令我心里愤愤，真想停下来好好看看，一小时也玩不够。

"要知道，这可不是世外桃源，让你到处玩的。"阿杜雷责备我。因为我抱怨不能停下，享受眼前美景。"我们不属于这里，我们是外来入侵者，任何自然系统都会无情地驱逐外来事物。"

我们现在离山顶界很远，阿杜雷露了一手，显摆了更多知识。他还知道世外桃源、病毒、白细胞和自然系统尽管我不会追究，但是这些不是维里塔斯人该受的教育，维里塔斯人学习这些是违反法典规定的。可是他哪儿来的这些书？明明不是科格内特人，却懂得这些知识，让我觉得惊讶。阿杜雷的问题清单越列越长了。

"我不要上科学课，阿杜，我是获准学这些东西的。"

"学习本应该是获准的，谁否认，谁就是傻子。"

不是所有人都可以随便学习知识的，有些人掌控不了某些知识。这一点也要加到严肃谈话的清单里。

都怪他变得这么一本正经，溪水又这么诱人，叫我管不住自己。我假装累了，需要休息，然后骗他说我在河边看到一只青蛙。阿杜雷中计了，过去查看。我一把擒住他，把他推入清凉的河水，结果，我俩一起落入了又柔又浅的水波里。

就连他都忍不住嘴角上扬。月光笼罩之下，河水如液体宝石一般粼粼闪烁，慷慨地接纳了我们。就是这样的时刻，令生命值得活下去，哪怕历经磨难、挣扎和苦痛都在所不惜。

我和阿杜雷像孩子一样，在醉人的清流中嬉笑着打水仗。哪怕这是我生命的最后一刻，我也无怨无悔。

我们在河边发现一条小径，紧贴着河道，蜿蜒曲折，向前延伸，我们加快了前进的速度。一路上经过更多小屋，不少都像住着人的样子。我还想看看那种令我着迷的、高大优雅的生物，但是阿杜雷不肯靠近。河边的自然原貌——浓密的树林、巨石和陡崖——渐渐显露出古代先人改造的痕迹。经过一段段颓圮的砖墙时，我对阿杜雷说："这很可能是用来防洪的。"他回答："我知道。"我还看到倒塌的大桥，是用水泥和钢铁建造的（但是我没有指向阿杜雷看，因为不管是不是真的，他都会说自己知道），还有木制码头和桥墩的残迹，泡满了水，腐朽不堪。

山谷的这片区域，曾经为先人所改造主宰，但是大自然在三百年内卷土重来，重新占领了文明的边界。我们取道的小路表面变得千沟万壑，像石头一样坚硬。

"他们建造这样的路，用来行驶一种叫作汽车的交通工具。"阿杜雷又开始掉书袋，"山顶界上最接近汽车的东西是独轮车，不过汽车有四个轮子，而且可以自己移动。"

我虽然想回答"我知道"，好让阿杜雷也尝尝这种滋味，但其实我并不知道，而且想要了解更多。

"自己移动？汽车是活的？"

阿杜雷笑起来，仿佛我是个孩子似的。

"怎么会！汽车是一种机器，装着发动机，能够从一种叫作石油的液体中获取能量。信不信由你，汽油是好几百万年前死去的怪兽化成的液体残骸。这种怪物叫作恐龙。样子很像我们在山上看到的蜥蜴，不过要大好几千倍。"

"可不是嘛，阿杜。一定很有看头！"我其实并没赌气。

每次阿杜雷心情不错，还有工夫逗我，我就知道一切安好。

"我没瞎说，艾瑟！这是真的。"

"机器喝着巨大蜥蜴的液体尸骸，还能载着人到处跑，就像活着的大号独轮车？还有什么比这个更奇幻的？"

"我知道听起来有些不靠谱。但这没什么神奇的。世界上曾经有千百万辆汽车。这种道路曾经四通八达，把山谷钻得千疮百孔，虽然现在看来，大部分已经夷为平地了。"

他似乎很认真，但是我不愿显出信服的样子，因为他肯定会得意地举起手，说是逗着我玩的。所以我不置可否，暗自下定决心，回到山顶界后，一定要把这事弄明白。

　　"你看，这里有一些汽车。"他指着一些锈迹斑斑的金属壳子说，上面爬满蔓藤，灌木丛生，不知道他是怎么看见的。"这里有轮子，至少以前有的。"阿杜比画着这辆变形的车的几个部位，用不一般的热切口吻说道，"这里是车门，人们打开这里，坐在这里、这里、这里。司机——负责引导汽车方向的人，坐在这里。"

　　如果这是玩笑，那阿杜雷也未免太入戏了。

　　"我没说汽车不存在，其实，我想我有听说过，但是恐龙汁的部分，听起来不太对劲。"

　　阿杜雷坐进驾驶位，叹了一口气："真想开一次车。"看他这个样子，我希望他没在开玩笑。我也想看到他开车。这似乎对他来说非常重要。

　　我们离开偶遇的第一批汽车，继续往前走，到了一个地方，只见汽车遍地可见，在路边的一侧排成了行。先人一定和阿杜雷一样真心喜爱这种机器，要不怎么到处都是。

　　对我来说更有趣的是，我们经过了一座真正的城市，一座曾经辉煌宏伟的先人大都市，和我在书上看到的一样，但是隔着河，我们不能去探索，连通两岸的桥梁早就坍塌到了水里，只剩一点隐隐约约的残迹。虽然距离很远，但是我仍被这份纯粹的壮美所震慑。虽然摩天大厦的顶峰貌似已经垮塌了好几十年，但要说这些高楼曾经直入云霄，似乎是有可能的。

　　"我们弄好水泵站的水源后，一定要去那个城市走走。"

　　"不行，艾瑟，只能走近看一眼。"我大概明白阿杜雷在说什么，注意进度，保持前进。不能原地停留。

　　"那不是空城，艾瑟。那里住着活物。"隔得太远，我看不清是什么在活动，阿杜雷也是。说不定是鹿，熊，或者住在小屋里的那种生物。

　　说不定是山底凶兽，阿杜雷担忧的肯定是这个。我仿佛听到它们的动静，但要真是凶兽的话，那也未免太安静了，应该只是我的想象。也许它们在唱歌，就像维里塔斯人暗地里唱歌一样。我不介意现在就听到歌声。

我一心想溜到城市里看看，但是阿杜雷绝对不会赞成这个疯狂的计划。

"知道啦，我们无论如何都要到水源去，"我嘟囔着，不由自主地露出失望的口吻，"然后怎么办，到时候再说吧。"

"我们离水源不远了。"

"嘿，阿杜。你有没有想过，水源也许不安全？给水源投毒的人或者东西，故意要把我们引下山，到这里来。我想说，这可能是个陷阱，是埋伏，知道吗？"

阿杜雷举起双手，一手拿着一把刀："哦，我知道。我等着它呢。"

第 56 章

城市里，安普鲁斯一惊而醒。怒火在他体内膨胀，脑袋一跳一跳地疼。他渴望破坏毁灭、浴血杀戮、渴望屠戮那自己期盼已久，终于远道而来的猎物。这是他从小就有的渴望。

污染水源的计划起作用了吗？他又回到山谷了吗？

这座城市快把自己逼得发狂了。他对自己说，安普鲁斯，要谨慎，要不然就会变得和那些云线疯兽一样。他和那些半死不活，被饥饿和怒火逼疯的克罗修斯人绝不一样，那些人完全丧失了理智，跑上云线，甚至更远的地方，满心只想活剖人类。他们在高地跌跄徘徊，因为缺氧和嗜血而丧心病狂。

克罗修斯人必须每天压抑着内心的疯狂。克罗修斯人的父亲告诫孩子们，千万别发作，要不然就会变成云线疯兽。

安普鲁斯竭力让自己冷静，把注意力集中在规律的呼吸上。这是计划，他必须耐心。

有什么靠近了？

这是什么？他发现自己体内不由自主地涌起了一种全新的、强大的冲动。他想要紧紧抓住什么，感受紧紧相依的温暖，而不是血肉四溅的热度。他想要内心健全，渴望真挚情感。他的脑中时常萦绕着一首曲子，他痛恨自己总是忘不掉。这首曲子令他痛苦。健全舒适的身心，他已永远丧失。那到底是什么回忆？是亲密吗？这种折磨只持续了一小段时间，饥饿和愤怒再次袭来，把回忆冲刷一空。

安普鲁斯在城市里四脚着地，全力飞奔，跑过街巷，越过屋顶。他低低地发出呼哧呼哧、咕噜咕噜的声音，唤醒其他克罗修斯人。

他承诺：就快了，孩子们，枷锁已经破碎，复仇之日来临。被抛弃的惩罚，没人能够幸免。我们生来痛苦，只增不减。我们替人受够了苦，是时候让他自尝苦果了。

这片残破城市里的每一个角落：土崩瓦解的地下通道中，摇摇欲坠的桥梁上，支离破碎的公路边，扭曲变形的摩天高楼上，四面八方奔涌而来的凶兽响应着安普鲁斯的召唤。他们发出有节奏的呼噜声，汇成同一种声音，所有的鼻息，所有的心跳，都拧成了一个韵律。

安普鲁斯拽着藤蔓，荡上了城市最高建筑的楼顶。他昂首挺胸，把山谷河川乃至更远的风景尽收眼底。新月如钩，照得他金色的皮毛熠熠发光。一大群克罗修斯人在楼底集结。

是时候了。他能通过体内的每一滴血液，头部的每一次抽痛，闻到，感到，尝到山谷里起了变化。有人来了，有熟人到了他们的地盘。

第57章

一周之内，尼尔罗德成了第二个死去的维里塔斯人。尼可拉斯在波拉修斯塔顶眺望着镇子。自先人上山之日起，山顶界从没发生过谋杀。

和特兰顿讨论这件枪击案的想法让尼可拉斯筋疲力尽。最近发生的事已经令他身心俱疲，对付特兰顿更是让他累上加累。在以前，就算事情不顺，尼可拉斯仍能从生活的其他方面汲取希望安慰自己，就算境遇不顺，至少我还拥有其他财富。

但是艾瑟琳依旧下落不明，她会在哪儿，尼可拉斯全无头绪。

整个吉斯陷入了一片冰冷的猜疑中，人人自危，自顾不暇。笑声已经许久不闻了。

玛加痊愈了，但是他们共处的时光令人揪心，而不是宽慰。尼可拉斯情愿独处也不愿和她在一起。

一切美好都烟消云散，荡然无存。

他还想着成为后人心中的伟大领袖，真是太天真了。如果人类得以幸存，他或许有机会名留史册，但是美名可能不保。

一切都搞砸了。他太过信任特兰顿，特兰顿利用他的信任攫取权力。尼可拉斯花了许多时间研究如何改变做法，扭转时局。结论是他根本无法力挽狂澜。虽然事实令人沮丧，但也奇怪地带来一丝宽慰。他就像是被山崩滑坡困住的小耗子一样无力挣脱。

被谋害的叶尼斯的儿子，小伙子伊斯托克的样子，在他脑海中挥之不去，怎么也甩不掉。

在吉斯，每个孩子都是宝贝，全镇的孩子总共没几个。尼可拉斯一直都挺喜欢伊斯托克。虽然是个维里塔斯人，但是这孩子心思细腻，也挺机灵。

尼可拉斯还记得，自己有一次遇到伊斯托克，看到他聚精会神地蹲在人来人往的路边，把路面上的蜗牛一只一只捡到桶里。

"有一只被人踩了。"伊斯托克抬头看着尼可拉斯，深深的眼窝里闪着泪光，"其他蜗牛好伤心，围成一圈，正在举办葬礼呢。我不能让这悲剧再次发生。"

吉斯有这样善良温柔的孩子，尼可拉斯觉得欣慰。"因为有你这样的孩子，我们的未来才会光明。"尼可拉斯说道，然后和伊斯托克一起，把蜗牛从吉斯人无心的踩踏下拯救出来。

伊斯托克问："你想知道我把他们放在哪儿吗？这是秘密，我最喜欢的地方。没有其他人知道。但是我相信您。"

伊斯托克把尼可拉斯带到一棵树前面，这棵树虽然疤疤瘤瘤，东倒西歪，但是造型别有奇趣，简直像是人为雕琢，而非天然长成。这棵树，尼可拉斯之前从未留意过，但是定睛一看，发现造型确实别致。

"看这下面，秘密要揭开啦。"伊斯托克弯下身，尼可拉斯也学着他。尼可拉斯在树干的一个分杈处，发现了一个树洞，周围苔藓斑驳，鲜花丛生。

"就像一个小天地，它们的小天地！这是我最喜欢的地方。"

伊斯托克把桶里的蜗牛一只只拿出来，放进这个神奇的树洞里。

伊斯托克是个软心肠的孩子，所以特兰顿给他枪的时候，尼可拉斯不是很担心。但愿能让这家人更有安全感，仅此而已。伊斯托克肯定不会助长暴力的。

每次到吉斯大堂去，都要穿过塔利纽斯家的人的重重守卫，尼可拉斯觉得糟心。因为山顶界几百年来从未发生过犯罪事件，所以这里没有监狱，也没有警察。

现在，特兰顿让塔利纽斯家的人填了这个缺，耀武扬威地端着武器，把守着吉斯大堂。看守一个吓坏的小伙子，用得着多少带枪的塔利纽斯人？

他们把伊斯托克关押在山顶界最牢固的房间——驱逐室里。尼可拉斯知道，这样虽然不违反法典，但是违背了整个吉斯的精神。驱逐室是一个神圣的地方，至少对于信守唯物主义的骄傲的科格内特人而言，是个神圣的地方。这里仅限用于举办吉斯成员的告别仪式，无益于山顶界生存的老弱病残，都将在此和亲属告别。这个地方充满了悲伤，美好回忆和不朽的伟大。

问东问西地盘查了尼可拉斯好一会儿后，塔利纽斯家的人终于让他走进了驱逐室。

他们告知尼可拉斯："我们数到五百，您的探监时间就算结束。"作为山顶界的最高领袖，尼可拉斯不明白谁有权力限制自己探视伊斯托克的时间。没关系，哪怕三十秒，对这孩子来说都算够受的，五百秒肯定够长了。

伊斯托克双手抱膝，整个人蜷在角落里，看起来更畏缩了。尼可拉斯不明白，为什么要把伊斯托克当成危险的罪犯来对待。看他的样子，大概每时每刻都在以泪洗面，已经好几天了。

"对不起，尼可拉斯。我不得不这么做。"

尼可拉斯说："别说这个，孩子。我不是来听你认罪的。"

尼可拉斯知道伊斯托克击毙了杀死叶尼斯的凶手。每个山顶界的居民都知道。但是尼可拉斯了解法典规定，也知道需要什么证据，才能宣告伊斯托克有罪。目前他尚未认罪，也没有目击证人。尼可拉斯希望能帮这孩子一把，教他应付接下来的程序，说不定还能逃脱被处决的厄运。法典规定，杀人犯的惩罚不是被驱逐出境，而是被乱石砸死。

"但是，尼可拉斯，尼尔罗德把我爸——"

"别说了，伊斯托克，"尼可拉斯低声说，向他凑近，以免隔墙有耳，"我不在乎你有没有杀人，就算你杀了人，我也不怪你。你没必要认罪，也无罪可免。先搁下心里的可怕念头吧。尼尔罗德死了活该，如果我足够强大，我会好好处理这事。但是我没做到，所以事情落到你身上。软心肠的孩子，你对尼尔罗德做了什么，一个字都不能说，对我、对你妈妈、对特兰顿不能说，就算七年之后，你成了家，也不能对妻子说，五十年后有了孙子，也不能对孙子说。一定守住嘴巴。"

伊斯托克点点头。他是聪明的孩子，一点就透。

"不管特兰顿和塔利纽斯家的人对你说什么，你和尼尔罗德的死都没有必然联系。第一，我们没有先人断案的先进技术，因为没必要，就算有必要，我们也没有。第二，法典讲求证据确凿。只有你自己开口，特兰顿才能得到证据。枪在哪里？"

伊斯托克困惑地皱着脸，犹犹豫豫地说："您不是说，一个字也不能——"

"我要把枪丢掉。因为这是你丢的，对不对？特兰顿一把枪给你，就被你丢掉了。因为一个不忍心看蜗牛横死的孩子，肯定不会喜欢摆弄杀人武器。这一点，我可以证明。所以我要确认，你把枪丢到镇子边上的树林里了，对不对？"

伊斯托克点头，是的。他就是这样做的。

"但是丢掉之前，你把枪藏哪儿了？我说不定能找到。"

这时一阵敲门声传来。塔利纽斯家的人哐当一下推开门，吼道："时间到了！"

伊斯托克抓住尼可拉斯的手，紧紧握住："谢谢您，尼可拉斯。您知道我把东西放在哪里，您是唯一知道的人。"

第58章

我们到达了水泵站的水源地，一切都显得波澜不兴。这明明是我们旅途的目标，但一路上却没有战斗，没有躲藏，没有逃避，什么都没有。

这片地似乎荒废已久。但整个构造还是令人惊叹的。巨大的石制沟渠连着一串水车和滑轮，令我想起钟表的内部结构（山顶界没有钟表，但是我见过图纸）。许多巨大的木头轮子把河水舀到沟渠里去，我想凑近看看，但是阿杜雷拽住我，像往常一样异常警惕。

"是否安全，还不确定。"

"你打算等多久？这里什么都没有，只有河水和沟渠，没有活物。"

"水被下了毒。"

"说不定有只鹿失足掉到水里，尸体腐烂，污染了水源。"

"说不定，就是一群笨头笨脑的长耳鹿血洗了我们的队伍，还杀了我爸爸呢。"阿杜雷说道，声音里没有笑意。

"对不起。"他当然没错，这里确实危险。"那些攻击我们的怪物，会聪明到懂得污染我们的水源吗？"

"我可没时间进行智力测试，所以不确定。"真不喜欢阿杜雷心里一本正经，面上戏谑玩笑的样子。心口不一真是讨厌。

"说不定情况没我们想象的严重，是我们反应过度了。那些怪物像会污染我们的水源吗？云线是很可怕，但也许云线是我们唯一的忧虑。我们在山底有遇到过什么吗？"

"虽然现在还不知道，但有可能会遇到。我知道你对小屋里的那些生物很有好感——"

"拜托，阿杜，我才没被那些东西吸引呢。"但实际上我有。

"好吧，不是吸引。但是你似乎确实被它们迷住了。它们不是人类。因为不知道它们是什么，所以以务必小心谨慎。"

"我们要在这里盯着河水坐一整夜？"我开玩笑地问。但是阿杜雷把这视为严肃的行动方案。

　　"至少今晚是这样，说不定要等更久。如果是人为投毒，那么主谋等不了多久就会现身。看到他们，就能得知许多信息。如果等不到，那么到时候再说。你愿意的话，可以开始寻找你那被水泡胀的亲爱的死鹿了。"

　　"好吧，听起来好无聊啊。"阿杜雷没在意，自顾自走开去寻找视野开阔的瞭望点。他开始爬树，并向我伸出手，想拉我一把。看他轻松自如地踩着树枝往上爬，我出于莫名的骄傲，拒绝了他的帮助，努力想跟上他的脚步。

　　"艾瑟琳，狩猎听起来有趣，但是大部分时候都在安静蹲守，隐匿踪迹。"我追上他时，阿杜雷解释道，"高明的狩猎者就是这样，一动不动地静静坐等待几小时，机会一到，应时而发。"

　　"好吧，这样的话，我们怎么知道，会不会有厉害的狩猎者，在这儿一动不动地站着，就等着我们松懈下来？"我说着玩儿的。这里看起来明明很安全。

　　"我们不知道，艾瑟琳。"

　　现在，就连阿杜雷也厌倦了等待，开始厌烦。而我早已觉得度日如年。除了几只浣熊（抱歉，是超熊兽）回家路过河边之外，什么都没有。

　　"你去睡吧，我来守夜。"真是贴心的提议，但是我不知道在树上要怎么入睡，阿杜雷也警告过我，在夜里爬下树可能遇到的种种危险。

　　"要是又有一群超熊兽经过怎么办？万一不幸错过了，我可担待不起。"

　　阿杜雷没有笑。"那……你想怎样？我们什么时候回家？"这样的问题，阿杜雷早就被我问烦了。一般情况下，他会不惜一切代价避开这种对话。但是我想，饥饿会激发人的好奇心。

　　"假设太多了，阿杜。首先，我知道你觉得我们不一定回得了家；其次，就算我们幸存下来，你怎么知道我想回山顶界呢？我喜欢山底，这里呼吸更顺畅，让我觉得更舒坦，更强壮。"

　　阿杜雷嗤之以鼻，仿佛我在说笑似的。"没有尼可拉斯和玛加，你一个月都待不下去！"

我这才想起，自己被父母背叛软禁，被迫出走的事，还没告诉阿杜雷呢。奇怪的是我不想说。我不想被说服，再给他们一次机会。我知道他就是这个打算（而且很可能成功）。

"你不喜欢这里？这里这么美。"

"没你这么喜欢。"

"你宁愿住在山顶界，守着那块穷山恶水，整天看着灰不溜秋的世界？"

"是的。这里不太对劲，艾瑟。"

"都是你疑神疑鬼，说是什么不可告人的阴谋，把我们困在巨墙里，现在，就在我差不多要同意的时候，你又说，别介意，是你错了。他们是对的。我们本该属于山顶界。"

阿杜雷焦躁起来，我不该惹他的，但是太迟了。他紧紧抓住我的肩膀，虽然不疼，但也不是什么亲近的表示。

"你在这里太忘乎所以了，艾瑟！这样下去，我们会送命的。这里的一切都是为了杀死我们。几百年前，人类就是遭到了这样的厄运。只有那些幸运的少数人，逃到穷山恶水里，才得以幸存。虽然你三番五次贬低山顶界，但那里才是我们的救赎，自古以来就是。

"别松懈，艾瑟琳，快点振作起来！别再去闻这些香甜的气息，拜托了，要知道害怕。我不管你觉得自己有多强壮，反正等到被活剖两半，在这片叫你迷恋的沃土上血流成河的时候，一切都无所谓了。"

他的话警醒了我。距离阿杜雷的爸爸——艾克罗尼斯——被云线的怪物杀死还不到一周。阿杜雷还在痛心难过，这份创伤可能再也无法痊愈。而我若无其事，肯定没什么好处。

"我很抱歉，阿杜。你说得对。"我轻声回答，握住他放在我肩上的手。

"这里不是天堂，艾瑟。你不该这样流连陶醉。"泪水涌上了他的眼睛，"小屋里的那些生物一点也不美，也不值得结交，艾瑟。他们很邪恶。他们相互发出高高低低的怪叫，令我心里发寒。"

我不想提出异议。他还没从父亲死去的噩耗中恢复过来。即使这样，我仍觉得必须为小屋里的颀长秀美的生物辩解一下。

"我听到了语言，阿杜。那不是兽鸣。我就快听明白了，但他们说得太快，我反应不过来。就像你要回忆什么，却一时怎么也想不起来。"

"他们还不如一群嘎嘎叫的大鹅有脑子呢，艾瑟！"

让我惊讶的是，他就是不肯承认，他们的交流高雅迷人，近乎智能。我还没来得及回答，阿杜雷就捂住了我的嘴，指了指水泵站的水源地基。

我的眼睛努力适应着星星和月亮洒下的黯淡光线，想要看清黑暗中的三条身影。是我们在云线遇到的那种生物，在这里，他们的姿态稳健，身姿挺拔，矫捷自信。他们扛着巨大的金属圆筒，从尺寸看，即使是空的，也要好几百磅重。这些山底凶兽却若无其事地扛着，仿佛是维里塔斯妇女用来放脏衣服的竹篮子。

我把阿杜雷的手从嘴边拿开，轻声问："他们在做什么？"

只见他们掀开盖子，把里面的东西倒了个底朝天。液体从里面流出来，泻进河里，流入水车，被水车输送到水泵里。

虽然这三只凶兽野蛮可憎，但是懂算计，有动脑。眼见这显然不是人类的生物行动，就像意外撞见小鸟泡茶、小鱼看书记笔记一样，但要糟糕得多。泡茶看书虽然奇怪，但哪有密谋毒杀人类这样邪恶。

"他们在投毒，艾瑟。"

特朗因盯着水泵站源头的各种机械和木水车，挪也挪不开眼。只见一系列滑轮用天然水流驱动水里的木轮，把水提到空中，一环扣一环，一次可以把水往山上输送三十英尺。水泵站没人维护，却安然运行了整整三百年。这种智慧在山顶界早已失传。特朗因感到，自己和这位创造奇迹的先人有着血缘纽带。他能让这份智慧重现天日，甚至发扬光大。

特朗因沿河倒退着走，一门心思都在水源上，不巧撞见了三只凶兽，眼见它们刚好把罐子倒空。他这才反应过来大事不好，暗骂自己为什么不对周边多留点心。水泵站的源头虽然神秘有趣，值得研究，但要不了他的命。可是凶兽就不一样了。只见三只凶兽把他团团围住，一声不吭，来回踱步，似乎在估量他的实力，看看什么时候能要了他的小命。

第59章

真不想相信自己的眼睛。我用力眨眼，希望把眼前的荒谬画面甩掉。特朗因像个傻子似的，直接撞到凶兽手里。

"上帝啊，阿杜，怎么……"我张口结舌，不愿说出眼前所见，仿佛话一出口，就会成真似的。

"那是谁？"阿杜雷问，但是我俩都心知肚明。瞧那笨拙蹒跚的步态和骨瘦伶仃的高个儿，不是特朗因是谁。只见他绕着水车，一路退着走，那样悠然自得，就像在商店里挑选完美的生日礼物似的。

他到底在干什么？

山底凶兽也注意到他了，似乎和我们一样摸不着头脑。

多么坦坦荡荡。就是一个人类男孩，盯着木水车瞧罢了。凶兽啊凶兽，千万别在意！

"我们非救他不可。"我开始下树，但是阿杜雷拽住了我。

"不行。"

"再不行动，特朗因会死的——"

"我不想他死，但更不想我们死。我们是最后的希望了，艾瑟琳。我们死了，整个山顶界，整个人类就全完了。"

特朗因终于发现了自己的处境，我感到一阵揪心的伤悲。我亲眼见过蛇吞耗子，那情形，想起来就后怕。当时，我看到一只逗人喜欢的小耗子，跟着它一路游荡到了水泵站。突然，枯叶堆里嗖地钻出一条蛇，咬住了耗子的后腿。震惊的小耗子全然没了之前无忧无虑的样子，被生命本身所背叛。我想把它从蛇口中救出来，但是没来得及。那蛇叼着猎物，一溜烟就爬走了。

这个更糟。

山底凶兽团团围住特朗因，端详这个入侵者，嘴里叽里咕噜，时而相互叫唤，时而对着他嚎叫。它们越逼越近，缩小了包围圈。

"他们要进攻了，阿杜。我们不能光是看着。"

阿杜拿出一把刀，丢在地上。"待着别动。"他厉声说，从包里拽出了燃烧弹，向凶兽全速冲去。

不。就算心里想（也许只是名义上这样）待着不动，我也不能坐视最好的伙伴去送死。我也跳下树，向凶兽奔去。

我专注地看着前方，眼见凶兽还没扑向特朗因，心里松了一口气。但是眼角瞥见周围出现了更多动静，仿佛是从地里冒出来似的。

我们怎么知道，会不会有更厉害的狩猎者，在这儿一动不动地站着，就等着我们松懈下来？我这样问过阿杜雷。我们不知道，艾瑟。他这样回答。

阿杜雷扯掉闪光弹的盖子，火焰瞬间迸发。他一手烈焰，一手利刃，向凶兽杀去。虽然他个子还不到凶兽的一半，但是仍全力扑向一只凶兽，不知道是出于肾上腺素的作用，还是这里浓郁的空气，他撞倒了一只凶兽，当刀刺入其后颈。凶兽震怒尖嚎，身上的乱毛被阿杜雷的烈焰点燃。

那凶兽甩开阿杜雷，其他两只凶兽把阿杜雷围住。特朗因趁机蹿入阴影，没有凶兽追击他。

真是多谢，特朗因！谢谢你来插一脚，把一切都搞砸！早就知道你会逃跑，祝你这个胆小鬼一生好运！

我一路狂奔，但是扑了个空，距离他们太远，救不了阿杜雷，但是刚好能看清阿杜雷受死。凶兽把他围住，逡巡盘桓，估量着他的实力，随时准备进攻。

阿杜雷刺伤的那只凶兽，比其他两只都要高大。跑近之后，我能看清，在没有血迹或烧伤的地方，他的皮毛泛着淡淡的金棕色。其他两只凶兽望向他，等待他下令。金毛凶兽摸向后背，抽出刀子，端详着刀刃，来回扫视着阿杜雷和刀。然后猛力拍打自己皮毛上的火焰。

我知道这是只凶残愚蠢的野兽，刀刺和火烧对他而言根本不算什么，不痛不痒的，阿杜雷仍选择和这只凶兽决一死战。

哪怕他们解决完阿杜雷，就会来杀我，但我仍继续向他们跑去。只有这样，我才死得瞑目。阿杜雷死了，我也不愿苟活，不管是在山底界、山顶界，还是任何其他地方。

阿杜雷蜷在地上，伤痕累累，一动不动。金毛凶兽一声低吼，抽出了刀子，对阿杜雷一扬下巴，似乎在对其他两只待命的凶兽示意。因为下一刻，三只凶兽共同向阿杜雷扑去。

因为不知道还能做什么，我只能大吼："不！来杀我！"

我的声音对逼近的凶兽没什么用，但是引起了阿杜雷的注意。

"艾瑟琳！"看到我，阿杜雷一下子不再恍惚，移动脚步，接连躲开了两只凶兽的袭击。我想起了他的狩猎成人仪式。在展示灵敏性的环节，他轻巧地躲避砸向自己的石头，就像现在在躲避凶兽一样，为我争取了时间。

我跑到阿杜雷身旁，和他站在一起，不知道接下来该做什么。

"艾瑟琳，快躲开！"阿杜雷火了，或至少是急了。

"我才不要看你去死。"

"我也一样。所以，快跑！"金毛凶兽迎面扑来，我被阿杜雷往下一扯，堪堪躲过一死，又被拽起来，密切注意着每只凶兽的位置。

就算想逃，我也不信能逃得掉，至少会有一只凶兽跟着我，没有阿杜雷，我死定了。我这才意识到自己做了多大的傻事。为什么不躲在阴影里呢？阿杜雷能够自保的。都是我害的，这下两个人都活不成了。

两只凶兽一前一后夹攻而来，这下连阿杜雷也救不了我了。它们动作迅捷，机敏智慧，知道吸取教训，预测阿杜雷会往哪里推我，做好准备，伺机而动。

一瞬之间，凶兽就把我从阿杜雷身边掳走，阿杜雷强健的双手敌不过凶兽的蛮力，没拉住我。眼见我被掳走，他仍满脸倔强，不愿放弃。我被凶兽的尖爪刺入血肉，扯破衣服，流出鲜血，但绝不尖叫。

阿杜雷追着我不放，但是金毛凶兽从背后发动了袭击。我看到的最后一幕，是阿杜雷就地一滚，躲过致命一击。

只听一声怪异的尖嗥，我被一把撞开，重重跌到地上，躲过了凶兽的利爪。抓住我的凶兽被撞翻在地。是谁？阿杜雷？他怎么做到的？

我眼前一片模糊，努力保持清醒，这才看到阿杜雷站在一百英尺之外，奋力搏斗求生。那他刚刚怎么可能击倒抓走我的凶兽？难道是他发出的那声可怕的嘶吼？如果不是阿杜雷，那会是谁？特朗因？

只见刚才抓我的凶兽跌在左侧，有什么东西扑向它，对它挥臂猛击，直到血溅三尺。杀死凶兽后，那生物心满意足，起身嗥叫，四处张望，寻觅着下一个挑战者。

　　我这才看清这位心狠手辣的救命恩人长得什么样。它也一只凶兽，个子较矮，长着黄色短毛，身上溅满了刚刚被它杀死的凶兽的殷红鲜血。它转向我，脸庞隐匿在阴影中，在看到另一只凶兽后，潜了过去。

　　这只矮个儿黄色凶兽对着另一只凶兽咆哮，用狂暴嚣张的尖嗥挑衅它。我肯定是不值得一战的对手，因为另一只凶兽惊惶地蹿进了树林里。

　　我不知道是该逃跑还是留在原地。反正也没什么差别，这凶兽想要杀我，简直易如反掌。

　　它盯住了阿杜雷和金毛，他们还在对打——其实是金毛一味狠攻，招招致命，阿杜雷疲于应对，勉强躲避。只见那凶兽（我知道它是雌性）压低脑袋，四肢着地，以惊人的速度扑向金毛，在月光下划出一道残影。

　　金毛刚好被那浑身染血的凶兽撞倒在地，惊得目瞪口呆。在那凶兽再扑上去之前，金毛跳起站好，却发现同伴抛下自己逃跑，数量不再占优（虽然我和阿杜雷基本不顶用，但是我们或许也起到了扭转局势的作用）。它意兴阑珊地发出挑衅的低吼，掉头消失在黑夜之中。

　　那只矮个子的黄色凶兽昂首挺胸，高声嗥叫。虽然没有说话，但是我听出这叫声里带着扬扬得意、耀武扬威、咒骂敌人和庆祝胜利的好几重意思。

　　我想逃开这只可怕残暴的凶兽，但是脑袋好疼，刚犹犹豫豫地站起来，又仰面瘫倒在地。

　　昏过去前，我看到的最后一幕，是那只矮个儿凶兽转向了我。

第60章

特朗因跑得停不下来。他见识过死亡，嗅出了那些凶兽蓬乱纠结的皮毛上散发着的死亡气息。他两腿安好，还能奔跑，真是走运，当然要善加利用。

他思绪翻涌，脑袋里乱糟糟地塞满了各种可怕的情景和想象。虽然天色昏暗，但是有一个人扑向了其中一只凶兽。看起来像阿杜雷。接着是一个姑娘，她的声音，特朗因不会记错，总是叫自己既激动又难过。是艾瑟琳。难道是他们俩救了自己？

他沿着一条小路，跑向茂密的森林。重重枝叶遮蔽了微弱的月光，他看不清路，被树根绊了一下，一脚撞在树干上。即便如此，他依然没有停下脚步。

特朗因走到一片空地上，庆幸终于能够看得清楚些。虽然他知道自己看得越清楚，就越有可能暴露行迹，被其他狩猎者杀死，但是一股前所未有的求生欲望支撑着他，只要能找到藏身之地，就能增加幸存的概率。

眼前渐渐出现了几个方块建筑，不是摩天大厦，也不是什么类似规模的建筑，只是一堆斜屋顶的方屋子。特朗因研究过，这是先人的平房，不是有钱人住的，是一般人住的。这些房子杂乱无章地凑成一堆堆，没有人管，就像从天上随便砸到地上，落地什么样，就算什么样似的，既没有实验屋的精准有序，也没有圆屋子的艺术魅力。

房子里草木丛生，仿佛是被大自然侵吞的人类遗迹。特朗因原先还盼着找到不错的藏身所（毕竟，当初建这些，不就是为了这个目的吗），但是走近细看之后，他又犹豫了。这些房子已经完全荒废，不是墙壁完全倾覆，就是屋顶整个开裂，不是早年毁于火灾，就是年深日久坍塌。他从破烂的窗户往里看，发现地板都已摇摇欲坠，不堪一用。

从山底凶兽手里死里逃生，却因为从腐朽的地板上摔下而丧命，是一件丢脸的事吗？要是没有别人看到，还算丢脸吗？是的，只要自己觉得，那就是丢脸。

现在，因凶兽袭击激发的肾上腺素已经消散。他要找个地方休息。要是周围有山底凶兽怎么办？要是它们住在人类文明的遗迹里怎么办？

特朗因决定不进房子里去。能按照先人延续了几百年的正宗习俗睡一觉，虽然叫他兴奋，但是行不通，因为这些地方阴暗破旧，还可能住着杀人凶兽。

这些房子簇拥着一个更大的建筑，一旁的土地上挖了一个洞。特朗因认得，这是个游泳池。

先人的水多到可以挖个洞，装满水，想什么时候泡水，就把自己浸进去。这个池子现在空了，苔藓斑驳，雨水淤积。

特朗因从大建筑边上拽了一小片坍塌的屋顶，往泳池里拖。特朗因小时候，还没一心投入科格内特人的专属追求，也曾跟阿杜雷和其他维利塔斯男孩一起玩过，学会了怎么搭盖临时藏身点，好在露天过夜时使用。他把那片屋顶丢到水池里，支起来，搭了一个小小的藏身所。这样就行了。刚躺下几分钟，特朗因就酣然入睡。

第 61 章

　　我的第一个离奇念头是：哦，原来被活吞是这种滋味。

　　她居高临下，伸手搂住我，让我紧紧地贴住她。这就是她怒气冲冲地把其他凶兽赶跑的原因？这样她就可以独占我了？

　　我没觉得疼。书上说有些狩猎者会让猎物麻木，减少反抗和挣扎。如果凶兽还有这种本事，那可真是格外开恩，叫我感激不尽。

　　这凶兽举止反常（虽然我不确定杀人的时候，要怎样表现才算正常）。她不停吸着鼻子，抽噎着喘气。我睁开眼，原想看到满目鲜血，但却发现自己毫发无损。我扫视周围，寻找阿杜雷。不知道他是死是活，有没有赶来救我，但是目前我还没看见他。

　　我把凶兽推开，但是她把我搂得更紧了。有温热的液体从我的脖子和背上流下来。这是开始放血了吧。

　　我摸了摸背上的液体，手却没被染红。凶兽身上湿答答的是水，还是汗？

　　凶兽放开我，然后面朝下跪在地上。我细细看着她。她的身高没到我两倍。而且和我在山底见过的其他凶兽不同，她似乎还未成年，更确切地说，应该处于青春期。她万般急切地想要做什么，挣扎着从地上起身，又抓住了我，抽噎得更急，水流得更多。我听到她在说话，但是不像人语。

　　上帝。她这是要害我，还是在爱我？回想起阿杜雷和卡特兰蒂在他的房间里抱成一团的情景，不知道和现在有什么差别。眼前发生的一切让我摸不着头脑。

　　那凶兽把我拉进怀里，一下一下轻抚着我的背，没有一点威胁的意思。我这才确信，她没有恶意。但是她确实想要从我这里得到什么，我能感到，她的欲望强烈又明显，像是风或者重力一样不可阻挡。

　　她挪动我的肩膀，让我正面对着她，用带爪子的手提起我的下巴，和我直直对视。她长着猫科动物的脑袋，我猜是美洲狮，嘴巴黑洞洞地大张着，定格在袭击的一刻。我盯着那双毫无生气的猫眼。只见她脱下狮子头罩，连带着她金黄色的皮毛，一并落在地上。

原来她不是凶兽，肌肤陶瓷般光洁，不带一丝兽毛，身量修长优雅，精瘦结实，脸庞也不再笼罩在可怕的阴影中，在月光下，令我屏息。她真美，宽宽的眼距，冰蓝的大眼睛。我对自己的外表心里接受，但是并不喜欢。有些小伙子似乎挺喜欢我的脸（虽然阿杜雷从来不提），我知道他们说什么——还算漂亮。但是有时候，我在水泵站的水渠里刚好看到自己的倒影，觉得自己长得好看，不由心想，是的，我就该是这个样子，真好看。我想把自己定格在那一刻，永久保存。

她的脸让我想起这些。

一个美丽的我。

这份美如此短暂，无法捕捉，无法恒久。

她在哭泣。我脖子上流下的液体，不是我的鲜血，而是她的眼泪。她不是凶兽，但也不是人。无论她是什么，都叫我打心眼里喜爱。

她温柔地触摸我的脸，用的是手背，免得爪子伤到我。她细细观察我，仿佛我是最宝贵的珍宝。我听到好听的声音，和维里塔斯人的歌唱相似，只是带着人语。

"你终于来了。我就知道你会来的。"

第 62 章

她把我从地上拉起来，一开口说话，就像决堤的水一样止也止不住。

"拉芙莉！哦，拉芙莉！您来了，我就知道您会来的。我们一直在等您，您终于来了。您比我想象的还要出色。"

说来也怪，这一连串叽里咕噜的怪叫，虽然我听起来就像兽鸣一样陌生，但是却能明白其中的意思。

"是的，我来了。"我回答。听到我说话，她激动地颤抖起来，仿佛我的话里带着魔法似的。她跪地长哭。不知道她是否听懂我的话，也不知道她这个样子是因为被我的话触动，还是因为发现我会说话而不知所措。她对我的声音反应强烈。

她把我拉近，想要护着我，声音里带着急切："您在这儿不安全，我们必须到深水区去，到淹没城去。他们都在等着您。"

她把我整个儿提起来，稳稳侧抱着，开始奔跑，速度快得惊人，一眨眼，就奔出去几百英里。

等等，阿杜雷！光顾着和她交流，怎么把他忘了。

"等等，阿杜在哪儿？"

她皱着脸，仿佛一口咬到了烂东西，但她什么也没说。

我绝望地问："刚才和我在一起的小伙子在哪里？"

"管他做什么？拉芙莉？我猜他死掉了。"她远远指着一处，我看到了阿杜雷，鲜血淋漓，软瘫在地，一动不动。

她看懂了我脸上的恐惧，掉头往回走。"您在意那家伙？"

我只能点头。他死了吗？

"我不明白您的做法。亲爱的，但我会学起来的。"她弯腰瞅瞅阿杜雷，一把拎起他，深深吸气，用力嗅他。

"他还有一口气呢。您确定要带着他？我轻轻松松就能把他丢掉，一点都不麻烦的。"

上帝啊，是的。我要带着他。我泪如雨下。"这是阿杜！是的。"

"看得出来，他对您很重要，那他对我也很重要。"

她又穿回了毛皮斗篷。真叫我惊讶，一转眼，她又成了山底凶兽的样子，浑身死气，令人胆寒。她轻松地带起阿杜雷和我，奔入茫茫夜色。

"我们要赶在克罗修斯人回来前到达深水区。您的到来肯定会引起轰动。"

第63章

尼可拉斯和玛加一起吃着饭，竭力摆出若无其事的样子。法典不允许离婚的部分纯粹出于实用。吉斯只有一百个人，不少是孩子。科格内特和维里塔斯人又不能通婚。配偶的选择实在有限。实际上，在吉斯的现有人口数量下，一个人只有四五个配偶人选。

离婚之所以被禁止，是因为离婚等于承认失败，而吉斯的做法只能成不能败——他们的文化传承仰赖于此。早年，科格内特人根据科学方法，总结了一系列维护成功婚姻关系的原则，只要根据这套做法，就能保证夫妻和谐，就像两个氢分子和一个氧分子结合，就能生成水一样。

尼可拉斯和玛加都不愿离婚。他们只求独处，不用时时碰面。一见对方，他们就会想起自己不愿面对的痛苦。

他们绝口不提艾瑟琳。一提艾瑟琳，他们就掉眼泪。艾瑟琳七岁的时候和玛加闹过一次别扭，她发誓要离家出走，再也不要回家。结果，不到十分钟，玛加就在波拉修斯塔后的一块大石头后面找到了她，这个哭哭啼啼、满心害怕的小家伙。玛加希望艾瑟琳这次离家出走，也能像上次一样徒劳无果，但是这次，他们的小姑娘仿佛是真的铁了心要逃走。尼可拉斯的政权也提不得，因为玛加觉得尼可拉斯没做对一件事，尼可拉斯听不得这话，主要因为他深有同感。尼可拉斯也不愿提起伊斯托克，被指控谋杀的小伙子。玛加只提过一次："两个父亲死了，剩下一个儿子承担所有的罪过。家也不像个家了。"尼可拉斯觉得玛加在怪他。

"你用了新做法？"尼可拉斯努力咽下一片瘦瘠的肉，假装味道不错。

"是的，叫作淡煮。水不够用，没法种菜。也没有维里塔斯人外出采盐。"距离玛加上次说起好事，就像上辈子一样遥远。

"味道不错，值得称赞。"他强颜欢笑的样子，叫两个人都心累。

他们宁愿分开吃饭，但是法典呼吁，每个家庭一周至少共享五顿饭，这已经是最低限度了。

第 64 章

阿杜雷身体虚弱，无法行走，心情很不爽。那生物用枝蔓树叶为阿杜雷做了一副担架，一路拖着他走。就这样，我们到了海边。

看得出来，那生物希望我和她一起走，但是我故意落后一段，好和阿杜雷说话。虽然他没说什么，但似乎很生气，好像我犯了错似的。但是我究竟错在哪儿，问他，他也不说。我知道阿杜雷的把戏。他就喜欢摆出一副对疼痛无动于衷的样子，绝不承认自己生别人的气了。

"好吧。你不想对我说话，那我就把你丢在这儿，去和她说话。"我说着，对那生物点点头。她不住回头张望，盼着我和她一起。

"你疯了，艾瑟。你怎么能和兽类说话。"阿杜雷大声说。

"她才不是兽类。那只是伪装而已，这样才能不被敌人发觉！伊弗爽是个漂亮的姑娘。你应该看到她的真面目，而不是这些毛皮。我能和她对话，我们聊了不少呢。你之前就遇到过他们的同类。"我好怕阿杜雷说的话叫她伤心。

阿杜雷盯着我瞧，仿佛担心我脑子坏了："伊弗爽？你还给她起了名字？"

自己怎么知道她叫伊弗爽的，我也不清楚。是她告诉我的吗？虽然想不起来什么时候说的，但我想是的。不管怎样，她就叫伊弗爽。

"不，我没给她起名字。"我懒得和阿杜雷说了，"你需要休息，睡一会儿吧。"他还不愿罢休："她告诉你的？用那种叽叽咕咕的兽语？"

"我们说人话，她也会说人话！"真不明白，为什么阿杜雷总说伊弗爽不会说人话，"你听到我们说话了，不能否认这点吧？"他盯着我瞧，好像我疯掉了："你觉得自己在和她说话？她嘴里叽里咕噜的，你们大部分时间都在沉默地对视。真是诡异死了，这是哪门子人话。"虽然阿杜雷显得又嫉妒又恼火，但是我听得出来，他是认真的。

"为什么您对他这么上心？拉芙莉？这家伙一路都在软绵绵地嘟嘟

嚷嚷，而且浑身臭得要命。"

我能感觉到伊弗爽希望我和她在一起，所以遂了她的愿。我让阿杜雷休息，走到她身边。

"伊弗爽，我和同伴说话的时候，你听起来是什么样子？"

"您对他说人话，但是他叽叽咕咕乱叫一通。"

"他说我们对话也是这样的。"

"他还会说话？看他眼神空空，我还以为他是除了本能，啥都不懂的傻子呢。"

我哈哈大笑，阿杜雷要是听懂了，不知道会多火大。

"他当然听不懂我们的对话，他没有感应。"

"感应是什么？"

"我们有着同一种脉动，拉芙莉。"她说着，仿佛这是世界上再明显不过的事，"就像树与树之间根脉相接，所有的树都连为一体。"

我还没来得及回答，她就换了话题："因为每次听到您喊'阿杜雷'，我心里就冒火。所以问问，您真的很在意他吗？要是我杀了他，您会生气吗？"

第 65 章

维里塔斯人的聚居区里传来阵阵痛哭。水源污染之前，山顶界从未有人情绪外放过。科格内特人怀疑，维里塔斯人表面冷静自持，私下里情绪放纵。

悲剧传得人尽皆知。尼可拉斯明白原因。叶尼斯和吉扎的圆屋子门外，长着一棵瘦瘠多瘤的树，上面吊着一具枯瘦的尸体，脚面离地只有几英寸。这个季度真是开了好几个先例，尼可拉斯暗想。先是先人上山以来的第一起谋杀案，接着又是第一例自杀。

可怜的吉扎，没了丈夫，伊斯托克也毁了前途，日子没了盼头，还不如一死了之。

尼可拉斯看着她的尸体在枝头轻轻晃动。这就是他的功绩？让人民生不如死？

特兰顿走上前，一脸冷静："她严重违背了法典的规定。我们必须杀鸡儆猴，预防其他人效仿。"

杀鸡儆猴？怎么做？人都死了，还能怎样？

"我想，鞭尸挺不错的，或者焚尸？不知道管不管用。我们一放开她，谁知道她会不会诈尸逃跑，然后再自杀一次？"尼可拉斯忍不住要讥讽。

"我们的境况岌岌可危，尼可拉斯。必须重新分配她的财物，烧掉圆屋子。知道上吊自杀后，自己家人要受穷的话，没人会这么做的。"

"至于伊斯托克，你有证据吗？"

特兰顿讨厌这个问题。

"问题要一个个解决，尼可拉斯。我们先解决吉扎的问题。"

"问题都是相关的，不是吗？"尼可拉斯觉得头晕，就像从悬崖上跃入黑暗深渊似的，再也不想和特兰顿这样谈下去，"你找到伊斯托克谋杀的证据了吗？"

"还没有，但是——"

"已经整整一周了，特兰顿。你知道法典的规定。没有确凿证据，就不得关押超过一周。我们不是独裁者。怎样处理可怜的吉扎，我自有主意。谢谢你了。"

尼可拉斯结束了对话。特兰顿揪紧了自己的斗篷。

"你可要想清楚，尼可拉斯，我不愿在你我之间造成嫌隙。不管是多小的嫌隙。"

这是个警告，但是尼可拉斯觉得事已至此，无可挽回。

"那就支持我吧，特兰顿。我们不该担心这个的。"

法典上的一行规定，确切说，只有二十八个字，尼可拉斯却和特兰顿争论了好几小时，终于向特兰顿摊牌了。幸好自己是在理的一方。虽然和争论水是湿的没有两样，但他终于辩赢了自己的顾问，自豪得满脸通红。

如被控违反法典的吉斯成员，缺乏确凿证据的，拘留时间不得超过一周。

日落时分，伊斯托克从驱逐屋放了出来。尼可拉斯告诉他吉扎死去的噩耗。小伙子没有哭，也没问她是怎么死的，两个表现都让尼可拉斯担心。伊斯托克点点头，看着地，坚忍沉默，仿佛泪已流干，想哭也哭不出来。

这个小伙儿曾经心软到不忍心看蜗牛被踩死，现在，自己妈妈没了，却看不出一点悲伤。

"我要回家了，尼可拉斯。谢谢您为此做的一切。"

自从看到吊在树上的吉扎，尼可拉斯就一直在考虑这点。顾不上问玛加的意见了。他觉得事关重大，她的看法不算什么。

"搬来我们家吧，伊斯托克。同玛加和我一起住。"

"作为仆人？我宁愿住自己的圆屋子。"

"不是仆人，绝对不是。"

"我是维里塔斯人。住在您的家里，不做仆人，那做什么？"

"伊斯托克，因为没有先例，所以没有禁令。我想要收养你做我们的儿子。"

第 66 章

"太没脑了！你究竟是怎么想的？"

玛加非常不满。

伊斯托克听到了玛加的话。玛加当面发作，当他不存在似的。

"这孩子伤心得很。我下了决心。还以为你会同意的。"

"这么快就不要她了？我们自己有孩子的，尼可拉斯，你忘了吗？"

这话触怒了尼可拉斯："我从没忘记她。每时每刻都难过得要死。"

"那为什么不去找她？自己的女儿被困在外面，你却坐视不管！"几周以来，她始终沉浸在这些阴暗的念头里，"女儿丢了，父亲却坐视不管，这算什么父亲？算什么男人？"

"我还能做什么？到巨墙外面去送死？我肯定活不了的。我们已经派出了最厉害的维里塔斯人去找她！如果连他们都找不到，我又能做什么？"

"那也不用到外面抓一个替代品吧？为什么不把她的房间空出来，多留一些日子？不用这么快就把她的床让给别人睡吧？"

伊斯托克站起身，面对他们俩："科格内特首领，玛加女士，感谢您两位的慷慨邀请。恕我不能接受。我现在要回家了。"

"不，伊斯托克，别这样。玛加和我都希望你留在这儿。"

伊斯托克偷偷一瞥玛加，又垂下目光，紧盯着地板。"我属于自己的圆屋子。或许明天早上，我就能出发寻找您的女儿艾瑟琳，就算死在巨墙之外，也没什么可惜。要是能找到她，您就能一家团聚了。"

伊斯托克转身向门走去。

他的话让玛加心里一动，起身拦住他："你就在空屋里睡吧，我们给你备一张床。如何？"

第 67 章

晨光熹微，把特朗因从睡梦中唤醒。眼见周围没有危险，只有啁啾欢唱的鸟儿和争抢橡子的松鼠（特朗因想，这跟山顶界的人争抢橡子没有两样——是我先看到的！果子落在我的地盘上！你都有这么多了），不由松了一口气。

周围的景致白天看去要比之前诱人的多。这么多房子！他想象每个房子里都有一项神奇的科技，久闻大名的厉害发明——让人收看远方图像的电视，传声万里之外的电话，即刻加热食物的微波炉，保持物体冰凉的冰箱。甚至说不定他还能看到神秘的电脑，听说电脑无所不能，但是他怎么也想不通这是怎么回事。

特朗因并没在睡梦中被开膛破肚，所以他想，这些房子里并没住着凶兽。至少，他是这么对自己说的，因为他非常渴望探索这些房子。从外表上看，这些房子里住着更为温顺的生物，例如兔子和花栗鼠。他看到了这片区域最大的一座房子，盘算着有钱人会喜欢豪宅，也会有更多他想探索的机器。

他勇气可嘉地进入了一个厨房的遗迹，果然如愿以偿。他斩断蔓藤，拨开野草，发现许多机器，形形色色的塑料和金属物品通过电线与墙壁相连。为了试试运气，特朗因把其中一个机器开启，看看会发生什么。虽然他预计到不会有电，但是当真什么动静也没有时，他又觉得失望。

不过，特朗因知道，可以通过其他方式来启动机器，决心要设法启动这些玩意儿。不要那个搅拌机。搅拌机就是一个罐子，里面设有一个会转动的小号金属叶片，用来搅拌食物。虽然这个机器的工作原理令特朗因兴奋，但是用途却实在无聊。他把搅拌机推到一边，开始查看冰箱。冰箱的门有一角松脱了。他把许多其他小机器丢在一旁——一台吐司机，他隐隐约约觉得这是用来做面包的，一架指示时间的钟（他知道，先人对精确把握时间非常执着，甚至把自己的作息完全按照时刻来安排），还有一片长方形金属板，无须生火，就能加热食物。

他从厨房走到一个天花板更高的大房间里。突然，一阵窸窸窣窣传来，吓得他猛然一缩，结果是一条蛇，盘成一团，警告他别再靠近。虽然是条致命的大蛇，但他仍觉得可爱优雅。

"你我井水不犯河水，怎么样，嗯？"为什么人人都畏惧蛇？至少蛇还会光明磊落地在进攻前发出警告，人类真该学学。

特朗因看到一张大号沙发和几张小一些的椅子，早已残破不堪，围着一个大盒子摆放，架势活像一个典礼。他知道，这个盒子一定就是传说中的电视。因为他听说先人的生活围绕着电视展开，哪里摆着电视，哪里就是房子最显要的地方。

特朗因对电视渴望已久。他弯下腰，抓住这个大盒子，端了起来。电视好沉，他觉得自己的背都快撑不住了，但还是成功把电视挪到了地上。眼下暂时没什么计划，他虽然不能随心所欲地搬动这么重的物体，但是希望能够启动它，亲眼看看令祖先着迷的神奇图像。

他扛着巨大的电视慢慢走着，冷不防脚下一陷，地板垮塌。这下子，他也不知道眼下的情形，哪一个叫他更烦恼——电视机脱了手，重重砸在地板上，屏幕和零件稀里哗啦碎了一地，他的腿陷入了腐朽不堪的地下室，被开裂的木底板卡住，动弹不得，下半身晃晃悠悠悬在地下室中。

第 68 章

"我要和你说清楚，伊弗爽。好好听我说，如果你还不理解，我们就立即分道扬镳，永不相见。"我一字一顿地说，确保没有误会，"你不能杀死阿杜雷，永远不能。他对我是特别的，绝对不能死。明白了吗？"

或许我把话说重了，让她羞愧起来。"很抱歉这样问您，我需要弄清楚。我的本能总是不消停。"

我不得不软化立场。"我很抱歉把话说得这么重，如果阿杜死了，我会心碎的。"

"我懂了，绝对不会杀他的。"

"你说本能不消停，那是什么意思？"

伊弗爽显得很迷惑。"您为什么要问我的本能，拉芙莉？您应该明白的。"

"我不明白，告诉我吧。"

"您去过大海吗，拉芙莉？您生活的山上有大海吗？如果有，您就会知道这是什么感觉。脚趾踩在水底的沙地上，竭力想要把头露出水面，一波波强浪袭来，叫人不由自主，被海涛翻弄摇撼时，只要把自己放松交给海浪，就能感受到自由和快乐。此时你在海中分不清上下左右。大海这样浩瀚，令人神往。您生来就是这样的。我的本能也是这样的。"

"是海浪想要把你推开，要你杀掉我的朋友吗？"

"是的，而且杀掉和他类似的生物。别担心，我可以选择是否进入那些水域。"

"你也想杀我吗？"

"哪里！不，绝对不会。"

"但阿杜雷和我是同类。"

伊弗爽不断摇头，似乎觉得我完全不可理喻。"我本来就觉得您在逗我，现在更加确定了。您怎么能和他比？虽然您的想法总让我琢磨不透，但是这确实是傻话！您一定在开玩笑，还问我本能的事情。因为您肯定对这种渴望一清二楚。"

　　真不明白她为什么这么肯定。"我什么都不知道，为什么我会知道？"

　　"因为赋予我们本能的人就是您啊！小傻瓜！"

第69章

"哎呀，真烦人。"特朗因叹道，似乎有必要点评一下这个意外似的。他能感觉到右腿的脉搏越跳越快，一刺一刺地胀痛，疼得钻心。

电视机的情况就更糟糕了。他得到另一间房子去再找一台。

接着，有动静传来。

他的两腿现在垂挂在地下室里，先是传来一阵犹犹豫豫的脚步声，接着是一声低吟。

老天，我要赶快离开。

他想从开裂的地板里挣出去，但是两腿被地板裂片死死钉住，动弹不得。下面的生物更起劲了，叫得越来越急切，盯得越来越紧。

特朗因知道，必须赶快设法脱身，要不然，脚下的东西会把他拖下去的。

第70章

我们沿着曲折盘肠的河道几乎走了一整天，阿杜雷大部分时候都在睡觉。这样好处不少：首先，他受了许多伤，需要恢复体力。其次，他讨厌伊弗爽（虽然还不知道她想杀他），夹在两看相厌的人之间，真是令人疲惫。

伊弗爽在带路时心怀犹豫，经常询问我的想法，表示我去哪儿，她就去哪儿。因为她对这里熟门熟路，所以我一次次告诉她，我相信她的判断，结果每次她都说，我们应该尽快到达淹没城，因为克罗修斯人一定会来追击我。

我问："什么是淹没城？"

她大吃一惊。"您的意思是，它代表什么？还是我们要怎么才能和这座城市讲和？您想知道这座城会怎么影响我对您的感觉？"她在说什么，我一点都不明白。

"我是说，淹没城是什么？在哪里？为什么被淹没了？谁住在那儿？为什么我们要去那里？"伊弗爽显得很紧张，仿佛我在考验她，而她不知道正确答案是什么。

"对不起，拉芙莉，我不知道怎么回答您的问题，也不知道该说什么。但我希望您明白，我没在抱怨。我肯定，淹没城的一切都基于爱和理性。如果可以的话，除了说要到那里去，其他的事，我们别再谈了。"

伊弗爽明明承认自己很想活剖阿杜雷，我却很信任她，真是奇怪。她崇拜我。被人这样毫无条件地爱着，真是令人陶醉。我时常发现她在盯着我瞧，主要因为我也想偷瞄她。

我明白，她对阿杜雷的杀意充满了兽性，但这一点，却让我更加欣赏她。她默默忍耐这份冲动，全都是为了我；她按捺住内心的魔鬼，是因为她爱我。

她生来就怀着对阿杜雷的杀意，真是遗憾。他们俩明明这样相似。

"在那里，有一窝鹌鹑。小雏儿刚刚孵化。如果我们小声点，说不定能见到它们。"一路上，她都在给我指点各种好玩有趣的地方。阿杜雷带我探险时，也是这个样子的。

"告诉我，伊弗爽，为什么你要披上这些皮毛，伪装成……你管他们叫什么，克罗……"

"是克罗修斯人，拉芙莉。"她摆出揶揄的表情，仿佛不相信我会不知道她对山底凶兽的称呼。

我问道："你的种族怎么称呼？"

"Et anima a sanguine?"她笑了。我懂拉丁文。

呼吸和血液？这是什么意思？

她放声大笑，像是音乐一样动听。"没想到您这么逗。从来没人告诉过我这些。太意外了，您当然知道我是阿纳格温人。"

我当然知道？

我一本正经地提出许多问题，她都没好好回答。"你是哪里人？""您肯定在开玩笑。""什么是克罗修斯人？""噢，别逗了！""你怎么知道我是谁？""别傻了，拉芙莉！"她觉得我在展现魅力的时候，确实魅力十足，化解了我的尴尬挫败。但我必须弄清事实，她这样一点都帮不上忙。

"伊弗爽，我知道你以为我在开玩笑，我的那些问题，真的需要解答，你都没回答我。我是认真的，就像我不准你伤害阿杜雷一样认真。现在是什么状况，我真的一头雾水。"

我观察着伊弗爽的神情，只见她变得神色严峻，甚至恭敬。"如果冒犯了您，真是抱歉，拉芙莉。我应该知道，我的想法和您的不一样。"

"那我不知道的事情，你能全告诉我吗？"

"恕我不能。我没有这种力量，但我能够带你去见具备这种力量的人。"

具备这种力量？我只求一个解释，又不是要学怎么上天。我还没来得及追问，就听到阿杜雷叫我。他什么时候醒的，我不知道，但是他不喜欢看到我和伊弗爽谈笑风生。他看着我们的神情，让我想起自己看着他和卡特兰蒂调情嬉戏的滋味。

我向伊弗爽示意失陪，走到后面和阿杜雷说话。她继续尽职尽责地拉着阿杜雷。

阿杜雷和我都觉得事情不太对劲，我和伊弗爽说了好半天的话，阿杜雷却只能听到完全不通的叽里咕噜。伊弗爽也听不懂阿杜雷对我说的话。虽然让人沮丧，但其实是好事。这样我就能自由和两个人说话，不用担心另一个人因为听懂而生气。

"你和那家伙说了什么？"我不得不再告诉他，不要叫她"那家伙"，她是有名字的。我至少已经提醒第四遍了。

"我们该走了，她带偏了我们，距离水泵站源头越来越远。当初来这里要做什么，你都忘了吗？"

"我们不能回水泵站源头去。现在不行。克罗修斯人知道我们的踪迹，成群结队涌出来追杀我们。"

"我说要走，你都不肯，是因为舍不得新朋友吧？"

"我的话，你居然听岔成这样，不懂人话的人是你才对吧，阿杜。"

他哈哈大笑，就算伊弗爽会恼火，但是能看到他笑真好。

"我觉得这是个陷阱。我不相信她。要是她想杀我们怎么办？"他说的有一定道理，不过她想杀的不是我们，而是他。但是让他知道这点没什么好处。"要是她想杀我们，我们早就死了。她有多厉害，你都看到了。她是想保护我们。"这话半真半假。"再说，就算我想逃跑，又能怎样？我拖着你跑？这样能跑多远？"

他又犯困了。"我没力气和你辩，但我觉得你错了。"

"要是我们死了，我保证会补偿你的。"听我这么说，他又笑了。

"我恨你，艾瑟琳。"他嘟囔着，又睡过去了。

235

第71章

特朗因知道，此刻在地下室笨手笨脚晃悠的，肯定不是山底凶兽。凶兽动作敏捷，头脑聪慧，但这个生物却笨拙愚蠢。特朗因东扭西扭，想要挣脱出来，还想看看这个对着他的脚又挠又吼的生物是什么样子。

腿部初次遭袭，痛得他叫出声来。他感觉到温热的液体顺着腿往下流，肯定是出血了。特朗因简直要晕过去，就此放弃算了，只求最后那一下，不要太疼。

不，不能这样一了百了。他环顾周围，知道自己赤手空拳，没办法从地板里脱身，必须借助工具才可以出来。

他跌穿地板的位置，不在房间里面，而在一个小小的玄关，存放着许多工具。他认出了许多古代工具——锤子、锯子、铲子——因为许多类似的工具在山顶界沿用至今。特朗因刚一握住锤子，就把锤子丢到一旁，因为他看到后面有一把短柄斧。如果挣不出地板，那就索性砍穿它。

特朗因不顾一切，猛砍地板，破出一个窟窿。但是还没爬出来，重力就拽着他跌穿了地板，摔进了地下室。

一只熊居高临下望着他，足有两英尺高，不是小巧无害的超熊兽，而是一只在冬眠中被吵醒，怒气冲冲，杀气腾腾的恶熊。

特朗因握住短柄斧，感觉一阵电流涌过他全身。就算要死，也要全力一搏。

第72章

虽然察觉到伊弗爽很嫉妒，我还是抽空到后面和阿杜雷说话。我要安抚两个人的情绪，让他们保持愉悦心情。我觉得眼下阿杜更需要我的关注。

他问："你有问她，我们这是要去哪儿吗？"

"她想把我们带到淹没城。"

"在哪里？"

"我猜在水边。"

他疲惫地翻了个白眼。

伊弗爽带我们离开水泵站的源头，这一路我基本认得。我们在往山底走去，距离阿杜雷和我最初进入山谷的路不远。

"他们为什么要下毒害我们？"

"她没有下毒。记得吗，是她击退了带着毒药的凶兽，救了我们。"我不由用上了辩护的口气。

"我明白了，艾瑟。你觉得她是好人，但我不觉得。你也没必要没完没了重复这些话吧。为什么这些山底凶兽要毒害我们？为什么我们会被投毒？"

"我不确定。这个问题，我一提她就发笑，以为我在开玩笑。"

"你讲笑话终于有人笑了。"

"你少来，"但我还是笑了，"她以为我什么都知道。"

"你告诉她，自己什么都不知道了吗？"

"她老说自己没有力量向我解释。"

"那是什么意思？"

"我不知道，阿杜！沟通不是我的强项。我们俩之间的话，有一半也让我摸不着头脑。"

无论我对谁说话，总要惹恼一个人。按我的想法来的话，我会叫他们俩都别管闲事。但是我能感觉到伊弗爽对我的喜爱，于是紧赶几步，和她走在一起。

我远远看到了阿杜雷和我去过的那间小屋。

"我们要在那停一停，亲爱的。去淹没城的话，我们需要父亲帮忙。"

一切都明白了，为什么我之前没想过呢。原来，我和阿杜雷藏在小屋里时，进屋的就是伊弗爽和她爸爸。我觉得受到吸引，而阿杜雷觉得厌恶。

"你住在那儿吗？伊弗爽？"

她微笑点头，唇角噙着一丝骄傲。"这是我们家，我们自己的家。我们找到这里，修复这里，守护这里。"

"伊弗爽，我们藏在小屋里的时候，是你一路跟着我们走到河边的吗？"

"是的！我感觉到你们在我家里，非常确信。爸爸不信，他觉得不可能。但是我知道。我不明白，为什么您连招呼都不打就走，所以就跟着你们。我到现在都不太明白，您那时候为什么不打个招呼？"

见我犹豫，她赶快补充道："我没想质疑您。您有您的做法和计划，我不该自以为是，别把我想成那种人。"

在某种程度上，伊弗爽早晚都要承认，我对自己的行为全无头绪，尤其在山下。但是她觉得我充满智慧，做什么都理由充分，和她在一起感觉真好。相比阿杜雷对我的看法，这样换换胃口真不错。

我们走近小屋，感觉气氛不太对劲。烟囱里冒出的烟气，之前是浅灰色，现在却变得又黑又浓。我注意到伊弗爽的恐惧，也不由慌张起来。

伊弗爽一把丢下自己拖了几英里远的担架，奔向小屋。从没见过有人跑得这么快。我想要追上去，喊着叫她等等，想问清楚状况，但她已经一溜烟跑远。

"艾瑟，她这是去哪儿？"

"我们待过的那间小屋，是她的家，她和爸爸住在一起。"

感觉到伊弗爽需要我，我试着拉动身后的担架，想要追上她。想不到这么沉重的负担，她居然默默承受了这么久。我只拖了他十英尺，就累得再也拖不动了。

我问阿杜雷："你现在感觉如何？"等不及他回答，我就把他拉起来，"有我扶着，你能走吗？"

他还是很虚弱（有时候，这小伙子真叫人不得不爱），但是愿意尝试。他靠着我，一瘸一拐地走，一点点挪着穿过田野。我的恐惧越来越深。这里发生了可怕的事情。连阿杜都感觉到了。

我从没听过这样的声音。她在号啕大哭，完全沉浸在悲伤里。一个月前，我从没听到任何人或任何东西这样哀悼痛哭。我还在哪里感受过这种伤悲？我见过维里塔斯妇女吊丧，见过阿杜雷哀悼父亲，现在，伊弗爽的恸哭触动了我。我感到自己变了，这样的时刻仿佛会在我的心上烙下印迹。

"他们夺走了爸爸。爸爸是我的一切……我在山底的一切……哦，拉芙莉。我完了。我该怎么办？他不在了！"阿杜和我望向小屋，知道她不是说爸爸被掳走或者绑架。我看到他了，像亚尔温一样被掏空了内脏，支在墙上，以示警告，或者威胁。

他身后的墙上写着一行字，恐怕是用血涂的。虽然是拉丁文，但是我读得懂。

不要背叛同族，杀死山顶人类。

"他们派出了侦察队，留下了警告。"伊弗爽抽噎着说。

我的两个朋友，天生的对头，都被夺走了亲人，痛失了父亲，而且都是山底凶兽，或者是伊弗爽所说的克罗修斯人干的。

"我从此孤单一人，没了方向，没了光明。他就是我的一切。"她的声音里没有自怜自惜，只有淋漓的伤恸。

虽然我只有她一半高，但是我把她拉到怀里，紧紧拥着她。这让我想起读过的故事，先人母亲抱着吵闹的婴儿，柔声细语地哄着，让他们不要哭。我感到伊弗爽紧绷的肌肉慢慢松弛下来，融入了我的怀抱。

"你并不孤单，"我用歌唱般的语调对她说，"你并不孤单，你还有我，我们还有彼此。"

我抱着她，阿杜雷会怎么看？我不在乎。随他去乱想好了。伊弗爽需要这样。我一直搂着她，喃喃念着她想听的话，也不知道过了多久。虽然无法让她的父亲起死回生，我也不自欺欺人地认为一切都会变得完满美好。但是我知道，这样能让事情更好一些。

　　这天晚上，我们在小屋里过了夜。阿杜雷承担了把伊弗爽的爸爸从示威墙上解放的艰巨任务（他的尸体巨大），我安抚照料心碎的伊弗爽。
　　至于该不该在这里久留，阿杜雷和我小吵了一架——杀死伊弗爽父亲的凶手（她告诉我，她爸爸叫普兰提斯）可能会一窝蜂杀回来。他觉得我们应该躲得越远越好。我不认同，因为我记得他的父亲被杀害的时候，他也不愿立刻逃走。我觉得应该给伊弗爽同样的待遇。我们一直等到伊弗爽做好心理准备为止，就像当初在艾克罗尼斯的墓边等着阿杜雷一样。
　　阿杜雷虽然身体虚弱，但是愿意为他视为敌人的生物干活，真是好样的。他做这些，其实都是为了我。

　　阿杜雷要我问问，是否要为伊弗爽的父亲举办什么特殊的仪式或者习俗，是否有什么祷告或者经文？应该土葬还是火葬？虽然都是叫人难过的问题，但我还是问了伊弗爽。她似乎对这些问题很惊讶，回答：“随您的心意来就好。”
　　“不，伊弗爽，这是你的事。你们一般会怎么做？”
　　“这不是一般的事，”她沮丧地回答，“我爸爸之前又没死过。我怎么知道。”
　　“没错，但其他人都怎么做的？你们的传统是怎样的？”我语气轻柔地追问道，因为这很重要。
　　“我还小，拉芙莉！我不知道。我们父女俩一直相依为命，没有别人。为什么要问我？按照您的想法来就好了，我只求这个！”虽然我很困惑，但也只好这样了。
　　让我决定的话，我想找一丛树荫，对普兰提斯致以善言，让他回归大地。

仪式很简单。我们三人把普兰提斯的尸体抬到一片青翠可人的树荫下。他身形巨大，却非常轻盈，令我惊讶。但是伊弗爽坚持要自己搬运他。

我们把普兰提斯放在地上。我摘来五颜六色的野花，围着他摆了一圈。我对伊弗爽说："红色，代表他的血管中，每天都流淌着对你的爱；紫色，代表他敢于离群索居，不愿委屈随俗的勇气；黄色，代表阳光的温暖，无论你走到哪里，只要沐浴在阳光中，都会想起和他在一起的日子，最后，蓝色代表着水，因为水就是生命，而且——"

我停住了。虽然不敢相信，但是许多话涌上心头，不由自主地要说出来，就像有人写好了句子，让我念出来一样。

"然后呢，拉芙莉？"伊弗爽问道，大大的眼睛打量着我，迫不及待地听我说下去。

"因为水就是生命，水永远不会真正消亡——只会从一种形态转化为另一种形态，变成固体，变成液体，变成气体，哪怕肉眼看不见，但是永远存在。所以，他的生命和水一样，永远不会真正完结。"

"我爸爸还活着？"

"是的。"我回答。幸好阿杜雷听不懂我对伊弗爽说什么，要不然他肯定会诧异的。伊弗爽一把扑进我怀里，放声大哭，这是好事。看得出来，我的话起了作用，治愈了她的心伤。

即便是谎言。

第73章

情况到了前所未有的糟糕境地。连最早的苦日子都不如。那时候，上山的艰苦征程中牺牲了许多人，许多人伤恸悲哀，虽然希恩·波拉修斯一再保证，但他们仍担心山底凶兽会一路追到高地。至少那时的吉斯还有一线希望。现在，每个人都眼神黯淡，仿佛日子过得生不如死，一点盼头都没有了。

尼可拉斯自己也深感不安，担心艾克罗尼斯的远征队功亏一篑，但是他还没打算把艾瑟琳算进伤亡人数。艾克罗尼斯承诺，一有条件，就会尽快派出信使，向尼可拉斯通报山底情况。但是现在，连信使的影子都不见。

有些科格内特人绝望到不顾一切，又喝起了水泵站的水。许多人患上了玛加之前的病。

尼可拉斯觉得这简直是自杀。所有事情都向同一个方向滑去。毒药、枪支、谋杀、伊斯托克的父母。日子一天不如一天，活着真的不如死了好。

自从尼可拉斯把伊斯托克接出牢房后，虽然还没对特兰顿说过话，但是他发现自己盼着和特兰顿谈谈。他知道特兰顿是条毒蛇，而且是条聪明的毒蛇。虽然很难解释，但是就算尼可拉斯不能相信特兰顿，他总是可以相信自己的顾问团。这使他感到安慰，让他觉得不至于别无选择。没有特兰顿，尼可拉斯经常觉得自己面前只有两扇门，两扇门里都挤满了饿狼。

他真希望有自己的顾问在身边。查妮丝·哈尔加德派了一个维里塔斯男孩来，询问能否单独秘密觐见他。尼可拉斯把艾克罗尼斯和阿杜雷派下山，无异于送死。他虽然不情愿，但确实欠她太多，连她的眼睛都不忍心看。

尼可拉斯走到哈尔加德家的圆屋子，闻到一阵隐隐约约的甜香，他想可能是祷告留下的，但是绝不拆穿。尼可拉斯很早就怀疑，哈尔加德家从未放弃宗教。现在又有什么关系？要是能够摆脱过往羁绊，奔向光明未来，当然应该摒弃迷信的束缚，但是眼下还有什么好指望的？

现实如此惨淡，为什么还要接受？连尼可拉斯都挺希望能脱离现实，逃到幻想里去。

在圆屋子里，查妮丝的接待大失水准，对普通科格内特人都算失礼，更别提科格内特首领了。没有奉上食品饮料，没有感激拔冗关注，没有对他的造访假装受宠若惊。尼可拉斯不去计较，也没心情去这搞虚与委蛇的一套。

"坐下吧。"隔着一个小圆桌，她径自入了座，等着他也坐下。

他坐了，觉得不太自在。

"一切都搞砸了，尼可拉斯。我的丈夫从来没有亏待过您，您说对不对？"

尼可拉斯点头，担心说太多会坑到自己。

她把枪放在桌面上。"这是个错误。我们谁都掌控不来。您不能在几百年之后，一下子把强大的力量赋予伤痕累累的民众，让他们动动手指就能杀人。先人花了几千年时间，才创造出这项技术，他们尚且无法掌控枪支。而我们一夜之间，就得到这样强大的力量，怎么会不出问题？"

"你要我收回这些枪支？让塔利纽斯家独占枪支？"

她摇摇头："我不希望这些枪落到任何人手里。我们要把枪收集起来，统一销毁。谁都不该配枪，无论是塔利纽斯家、特兰顿、维里塔斯人，还是您。"

尼可拉斯思索着查妮丝的提议。一想到谁都不再有枪，立刻就松了一口气。

"不可能的，我们怎么办得到？"

"我来收集维里塔斯人手里的枪。大部分人都同意了。我觉得不是难事。而你，尼可拉斯，我要你保管科格内特人和塔利纽斯家手里的武器，还有特兰顿私藏的所有其他武器。"

"我不知道要怎么做，我——"

"我们两个人，谁的权力更大，尼可拉斯，你还是我？"

"听着，我知道你要说什么，你说的有道理。你区区一个维里塔斯人，就可以从所有维里塔斯人那里收缴枪支。难道我，科格内特首领，至高无上的领袖，就不能负责其他的枪支吗？但事情没有这么简单——"

"对，没这么简单。但我不是要说这个。我要说我的权力更大。维里塔斯人听从我的命令，我们的数量比科格内特人多，而且我们手里有枪。不要以为我们没想过造反。这个选择合情合理，但是代价太大了，尼可拉斯。"

尼可拉斯陷入了沉默，被查妮丝的威胁吓傻了眼。造反？他一直以为这种事只是特兰顿在疯狂妄想，胡说八道里用到的一个比喻。查妮丝却承认考虑过发动血腥政变，维里塔斯人还讨论过，而且觉得合情合理。

"是你让吉斯离了心。快想个办法修复，否则分裂会越来越大。"她向他伸出手，"你做得到的。我们同心协力，避免流血事件。"

尼可拉斯巴不得听到这些。他痛恨自己无法一个人鼓起勇气。"你说得对。还有，查妮丝……"尼可拉斯万般纠结，但是他想要说出来。"我很抱歉——"

"在知道什么值得去忏悔之前，请你不要道歉。现在时候对吗？道歉有用吗？很好。我们几天后再碰面，一起消除吉斯的分裂。"

第74章

伊弗爽虽然伤心，但仍很务实，安葬好父亲，她就准备动身。虽然道理我都懂，但仍觉得有点仓促。"你确定不用多待一会儿？"我问她。但是她回绝了我的提议："克罗修斯人还没杀回来，就已经是万幸了。再多待又有什么好处？反正他都不在这儿了，对不对？"

是的，他不在了。

她比以前更黏我了，我和阿杜雷一说话，她就嫉妒得不得了。这确实挺烦人，还惹火了阿杜雷，但是我对她有无尽的耐心。毕竟她没了父亲。那是什么感觉，我想都想不到。

现在想起爸爸真奇怪。有的时候，真的好想他。都是微小琐碎的时刻，他送我去水泵站上工，或者到贝鲁巴斯的实验屋接我放学。我总能感到他给我的温暖。这些无关紧要的时刻一旦过去，就会变得意义非凡，真是不可思议。此时此刻，我愿不惜一切代价，重温这些美好时刻。但是我还在生他的气，不明白他的心思。虽然对他想念，但再也不愿相见。

不知道伊弗爽是不是成了孤儿。她从没说起过她的妈妈。我本能觉得不该提这问题，但我回头会记着的。

在小屋里度过一夜带来了意想不到的好处。阿杜雷养好了伤，可以自己行走，再也不用拖着担架走了，阿杜雷的身体也不再虚弱，真令人高兴，但这也让他们的情绪更难安抚，关系更难调和。

"说说淹没城的事吧，伊弗爽。"因为淹没城是我们的目的地，我想阿杜雷和我应该多了解一些情况。

"噢，我也希望能告诉您更多，但是我没去过那里。"

再一次庆幸阿杜雷听不懂她的话。"她说什么？"他问。我装出一副没听明白，困惑不解的样子。其实也差不多啦。

"我们为什么要去那里？"

"因为，爱您的人都住在那里。"听起来不错。我喜欢遇见爱我的人。

"能说说淹没城的情况吗？是什么样子的？离这里多远？"

我们向大海走去，虽然距离海滩还有几英里远，但是已经能够看到远处水天相接。她指着阿杜雷和我之前见到的摩天高楼的废墟，立在水中，离岸很远。

这一定就是淹没城了。"看起来不像有人住的样子。"这片废墟饱经风霜，露出了骨架。

"那就是她要带我们去的地方吗？艾瑟？"阿杜雷明知故问，与其说是提问，不如说是谴责。我假装没听懂伊弗爽的话，但是被他看穿了。我没理他。

"为什么你从没去过？你怎么知道这里有人住？"我发现，直截了当地向伊弗爽提问，效果更好。

"我还没长大呢，拉芙莉。爸爸老说，等我长大了，就带我来这里。"她一想起爸爸，就开始眼泪汪汪。我拍着她的肩，以示安慰。

"为什么要长大后才能来？"

"爸爸说，这里对孩子来说太危险了。而且我们被放逐了，禁止入内。"

好极了。

伊弗爽顿了顿，听到了什么动静，兴奋起来："有好东西能够帮助您的朋友恢复身体，拉芙莉！"她喊着，然后优雅地匍匐身子，四肢着地，消失在浓密的树丛中，抛下我和阿杜雷。我不得不钦佩她，虽然她讨厌阿杜雷，但是对他的健康和安危却很关照。

阿杜雷轻蔑地看着她钻进树林，似乎四肢着地，乱钻树丛，是最羞耻不过的事情。"她去哪儿了？"

"我不知道。"我不想说，伊弗爽是为他寻东西去了。他不喜欢这样。

阿杜雷追问我们要去哪儿。我不想把自己知道的告诉他，但又不希望他也这样对我。

"她要把我们带到海里的那片高楼废墟里。"看得出来，他觉得这个想法很糟糕。"听我说，这不是陷阱之类的东西。她甚至明白告诉我，上面非常危险。但是我据此判断，那里有我们的唯一的潜在同伴。所有其他的生物都想杀死我们。这听起来像是真的——否则为什么他们会在我们的水里下毒？"

阿杜雷张望着树林，寻找伊弗爽的踪迹。"我们该走了，甩掉她。幸运的话，她找不到我们的。"

我的心一沉，回答的时候就有点着急："不！不能这样做，她只是想保护我们——"

"保护我们！你怎么这么天真？艾瑟琳，瞧她看我的眼神，分明对我的鲜血充满了渴望。我是个猎手，知道被逐猎的感觉。她一直都想杀我。"

没想到阿杜雷的直觉居然这么敏锐。"她不会的，她绝对不会伤害你的。"

一阵唰啦唰啦的刺耳声音打断了我们。那声音真是瘆人，我们本能地想跑。但是我没跑成，整个人定住了。只见伊弗爽抓着一条又肥又大的蛇，从树林里钻了出来。那蛇气急败坏，一心想咬人。

她抓着那蠕动扭曲的蛇，对着阿杜雷，阿杜雷及时往后一跳，躲开了凶猛一击。伊弗爽辩解着："不！这是药，能帮你恢复精力。"

我不敢靠她太近，免得被狂怒的蛇咬到。"你到底在做什么？"我尖叫道。

阿杜雷对我吼："叫她把这鬼东西拿开！离我远点！"

伊弗爽很顽固："我知道自己在做什么，这样能恢复他的体力！"

我拔高了声音对她说："不，我们不能用，伊弗爽！我们不能用。我们会死的。"我的叫喊镇住了她，她恭顺地退开了。"本来要留给他的，要是你们都不肯用，那就我自己来用。"

她没有丢开蛇，反而抓着它凑近了自己的另一条胳膊。尖长锋利的毒牙深深扎了进去，疼得她皱起眉头。她强忍着悲伤，柔声说："我知道很疼，有时候，疼痛是有好处的。"

毒液完全注入后，她把蛇丢回茂密的树丛。"现在，我们快走。我不想等天黑后再进入淹没城。"

伊弗爽走在最前面，看得出来，她在仔细分辨我们是否跟着她。我跟了上去。阿杜雷一边走，一边小声说："无论她是有心还是无意，终究都会害了我们。"

第75章

看来街道并不是生死对峙的合适地点。

一阵砰砰咚咚的声音打破了沉寂，接着是一声咆哮，地窖门锈迹斑斑，几百年没用过了，被撞得砰砰直响，似乎有什么东西想要出来。

最后，门打开了。只见一个色泽灰白，毛皮丰厚，血迹斑斑的东西从地窖里缓缓走了上来。他看上去已经精疲力竭，但是步伐仍然坚定沉着。

一把短柄斧被提了起来。特朗因击败了那只恶熊，披上它的毛皮。他踏过蔓长的野草，然后走向雨水淤积的荒芜泳池，盯着自己在墨绿色死水中的倒影发呆。

他简直认不出自己了，这是好事。特朗因看到了自己渴望已久的样子，没有恐惧。他活下来了。死亡向他进犯，但他没有屈服。特朗因摩挲着血迹斑斑的熊皮，直到染红了手指。他用熊皮蹭着脸。皮毛勾勒出了他的脸庞，虽然还没冒出胡茬儿，仍旧青涩稚嫩，但他已经是个男子汉了。

特朗因想起了艾瑟琳。他在水泵站的源头见到了他们俩，却像个懦夫一样逃跑了。虽然概率不大，只要他们还活着，他就要和他们结伴同行。被嫌弃也无所谓。他光靠一把短柄斧，就杀死了一只大熊，艾瑟琳的嫌弃算不了什么。锋利的尖牙和艾瑟琳的冷落，哪一个更可怕呢？

他们需要他。

特朗因拿好他的短柄斧。他想叫它斩魂斧。他击败了死亡，赢得了胜利。自己的武器，他想怎么称呼就怎么称呼。

第76章

我不喜欢阿杜雷这样看待伊弗爽。响尾蛇事件算是一个转折，他对她有了成见。

两个火药桶形影相随，我竭力避免让它们爆炸，这份压力让本就艰辛的旅途雪上加霜。

至少我们不用饿肚子。伊弗爽是个杰出的女猎手（阿杜雷会对她另眼相看？才没有呢）。阿杜总在神秘兮兮地嘟囔，伊弗爽作弊骗人，猎物根本不是她抓的，而是事先备好的。嫉妒把这小伙子的心都搅乱了。

伊弗爽精通一切生存技能。阿杜雷一向自认为擅长生火，用一根木棍、一条绳子、一把干树叶就能生起火，而且比谁都快。但是还没等阿杜雷凑齐材料，伊弗爽早就漂亮地点燃了篝火。

我们吃着热乎乎，鲜嫩嫩的兔肉——这比我在山顶界吃到的任何食物都要美味——我想像往常一样，逗一逗阿杜雷，但是眼下有什么事能让他觉得好笑，我一样都想不出来。

我想和他说说话，不管是不是玩笑话，但是什么都想不出来，真是纠结。

"我做得不错吧？"伊弗爽满怀希望地问我。

"哦，我的天，是的，太好吃了。"

"您喜欢吗？"

伊弗爽不遗余力地取悦我，让我觉得难过，更糟糕的是，我确实被取悦到了。多不公平啊，她全心全意地对我好，而我却一心三用，需要兼顾我自己、阿杜雷和她。

"太喜欢了，伊弗爽。谢谢你。"

"这个味道让您开心吗？"

"啊，真是开心到不行。"

她满心自豪。

天黑的时候，我们还没靠近海岸。伊弗爽不得不时常纠正预计进度，因为我和阿杜雷的脚程和她比，实在是慢得出奇。越过倒下的大树，钻过茂密的茅草，这些动作对她来说不费吹灰之力，而阿杜雷要消耗三倍的时间。阿杜雷已经是我见过动作最快的人。山底的小路不多，相当难走，伊弗爽认为，经由这些小路到海滩，可能会被克罗修斯人发现。她觉得克罗修斯人在追踪我们。

伊弗爽定了一下位，发现我们这样走下去，还要走好几小时才能到达水边。她把我和阿杜雷拎起来。"拉芙莉，我可以抱着你们走吗？这样更快些。"

真不想和阿杜雷说这些。他看向伊弗爽的每个眼神都充满了怀疑。他绝不肯像婴儿似的被她抱在怀里。

"不，伊弗爽，我觉得这样不太好。"

"就因为他吗？应该由您说了算，拉芙莉，不是他。"出于本能，伊弗爽原本就对阿杜雷没好感，现在出于理性和逻辑，对他更讨厌了，觉得他小肚鸡肠，满怀恶意，觉得没有他，我会过得更好。"为什么您要和他在一起，拉芙莉？一点好处都没有。"

阿杜雷对伊弗爽这么坏，怪不得被讨厌。但是伊弗爽弄了一条响尾蛇来咬他，我也能理解阿杜雷的心情。

"就顺其自然地走到岸边吧，伊弗爽。我们不用你抱。"她虽然失望，但是接受了。我们继续在密密匝匝的树林里艰难跋涉。

"你们刚才说了什么？"阿杜雷问我。

"我想她没那么讨厌你了。"我撒谎，除此之外，不知道该说什么。

他哈哈大笑。真是荒唐的想法。至少我如愿讲了个笑话。

第 77 章

尼可拉斯原以为,说服塔利纽斯家交出枪支不是易事,或许还会遭到激烈反抗。但结果出乎意料地容易,他不由松了一口气。就连背着特兰顿私下和他们对话,也没遇到什么困难。他的顾问在自己的实验屋里闭门不出,已经好几天了。虽然这样对尼可拉斯来说很方便,但也禁不住好奇,特兰顿要怎么打发时间。

尼可拉斯首先拜访了雷斯汀·塔利纽斯。这个守卫外表粗犷,内心温柔,在塔利纽斯地位很高。尼可拉斯本该先和塔利纽斯族长兰斯隆·塔利纽斯商量的,但他解除了塔利纽斯家对波拉修斯家的服侍义务,兰斯隆或许永远都不会再原谅他了。他的本意是赋予对方进一步的自由,却被人理解为可耻的羞辱。就像特兰顿时常说的:"许多人嘴上说要自由,心里渴望做奴才。"

兰斯隆伤透了心,从此对尼可拉斯不理不睬。现在,他的儿子(很可能)也在山底远征队里丧了命。尼可拉斯觉得,找他商量肯定浪费时间。

"山顶界的人心散了。"雷斯汀没有表示反对,对于科格内特首领借着夜色,在村子树林的一个偏远角落和他碰面,似乎也没觉得惊讶。

"是的。整个吉斯一分为二了。"

"这是我的错,雷斯汀,我希望尽自己所能修复吉斯。"

"如果您需要塔利纽斯家的支持——"

"不是塔利纽斯全家,还没到时候。只是你。我没法说服所有人。但是你无须说服。你可以闻到腐坏的气息,感到滋生的黑暗。而且,你知道,如果置之不理,情况是不可能好转的。"

雷斯汀和尼可拉斯制订了一个计划。雷斯汀会暗地找其他侍卫私聊,预先做好准备,绝口不提尼可拉斯。把这伪装成雷斯汀自己的主意,而非波拉修斯家的命令。

塔利纽斯家正处于一个非常棘手的位置，枪支是这一切问题的根源。雷斯汀会叮嘱自己的家人，必须丢弃枪支。丢弃维里塔斯人的枪支，丢弃塔利纽斯家的枪支，丢弃山顶界的枪支。

第78章

断断续续睡过一夜，千辛万苦跋涉一天之后，我们终于到达了海滩。虽然我们站在悬崖边上，在淹没城上方一百英尺处，但是终于可以看到它了。河水在此汇成瀑布，飞流直下，滚滚入海。

这景致虽然壮美，但也令人生畏。"我们怎么下去？"我问伊弗爽。

"我不知道。你们不能跳吗？"伊弗爽有一点很合我意。她从不掩饰自己的无知。如果不知道，她会坦率承认。人类总会歪曲事实，掩盖自己的无知。她的耿直率性，真是一股清流。

"不，我们哪里能跳。"莫非她能？

"以前这里没有海的。"我对阿杜雷说，虽然我明白他知道。我们俩都读过先人上山的文献，这片悬崖和瀑布都是新生成的，救世山曾经距离大海几英里远。后来大海淹没了整座城市，一路倾泻到山脚下。

我没想说丧气话，但伊弗爽被吓到了，努力安抚我："对不起，您不用非得跳下去，我不是故意这样说的。我们会找路下去。只是我年纪太小，爸爸没带我来过。要是知道您需要更好走的路，我会事先准备好的，希望您明白。"

"没关系，伊弗爽，我没生气。"阿杜雷问起的时候，就是这种对话，让我觉得难以对他传达。他怎么会理解呢？我也不理解，但是我能体会她的心情。

伊弗爽承诺另找一条下去的路。值得庆幸的是，这条路虽然陡，但是相对安全，没到要人命的地步。

对于沙子，我只读到过，没接触过。不过我发现，同一件事物，在书上读到过和亲身经历过，真是天差地别。

沙子真好玩，摸起来既顺滑又粗糙。你可以整个人埋到里面，可以捏出漂亮的拱门，可以把它抓进手里，从五指间徐徐漏过，还可以把它擦到皮肤上。沙滩表面被太阳晒得暖洋洋的，但是往深里挖，又会发现，沙子里面居然是冰凉清爽的。

阿杜雷爬上一块大石头，眺望着我们和远处被水淹没的大楼。他一门心思都是正事，和我玩一分钟沙子都不肯。

"问问她，为什么说这里很危险。"他蛮横霸道地说。也许他是因为害怕才这样的，但我讨厌被人吩咐。

我发现，只要把沙和水混合，就能塑成各种形状。我忙着捏出许多小山和山顶界的模型。我居然会想家，真是新鲜。

阿杜雷凑了上来，摆着一副臭脸。"水很清澈，我一下子就看到许多威胁。"他指着水面上漂浮着的点点阴影。"水会淹死人的，艾瑟琳。这里不适合我们。"

我看到的是天空澄澈，海水碧蓝，滚滚波涛拍打绵绵黄沙，激起一蓬蓬炫目的莹白泡沫。

阿杜雷看到的却是死亡。

"伊弗爽哪儿去了？"他满腹狐疑地说，简直用上了威胁的口吻。我讨厌他那样说起伊弗爽。

咦，她真的丢下我们走开了，真奇怪。

"她去为我们找一条船，或者可以做成船的东西。"我不知道是不是这样，但是个不错的猜测。因为我不愿让阿杜雷再加深对她的疑虑。

我脱下了超狮兽皮靴，光脚踩在沙子上。"阿杜，快来试试看。"

他断然拒绝，仿佛海岸上有毒似的。这个无可救药的山里男孩，对一切平坦潮湿的事物都心存畏惧。海浪进进退退，水珠清凉冰爽，飞溅到我的膝盖上，让我欲罢不能，心思从阿杜雷身上飞走。

我对他感到失望，他对我也一样。但是我离不开他，现在更是如此。他已经成了我的一部分，叫我又爱又恨的一部分，真正属于自我的一部分。

阿杜雷让我觉得困惑，就像我让自己困惑一样。我有时发现，他会用一种特别的眼神看着我，我以为那是温柔的眼神，觉得他会说些亲切贴心的话。但他通常一言不发，要不然，就净说些奇怪的话（"你妈妈肯定不想看到你在湍流里玩水"，好像他真的在意我妈妈的想法似的）；要不，就净说伤人的话（真想念卡特兰蒂。我在这儿需要一个朋友，一个理解我的盟友）。

阿杜雷研究着沙滩，迈着步子丈量周长。他估量着每一块石头，每一片树林。那蹑手蹑脚的样子让我心烦，仿佛在狩猎似的。

我听到沙滩那头的密林里传来一声痛呼。

我这才明白是怎么回事，但是太迟了。自从响尾蛇事件之后，阿杜雷就越来越讨厌伊弗爽，加上他在沙滩上的奇怪举动，我怎么就没发觉？

我奋力跑过沙滩，但还是不够快。一往前跑，脚就陷入沙里。

"住手，阿杜！"

我远远看到阿杜雷做好了一支长矛，向伊弗爽扎去。他似乎还撞伤了伊弗爽的腿。

阿杜雷对我咆哮着，和平日里判若两人："别拦我，艾瑟琳，保护我俩是我的职责！"

伊弗爽左忽右闪，敏捷得出奇。阿杜雷的长矛怎么也刺不中。狂怒之中，他大吼着向她扑去。

她任由阿杜雷的拳头落在身上，承受着他的击打，忍耐着不还手。伊弗爽怎么对付比自己更加身强力壮的生物，怎么对付那些追杀我们的克罗修斯人，我是见识过的。

我扑向阿杜雷，把他从伊弗爽身上撞开。"她想杀你的话，根本不费吹灰之力！不许你打她！"他甩开我，捡起长矛，又走向她。伊弗爽站着不动，眼睛泪水汪汪，悲伤地看着我，仿佛想读懂我的心思。

"如果您想让这家伙杀死我，艾瑟琳，那就来吧。"眼见阿杜雷的长矛步步逼近，她却站着一动不动。

"不，伊弗爽！不要！"但是太迟了，长矛扎进了她的身体，她痛呼出声。

我尖叫着，用石头砸向阿杜雷，击中了他的肩膀，但是无法阻止他继续搅动长矛。我袭向他，撞他的背。他拽住我，按在地上，我奋力挣扎，想把他推开，急着想看伊弗爽的伤势。

我的指甲陷进他的肩膀，抠出了鲜血。我们大汗淋漓地对峙角力，撕扯扭打成一团。我触碰到他裸露的肌肤，倒抽了一口冷气。

阿杜雷突然用唇封住了我的嘴，把我拉起来，拥抱着我，紧搂着我。

他在亲吻我。我简直无法呼吸，脑袋乱成一锅粥。他这是要害我，还是在爱我？好像两者都有。他的脸庞占据了我的一切视野，他的气息和触感占据了我的所有感官。他双眼紧闭，时不时睁开一瞬，足以让我看清其中满满的欲望。无论在阿杜雷眼睛里看到了什么，我都已经丢盔弃甲，因为我也渴望阿杜雷，这一辈子也要不够。

不知道我们亲吻了多久。这个吻多么凶险，多么恼人，然而又是我人生中最美妙的一刻。他是海浪，我是海岸，是他席卷冲撞我，或是我接纳拥抱他。但愿这一刻永远不要消逝，但是伊弗爽幽幽呜咽，让我回过神来，生气地一把推开阿杜雷，把他揪起来，拽进水里，最后索性狠狠甩开。

伊弗爽基本安然无恙，被长矛刺伤的地方，只有一小点血迹。她受伤了，但不是身体的伤。她眼中闪烁着失望，原来那副快活信任的神态完全不见了。我奔到她身边，拥抱她。或许因为我身上还散发着阿杜雷的气息，我感到她退缩了。

"我没要他那样做，伊弗爽。我也没要他那样做。我不愿任何人伤害你。我会不惜一切代价来守护你。请一定相信我。亲爱的，你相信我吗？"

她一动不动。她也想相信我，但是做不到。我亲吻了她的伤口，流下了眼泪。可怜的姑娘，明明这么强大，却对阿杜雷打不还手，只因为对我怀着说不清道不明的爱意。我配不上这样的爱。

"看你受苦，我会难过的，伊弗爽。我不会让他再伤害你了。你愿意相信我吗？"

她缓缓点头，我感觉她放松了身体，用前所未有的力气拥住她。比我刚才搂住阿杜雷还要紧。

"我会和他谈谈的。他再也不会那样了。"

我站起身，下定决心要履行诺言。虽然阿杜雷令我全身都燃起了酥麻的火苗，还汲取了我口中的气息。我却对他前所未有地生气。

阿杜雷·哈尔加德必须听我的话。

第79章

特朗因盼着在水泵站的水源处找到阿杜雷和艾瑟琳。河湾距离他过夜的街区不远，很快就能赶到那里。

他握着斩魂斧，回想起自己和恶熊的战斗，拼凑起一些零星片段和瞬间。他记得当时恶熊直起身，咆哮着扑上来，自己那会儿不是屈身一躲，就是往边上一跳，要不然，就是那熊自己扑了个空。他回过神，发现自己没死，只觉得一股肾上腺素涌入体内，就像他骗过了死神一样。

他感觉自己砍了第一斧，但是却没看到。因为他闭着眼睛。他高高举起斧头，用上了全部力气，原来他还有这么些力气，连他自己都不知道。扑哧一声，斧头深深劈入熊胸膛的声音，令他心满意足。

他能感觉到，那只熊的精神传到身上，和他融为一体。这可不是阿杜雷对付的超熊兽，而是一只穷凶极恶，连先人都不敢招惹的大灰熊。

特朗因真希望能早点成为现在的自己。要是特兰顿再敢谋害他的妈妈，自己一定马上叫他好看。要是艾瑟琳被许配给现在的自己，肯定不会再看阿杜雷一眼。要是水泵站的那些生物再敢埋伏自己，他肯定不会丢下阿杜雷和艾瑟琳，独自逃跑。

特朗因攀到一个草木茂密的制高点，位于河湾上方几百码处。他躲在树丛中往外一看，刚刚从灰熊身上汲取的那份狠劲，一下子就烟消云散了。

只见一大群杀死了艾瑟琳和阿杜雷的生物，成群结队地守在河两岸。这种生物，他连三只都打不过，现在却看到了一大群，多得数也数不清，大概有成百上千只。

虽然它们看起来残忍野蛮，但是队列整齐，进退有度，就像一只纪律严明的军队开进战场。它们体现出的智能令特朗因不寒而栗，这并非一味咆哮突进蛮斗的愚蠢恶熊。特朗因感觉，它们足以引诱自己犯下致命错误，就像他爸爸和他对局象棋时诱敌深入一样。但是拥有这样的数量优势，它们未必需要诱敌。

山底凶兽倚仗强大的体力和致命的力量，推翻了千百年来的自然规律，把人类从万物之灵的宝座上赶了下来。哪怕人类具备各种先进技术和武器，也无法遏制这股势力。

就算杀了一只熊，披上了它的皮，然而凭借区区一把短柄斧，他又能怎么样呢？他只有一条靠谱的路能走——回到山顶界。他在这里一无所有，无人可亲。忘了自己发现的科技吧，家里那些连篇累牍的古代文献，够他研究一辈子了。

他要躲开这些凶兽，越远越好。

第80章

只见阿杜雷坐在地上，呆头呆脑地盯着波涛冲刷海岸，嘴边一抹傻笑，还混杂着其他什么情绪，或许是满足，仿佛终于在片刻之间，忘却了正事。

我不喜欢这样，不能这样下去。

"坐到这儿来，夕阳正好。"现在，他倒是有了闲情逸致，来欣赏沙滩美景了。我都快玩赏一整天了。

太迟了，阿杜。

他用手肘斜支着身体，拍拍身旁的沙滩，仿佛要继续刚才的事情。这到底算什么，我还没弄明白呢，哪有心情继续这个明明白白的错误。

"站起来，阿杜。"

他那副样子看着我，就像当场被我捉奸在床似的。要是以为他这样看着我，会让我开心，那可就大错特错了。我不由怒火中烧。

"站起来！"我一下把他揪起来。他配合着站起来，仿佛我要再亲他一下似的。

我给了他一个大嘴巴刮子。

"你个混蛋！"泪水滚滚而下，怎么也止不住。

"你干什么，艾瑟？"

我竭尽全力，捶打着他的肩膀。我知道这算不了什么，但起码挺疼的。"她一看到你，就想杀你，但是从来没害过你。"

"她想杀我是什么意思——"

"这是她的本能。她生来就渴望杀人，但是因为爱我，她从未下手。杀意每天都在她耳边叫嚣，她却没一点没让你受苦。"

"为什么她不想杀你？"

"她爱我。我也不知道为什么。但是你一得空就攻击她，求你停手也不理！你知道，最坏的一点是什么吗？她轻而易举就能灭了你，阿杜。她明明很强大，却对你打不还手，任你揍，任你刺，只因为她觉得，这或许是我的愿望。就算我让你用矛刺死她，她也不会还手。阿杜，你说说看，到底是谁爱我更深？"

"她想杀我，你早就知道？"阿杜思索着，觉得反感。

"不，你没资格生气！犯错的是你。她什么也没做，是因为我叫她不要做。你说说看，我该相信谁？"

阿杜雷平和的表情消失了。"我不知道，艾瑟琳。也许从此以后，谁也别再相信谁，这才是最好的选择。"

第81章

尼可拉斯和雷斯汀计划，在山顶界外围会见查妮丝，时间定在宵禁之后，因为这时候，任何人不得外出。

尼可拉斯又感受到了活力。吉斯重振无望，他本已经心如死灰。但是眼前的大计有望让吉斯复兴，而且时机正好，令他欢欣鼓舞。这是他眼下最大的指望了。

雷斯汀没有让尼可拉斯失望，迅速收缴了大批武器，查妮丝也表示大功告成。现在，维里塔斯人和枪支完全撇清了关系。枪支只会带来悲剧。

雷斯汀和尼可拉斯共同前往克利夫赛德，这是一处崖壁，距离山顶界一英里远，虽然风光壮美，地势却异常险峻。无论谁试图跨越那些悬崖，都会跌入万丈深渊，直接落到云线区。遗憾的是，过去三百年间，至少有七名吉斯成员失足跌下悬崖，全都出于意外。出事的都是孩子和青年，因为大部分年轻人觉得自己不会死，真是大错特错。

这里山风凛冽，风向莫测，却被法典列为禁地，总是有原因的。虽然风光引人入胜，但冒死领略美景，未免显得不值。

雷斯汀和尼可拉斯每人背着一个口袋，里面装满了武器。谁都不愿意先丢弃枪支。虽然维里塔斯人想要摆脱枪支，但是要求科格内特人先行照办。

他们攀上克利夫赛德悬崖狭窄的小路，看到查妮丝等在前面。她如约站在一堆武器边上，向他们点点头，对他们到来表示最低程度的致意。

"你们收齐了吗？"她的声音忧郁严峻。

雷斯汀抢先答道："是的，全收齐了。"尼可拉斯觉得很奇怪，明知道是假话，又不确定是否要点破，于是什么也没说，犹犹豫豫地成全了谎言。

雷斯汀和尼可拉斯打开口袋。

查妮丝怀疑地打量着他们："尼可拉斯，所有的枪都在这儿了吗？"

"我们看看，你有几支枪？"

"所有维里塔斯人的枪都在我这儿了，我在问你。"

"我想雷斯汀知道具体数字。"

她似乎对这回答不太满意。

"我们到时候肯定会清点的。我也知道数字。"

一阵大风扬起，尼可拉斯向后踉跄几步，才稳住身子。

"快点把这些玩意儿丢了吧，再也不想看到了。"

雷斯汀合上口袋，收了回去。

"尼可拉斯，告诉这个维里塔斯人，我们要好好清点枪支数量。我都数好了。"他的口气咄咄逼人，查妮丝和尼可拉斯心中一紧。尼可拉斯还以为他们三人都是盟友，这是重振吉斯的第一步。

烈烈风声掩盖了逼近的脚步。四个端着枪的塔利纽斯家卫兵包围了雷斯汀，夺走了查妮丝的那袋枪支。她扑上去，想要阻止。"不！我们有约在先的！尼可拉斯，你保证过的！"

"我什么都不知道。"尼可拉斯咕哝着。

更糟糕的是，特兰顿来了。

"尼可拉斯，你知道，什么是唯一一比权力可怕的东西吗？最近，雷斯汀或许对我们的统治心怀不满，但是你知道他更害怕什么吗？"

一个塔利纽斯卫兵扭住了查妮丝，把她按在悬崖边。"放开她！"尼可拉斯厉声喊道。

"比坚强更可怕的东西只有软弱，尼可拉斯。所以雷斯汀投奔了我。英明的领袖啊，难道主动缴械，就是您发动起义的方式？"

"放开她！"

特兰顿向查妮丝迈了一步，把她拉回安全范围。"查妮丝，你是对的。维里塔斯人无法掌控武器。所以我一开始就不认同分发枪支。你今晚的行动确实有助于改善治安。告诉其他人，你认定山顶界需要自卫力量，但是仅限经过专业培训，值得信赖的塔利纽斯家成员配枪。"

"我一点都不想要枪。"

262

"枪支一直都会有的，查妮丝。我们只能尽力确保枪支掌握在一心为公的人手里。和维里塔斯人解释一下，请他们谅解。"特兰顿回头向石阶走去，后面跟着背着口袋的塔利纽斯家守卫和雷斯汀。他站住了。"尼可拉斯，你要跟我们走，还是和查妮丝一块？"

尼可拉斯知道，特兰顿问这话是什么用意。他是要回到自己名存实亡的首领宝座，还是与特兰顿为敌，投靠维里塔斯人？

尼可拉斯做出了选择。眼见尼可拉斯跟着特兰顿走，查妮丝一点也不意外。她早就料到，依靠这个软弱的人很冒险。

尼可拉斯背叛了自己，查妮丝感到怒火中烧，但是眼看他走在长长的队列里，在特兰顿身后亦步亦趋，活像只丧家犬，又不禁感到同情。

"尼可拉斯，我知道你也不容易。"查妮丝在尼可拉斯身后喊道。

尼可拉斯顿了顿，决心死不回头。

第 82 章

转眼之间，伊斯托克的生活变得面目全非。他慈爱的父母双双去世。痛失一个亲人，就够悲剧了，然而他却一下失去了两个，伤痛让他五内俱焚。

他从来都不是那种不懂感恩，不识好歹的孩子。他庆幸生在自己的家庭，庆幸有爸爸和妈妈。每日每夜，不管是家务琐事、纪律管教，还是爸爸偶尔发脾气，妈妈时常不耐烦，他欣然接受，感激上天。

他深爱自家温馨的圆屋子，还有每夜家里升起的炉火。伊斯托克长大了，时常听到维里塔斯伙伴抱怨，到了这个年纪，为什么饭后还要秘密唱歌。这种老一套，让小毛孩去做还差不多，一点都不适合他们。但是伊斯托克从来都不这样想。要是还能和爸妈一起唱歌，要他做什么都可以。

他每天放学，还没看到自家圆屋子，就能远远闻到自家橡子蛋糕的香气。妈妈做的橡子蛋糕总是最棒的。只要天气不是太热，晚上临睡之前，爸爸妈妈总会轮流把他偎进毯子，让他觉得心满意足，妥妥帖帖。

波拉修斯塔有许多房间和楼层，空空荡荡，冷冷清清。虽然伊斯托克不明白，这里哪一点比温馨舒适的圆屋子强，但是波拉修斯家收留自己，他依然心怀感激。伊斯托克和玛加整天待在塔里，谁也见不到谁。

高塔总是冷清寂寞的。在圆屋子里，大家都是抬头不见低头见，躲也躲不开。有人哭了，有人笑了，有人咳嗽，全都听得一清二楚。在圆屋子里生活，就像住在一个大大的拥抱里。此时此刻，伊斯托克渴望被人拥抱。

这孩子心思细腻，玛加对他好，他都明白。所以他才不解，为什么玛加整日形影自守，黯然神伤。这小伙儿敢挺身为父报仇，却不敢冒昧打扰玛加，倒也奇怪。

最终，伊斯托克还是抛开顾虑，走向了玛加的房间。寂寞没完没了地折磨着他，沉重的忧思都快把他的脑袋碾碎了。他渴望和人接触，哪怕只是为了缓和忧愁。

伊斯托克推开门，玛加抹抹泪，抬眼看他。他怕遭到驱赶责骂，但又觉得值得冒险。

"我很抱歉，我知道您可能希望独处。但是我受不了，受不了一个人待着。"

玛加起身，把伊斯托克搂到身边。艾瑟琳出走后，尼可拉斯每天都心绪不宁，玛加则整天形单影只，她也快熬不住了。

虽然他们没法使对方开心起来，但是共同面对忧愁，总比独自忍受寂寞要好。他们对话不多，动不动就是"对不起"，倾听对方诉说自己的困惑。助人熬过绝望，未必总要深刻劝慰，只要愿意陪伴对方直面内心的黑暗，就能发挥作用。

那天晚上，虽然玛加和伊斯托克依然心碎，但是总有一两处心伤得以痊愈。

睡着之前，伊斯托克感到心中泛起了一丝希望。他收到了一份意义非凡的礼物，一个救赎自己的方法（伊斯托克不仅为痛失亲人而难过心伤，更为自己的罪行而愧疚挣扎。怀着慈善心肠，却要害人性命，觉得为难也是合情合理）。

伊斯托克醒来后，最后拥抱了一次玛加，动身出发了。他要跨过巨墙，下到山底。他虽然没了自己的家，但是至少能够让新家团聚。

伊斯托克必须找到艾瑟琳，不成功，便成仁。

第83章

特朗因拼命自我洗脑，效果还不错——加油，小伙子，要想活命，就跑快点！他鞭策自己整整跑了一小时。他要不惜一切代价，逃离水泵站源头的那群可怕凶兽。

他从不觉得自己够得上运动员或战士，但是昨天，他却杀死了一只灰熊，还跑了一场马拉松。回想起山顶界的自己，特朗因不由希望，要是妈妈没死、自己没被放逐，也能实现这个转变，那该多好。

他想念妈妈，翻来覆去地幻想她在身边。但是要成为一个出色的科格内特人，就必须对这些迷信不屑一顾。

妈妈去了出生之前所在的地方，也就是说，不复存在了。她只是打破永恒虚无的短暂存在而已。

但是，他却感觉脚步得到了指引，想象着是妈妈而非自己在催促他。犯傻归犯傻，想到自己在山底的一举一动，妈妈都看在眼里，他就感到振奋。就像有些孩子的游戏，虽然傻气十足，却很有趣，而且令人愉悦。

他的视力似乎更清明，嗅觉也更敏锐了。一开始，这种感觉太过微妙，他以为是自己的幻觉，但却不忍打消。

他看到了一些不同寻常的痕迹，不太像是脚印，倒更像是泥土、树叶和青草被翻动过的痕迹。一想通这意味着什么，一股喜悦就在他心中油然而生。

艾瑟琳和阿杜雷还活着。他们没有死，而是回头向海岸进发了。他也不明白，为什么这点会让自己这么高兴，是真的为他俩没死而高兴，还是因为发现自己不是山底唯一和凶兽周旋的人类？

无论如何，他加快了步伐，一路追踪而去。

第84章

"那种……叶片，你能多弄点下来吗？绿色的那种。"我指着一种又长又窄的锯齿状树叶说道。伊弗爽要我们采集这种叶子。阿杜雷从又高又细的树上扯下一把叶子，得意地呵呵傻笑："这是棕榈叶。"

"我知道。"其实我不知道，只是不想在阿杜雷面前露怯，"我只是怕你忘记罢了，而且也不想显得太渊博，让你难堪。我想，你一定会难过的。"

"不算太难过啦。谢谢你这么贴心。"

"拉芙莉！太阳都要下山啦！"伊弗爽责备道（其实算不上责备，她绝对不会生我的气）。阿杜雷和我停下手中的活儿，说这么多话，叫她不开心了。其实我和阿杜雷只要一说话，她就会生气，想办法打断。

我们构成了奇怪的三人组。阿杜雷和伊弗爽因为离不开我，所以不得不朝夕相处，但是从不掩饰对彼此的鄙视。虽然再也没动过粗，但是他们的态度却针锋相对。虽然他们语言不通，但光是肢体动作就够可怕的。

"他们来了，拉芙莉。我能感觉到。"伊弗爽没开玩笑，也没有瞎编。我能从她的口吻里分辨出来（再说，从我认识她起，她就从没开过玩笑）。我加快了进度，也催促阿杜雷快点干活。

我对他们的依恋日益加深，仿佛心里有两个密室被人撬开，再也无法关上。每次看到他们，我心中就百感交集。我对伊弗爽怀有一种既像母女，又像姐妹的情谊，对阿杜雷的感情则说不清道不明，总令我面红耳赤。我甚至怀疑，伊弗爽给我的薯根能够改变心情，要不然，为什么我会对阿杜雷抱有那种羞人的想法？

我们发现了不少船的残骸，许多龙骨都腐朽了，没法下水航行。但是伊弗爽坚持说这些船可用。我想，这种船造出来，应该不是给人类用的，而是给伊弗爽的同类使用的，因为尺寸较大，更适合她的身形。要说服阿杜雷乘坐漏水的破船到淹没城去，谈何容易。但是我猜，他和我一样，为彼此神魂颠倒，所以没让我费多少口舌，就点头同意了。

"我们很可能会死，但是你说了算。"他说着，对我眨了眨眼，仿佛再亲我一下，就能死而无憾似的。

我本不该对亲吻的事情耿耿于怀的，但是既希望从没吻过，又希望再吻一次，心里又羞又喜，恨不得再次重温，更深入地去体味。只记得那一刻又热又黏，我们紧紧相贴，较着劲儿。具体的情形，当时稀里糊涂，现在更记不清了。真想能在没有伊弗爽的情况下，重演那次亲吻，捋清状况。要是既能亲吻他，又不受他影响，那该有多好。

我不是唯一对亲吻念念不忘的人。伊弗爽让我们找来棕榈树叶和一种黏黏的黑色物质（她称作沥青），用来修补破船。烈日当头，汗流浃背，这可是份苦差事。可是无论我做什么，阿杜雷都盯着我看，一被我发现，他就转开眼，但是动作不够快。他一门心思都在我身上，还能设法找到补船的材料，真令我惊讶。我知道他在心里重演那天的情景，不由觉得如芒在背。大部分时候，我还是希望他能收敛点。

似乎就连伊弗爽都对那天的情形无法释然。我又递给她一把沥青。这玩意儿又黏又臭，在水流湍急的沙子下面结成一团团。她把这黏糊糊的浓浆纵横交错地涂抹在叶子上。把手弄得这么脏，她居然一点都不在意，我却一点都不想碰。

"您就快要产仔了吗，拉芙莉？"她天真地问，但是看得出来，她希望答案是否定的。

"你说什么？"我一时没明白。

"原来你们种族也做这种事。我们当然也做。别人说我年纪太小，不能做大人的事情。我不知道原来你们也做这种事。我不要您和阿杜雷做这种事。"

我脸红了。她是指我们亲吻的事？我连忙扯开话题："你觉得还需要多少沥青——"

"到时候会有很多小拉芙莉到处跑吗？我可以帮您照料她们。"

我惊得说不出话来。她确实在说亲吻的事。可不是嘛，她从头到尾都看到了，可能也觉得困惑。彼此彼此嘛。

"我看到你和他在交配。我本想留给你们一点隐私的，但是那会儿伤还没好，不方便移动。您要多久才会产仔？宝宝会是什么样的？一半像您，一半像他？那会是什么生物？"

上帝啊，不！不！不！她居然觉得阿杜雷和我当时在——

"伊弗爽，不。那不是交配。不是那样的。我没要产仔。"

"哦，那就好。"她松了一口气，"吓死我了。要不然还不知道要生出什么恶心的东西呢！怎么能把这么恶心的东西怀在肚子里？你们那会儿在做什么？看起来就像——"

"不管看起来像什么，我保证，我们没在交配。"

"那您是在打他咯？因为他伤害我？"

"差不多吧，反正不是交配。我也不清楚。我也不知道那时在做什么。但是我向你保证，绝对不会再做了。"

"这就是件错事了，对吗？"

"你还需要多少沥青，伊弗爽？"

"我没想冒犯您，"她向我道歉，"我只想弄明白，你们两个那时在做什么。"

"我自己还不明白呢。到底还要多少沥青——"

虽然她忘性大，但也明白了我的暗示，不再提这件事。"再来十捧就够了。"

我不确定，她说的一捧是以我的手为标准，还是以她的手为标准。两者之间差距还是很大的。我手中的一大捧沥青，到了她那修长纤细的手掌里，看上去就只有一小团而已。

虽然阿杜雷听不懂她说什么，但是不知道为什么，她还是放低了声音。"最后一个问题，反正您留着他又不是为了交配，他之前还那么狠心，让我受疼。我想，要不然，说不定……"她吞吞吐吐，不愿说出最后几个字。

"不行，伊弗爽，最后再说一次，不准你杀他。"

"当然啦。我知道。我的意思是，我听您的话，不杀他。要是您变了心意，一定会告诉我的，对不对？"

我径直走开，自顾自采集沥青去了。

第85章

天还没亮，伊斯托克怕自己起不来，索性连觉都不睡了。他从波拉修斯塔的厨房里打包了薯根、树叶和一点水，特意剩了一点超狮兽和超熊兽的肉给尼可拉斯和玛加。

伊斯托克心里一阵雀跃，就像他当时一拿到枪，就知道要拿它做什么似的。

每一个平凡的细节都令他觉得非同寻常。他的脚触到了地面，深吸一口气，肌肤感受到空气的凉意。真的要这么做了吗？这一刻终于到来了吗？

虽然一切都那么不可思议，但是经验告诉他，结果一定是真的。伊斯托克设法讨还了爸爸的血债，虽然感觉很不真实，但结果却是实实在在的。当初这个决定，是怎么一步步发展到令他走出巨墙的，他也不明白。即使送命也没关系，至少这样，自己就能和爸妈团聚了。

虽然不少好伙伴都走出过巨墙，但是伊斯托克从来没有。许多孩子似乎就喜欢和父母作对。但伊斯托克不是。他只偶尔违背父母的话，而且从没被发现过。一想到会让父母失望，伊斯托克就觉得难过。

伙伴们把巨墙外的世界说得天花乱坠，仿佛那里是片奇异的仙境。他一翻过巨墙，就觉得这是扯谎。哪怕晨光熹微，他仍能看清，这里的一切都和巨墙里没有两样。一样的大树，一样的石头，一样的灌木。

随着他一路往下走，沿途景色开始变化，树木变得更高，更绿，更密。伊斯托克知道自己应该觉得害怕。但无论发生什么，他都听凭命运安排。他一点不畏惧死亡，只担心没能兑现自己的承诺，替玛加和尼可拉斯寻回艾瑟琳。

夜幕降临，他到达了云线。云线的种种传说，他都听过。月光笼罩之下，这里的情景令他不寒而栗。目之所及，一片茫茫，那雾气浓密厚实，仿佛能够踩在上面行走似的。伊斯托克走入了这片遮天蔽日的乳白世界，觉得这简直就像连接生死的通道。一步步向前，一点点深入，就像走出自己熟知的世界，踏入一个自己一无所知，旧规则全不适用的崭新地域。

伊斯托克走入云线，已经好一会儿了，不知道自己该数到一千下，还是一万下。连自己是死是活，都有点搞不清了。他掐了一把手臂，猛地一疼，才发觉原来自己还活着呢。

无论是去见上帝还是去找艾瑟琳，他都要穿过云线，所以他决定跑起来。他加快了速度，一路弯来绕去，低头弯腰，躲避着从雾气里冷不防冒出来，又转眼消失不见的枝枝杈杈。他还是挨了一些碰撞，但是疼痛流血证明他还活着，令他放心。

他适应了快步向前的节奏，掌握了躲避障碍的要领。这感觉多么梦幻！看不见地面，他想象着自己像雄鹰一样翱翔天际，俯瞰万物，随心前往任何地方。接着他的脚就撞到了什么东西，真的往前飞了十英尺，砰咚一下重重跌在地上。他甩甩头，定定神，爬回去看看是什么绊倒了自己。

只见地上躺着一具死去多时，并被撕扯得四分五裂、面目全非的尸体，伊斯托克好一会儿才反应过来这是怎么回事。

原来绊倒他的，是一个维里塔斯人的尸块。

第86章

"拉芙莉！快过来！带上阿杜雷！"伊弗爽的声音听起来焦急迫切，盖过了轰鸣的海浪。

"她嚎什么嚎？真讨厌。"阿杜雷一边问，一边挖着黑色的黏胶。我们被海浪偷袭了好几次，全身上下都湿透了。

"她害怕了。"她一害怕，我也害怕起来。我们朝着伊弗爽干活的地方奔去。这里堆满了茅草，她负责修补破船。

"怎么了？"我问道，心里隐隐有了不祥猜测，担心得到证实。伊弗爽怕得发抖，从来没有什么会把她吓成这样——不是熊，不是狮子，甚至不是毒蛇。这些生物，她都能对付。山底只有一种野兽叫她害怕——克罗修斯人。她三番五次催促我们快点下水起航，他们成群结队地来杀我们。时间每分每秒都在流逝。

"蹲下来，别起身。"她嗅着味道，轻蔑地瞪着阿杜雷，"他的味道怎么办？"伊弗爽的嗅觉一定很敏锐，因为我什么也没闻到。她抓起一团沥青，就往阿杜雷身上抹。阿杜雷愤怒地跳起来。"你干什么？"

"她说你身上很臭，他们会闻到你。"

阿杜雷翻了个白眼。"我身上当然臭啦。好几个星期没洗澡了。"

"他会暴露的！他们来了！"

我听到了。林子里传来了窸窸窣窣的脚步声和噼里啪啦树枝折断的声音，虽然动静轻微，但是可以听到。

"要是他不要我碰的话，您来抹吧。"伊弗爽建议道，"无论如何，他明显喜欢你来。"

阿杜雷果然不再抗议，任凭我把沥青抹在他的胸膛和肩膀上。"特别要涂好他的腋窝。"虽然不情愿，但是我照做了。

"为什么你不用涂？"阿杜雷问我。

"就算要涂，也不用你来。"我回答，一不小心，口气有点冲。

伊弗爽站起来，透过浓密的树林张望着。不知在看什么，也不知看到了什么。她四肢着地，来回潜行，嗅着味道。阿杜雷讨厌她像野兽一样四肢着地。伊弗爽经常这样，大多出于本能。我承认这架势挺怪，但是自有一种优雅之美。她进入了进攻模式。我们能否从克罗修斯人手里逃命，全靠她了。

她直起身，把船掀了过来。"躲到下面去。"她吩咐道。

我照做了，阿杜雷也乖乖跟着我。

阿杜雷和我躲在反扣的船下面。船身和地面之间，留有一道大约三英尺的空隙，我们从这里看到伊弗爽时而挺身直立，时而匍匐爬行。

只听什么东西从灌木丛里钻了出来，阿杜雷和我只能看到伊弗爽扑了出去，视野有限，我们在船下移动着调整视角，接着看到伊弗爽扑向一只个子较小的野兽。

"那是什么？"我和阿杜雷不约而同地想，但是他抢先小声问道。

"看起来像一只熊，但又太不对。"我是看到了熊皮没错，但是这只生物明显不够魁梧。

"这也不是山底凶兽。动作不快，也不利落。"阿杜雷说得对。这只生物的动作迟迟疑疑的，和克罗修斯人闪电般骇人的步伐太不一样了，那动作令我觉得莫名熟悉，但又想不起来在哪儿见过。

也许我们太高估它了。伊弗爽一举击倒了这只轻飘飘的野兽，似乎和我们一样摸不着头脑。这到底是什么东西？

只见那生物从地上爬起，双脚直立。不管这是什么，我之前肯定见过。接着，一把斧头破空袭来，伊弗爽一闪，险险避开。这下她生气了，用上了蛮力，又把那野兽撞倒在地，居高临下盘桓着，准备了结它的性命。

"不要！求你！饶了我吧！"绝望恐惧之中，那家伙居然开口求饶了。上帝啊，那声音我认得。

是特朗因。

第87章

要不是伊斯托克跌跌撞撞、气喘吁吁地跑回家，尼可拉斯和玛加还不知道他出门了。他们还想当然地以为他躲在自己房间里，默默忧伤了一整天呢。

伊斯托克惊魂未定，拖着疲惫的双腿，一副半死不活的样子，走进波拉修斯塔。看样子他所看到的已经超出了一个孩子能承受的极限。

伊斯托克善于观察，心思细腻，这个特长被用过了头。

"这块围巾是帕莱斯加入山底远征队前，婚约对象塔葛丽送给他的。"他把围巾放在自己从云线收集来的一堆小东西旁边，接着从口袋里摸出一个亮闪闪的卵石。"这个石头上带有利池尼的家徽，他们家的族长和儿子都下山了。"他一个个列出阴惨惨的纪念品，每一个都宣告了维里塔斯远征队员的死刑。

说不定这些杰出的战士还没死呢？尼可拉斯仍有抱一丝希望。"说不定他们只是留下信物，人还没死。"

伊斯托克空洞地瞪着眼睛，竭力想忘掉那一座座新坟。"别问我怎么知道了，没有活下来的人。"

尼可拉斯和玛加急着想知道最牵挂的事，虽然觉得自私，但是玛加再也等不下去了。"艾瑟琳，找到了吗——"

伊斯托克把手伸进口袋，温柔地握住玛加的手，摊开她的手心，把一个物件交到她手里，捂了一会儿，仿佛这样能使艾瑟琳多活一会儿似的。

"我永远为你们难过。"伊斯托克说着，挪开了手掌，轻吻了他们的脸颊，径自回房去了。

尼可拉斯和玛加瞪着伊斯托克放在玛加手里的东西，完全愣住了。

是艾瑟琳的项链，镶着波拉修斯家的祖传宝石，和她的眼睛一个颜色，依旧闪亮夺目。

第88章

阿杜雷和我竭尽全力顶着船，想要从船里出来。但是实在太重了，没能成功。我朝伊弗爽高喊："伊弗爽，快停下。爱我就别伤害他。"真害怕她没听到我的话，把特朗因开膛破肚。她没有退后，依旧死死压着特朗因，随时准备进攻。

最后，我们终于把船翻了过来，这下可以丢开手了。

她盘桓着，准备进攻。我奔向她，阻止亲爱的伊弗爽成为杀人凶手。

"离他远点，伊弗爽！别攻击他！千万不要！"她正要进攻，被我急切的叫喊打断了。我训得她伤了心，一下子泄气跪坐在地，困惑不解。

我拦在她和特朗因之间，护着他，后悔朝伊弗爽大喊大叫。

"我只是想要保护您，亲爱的，"她解释，"我还以为自己是英雄呢。"

她对我一片痴心，却要遭受这种伤害，我讨厌这样。首先是阿杜雷，现在是我。但愿她不会觉得我不值得爱。我要是她，就会这么觉得。

我忘了护着特朗因，跑向她："你就是英雄。你是按我的想法去做的。只不过我没料到，没想到……"

我这才第一次回头看特朗因。阿杜雷拉他站了起来。他穿着熊皮，似乎经过了初次搏斗的洗礼。他手握一把血迹斑斑的短柄斧，脸上的线条更刚毅了，虽然五官没变，但是和我在山顶界认识的那个稚嫩空洞的小伙儿大不一样了。

"他是我的朋友。"

伊弗爽挫败地叹道："拉芙莉，为什么您尽结识这种生物？我本能就想要杀掉他们。"她的口气中没有怒意，但也很不高兴。

我瞥见特朗因冲向我们，高举斧头，目露杀意。不！我放开伊弗爽，拦住他。

"住手。她不会害人，她是我的人。"我本想说"我的朋友"，脱口而出的却是"我的人"，但是一点不想改口。

她是我的人。

刚才眼见特朗因杀向伊弗爽，阿杜雷却坐视不管，此时却凑了上来。"不会害人，可不是嘛。她想把我们撕成碎片，但是不会害人。"

特朗因轮番看着我、伊弗爽和阿杜雷。我上前想取走他的斧头，但是他攥得更紧了。从他的角度看，眼下的情况一定很不可思议。先是有一只野兽攻击了他，然后他的（前任）婚约对象——我，突然间冒了出来，抱住了那只野兽。我提醒自己，不管我对伊弗爽说什么，阿杜雷都只能听到叽里咕噜，不成人话的陌生语言，特朗因也一样。怪不得他摸不着头脑。

虽然不愿让阿杜雷和伊弗爽独处，但是我别无选择。"嘿，特朗因，我们一起散个步吧。"

特朗因的造船技艺比我和阿杜雷都高明得多。他只看伊弗爽做了几分钟，就帮上了忙，丝毫不差地重现了她的手法。

即使这样，伊弗爽依然讨厌他，和讨厌阿杜雷没有两样。她觉得我和阿杜雷只会把叶子和沥青胡乱搅和在一起，就算特朗因比我们技高一筹，能把沥青还算像样地涂到叶子上，那也只是就事论事而已，谈不上什么好感。

"还有没有这种生物在周围探头探脑，需要我留意的？"伊弗爽一边忙着用黑色黏胶固定住交错编织的叶子，一边问道。

"为什么你会讨厌他们，但是喜欢我呢，伊弗爽？"难道因为他们是男的，而我是女的？我只能猜到这个，要真是这样，也怨不得她。小伙子什么的，向来不是省油的灯，最多只能算马马虎虎。

她又以为我在开玩笑。"得啦，拉芙莉，答案这么明显，根本不用我说好吗！"

我也没法替他们说好话——特朗因和阿杜雷此刻的表现真是糟透了。

阿杜雷坚持说自己的造船本领一点不比特朗因差，实际上差远了。他一把抓起我们好好采来的棕榈叶和沥青，大手大脚涂抹起来。

"不对，阿杜雷，这样可不行。这里会漏水的。明白吗？你这是帮倒忙。"特朗因教训道。口气傲慢，不代表他说得不对，"快去抓点蛤蜊之类的给我们吃吧。"这话从特朗因嘴里说出来，听来一点不像建议，倒是更像侮辱。

"你怎么知道，你那部分不会漏水，特朗因？我们要因为你沉到海底，你会后悔的。"

他俩你来我往地吵着，真是一刻也不消停。

他俩，还有伊弗爽，似乎在抢着引起我的注意。等到我真的关注他们，他们又做出各种粗鲁奇怪的举动，有时简直过分。

我和特朗因在波浪滔滔的岸上分头采集材料，偶然遇上时，他总是一副拒人千里之外的样子（要不是真的看到熊皮和血迹斑斑的斧头，我才不相信他杀了一只熊呢），却在干活时偷偷瞥我。我有时也会偷看他。他看起来变了好多，我想弄明白是怎么回事。我每次看他，心里都觉得惊讶。

"特朗因，你涂得真好，简直和伊弗爽弄的一样防水。难道你以前在山顶界偷偷学过？"我想要鼓励他。虽然特朗因和阿杜雷一样不信任伊弗爽，但是我想至少营造出相安无事的工作气氛。

"和不懂人话的愚蠢野兽比，我无论如何都应该更强一些吧。"看来他一点都不领情。哼！算了！

"你做得一点都不好，还是她做得好。我只是来表达一下善意罢了。"惹人嫌的话我也会说呢，特朗因。

我们四人都需要清净独处片刻。艰苦劳作不时引发矛盾，等到船补好之后，我们又要挤在一起，共同出海。真是不情愿。

他们向我保证，这是最后一道要上的沥青了。我很高兴，因为终于可以从他们三人日益高涨的敌意中解放片刻了。结果，我听到特朗因愤怒的控诉：

"你没有权力！阿杜雷，你违反了法典规定！"

我赶上前，刚好看到特朗因一拳揍向阿杜雷。虽然他杀了一头熊，斧头挥得麻利，更像男子汉了，但是他的拳法却似乎没什么长进，刚好擦过阿杜的肩膀，击了个空。阿杜屈身扑向特朗因，把他撞倒在地。两人在沙地滚成一团，又揪又抓，精疲力竭。

"她又不介意，所以我觉得没关系。"阿杜雷回答，我心下一沉，明白了他们在说什么。

我用尽全力，把特朗因和阿杜雷分开，小心不被揍到或抓到。"你们两个都住手。这事无关紧要。"

特朗因站起身，擦掉唇边的血。"无关紧要？难道你和谁都做这种事？这也没关系？"

"和我们眼前面临的事情与未来要做的事情相比，这事无关紧要。"特朗因并不服气。"听我说，这个不算数，再没有下次了。阿杜那时候简直就是占人便宜……究竟发生了什么，我到现在还稀里糊涂，都快记不清了。"

这下子，阿杜雷急了。"知道吗？你在这儿真是舒坦，艾瑟琳，应有尽有。你有高个子的野兽保镖，还有披熊皮的婚约对象。那还要我干什么？我只会占你的便宜，逼着你做不算数，记不清，叫你后悔的事！我这就走。"

"你要去哪儿？不，阿杜。我们是一起的。"

"才不是呢。我们根本不是朋友。糟糕的时候，我们甚至算得上势不两立的敌人。不糟糕的时候嘛，那是你自说自话，完全不算数。就这样，我说完了。"

伊弗爽唰地站起来，紧张兮兮地说："让他安静，拉芙莉。"

"怎么了？"

"让他俩都安静。我们快走，就是现在。"我凝神一听，这可不是特朗因的乌龙警报。远处隐约传来了大部队行进的脚步声，令人不寒而栗。

风雨欲来，阿杜雷却似乎浑然不知，因为他径直朝着那个方向走去。我追上他。"阿杜，你听到了吗？"

"离我远点，艾瑟琳。你不就想这样嘛。"

他一路走进林子，拨开树丛。我追也追不上，顾不得身后焦急喊我的伊弗爽。

"我没想这样！"我对他喊，"听着，你要我说我爱你吗？你到底要招惹几个姑娘，阿杜？卡特兰蒂还不够吗？"

他停住了脚："至少我只招惹姑娘！你都有两个小伙子了，还连其他生物都不放过！"

我赶上前，抓住他的肩膀，好像我能制住他，不让他走动似的。"求你别走。尤其别走这个方向。他们来了，听到了吗？"

　　部队行进的铿锵步伐越来越响。就像风暴来袭之前，气压沉沉下降一样。他们来袭之前，我们还有多少时间？

　　"你疯了，艾瑟。哪儿有什么声音？"他怎么就是听不见？

　　伊弗爽还在林子里的某个地方，呼喊着我的名字，想要找到我。真是一场疯狂混乱的龙卷风，而我正位于风暴眼里。

　　阿杜雷怎么这么呆。群兽步步迫近的纷乱脚步，明明已清晰如轰雷贯耳！见他转过身离开，我脑中的最后一丝理智断了弦，双手抱住他的手臂，死不放手。

　　"你到底在干吗，艾瑟琳？"

　　"我是爱你的。你知道这点。但愿你是因为骄傲，逼我承认这一点。现在，要是你也爱我，哪怕只有一点点，就跟我回海滩去！"

　　这下子，就连阿杜雷也听到了克罗修斯人穿过树丛，紧逼而来的声音。只怕他们随时都会撞见我们，一哄而上，杀死我们。

　　阿杜雷向前跑去，紧握住我的手，不让我落后。眼前既无道路，又无空间，逃跑谈何容易。我们不得不低头避过枝蔓，抬脚越过树根。每次转弯，我都以为遇到了死胡同，但是没有时间停步思考往哪里走，只能不顾一切地往前冲。

　　我看到克罗修斯人了。

　　透过枝枝叶叶，我瞥到他们在我们边上，前面，后面都有。数量不多，或许是大部队的先锋侦察兵。他们四脚着地向前飞奔，速度令人胆寒。

　　我们离沙滩不远了。眼见树林在前面到头了。

　　我一门心思都在阿杜雷身上，竭力模仿他的脚步和动作。突然，一道残影猛袭向他，他从我的视线中消失了。我尖叫起来。我转过身，搜寻阿杜雷的踪迹。他去哪儿了？怎么会消失得无影无踪。

　　背后袭来一阵蛮力，把我拎起，拽住，按倒地上，一切都在瞬间完成。

　　我被定在阿杜雷身边，挣扎着翻过身，好看清周围情况。一个克罗修斯人俯视着我。他身形高大，颀长精瘦，全身皮毛杂乱，气味刺鼻难闻。只见他用弯曲锋利的指甲扣住我的肩膀，把我锁在地上，用阴影遮盖的脸庞凑了上来，离我近得吓人。他的眼睛吓了我一跳。真是漂亮的眼睛，莫名地令人心安，冰蓝冰蓝的，和我的眼睛一个颜色。

那家伙和我对视了一会儿，我心里惶恐忐忑，已做好被人开膛破肚的准备，就像可怜的亚尔温、艾克罗尼斯和其他人一样。运气好的话，但愿能够死得好看点，不要挂在树上给伊弗爽看。她会心碎的。

然而，这凶兽却愤怒地嘶鸣着，以最快的速度退开，尽可能远离我。

上帝，他们动作真快，我的眼睛仿佛进化得不够完全，来不及追踪他们的动作。他把注意力转向了阿杜雷，和其他凶兽一样，对他虎视眈眈。

在我站起身前，阿杜雷避开了凶兽的一击，稳稳站好。我为他感到一丝骄傲。虽然人类在体力上不敌这些怪兽，但刚才那招真是潇洒利落。

他故意迟疑了一下，引诱那凶兽再次出招。

凶兽果然中计，再出一击，阿杜雷向左一闪，恰好避过。凶兽用力过猛，打了个趔趄。阿杜雷一边躲避，一边抄起一截树枝，狠狠砸向比他大一倍的凶兽，撞得它倒向另一只凶兽，双双跌倒在地。

我们奔向树林边缘。克罗修斯人追逐的脚步声震耳欲聋。我心里快慰，哪怕死生一线，我们依然表现出色。被我们智胜一筹，凶兽应该觉得羞愧。

突然间，我又被带离了地面，瞥见阿杜雷也被拎了起来，他握着的树枝刮到地面，脱了手。这下子，我们黔驴技穷了。

"找到你啦，拉芙莉。"上帝！是伊弗爽抱着我们！"我知道叫我不要抱着你们，但是——"

"没关系，"我欢喜道，"就这样抱着我们吧！"

我们穿过树林，到了沙滩上。克罗修斯人穷追不舍。

船补好了，特朗因顶着阵阵波涛，费劲地把船往水里推。伊弗爽把我丢到船里，水浪猛地一掀，特朗因和阿杜雷齐齐跌倒，伊弗爽还要把他们从水里捞起来，搁到船里。

一大群山底凶兽钻出了林子，黑压压地涌到海滩上。

数千只凶兽怒嚎尖啸狂吠着，我们已经离岸几千码，伊弗爽也上了船。

特朗因和阿杜雷划着伊弗爽削的木桨，一路劈波斩浪，航向大海。

我这才喘一口气，这些天真是步步惊心，万般凶险，小命还在真是万幸。真是多亏了某些人。我拍着特朗因和阿杜雷的肩膀。

"我们还活着，大伙儿。我们还活着！"我翻来覆去，只说得出这一句话，几乎不敢相信。我们居然还没被开膛破肚！

可是回头一望沙滩，我的微笑就僵住了。

克罗修斯人还会游泳。

第89章

尼可拉斯希望波拉修斯塔的墙壁厚实，足以阻隔号啕的哭声。他没勇气向山顶界公布这个噩耗，所以请伊斯托克来告知吉斯大众。

消息不胫而走。虽然让一个年轻小伙儿来担负这个重担未免不公平，但是伊斯托克做得很好。新寡的妻子，失子的母亲，尚未加入山底远征队的维里塔斯汉子，很快就把整座波拉修斯塔围了个水泄不通。

查妮丝在他们的卧室窗下，对尼可拉斯整整呐喊了几小时。

"哦，领袖？我们要何去何从？吉斯要怎样才能爬出这个火坑？"

她嘶哑的声音简直要把他扯碎。这声声悲苦的痛诉，仿佛就是他无能的化身，摇身变成了实体，简直要把他活活吞噬。

自从伊斯托克拿出了项链，尼可拉斯就再没见过玛加。他们分别忍耐着悲哀的煎熬。他渴望交流，于是向妻子呆坐了一整天的地方走去。玛加寸步不离艾瑟琳的房间。她凝视着窗子，上面还钉着尼可拉斯吩咐加上的栅条，把女儿的房间变成了牢房。她抓着项链，翻来覆去地把玩着。

"这是她唯一留给我们的东西了。就这么个小玩意儿。多残酷的玩笑，这颜色让我想起她的眼睛，那灵动快活的奕奕神采，但只是个冷冰冰的石头而已，和现在的她一样死气沉沉，她再也活不过来了。"

泪水涌上了尼可拉斯的眼睛。刚听到艾瑟琳的死讯，他只感觉郁闷，直到现在，这份无比强烈的空虚才袭上心头，令他痛哭起来。他摸着玛加的手，轻抚上那块宝石。

"我很抱歉，玛加。我一辈子对不起你。"

她扯走项链，掇在胸前，不让他看见。仿佛不值得把项链托付给他似的。

"别想让我原谅你。永远别想。"

"玛加，拜托，我们只有彼此了。"她狠狠盯着他，那眼神既迷茫又愤恨，令人觉得，要是她再少几分怅惘无措，一定叫他当场血溅三尺。

"我们什么都没了，尼可拉斯，别再自欺欺人了，我们已经一无所有。"

尼可拉斯不知道，眼下还有什么值得去争取。艾瑟琳死了。阿杜雷死了。艾克罗尼斯也死了。他所认识的每一个好人，都死了。人生至此，一败涂地，还有什么活头？

他走开了，留下玛加一人。不知道这样做对不对，但是他怀疑，现在根本没有什么对的事可做。她又开始抚弄那条项链，呆视着窗外哀悼的人群，连他离去都浑然不觉。

在山顶界充满伤痛的心灵之中，只有一颗心充满震惊。

特兰顿万万没想到事情会发展至此。他一直以为，只要重整纪律、固化阶级、坐上山顶界的领袖宝座，就能迎来一个黄金时代。

他一直记得那句话，那句令他燃起权欲的话。

我们才是山顶界真正的领袖。——T.尼尔辛

他在山洞里找到了尼尔辛家族史，找到了自己的宿命。现在，达成这份宿命的希望却越来越渺茫。他无意统治一群心如死灰的麻木大众。山底远征队全军覆没，令他深感震惊。他本来就料到这次远征会有伤亡，甚至做好了牺牲一半兵员的准备，但是全军无一生还，水源却毒性未消。这是最糟糕的情况，太令他惊讶了。

特兰顿自惭形秽，这才明白，尼尔辛家族的权力从未公之于众。是他越界了。先祖所指的真正的统治——他所实施的统治，本就见不得光，只能暗地发展，一旦大白于天下，就必然遭遇失败。山顶界日益枯槁凋零。

他必须痛下决心，不惜代价，找到出路。至少，他还知道下一步该怎么做。

第90章

克罗修斯人简直就是为水而生的。我的希望沉了下去。他们身体修长，劈波斩浪，在水下迅猛突进，不掀起一丝水花，简直如鱼得水，几百个结成一伙，向我们汹汹逼来。

不管伊弗爽多厉害，我们都敌不过这群水中凶兽。

阿杜雷、特朗因和我眼睁睁看着海面水波翻涌，克罗修斯人寸寸迫近。再过一两分钟，他们就要赶上来了。

我握住伊弗爽的手。她的手足足比我的手大一倍，看起来几乎和人手没两样，但是更修长纤细（长着锋利的指甲，弧度优雅，也比人手致命）。真庆幸死到临头，还能和她、阿杜，甚至特朗因在一起，也算死得其所。

"让我们一起无畏面对吧，伊弗爽。"我也握住了阿杜雷的手。哪怕死亡迫在眉睫，我仍感到一丝电流窜过肌肤。"让我们一起骄傲地接受命运的安排。"也许特朗因会嫉妒，但是我只有两只手。要是我有第三只手，我肯定会让他握着的。

伊弗爽全神贯注地盯着海面，摇摇头。"不，拉芙莉。我们很有优势。我们在船上，他们在水里。"

我不明白。"这样也不能阻挡他们赶上来吧。"

伊弗爽放开我的手，朝另一只前臂伸出了利爪。"这片海很可怕的。克罗修斯人选择下水，真是大大失策。船的厉害，您马上就会看到。"我不由想起，阿杜雷在海岸上看到的水下阴影。

伊弗爽淡定地伸出利爪，在手臂上划出一道鲜红的口子。我嚷嚷着要拦住她。看起来好疼，我不想叫她受疼。但是她轻轻扭开身子，避开了我。

"不。我必须这样做。"

"疼吗？"我问道，快吓坏了。

"可疼了。"她说。

鲜血涌出深深的伤口，落入碧蓝的海水里，在船后拖出一条红色痕迹。

流了这么多血，伊弗爽怎么受得了，简直在自杀。

特朗因似乎明白了她的意图，对我耳语道："她要用血的气味引来什么东西。"

伊弗爽紧紧盯着海面。"他们马上就来了。"

特朗因、阿杜雷和我追随着她的视线。但我不知道要看什么，眼见克罗修斯人寸寸逼近，离我们只有一百码，我简直无法把注意力转到别处。更多鲜血混入了海水，船边涌动的殷红鲜血几乎和碧蓝海水一样多。

逼得最近的克罗修斯人，身影已经清晰可见。我眼睁睁看他进入了伊弗爽的血泊里。太近了。无论伊弗爽有什么打算，在等待什么，都要来不及了。

只见那个游入血水的克罗修斯人猛然挣扎，跃出水面，足足跳起有五英尺高。

一开始，我以为克罗修斯人发动了攻势，直接要从海里跳到我们船上，杀死我们。

不，我错了。这个克罗修斯人遭殃了。

一只庞然大物袭向了他。那怪物来自深海，皮色灰白，两眼乌黑，比我见过的任何东西都要庞大。海怪咬住了克罗修斯人，不顾他的尖叫，径直拖入水里，一大蓬血花爆涌开来。

"他们不该下水的。"伊弗爽强调。

水怪纷纷进攻，水面翻滚起来，鲜血引来了更多水怪。山底凶兽接连丧命，不时可见面目狰狞的大鱼叼着克罗修斯人跃出水面。真是壮观的景象。这些致命凶兽想要捕杀我们，却不想葬身其他猎食者之口。山底凶兽奋起反击，杀死了许多水怪，但是在水里，还是水怪更占上风。

屠杀如火如荼，海面翻翻滚滚，波及我们的小船，我险些落水，还好伊弗爽拽住我。我紧紧攀着她，但愿阿杜雷和特朗因也能抓牢她。

遇到海怪屠杀，还在游水的山底凶兽明白了自己的处境，掉头返回沙滩。许多没来得及上岸的凶兽，都被水怪（先人称之为"鲨鱼"）拖回了海里。

我们成功脱身了。伊弗爽失血过多，身体虚弱。她捂着受伤的胳膊止血。"爸爸告诉我，这片海域非常危险。"她结结巴巴地说，弱弱昏了过去。我担心她有生命危险，但是她脖子上还有脉搏。还好皮毛斗篷捂在她伤口上，止住了血。我用棕榈叶紧紧包扎她的手臂，但愿她会好起来。

　　她救了我们。就连阿杜雷和特朗因都不能否认。

　　死里逃生的感觉真是奇妙。我们摇桨航向淹没城，我发出一声喜悦的高喊。蓝天碧海，清风拂面，海怪甩远，刚才是多么惊心动魄的一刻，我的心都快跳出来了。

　　我还活着，漂在海上，我们又一次死里逃生。

　　"想游泳吗，小伙儿们？"我笑嘻嘻地问他们。他们纷纷摇头。我懂，我懂，太荒唐了。

第 91 章

特兰顿毫不设防，独自一人到了波拉修斯塔，维里塔斯人默默围着尼可拉斯家，被哀痛麻木了心灵，就像雪地里冻僵的毒蛇，毫无威胁。他走过的时候，就连查妮丝都没有吭声。

特兰顿没有叫门，径直进了屋。尼可拉斯还信任他的时候，给过他钥匙。只见尼可拉斯在书房里，沉浸在自怨自艾的颓怨里。"权力落到弱者手里，真是暴殄天物。"特兰顿心想。他安抚地搭上尼可拉斯的肩膀。

"您似乎需要一个盟友。"

尼可拉斯显得很感激，老朋友来了，让他精神一振。至少，他还有过朋友。尼可拉斯痛失了女儿、妻子，痛失了人生中可贵的一切。哪怕他和特兰顿有过那么多过节，早已离心离德，但和他眼下对朋友的渴望相比，都显得微不足道。尼可拉斯怕自己又说错话，把特兰顿气跑，就像他气跑其他人一样。所以一声不吭。

"我是来讲和的，亲爱的尼可拉斯。不和令我们痛苦，看看外面吧，吉斯从没这样衰微不振过。我甚至听到了起义的风声。我们已经临近毁灭边缘，我们需要领袖。"

这种鬼话，尼可拉斯一点也不想听。"您可以的，尼可拉斯，我看好您。我知道我们需要什么。我渴望权力，这点不假。但是我也看到了，波拉修斯家失权之后，这个村子成了什么样子。我对您开诚布公，尼可拉斯。求您坐回原位，领导我们走出这片混乱。"

逼别人收拾自己留下的烂摊子，特兰顿最在行了。只要把他们引到不堪一击的境地，再伸出一只援手，一切都会水到渠成。虽然尼可拉斯脑子少根筋，但他作为一个感恩的朋友，还是比作为手下败将要强得多。大部分人都是这样。

尼可拉斯执起特兰顿的手，紧紧握住。尼可拉斯一整天没怎么说话，只觉得喉咙干涩，一时难以开口。"我们一起重整山顶界吧，特兰顿。"

第 92 章

阿杜雷、特朗因和我从早划船到晚，累得不行，决定休息。计划是特朗因和我睡一小会儿，阿杜雷划船，然后再由其他人守夜，阿杜雷去睡。

我们一致认为，伊弗爽应该尽可能多休息。为了救我们，伊弗爽牺牲了这么多，可是阿杜雷和特朗因还是对她有所怀疑（那是为了救你，艾瑟。要是特朗因或者我的话，她才不会这样洒血呢）。

我一觉醒来，已经日上三竿，原来阿杜雷也睡着了，根本没叫醒谁。我们无人值守，已经漂了好一阵子。我不由发慌，但是一切都显得风平浪静。没有克罗修斯人来犯，这片危机四伏的海域，也没出现什么威胁。

特朗因和阿杜雷就像小两口一样，相互依偎着睡着了，我不禁笑出声来。他们要是能看到自己这副相傍相依的模样就好了。日子虽然苦，但我依然时常发笑，天天神经紧绷，能放松总是好的。

他们三个还在酣睡，我终于有了独处机会。能够消停片刻真好。海面平滑似镜，我看到自己的倒影。

以前怎么看待自己的长相，我不太确定，但眼前的脸让我吃了一惊，算是惊喜。我变得坚毅刚强，不再是个孩子，更像个女人了。

我念着伊弗爽的伤，看了看她的手臂，想着必须清洁一下伤口，免得感染。我看了一只手臂，又看了另一只。

没道理啊，那道血口子，明明几小时前还在，现在却完全愈合，只剩下一道柔嫩的粉红伤痕。我不得已叫醒她，看了看她的前臂。见她微笑，我才注意到，她的犬齿比我的要突出，虽然不是毒牙，但是颇为相似。

"这下安心了，拉芙莉？不怕了吧。"

"伊弗爽，你的伤怎么回事？这就好了？"

她皱起脸，困惑不解。"已经一天一夜啦，亲爱的，这有什么奇怪的？"

我猜伊弗爽生来恢复得快。真幸运。"换作我，可要花上好长时间，能不能长好，还说不定呢。"

"看看有没有剧毒海蛇，拉芙莉，有的话，我会好得更快。"

伊弗爽的话，解释了她为何觉得响尾蛇毒液对阿杜雷有好处。原来一切动物毒液都对她的族类有益。毒蛇、毒蝎、海胆、蜘蛛，这些生物的毒液，原本用于杀戮，但是对于伊弗爽，却能在受伤时加速愈合，健康时强壮体魄。

伊弗爽抄起船桨，向淹没城划去。我们的进度太慢，和她睡下去前没什么两样，我很惭愧，但她毫无怨言。至少没怎么怪我。

阿杜雷还在沉睡，伊弗爽朝他一扬下巴。"他老这样吗？别人早起干活，自己呼呼大睡？"

她借机贬低他，但是这指责并不公平。我们在一起这么多天，她应该知道，阿杜雷并不贪睡。阿杜雷毛病不少，但是绝不懒惰。

我望着地平线上的淹没城，换了个话题。"你觉得，还要多久才能到那儿？"

她递给我一只桨，笑道："就快了，要是您来搭把手，一定会更快。"

我们不紧不慢地划起了船。虽然昨天划了好久，今天肩膀还觉得酸，但是我喜欢用桨劈开水浪的感觉。

大海令我困惑。我在山顶界见到的水总是零零星星的，这里一摊，那里一桶，最多只能填满水泵站的水渠而已。我在书上读到，水可以像高山一样深厚，总觉得太夸张，就像先人吹嘘电视或者摩天大厦一样不靠谱。水能够这样浩渺广阔，简直就像天堂里坐着一个戴金冠的上帝一样不可思议。人希望这些东西存在，我能够理解，但是希望未必就能实现。

然而，此时此刻，我却乘着一艘用树叶、木头和淤泥做成的小舟，在洋面上漂游。海水清澈洁净，可以看到鱼儿大群大群游过，却深得望不到底。我喜欢凝视这片深蓝，但又害怕再次看到那种吞噬克罗修斯人、在无意中拯救我们的饥饿水怪（我深信，只要有可能，它一定也会把我们活吞）。海水波波荡荡，令我神迷心醉，恍惚之间，仿佛想起了什么情景，但是那画面倏忽一闪，就消失不见了。

伊弗爽虽然抱怨着阿杜雷睡了太久，却没有叫醒他和特朗因。我也没有。她喜欢和我独处，我也喜欢和她独处。小时候，爸爸教过她一首歌，她试着教我唱。我们哈哈大笑。我很快发现自己不太会唱歌，但是不得不承认，唱歌的时候，喉咙痒痒的，有趣得紧，真叫我喜欢。光是听着我们歌声相和，歌词相同，音调相应，就不由陶醉。仿佛我们在一时之间融为一体，不分你我。

她和爸爸离群索居，相依为命，住在那栋林间小屋里。我问她原因，她说不上来。"因为那是爸爸的事，和我无关。"自从爸爸承诺带她去淹没城，她就期盼着踏上行程。虽然爸爸说那里危险，但是她肯定自己能在那里交到朋友。

"现在我就要到淹没城啦，而且还在路上遇到了我能想到的最棒的朋友。"她真是非常乐观，也难怪。按她的说法，伊弗爽的人生一直都很寂寞，直到遇见了我。

"你妈妈呢，伊弗爽？"

"很抱歉，我不明白这个词，那是什么？"

"妈妈是另一个亲人，就像爸爸。是雌性，像你和我一样。妈妈怀着你，把你带到这个世界上。"

伊弗爽摇摇头："不，我没有这样的亲人。妈妈一定是您的种族特有的。我们没有妈妈。就算有，那也是爸爸自己的事。"

"没有妈妈？这没道理——等你哪天想要宝宝了，你会变成什么？肯定不是爸爸吧。"

"嗯。我从没想过这个呢。"她咯咯笑着，仿佛和我闹着玩，一起傻里傻气地胡思乱想，"我会变成什么，等到那天再说吧。"有时候，伊弗爽太过严肃能干，叫我忘了她还是个孩子。她爸爸教得少，没人填补这份空白。

也许，我也差不多。爸爸妈妈隐瞒了我多少？我亲眼看到了这么多秘密。造雾机器，特兰顿的背叛，贝鲁巴斯的地底王国。阿杜雷对我显而易见的爱恋。还有那甘美又恼人的亲吻。这么多秘密！我不由相信，一定还有更多秘密等着我去揭穿。

这或许是大人对孩子耍弄的最大诡计。他们什么都不告诉我们，长大就是一个发现秘密、揭穿秘密的过程。

"你没有妈妈，真是可怜。妈妈是温柔慈爱的，她一心替你着想，想要把最好的给你。"泪水夺眶而出，我心里知道，我说的就是自己的妈妈，还有我对她的期望。"妈妈至少都要做到这些。"虽然我妈妈并不完美，但我还是好想她，"每个人都有妈妈。"

伊弗爽的大手搭上了我的肩膀。她的手虽然堪称致命武器，但总是对我万般温柔。"拉芙莉，我错了。我其实有妈妈的。"

她在开玩笑吧？真是新鲜。伊弗爽从没开过玩笑。

"说说她的事吧。你还记得什么？"

"我记不得了。我就是知道。我妈妈就是你。没错，就是你。"

淹没城展现在我们面前，我们在古代建筑间穿梭。阿杜雷的心情也渐渐转好。刚才他一醒来，发现自己睡过了头，而且还紧贴着特朗因，不由大为恼火，仿佛都是我们的错似的。特朗因也睡醒了。

海水清澈晶莹，水底的景色清晰可见。到处都是巨大的建筑，一栋栋房屋和水泥道路。

"这里发生过什么，伊弗爽？"

伊弗爽打量着我，琢磨着我的心思，最后决定什么也不说。

"我没逗你玩，我就是想知道。"我提醒她。

"您真的想知道？还是想知道我以为自己知道的东西？"

"有什么区别吗？"我问。每次问到山底世界的事，她就开始打哑谜。真叫人琢磨不透。

"你们俩在闲侃什么？"我们说话的声音，特朗因还是听不惯。他也觉得这种语言非常陌生，和阿杜雷一样。

"安静，特朗因。她要告诉我淹没城的事情呢。"我叫他安分点。

伊弗爽慢慢说着，编排着字句："嗯，您肯定知道这里发生了什么，所以我不明白为什么您还要听我解释。除非，您是想知道，我对这些事情怎么看、怎么想。这样我才能明白您的意图。"

"好吧。没错。我就是想知道，你对这怎么看的。"

"我觉得……我觉得……您看，一个城市需要被水淹的时候，被水淹没就是好事。淹没城就该是这个样子。"

这个回答一点都说不通。"为什么城市需要被水淹?"

"噢,那可由不得我。我也不知道。但是这座城明显就是需要啊,要不然,就没办法淹在水底了。就算我们不明白,但是事情发生,总是有原因的。"她热切地盯着我,仿佛想知道我是否认可她的答案。我虽然困惑,但也只好放下不提。

我们扫视着建筑,寻找生命的迹象。这里的鸟儿成群结队,呱呱鸣叫,还有油光水亮的棕褐色动物出水爬上礁岩,钻过打碎的窗户,聚成一群,嗷嗷叫唤。

不管看到什么动物,特朗因和阿杜雷都争抢着说出名字。"那是海豹!""不对,我很确定那是海狮。"好像这差别很重要似的。

只凭一个不谙世事、从未来过这里的小姑娘的话,我们就不远万里,冒着生命危险,深入这片杳无人烟的深海。我努力想把这种想法抛到脑后。

"我们上这儿来做什么,艾瑟琳?"特朗因问,口气满是疑虑。我承认他变强了,但是不喜欢他新染上的霸道作风。光是应付一个阿杜雷就够我受了。

不过他问得挺有道理。我们上这儿来,到底是做什么的?"我们为什么要到这里来,伊弗爽?"

伊弗爽望着被水淹没的天际线,一副茫然的样子。她深吸一口气,盯着我:"您懂的,亲爱的。我知道您懂。我们接下来要去哪儿?您来带路吧。"

这趟远征,居然要我来领路?再一次庆幸,特朗因和阿杜雷听不懂我和伊弗爽说什么。

伊弗爽一把手放在我的肩上,我就感觉到了她指的东西。这不是广大的视野,更像是一种印迹,或者倾向。我感到一丝冲动,在耳边循循善诱:别走那条路,走这条路吧,这样不是更有趣吗?

于是我开始带路,这里左转,从右边绕过那个建筑,直接往前,摆出一副听从伊弗爽指示的样子,免得特朗因和阿杜雷知道我不认路,却在发号施令。

走着走着，最初的疑虑渐渐消退。越是靠近，我就越是欢欣鼓舞。就快到了。

"你在笑什么？"阿杜雷问我，我都没觉得自己在笑，但是他没看错。

"你笑得好傻。"特朗因也说。

"我喜欢这里。"这是真的，这里的一切都叫我喜欢。碧蓝的波涛拍打着壮观的建筑，飞溅起纯白的水墙，泡沫晶莹，水雾飘散。海鸟、海豹、鱼儿成群结队，生机勃勃。

阿杜雷说："呃，我觉得这里挺瘆人的。"从他的角度看，也没有错。这座城市死气沉沉，肯定藏着不为人知的凶险。

我们走向一座金光闪闪、开裂破碎的玻璃高塔。这座塔比任何建筑都高耸，突出水面数百英尺。和我看到的任何摩天大厦都不一样，居然不是直线和方形构成的，而是由优雅轻盈、弯来转去的弧线组成。我们看到一扇窗户从楼上跌落，摔进海里。

这座塔离其他摩天大厦很近。我在阳光中眯着眼，认出了连通这几座大厦的平转桥。

目的地到了。我很确定。

我们把船晃晃悠悠地停在一排破窗前，打算通过窗户走进塔里。

钢架巍然耸立，锈迹斑斑，被起起落落的海涛拍得嘎吱作响。

我郑重其事地说："就是这里了。"

第 93 章

安普鲁斯怒不可遏。淹没城近在眼前，他们就在那里。这个地方象征着山底发生的一切不幸，他痛恨这个地方，痛恨被他人统治，直到今天，恨意从未消减。

他想再发起一次跨水突袭，盼着至少能有一个同伴渡过这片凶险的海域，杀死这些该死的闯入者，报仇雪恨。这种冲动并不理性，就像第一次下令军团下海游泳，引发一场灾难一样不理性。

大破灭之后，安普鲁斯只见过个别克罗修斯人或阿纳格温人死去。今天，他却在不到九十秒内，痛失了几十个忠心耿耿的部下。所有的猛将都被拦腰咬断，葬身深海。

他在沙滩边踱着步，懊悔自己把他们派去送死，对这场悲剧手足无措。克罗修斯人一般不会伤亡，所以没有任何仪式来抚慰伤痛。

幸存者涌上海滩。因为牺牲众多，所以清点伤亡的惨事还在进行，许多没死的人，无不渴望能够做点什么，发泄心头悲痛。

这些人背叛我族，抛弃我族，残害我族！他们会遭报应的，几百年来的恩怨和不公，又添一笔血债。我保证，他们一定会遭到报应。

第94章

阳光透过破破烂烂的玻璃窗，曲曲折折地射进来，照得房间一半晃眼刺目，一半昏暗漆黑。伊弗爽走在前，我紧跟在后。

除了钢架嘎吱嘎吱，海涛哗啦哗啦，间或传来海鸟或海狮的叫声，这些荒废已久的建筑里一片寂静。

这些建筑肯定曾经住着许多先人。我们看到了许多床铺桌椅。特朗因被一个机器迷住了，想停下来看。但我把他拉走了。我们必须弄清此行的目的。

"我们这是在找什么，伊弗爽？"

"要到顶上去。"

我们找到了楼梯，这楼梯这么古老破旧，居然还能承受我们的体重，真令人惊讶。我们一路向上走，距离水面越来越远。

耳畔袭来新的动静，呼啸尖利，咄咄逼人，我告诉自己，这只不过是风声而已。无论是风还是更险恶的东西，都叫我害怕。

我们小心翼翼地往上爬。要不是必须弄清楚楼顶有什么，我真恨不得掉头就走。

楼梯间的阴暗角落里，响起一阵窸窸窣窣的声音，还有一股温暖干燥的风拂过我的脸，仿佛有什么巨大的东西掠过。

"那是什么？"我问。没人回答，没人想知道。我们继续往上爬。

终于，我看到楼梯顶端的门了。门敞开着，射入光线。我能够从门里看到蔚蓝无云的天空。

窸窸窣窣的声音更剧烈了，还混入了怪异的尖叫。一阵热风吹来，但我分辨不出是从哪里刮来的。其他人也一样。周围一片漆黑，什么也看不见。

"这里还有别的东西。"阿杜雷说。

真是多谢指点。

突然之间，我被撞倒了。什么东西扎破了我的手臂。我奋力拍打，却什么都没打到，真是不可思议，因为刚才的攻击似乎是从四面八方涌来的。

"上帝，救命！"我喊道。阿杜雷抓住我的手，把我拉到身后，我们两步并作一步地奔逃，跑到一缕光线下。攻击我的东西还在挠我。凑着光一看，原来是鸟，一只从没见过的鸟，身形巨大，足有我半人高，尖爪如刀，弯喙锐利。

伊弗爽一把拽下这只愤怒的鸟，狠狠甩了几下，摔到地上。我上前踩了几脚，让它一命呜呼。

特朗因还一斧头劈上去，这就有点过了（没想到他居然还带着斧头）。

"谢谢你，特朗因，真是太及时了。"

特朗因点点头，无视嘲讽，接受了谢意。我看了看伤口，虽然疼得厉害，但似乎没什么大碍。

"你没事吧，艾瑟琳？"阿杜雷问道，声音好温柔。我涨红了脸，但愿没人看到。

"嗯。我还好。那个……大伙儿可要小心这些鸟。"

我们走出阴暗的楼梯间，向光亮爬去。眼前的一切，让我们不由瞪圆了眼，还以为走到楼顶外面了，结果却走入了一个遍镶玻璃，窗户破败的洞室。

一阵混杂着海藻和鱼腥的味道扑鼻而来，虽然难闻，但是比楼梯间污浊的空气要强。这里的海风真大。

我的眼睛好不容易适应了强光，却不敢相信看到的一切。

这里果然还有其他生物。

我看到一群小屋，酷似山顶界维里塔斯人的圆屋子。拱顶呈半圆形，用骨头、海藻、碎贝壳之类的天然材料制成，拢成一堆堆，和摩天大厦内部冷峻笔直的线条形成鲜明对比。

这是个村庄，而且规模不小。我上下打量着大厦的楼层，看到许多楼梯和住宅相连，这里的居民可以穿过桥梁，前往其他泡在水里的建筑。

"这里住着人。"特朗因说。

我们一路向前爬，向阳处晒着一串串鲜鱼，房屋的规模比维里塔斯人的圆屋子大一倍，屋顶上凿了洞，冒出缕缕炊烟。黏土锅碗、花哨饰品、印花图案，日常生活的印迹比比皆是。

村子里到处装饰着巨大的鱼骨头，俨然有种仪式感。墙面上嵌着一排排鱼脊肋，那肋骨比伊弗爽还高。鲨鱼皮、鲨鱼颚和三角锯齿状的鲨鱼一排排悬在头顶，一把把长矛排得整整齐齐。

连伊弗爽都露出了惧色。"我们该走吗？"我轻声问，但是心里知道，我们不该走。毕竟爬了这么高的楼才到这儿。

伊弗爽指了指一座屋子，在村子中心显得鹤立鸡群，是用磨光的骨头和成捆海藻建造的，像彩虹一样色彩缤纷，令我想起先人的宗教建筑，觉得这是座庙宇。

"人都去哪儿了？"特朗因问。我们什么动静都没听到。

我们走向庙宇。伊弗爽冲我点点头："应该由您来开门，拉芙莉，就该是您。"

我推了推那扇巨大的门，门吱呀一声打开了。只见庙里燃着一丛火，昏昏映照着空空寂寂的庙堂。我走了进去，阿杜雷、特朗因和伊弗爽跟着。

特朗因惊叹道："这是什么？"我们四处打量着，但因为光线昏暗，难以看清所有东西。

只能模糊的看到屋子的墙上挂着鲨鱼颚骨和鱼骨。阿杜雷指着挂在上面的两张巨幅画像中的一张说道："那个真像你，艾瑟琳。"

另外一张是男人的画像。"这是希恩先生，"伊弗爽解释道，"你都知道的，拉芙莉。"可是我并不知道，反正也不是第一次了。

另一张画像确实挺像我的，蓝眼睛什么的。虽然挺吓人的，但是要承认，这画像简直就是我的翻版。

可这分明是几百年前的画啊。

不知不觉间，我们被悄悄包围了。

伊弗爽毫无惧意，但是我们吓坏了。一大群她的同类从我们身后的楼梯进了窗户，涌进昏暗的大堂，朝阿杜雷和特朗因凶猛地嘶嘶示威。

"看来讨厌他们的不止你一个啰，伊弗爽？"我问她。

她点点头："只有您不一样，竟然对人类怀有爱意，亲爱的。"

伊弗爽开口说话了，清晰洪亮地宣布："仁慈的拉芙莉表示，不得伤害她的同伴！这些人类似乎是她的宠物，受她保护。"

伊弗爽话音刚落，他们齐看向我，虽然面露惊疑，但是充满善意和喜悦。一个人对我下跪，其他人纷纷效仿，然后一齐对我鞠躬。

"拉芙莉！哦，拉芙莉！"我听到他们拉长了气，歌唱般小声唤着我的名字，所有人的呼唤汇在一起，在庙堂里回荡着，如暴雨雷鸣般洪亮。

我问道："伊弗爽，他们为什么这样？"

她回答："他们和我一样爱您，拉芙莉。但是我们要走了，大师等着呢。"

我们离开了庙宇。更多生物围了上来，挤在村子里，纷纷向我鞠躬。

眼前出现了一座拱形阶梯，通往高楼顶部的宏伟瞭望台。我知道这就是我要去的地方。

"我要上去一下。等着我。"

特朗因抗议："你不能把我们丢在这儿。"

我承诺："他们不会伤害你的。"我知道这是真的。"感谢你们的迎接！"我对他们喊，"请好好照顾我的朋友，礼遇尊重他们。"鞠躬的生物微微点头。

"我和你一起去。"阿杜雷坚持道。

伊弗爽盯着我的眼睛："不，拉芙莉，大师只和你一个人说话。"

"阿杜雷，我没事的。"

我的眼神和语气中都带着急切，阿杜雷知道多说无用。我微微一笑："说不定，你还能在这儿找到自己寻觅已久的致命军事武器呢。毕竟这高楼是先人盖的。"特朗因注意到了房间里的先人工艺，对着支离破碎的墙面，盯着墙的内部构造瞧。他忙着研究各种微小细节，屏息惊叹，喃喃自语："哦，灯具支架。黄铜电线，嗯？塑料管道！"见我要走，他只挥了挥手，稍微示个意。

在特朗因和阿杜雷无言的较量中，阿杜雷赢了一分。阿杜雷还不肯放开我的手。"你要是死了，我永远都不会原谅你。"他想装得无所谓，但是没能成功。

"我绝不会这样对你的。"我开玩笑地说，但心里是认真的。

我撇下他们，走上楼梯，对自己和他俩的关系困惑不已。

特朗因有意保留婚约意向，想要和我结婚。我甚至认真考虑过这点，但也只是几个一闪而过的念头而已。他虽然没那么像蠕虫了，但是比起我的死活，他似乎还是更在乎那管子到底是金属还是塑料。

阿杜雷则似乎只在有望继续沙滩上的亲吻时才会对我感兴趣，但是无论亲不亲吻，他都真心在意我的安危。

至少伊弗爽对我的感情最单纯，全心全意，毫无疑虑。她虽然爱我，但大概只是个孩子。

或许，这就是长大之后的人生。或许，人总要遭遇形形色色的友谊、林林总总的规矩、变幻莫测的期望，总要陷入这般混乱的境地。或许，大人就是因为这样，才总是这么疲惫，这么孤独。

我走到宏伟阶梯的顶部，迎面看到一扇雄伟壮丽的金属门。我用尽全身力气，只推开一条小缝。我最后回头，望了一眼，只见三个同伴被弯腰俯首，一动不动的生物簇拥着。

我当然死不了，但我是他们之间的黏合剂。

没有我，他们一定会离心离德。

我还是走上了阳台，铁门在背后沉沉关上。

第 95 章

我被眼前的景象震住了。只见数百英尺之下，波涛滚滚，我家所在的高山径直跃入眼帘。这是我生于斯长于斯，整整十七年的家园啊。但是因为山顶白雾茫茫，所以望不见山顶界。

我不由一时浮想联翩。爸爸妈妈过着他们的日子，不知是好是坏。他们会想我吗？一想到那些痛失了自家汉子的维里塔斯妇孺，我就黯然神伤。我满心想着吉斯的事情，一时出了神，几乎忘了自己为何而来。

"我也会一整天这样望着那座山。其实，我前一刻还望着那里呢。"

突然听到有人说话，本来挺吓人，但是我没被吓到，而是四处张望，寻找说话的人，不过一时没寻到。这个阳台上显然住着人。地板上铺着海狮的皮，像是地毯。巨大的骨头垒出花纹，作为装饰。我不再眺望高山景致，转头打量着摩天大厦的外墙，那里密密麻麻挂着鲨鱼颚骨，活像一座热带雨林。

"抬头看。"

我照做了，看到一个类似伊弗爽的生物，但是个年岁较大的男性。

他坐在一张超大号的宝座上，许多鱼骨和鲨鱼颚骨用皮质长条固定，构成了这张王座。伊弗爽披着陆地哺乳动物的皮毛，模仿克罗修斯人。而这位阿纳格温人却不同，他穿着灰白粗糙的鲨鱼皮铠甲，上面还保留着鲨鱼尖尖的头部轮廓，带着毫无生气的黑色眼睛和尖锐的成排牙齿。

"您终于来了。我就知道您会来的。"他对我说。见我来了，他激动得差点说不出话。他拉下鲨鱼头套，露出了脸庞，和伊弗爽是同类，都长着冰蓝色的眼眸。

"伊弗爽告诉我，你能回答我的问题。"

他笑起来："真不好意思。我还指望您会回答我的问题呢。"

他优雅地从宝座上爬下来，显然他和其他凶兽一样厉害。我见识过山底凶兽了，心里一点也不害怕。那也不该对这一只放松警惕，我对自己说。许多人送了命，就是因为对危险过于松懈。

"请站在那儿，别离我太近。"他顺从了，我们相互打量着。我盯着他，感觉和盯着伊弗爽一样（老实说，有时对阿杜也是这样）。无论我盯着他看多久，都会觉得充满神秘感，就算再看一百年，仍会对他们的外表觉得新鲜，怎么看也看不厌。他比伊弗爽还要高大，对我更是居高临下。他双脚站立，从他爬下墙的姿势来看，我知道他对四脚着地的姿势更喜欢。他的脸是暗金色的，但似乎是涂了油彩，故意弄成这个样子的。

我们细细端详着彼此。他想琢磨我，就像我想看透他一样。

他指着白雾绕顶的大山："您是从那里来的，对吗？"

"是的。"

"拉芙莉。您还认得我吗？"

我不认得，但是心里知道，实话实说可能会让他伤心。我不愿撒谎，所以什么也没说。

"这一天，我已经等了许多年，亲爱的。"他试探性地向我迈前一步，等待我的许可。我点点头。我们各自上前，靠近彼此。

就像对伊弗爽一样，我对他莫名地熟悉。伊弗爽让我觉得相见恨晚，而这个和善的生物（至少我觉得他和善），简直就像我几百年前的故交一样亲切。

"可以吗？"他问道。我点点头。

他用魁梧壮硕的身体抱住了我。顿时，千百种画面涌入我的脑海，纷纷扰扰，形形色色，让我眼花缭乱，差点忘了呼吸。我看到淹没城被水淹没之前的样子，好一座熙熙攘攘的宏伟城市。这不可能是我的想象，因为我根本没有这样的创造力。城里住满了人——先人。我一定是看到了从前的山底界。这景象不是在我脑中浮现出来的，而是在我眼前出现的，我仿佛看尽了世间万物。我望向地平线，只见云线不复存在，但是山上也不存在山顶界。

"这是什么，大师？"我叫他大师，因为听到伊弗爽这样叫他，"请告诉我眼前的一切。"

他放开了我，眼前的一切都恢复了原状。滔滔海水涌进山底，云雾缭绕救世主山。淹没城又成了破败不堪的样子。

"我们血脉相连，就像您和……她叫伊弗爽，对吗？是的，小伊弗爽。我们彼此触碰的时候，您就能进入我的记忆。"

"对不起，我之前从没进入过别人的记忆。那是什么？"

"注意到了吗，您可以和伊弗爽轻松交流？我想，甚至不用开口说话。"我想起阿杜雷说我和伊弗爽不说人话，只是叽里咕噜地乱叫一通，但我们确实是在好好说话。难道我们还有不出声交流的时候？

"聚精会神听朋友讲故事，会令人觉得仿佛身临其境，对吗？你所记忆的故事不仅限于朋友述说的只言片语，而是讲述者所描述的，自己眼中看到的世界和行为，就像身临其境一样。我们也是这样，只不过更加直观逼真，因为我们共享一切。"

"对不起，我们共享的是什么？伊弗爽和我共享了什么？我有太多问题——"

他碰了碰我，打断了我的话。"不，别问我问题。我不想让回忆先入为主。我想让您去看自己应该看到的，而不是我认为您该看到的，或者您觉得自己需要看到的。"

一碰到他，眼前的世界又变了。只见时光飞快地回溯倒流。沧海退却，陆地出水，远处的瀑布高者降低，低者升高，直至飞流急湍变成一马平川。

就连阳台都变了模样。海洋动物的骨头和可怕鲨鱼的颚骨统统都消失不见，呈现出一派居家的温馨画面，有一张木头圆桌，上面摆着许多书，还有一张躺椅，正对着山景。多么安然舒适，这里曾经有人居住。我隔着窗户瞄到一张床、一张毯子。房里亮着许多灯，一个大大的长方形物体上闪烁着图像。我知道，那是电视。这是一间公寓。

这是一个先人的家。

大师已经从我身边消失，但是我仍感觉到他触碰着我的手臂。"我还在这儿，但是您已进入了我的记忆，像我一样活动，探索吧，您会了解到自己不知道的一切事物。"

我打开门，走进那所公寓。

第 96 章

先人的生活处处充满奇迹，真叫我诧异。他们既能让食物保持凉爽或冰冻，也能瞬间加热食物。要水的时候，水就会从许多开口处流出来。只要轻按开关，就能让房间变暖或变凉。要光的时候，即使没有太阳、月亮、星星或火焰，一按按钮，就能把房间照得透亮。他们随身带着一个设备，哪怕相隔千山万水，也能和别人对话。多么惊人的奇迹，多么奇妙的世界，先人居然能够漫不经心地使用，理所当然地生活。

他们没有意识到，自己就是神。用睥睨一切的力量掌控着自己的世界。

我身处一个宽敞的起居室，里面住着一个严肃的男人，大部分时候，他都在读着落满灰尘的大部头，或者在一大沓纸上疯狂涂写文字和数字。一个小姑娘和他住在一起，似乎是他的女儿。小姑娘大部分时候都独自待着，不受他理睬。毕竟她又不是落满灰尘的书。她总是自己一个人读书，画画，听音乐，盯着电视里的闪动图像。

这里还生活着其他人。

公寓的大部分区域都装饰着明亮悦目的色彩。

墙上画着许多可爱的动物，有狮子、老虎、鳄鱼。我看到许多小玩意，虽然一点也不像我小时候玩的东西，但是我猜那就是玩具。我小时候玩的是树枝雕刻的塑像，这些却是异常精致的船舶、汽车，有的甚至像鸟一样长着翅膀。

这男人似乎对各种锁具和门闩格外着迷，有一些长着许多按钮，需要他一一按下，还有一些带着金属闩条，需要手动操作，令我想起爸爸用来软禁我的门锁。不管是大门、窗户，还是通往儿童活动区的门，都被他上了锁。他想隐藏什么东西，想要保护它。

儿童活动区是一组房间，入口处标着"儿童室"，装潢得五颜六色，地上铺着软垫，里面摆设了一组专用的活动器械，可以用来攀爬、跳跃、击打、闪避，就像维里塔斯人用来准备狩猎成人式的器械一样。这个男人把一个木头的空心圆筒放在嘴边吹着，女儿凑了上去，冰蓝色的眼睛闪烁着兴奋的光芒。只听一阵悦耳的声音响起，墙上的一扇门被咚地撞开，冲出两个孩子。这扇门的装潢充满了童趣，画得就像一棵树上开出的门。

至少他们看起来像人类小孩。不对，我越看越觉得他们不是人类的孩子。但是他们非常聪明，很像人类，而且不是凶兽。我知道了，他们的模样大概就是伊弗爽幼年的样子。

我知道其中一个肤色较浅，发色淡褐的就是大师。他的同伴肌肤更接近橄榄色，一头亮金色的乱发。作为孩子，他们都异乎寻常地强壮高大。

严肃的男人微笑着，显然非常宠爱他们。他的女儿咯咯笑起来，这是一天中，最令她开心的时刻。两只生物你拼我抢，打打闹闹，用不可思议的灵敏动作躲避着各种机关。要是这时候，我还以为他们是人类小孩，那可就大错特错了。只见他们纵身一跃，直接跳到足足两倍于他们身高的架子上，用惊人的速度左躲右闪。那个男人朝他们丢出一把皮球，他们扭来闪去，轻松地捉住每一个球。

那个男人记着笔记，用一个小钟掐着时间。他们完成了活动，等待着男人奖励。他一把搂住他俩。

"好极了。该死的，太棒了。"

他们哈哈笑着，学他说话："好极了。该死的，太棒了。"显然自豪极了。

"爸爸！你教他们说脏话！"小姑娘一边欢笑，一边责怪着。

这两个孩子还小（如果他们是人类，我猜他们最多只有四岁），但是站直身子，几乎和那个男人一样高了。他们可以轻易打倒他。

男人放开他们，掏出一张纸。

"X 的平方加 X 等于六，那么 X 等于——"

还没等他说完，他们就欢叫起来"X 等于二"，尖声欢呼着，仿佛答案简单得好笑。问题越提越难，他们都毫不费力地回答出来。就连我都被 X 和 Y 难倒的时候，他们也似乎一点都不觉得难。

"是的，欧曼休斯，答案是 27 的平方根！"他捋了捋幼年大师的头发。

大师名叫欧曼休斯。

另一位叫作安普鲁斯。

我记忆中的体验变了。之前，我只是场景中的观察者，就像站在房间里观察一样（他们当然看不见我）。但是现在，我的知觉和小欧曼休斯融为了一体。我用他的眼睛好奇地观察一切，感受他的情感，思考他的想法，但我只是附在他身上，无法做主，只能跟着他想，跟着他做。

不可思议的是，我变成了他，只剩下一点模模糊糊的自我意识，但仍隐隐约约记得自己是谁。

"我会永远爱你，永远照顾你。"

我沉浸在这些安抚人心，温暖平静的话语里。我为什么要哭？他离我这么近，这样安慰我，我想自己再也不会哭了。他把我抱在怀里，哼歌给我听，嗓音那么清澈，简直是世界上最好听的声音。他的脸占据了我的整个视野。他的眼睛就像天空一样蔚蓝。世界上有千千万万的东西，但这双眼却只盯着我看。

"你永远不用害怕，你是我的宝贝，你会永远好好的。"

我心满意足地钻进他的怀抱，希望能够得到更深的关爱。我比他小好多，他可以轻轻松松兜住我，把我整个儿抱起来。世界变得广阔寂寥、黑暗莫测的时候，他总会把我抱起来，逗我开心。

"无论你长得多大，都是我怀里的孩子，紧贴胸膛，能够感受到我的心跳。内心温暖，敢于直面其他人的冷眼。你就是我的宝贝，对不对？希恩永远爱你。我亲爱的欧曼休斯，我亲爱的。"

另一阵哭声响起，我心里一沉。另一个人醒了，我留不住这双蓝眼睛了。他要唱歌给另一个人听了。

"你们都长这么大了！你们自己知道，对不对？两个大小伙子。这么强壮，这么勇敢。"

感觉不错，另一个人依偎着我。我也喜欢他。蓝眼睛同时看着我们俩。他又开始唱歌，歌声回荡在房间里。

"我会永远爱你，我会永远照顾你。"

我多想保持清醒，再多看那蓝眼睛一会儿，但是眼睛不听使唤。我不再恐惧，不再担忧，陷入了梦乡。另一个人也一样。我感觉到蓝眼睛放下了我，虽然想要再醒过来吵着要他抱，但是我没有这样做。虽然哭起来会被他抱更久，但我是个聪明的孩子，知道乱哭乱闹不好。

他把我和另一个人分别放回盒子里，轻手轻脚地走出了这个冰冷阴森的房间。

我满脸泪水，巨大的悲伤和恐惧袭来，简直要把我的心胀破。我尖叫着，吵醒了另一个人，我们一起大哭起来。我听到蓝眼睛在门口，知道他想来抱我们。

但是不行。长头发在这儿。我不喜欢她。她一在这儿，蓝眼睛就总看着她，不看她的时候，也不会看我。

我听到她说话。她不让蓝眼睛过来抱我们："知道吗，你太投入了。要注意保持距离，希恩。他们可不是你的孩子。"我听不懂她的话，但是光听语气，就知道她在说什么。周围是一片残酷黑暗，是噩梦里想要逃脱的那种残酷黑暗。

我哭得更大声了。

门关上了。

希恩先生承诺，等我们准备好了，就带我们出门享受一次特殊的旅行。今天，我们用表现证明，我们已经准备好了！我丝毫不差地完成了所有跳跃和躲避，就连安普鲁斯都抓住了所有的皮球。做加法和乘法的时候，我有点紧张，但是全都做对了。我希望出门能吃到冰淇淋，但是安普鲁斯想要棒棒糖。两样都很好吃，太美味了。我就是喜欢冰冰凉凉的感觉填满嘴巴，一路滑进喉咙的感觉。谁不喜欢呢？

能走出这栋大楼真好。记忆中，我们只出过一次门。安普记得是两次，我觉得希恩先生不该老冒险带我们出门，因为我们知道，每个人都想杀掉我们。他们一看到我们走出那栋大楼，就到处奔跑。他们想杀掉我们。

安普一出育儿室就害怕，希恩先生用带子把我们扣在车上的时候，他也不怎么积极。我很勇敢，我总想告诉安普，我比他勇敢，但是他怎么也不肯承认。这下没话说了吧？我跃跃欲试，而他却坐立不安，把指甲都啃秃了。而且希恩先生总是告诉我们，绝对不能把指甲弄秃！

"别啃了，安普，"我耳语道，"你会把指甲啃钝的。"我不想让希恩先生听到。

"他说得对，安普，不许再啃了。"他总能听见我们说话。有时候，我觉得他能听到我们的思想！就像我有时候，不用耳朵也能听到他的思想一样。

我看着窗外，一切看起来都很熟悉，但又很不一样。有时候，我会从育儿室的窗户往下偷看，我们住得好高，外面的世界好小，就像玩过家家一样。我看到了好多人（我知道，要在被人看到之前躲起来），还有树木、小狗和其他车辆。当然还有其他好多东西，比如说小鸟。

"你觉得他要带我们去哪儿？"安普问我，眼前的一切让他睁大了眼睛，"你觉得他们会看到我们吗？"

希恩先生在前座说："我们的车窗是茶色的，我们可以看到他们，他们看不到我们。"

他微笑道："你们会好好的。他们会喜欢你们的，别担心。"

我不知道他们是谁，也不知道为什么要担心他们是否喜欢我。现在，我开始担心了。要是本来就没有什么好担心的，为什么还要叫我们别担心呢？事情自然而然发生，总是有理由的。我们自然而然地呼吸，是因为需要空气，我们自然而然地眨眼，是因为眼睛会发干。我自然而然地担心，是因为会发生可怕的事情。

安普和我的表现堪称完美。我们跳得好高好高，摆出了希恩先生教我们的各种架势。还有数学题，我一题都没做错。我们努力思考，兼顾到每一个细节，就像希恩先生教导的一样。他很自豪。

但也很烦恼。

好多愁眉苦脸的人！他们来这里做什么？

他们看我们的时候，从来不笑，我以为我们哪里做错了，但是想不出到底哪里出问题，或许是安普做的吧。我没有从头到尾都盯着他看，也许是他哪里出了岔子，我没注意到。

我不喜欢那些穿黑衣服的人，让我想起黑夜里的可怕房间。他们盯着我们，看上去像是被我们吓坏了，明明他们才是让我们怕到骨子里的人。为什么我们会令他们不自在？我们只是孩子而已。他们才是目光严肃，嗓音低沉的大人。

希恩想讨他们喜欢。看得出来，他有多想让他们喜欢我们。但我觉得他们不喜欢。因为感应不到他们的心思，所以我也不确定。要是他们喜欢我们，那表现的方式可真是奇怪。

"还有多少个？"我听到一个人问。他的姓氏是 P 打头的。P 先生在一个资料夹上记着笔记，标签上写着：

"秘密战士——临床研究组织培养拟人化战术杂交种。"

希恩先生告诉他，每批培养一对，共有五批。"各批次隔绝培养，从不相见。"我不明白他在说什么，安普也不明白。但这很正常。希恩先生聪明绝顶，说的话，想的点子，时常让我们不明白。但是他说的话——其他批次——会让我的眼睛和大脑相接的部位发痒。希恩先生说，虽然这个部位发痒很正常，但是不能像其他地方发痒一样掉以轻心。因为这意味着有个谜题尚待解决，是关系重大的谜题。

P 先生给我们棒棒糖吃。不是冰淇淋！真好吃。不过还是比不上冰淇淋（不是冰凉的）。虽然不确定自己是否喜欢 P 先生，但是我们喜欢糖果。

"恐怕这次探讨的结果不太好，真是坏消息，希恩。"穿得像黑夜一样漆黑的人缓缓说着，咂摸着每一个词，就像在津津有味地品尝最丰盛的大餐一样，但是我想每个字的滋味都很可怕。

只见希恩先生涨红了脸，真替他难过。他问："为什么不是好消息？一切工作都按期顺利进展。"

"都十五年了，它们还是幼儿。"

"这是预期之内的。所以它们不会像我们一样迅速衰老，壮年期会持续几百年，每个阶段都比人类更漫长。再说，我们要小心培育，我还没能植入侵略性，高度稳定会导致——"

"等到准备就绪，战争早就结束了。这不是我的决定，我做不了主。"

眼下这么多项目，本来就没有计划全部完成。"

希恩先生慌乱起来："这太快了，我们不能仓促决定。"

"我们要开展另外一项——"

希恩先生插嘴了。他总是教导我们不要插嘴，但是他自己却这么做了。我不介意。只要能让那个讨厌的人闭嘴，怎样都好。"什么其他项目？机器人技术吗？我可比那先进好几个光年呢。这些生物潜力巨大，可以变得更厉害。"

"这不是争论，波拉修斯先生，是已经敲定的决策。你知道的，不能留下一丝痕迹——"

"战斗只是应用领域之一，他们的用途远远不止这些，不仅限于战争。"

"这不合规矩。这是军事项目。我们在制造武器。我们知道您对他们很在意。但我们的职责不是赞助您培育宠物，波拉修斯先生。"

他们说的话让我头晕。他们在说我们吗？难道我们是像饼干一样批量生产出来的吗？希恩先生为什么这么伤心？

"我在说什么，你们肯定都明白。我们攻克了谜题。它们不会生病，不局限于言语交流。光是它们的抗衰老特征，就能颠覆我们对医疗的所有认知。"

那些人窃窃私语。我想听到他们说什么，但是听不清。他们那个样子，和希恩先生看我们做不好数学题的时候一模一样。"我们对额外作用不感兴趣。是您陷得太深，太认真了。"

"我当然要认真。"

"就算您的项目前景无量，我们也要关停，何况这个前景并不怎么光明。"

"再给我三个月。我会加快进度的。我会激发起他们的敌意本能。他们会变成我们想要的样子，再给我点时间。"

希恩先生在说谎。我看得出。幸好他们看不出。

安普和我睡不着觉。今天真糟糕。我们原来都盼着出门玩久一些。但是外面的世界真可怕。充满了恐怖和恶意。

我哭了起来，安普也哭了。我问他是不是哭了，他说没哭，那我也不该哭。

平常入睡没什么难的，因为太阳下山了。世界变得黑漆漆，这时候睡不着是很可怕的。这时候谁都不该醒着，因为所有东西都变得好可怕。

我躺也躺不住，简直没法待着不动。所以我站起来，在房间的一侧来回走动。安普也一样。我们都想摆脱这可怕的肚子痛。

在那个漆黑的可怕深夜，一个姑娘走进了我们的房间，不是莎伊（我们讨厌莎伊）。我们见过她，喜欢她，她是希恩先生的女儿。她把手放在我的背上，来回摩挲着。听到她的声音感觉真好，就像冰一样舒缓了我的热度，消除了我的胃痛。

她也对安普这样做了。"好啦，好啦，"她轻声说，"一切都好啦。你看，他爱你们，我也爱你们。虽然不是所有人都爱你们，但是重要的人都爱你们。"

这感觉太美好了，我终于可以不再踱步了。

终于可以躺下，终于可以入睡了。

虽然希恩先生总是告诫我们不可以打架，但是现在他却请来一个男人，教我们怎么打架。"你们不能老打架，但是有时候打架是对的。"希恩先生真聪明，能弄懂我们弄不懂的问题。就像这个问题。

奥利军士每天都来看我们，教我们各种格斗技巧——这个厉害的词指的是跳跃、拳术、腿术、刀术之类的花哨动作。奥利军士把我们变成了出色的斗士，真是好笑。因为我们大部分时候都不准打架。要去擅长自己不准练习的技能，真是件怪事。

我们挺喜欢 S.O.（他要我们这样称呼他）。他经常微笑，看得出来，他喜欢我们，也不怕我们。我们虽然很不一样，但是他不在乎。

他把我们当成朋友。我想我们确实是朋友。

长头发名叫莎伊。就连她的名字也这么丑陋！她有个儿子。我们都讨厌他。他那张皮子里装尽了世界上的一切坏东西。他的味道令人作呕，声音尖锐刺耳，简直叫人想要不惜一切代价让他闭嘴。他用一双阴暗森冷的鼓泡眼盯着我们，压根看不起我们。

第一次看到他的时候，我们忽视了他糟糕的品性，试着和他做朋友。我们对每一个人都这样，因为希恩先生要我们和善待人。我把我们最喜欢的皮球递给长头发，请她拿给他玩（他不能进入我们的笼子，我们不能自己递给他，只好请莎伊转交）。他一把丢掉皮球，说这是"给小屁孩玩的"。他嘲笑我们，说我们和他一个年纪，却还像小屁孩似的，穿着尿布。虽然不知道尿布是什么，但是恐怕我们穿的东西确实是尿布，他说的没错。

他还嘲笑我们。希恩先生后来说，他只是嫉妒我们。

那个皮球，我们再也没拿回来。

"希恩先生真好。他爱着我们，创造了我们，是唯一关爱我们的人。希恩先生无所不知，无所不能。就算那些穿得像黑夜一样的人要杀死我们，他也会保护我们。我们会没事的，因为希恩先生比那些人要聪明、勇敢、强壮得多。"安普和我互相这么说着，这些都是真话，会让我们心情好一点。虽然不会好很多，只是好一点而已，但总比心情更糟要好得多。

我在脑海中听到希恩先生的话语，安普说他也能听见。无论你长得多大，都是我怀里的孩子，紧贴胸膛，能够感受到我的心跳。内心温暖，敢于直面其他人的冷眼。你就是我的宝贝，对不对？希恩永远爱你。

我们吓坏了。我们要离开可爱的育儿室，搬到大楼里一处脏兮兮、黑漆漆的地方去。至少还有希恩先生和我们在一起。他在做自己的数学题，比我们的难得多，而且总是在写字翻书，连我们的跳跃和架势也不看了，他太忙了。

有时候，他会带那个姑娘来。她爱着我们，抚慰我们，就是那个在漆黑漫长的可怕夜晚，为我们驱散痛苦的姑娘。她总会给我带来玩具，看着我们的时候，眼睛笑眯眯的，就和我们看她的时候一样。安普和我叫她拉芙莉。这不是她的名字，我记得她另有名字，但是因为当时年纪太小，说不上来，也就忘了，不管她叫什么，反正听起来像是拉芙莉。

我知道希恩先生爱着我们，但是我讨厌昏睡。这不是那种觉得累，需要休息的普通睡眠，而是强迫性的昏睡。我们被捆在床上，一点都不舒服，一寸都不能动，他说打针不疼，可是明明疼得要命。针头好尖，接下来发生了什么，我记不清了，只觉得好可怕。我尖叫起来，安普也尖叫。

他叫得最大声了。

哪怕我们哀求不要，希恩先生也要让我们昏睡。他也不喜欢这样。我们看得出来，因为他也哭了，就像摔了一跤，跌在针头上，被扎了似的。我们从昏睡中醒来之后，我告诉安普这些，让他感觉好些，我觉得挺有效。我努力不在安普身边哭出来，因为他需要知道有人平安无事，我想我需要让他安心。

"这对你们有好处，我不会伤害你们的。"希恩先生承诺道。

一次，拉芙莉看着我们打针，陷入昏睡。她讨厌看到这些。从此，希恩先生再也不带她来见我们了，或许是免得让她看到我们昏睡。要是他能改变做法，让我们不再昏睡该多好。我们都很想念拉芙莉。

但我知道，昏睡的事情，希恩先生说的是真话。这是为我们好。因为希恩先生是好人，他爱着我们，创造了我们。每次他给我打针的时候，我都尽量不叫得太大声，我叫安普也小声点。希恩先生掩护着我们，不让讨厌我们的坏人找到。要是叫得太大声，会被他们听到的。

不用希恩先生说，我知道他护着我们，躲避坏人。那些人巴不得我们死，就像从来没出生过一样。

拉芙莉再也没来过。她也是被逼无奈。我能感觉到她哭着喊着要见我们，她很生气，让我们既欣慰又难过。她为见不到我们而生气，因为她爱着我们，比漠不关心要强。

长头发就对我们漠不关心。她和拉芙莉不同，这几天总在我们面前晃悠。希恩先生说自己爱她，我们也应该爱她。安普和我不明白这是为什么。希恩先生有多温暖，她就有多冷酷。她记笔记的时候从来不看我们。我想看看她写什么，但是她从来不让我们看，即使我们按照希恩先生的要求，彬彬有礼地请求她，但她根本不理不睬！

或许是因为她的笔记刻薄恶毒，因为她就是这样的人。

她总是对希恩先生说，我们不是他的孩子。她以为低声说话我们就听不到，其实我们听得一清二楚。她甚至以为我们听不懂她说什么，其实我们听得明明白白。我们能说她的语言！她满口都是这种可怕的话。"你在这耗太久了，希恩。你有个真的孩子要照料。这只是四个试样而已。你和他们走得太近了。他们没有人类的情感，你觉得他们有，只是因为你把情感投射到他们身上而已。他们生来就是无情的，这点你很清楚。"

安普鲁斯和我都仇恨她。仇恨，这是人类的情感吧，莎伊？你要怎么解释这点？要是我们生来无情，怎么会感到仇恨？但是我们一直都很有礼貌，就像希恩先生教导的那样。我感觉到肚子升腾起一种强烈的咆哮欲望，正在奋力冲撞，令我想要冲她狂吼，但是我克制住了。我要讲礼貌。

我想对她大声喊出这些秘密，但是希恩先生说，不可以告诉任何人，莎伊也不行（他说他本不该告诉我们的）。

我恨不得当面对她喊，我们就是他的孩子！他用自己的一部分创造了我们，我们也有蓝眼睛的血统！是你自己大错特错。我们生来就像他！所以拉芙莉才会这么爱我们，她是我们的姐姐，我们是她的弟弟！

但是我们不能这样。她永远也不会知道。希恩先生说，要是别人知道，他在创造我们的时候加入了自己的部分，他会陷入大麻烦的。我不明白为什么。我想这说明他爱我们，这样挺好。

莎伊来的时候，总是带着那个可恶的人类小孩。那个偷皮球的贼！莎伊叫他特拉维斯。我一生之中，再没听过更丑陋的词。莎伊喜欢假装特拉维斯是希恩先生的儿子，但是安普鲁斯和我都知道，他完全没有希恩先生的血统（而我们有），他身上全是莎伊的血统（还有另外一个人类，很可能和莎伊一样恶心。我们刚刚知道，要两个人才能繁殖）。

特拉维斯总是趁着莎伊不在欺负我们。

他老是去按"疼痛"按钮。这个按钮，只能在我们不听话或者失控的时候，由希恩先生来按。多么不公平，他自己使坏，却要我们承受地板上的电击。

有一次，特拉维斯又去按那个按钮，被莎伊发现了。她只叫他别再按，仅此而已。她根本没像希恩先生教我们那样教他，怪不得特拉维斯这么可恶。根本没人管教他。

安普鲁斯确信，人类大多都是特拉维斯和莎伊这一类的，少有像希恩先生和拉芙莉这样的。我根本不觉得希恩先生和拉芙莉是人类。他们太不一样了。安普表示同意。

我每次从昏睡中醒来，都渴望抓挠每一个人，想看到尖爪刺入人类的皮肤，有时候，甚至想抓奥利军士，尤其想抓莎伊（但是从来没想抓希恩先生。一次都没有。要是看到爪子刺进他的皮肤，我会哭出来的）。我们被绑在床上，动弹不得，任莎伊对我们又戳又刺。她还在纸上写下各种恶心的想法，让其他人读了讨厌我们。

希恩先生和她在一起。她似乎对他生气了。

"你不能这样激发他们的暴力倾向，希恩，他们会精神失衡的。"

"没时间了，不得不这样做。"希恩先生欲言又止。无论他要说什么，这些话都让他害怕。

"他们确定终止实验，这才是正道。你可要做好心理准备。"我知道"终止"是什么意思。莎伊说出这个词的时候轻描淡写，就像在说今天午饭想吃什么一样，让我又生气，又畏惧。

希恩先生真好。他爱着我们，创造了我们，是唯一关爱我们的人。希恩先生无所不知，无所不能。就算那些穿得像黑夜一样的人要杀死我们，他也会保护我们。我们会没事的，因为希恩先生比那些人要聪明、勇敢、强壮得多。

我知道安普鲁斯也在想这些。

无论你长得多大，都是我怀里的孩子，紧贴胸膛，能够感受到我的心跳。内心温暖，敢于直面其他人的冷眼。你就是我的宝贝，对不对？希恩永远爱你。

我们会平安无事的。

我不会恨他，永远不会恨他。他创造了我，他的血液、他的气息、他的信念，结合起来，创造了我。我是他的翻版。我永远不会恨他。

但是他做的事情确实让我痛恨。

现在我们每天都要昏睡。就连希恩先生来，我都想把他赶跑。要动真格的话，安普鲁斯和我是可以做到的。我们都长大了，身体够健壮，动作也比他快。希恩先生血统之外的那些部分，让我们比他体格更健壮，动作更迅速。我知道，在他绑住我们，用锋利的金属针扎我们之前，我可以阻止他，在具备格斗技巧的情况下，这一点轻而易举。安普鲁斯觉得我们

314

应该阻止他，不伤害他，只是阻止而已。

"他怎能拦得住我们呢，欧？"他问道，"只要齐心协力，我们就能阻止他。很容易的。"

我叫安普鲁斯别再说这种讨厌的话了，心里觉得他的想法是错误的。希恩先生对我们做这些，虽然让我们难受（真的非常难受），但都是因为爱我们。他让我们昏睡，用针头扎我们，让我们生出可怕的念头，是因为爱我们。虽然想不通为什么，但我知道这是真的。

我从昏睡中醒来，感觉前所未有地黑暗。我渴望把血肉肌肤撕碎，让鲜血喷涌干涸。无论希恩先生给多少食物，我们都觉得饥饿难耐。我只想把人劈成两半，生饮鲜血。

我们长大了，不再是孩子，对于跑跑跳跳、躲闪打滚这类只适合毛茸狗崽的游戏，再也提不起兴趣。我们渴望看到鲜血，渴望尝到鲜血。

我渴望看到莎伊的血溅满这间囚禁我们的密室，渴望看到墙上涂满了殷红温热的液体，我没对安普鲁斯说起这些，因为他的渴望更甚于我，要是听我这样说，他或许真的会做出可怕的事情。我知道希恩先生不喜欢这样。虽然昏睡让我们生出这样的欲望，希恩先生让我们昏睡，但是他不会乐意知道我想杀掉莎伊，把她开膛破肚。

希恩先生在附近的时候，我努力不去想这个，免得他读出我的想法。

安普和我从来不说起这些，就连耳语也没有，因为希恩先生会听见。

最近，莎伊出现得比希恩先生频繁。我不知道原因，她不会告诉我们。希恩先生只在我们要昏睡的时候才来。他知道我们不肯让其他人把我们绑在床上。

"希恩先生在哪儿？"我一次又一次礼貌地问。希恩先生教我们这样提问。"如果您能告诉我们，我们会非常感激。"我补充道。她不搭腔。她从来不对我们说话，彻底无视我们，仿佛我们根本不配得到回应。

她对身边的小狗说话，也不对我们说话。连她的小宠物都能得到宠爱，而我们只能像愚蠢笨拙的野兽一样受尽冷遇。我们还是她的爱人——天才希恩先生的翻版！但是无论她是否和我们说话，或者宠溺地看着我们，就像看她无趣的小狗和丑陋的儿子一样，我都不在乎，反正我们恨她。这点永远不会改变。这是我的一部分，也是安普的一部分。有一股冲动在我的脑海中叫嚣，要她去死，这是我的一部分，就像我的体内流着希恩先生的血一样真实。

我们整天关在厚厚的玻璃墙后面，锁在透明的牢笼里，真是再无聊不过了，连玩具也没有。上次昏睡之后，我们的玩具就被偷走了。我知道原因。莎伊不喜欢我们那样摆弄玩具。我们把玩具当成莎伊，猛扑上去，撕成碎片。我们从来没点明我们把玩具想象成她，但是她明白，觉得害怕。当然，我们就是想要这样的效果。

但是我们只是做做样子罢了！我们知道，希恩先生不希望我们把莎伊怎么样。

虽然希恩先生的到来意味着更多昏睡，但仍值得庆祝。能和希恩先生在一起，哪怕昏睡也值得。我们看到他就高兴，闻到他的气息就安心。他总会给我们带来一些惊喜，比如请我们吃糖果，或者请我们听好听的歌。莎伊总说他太宠我们了，我们又不是他的孩子。为了让她相信，他没把我们当成自己孩子（虽然这是谎言），所以只好藏起这份爱意。但是安普鲁斯和我知道，他的礼物隐秘地表现了他的爱意，因为他会永远爱我们，这一点不会改变。

他把我们领到可怕的床上，要我们昏睡时，我们隔着窗户看到了楼下的街景（希恩先生保证，就算我们看得到外面，窗外的人也看不见我们），看到许多人类走着、笑着，钻进车里。我恨他们。他们想要害我，他们想对我做各种可怕的事！因为他们，希恩先生才总是要走，和我们在一起的时候才这样紧张害怕。

我知道，他们想要穿黑衣服的人和莎伊来杀灭我们。

安普鲁斯和我渴望更多的爱。我们有希恩先生的爱，但是少得可怜。尖酸残酷的莎伊不让他多爱我们。她太过贪婪吝啬，占走了希恩先生的大部分爱意，只留下残羹剩渣给我们。

她对希恩先生说，我们成不了他想要的样子。她对他说，必须面对不可避免的事实。

我讨厌希恩先生来了，却不来看我们。我们听得到他的声音，闻得到他的味道，感觉到他在周围，为什么不和我们一起玩？我的心好痛，胸好痛，胃好痛，疼痛蔓延到头上，落在眼睛和大脑相连的位置。

我不断想着其他批次同类的事情。希恩先生对黑衣服的人说起过他们，但是每次我们问起，他都故意转开话题，问我们喜欢饼干吗，饼干就是按批次生产的。我喜欢饼干，谁不喜欢呢？

安普鲁斯说，他能感觉到其他批次的同类，只要心里够平静，甚至还能听到他们的心声。

其他批次的同类。我知道他的意思。我也能感觉到他们。真不明白，为什么希恩先生不让我们靠近他们。

我们需要其他批次的同类。

"你不能这样做，希恩。不能这样。"

莎伊说话从没粗声大气过，但这次几乎要吼起来。安普和我乐得看到希恩先生和她争吵，在笼子里幸灾乐祸。他讨厌莎伊了！莎伊根本不爱他。虽然我们知道，希恩先生以为莎伊爱自己（他们还交配过了。我们闻到希恩先生身上带着她的恶心味道。她竟敢把恶心的味道染到希恩先生身上，一定是想故意激怒我们）。

他们争吵的时候，我们都希望希恩先生能认清莎伊的真面目。我们耐心等着，因为他肯定会把莎伊丢进我们的笼子里，叫我们把她撕成碎块。她太恶心了。每个人都恨不得把她撕烂。每个人。有谁不想呢？

她很愤怒。这是她唯一能感觉到的情绪。愤怒。

安普和我知道她很嫉妒。她也想和我们一样特别，成为他聪明才智的翻版，诞生自他血液和气息。

这一点，就算希恩先生不告诉我们，安普和我都一直知道。而她刚刚才发觉。

我们体内流淌着他的血液。

我们不仅是他的创造物。我们是他的孩子。他创造了我们。

"别再自欺欺人了，这不能阻止任何人把他们……抹掉。他们不是人类，希恩！"

"人类也不全是人类好吗，莎伊！我们有百分之九十的构成和猩猩一样，百分之八十和耗子一样。百分之二十和面包师的酵母一样。我们只是污染物和变异种的混合物罢了。我们多么可憎！和他们相比，我们只是随机拼凑成的一团混乱，而他们却是纯正洁净，有条有理、精心设计、有序受控的。"

"别把他们当成人类，他们和我们不一样。"

"他们比我们强。我纠正了许多瑕疵。他们动作迅速、体态轻盈、肌肉强壮，不老不病，能够心灵感应，而且忠诚恭顺。"

"他们是野兽。"

"你看到测试结果了，莎伊！斯坦福——比奈测试、韦氏儿童智力量表、雷特国际通用操作量表。他们的表现远超任何同龄人。"

"根本没有人会知道的，"莎伊大声说，"你会被逮捕的。我也会因为没有及时告发而被逮捕。你违反了所有科学保障措施的规定。你太鲁莽了！"

莎伊承诺为希恩先生保密。但是我不明白，为什么没有人会知道。所有人都应该知道！那样我们就不用被关在没有玩具的透明笼子里了。

我们是希恩先生的孩子，体内流着他的血液。

我们不只是他的创造物。我们更是他的孩子。

所以我们有和他一样的冰蓝色眼睛。所以我们是特别的，比世界上任何东西都要特别。我们是波拉修斯家的儿子，希恩先生的孩子。

所以我们杰出伟大。

我知道为什么自己厌恶人类了，不仅仅是莎伊，而是每一个人。

我们连奥利军士都讨厌。他再也不来了。就因为一个小差错！有一次（就一次），在可怕的昏睡之后，我在格斗训练中对他生气了，当时他命令我退后，我却把他扑倒在地，安普也低吼着凑了上来。但是我们根本没打算伤害他。这下他害怕我们了，讨厌我们了。我们再也做不成朋友了。那我们也讨厌他。

是希恩先生把我们变成这样的。我们每昏睡一次，心中的憎恨就增加几分。这是故意设置的，为了让我们自卫。人类如此残酷，要是我不痛恨人类，他们就会把我杀灭。我必须保护自己，必须认清他有多可怕。

人类总是摆出一副和蔼的样子。他们必须这样，因为欺骗是他们唯一的技能。他们动作迟缓，孱弱无力，要是被对方知道自己暗藏杀机，那就动不了杀手了。他们总是假装和你做朋友，骗取你的信任，然后就乘机把你杀死。

他们对世界上的生物做尽了这种事。他们假装和蔼，骗过了水里游的每条鱼，天上飞的每只鸟，每条狗，每头熊，每只狮子。人类的动作最迟缓，身体最孱弱，但却能用阴谋诡计杀死任何动物。

但是杀不死我们。

我们知道他们的本性。

我们清楚他们的真面目，光是人类的味道，就会让我不由自主地亮出尖爪。

莎伊进入了我们藏身的暗室，我们被牢牢锁在厚玻璃墙的一侧，安普鲁斯和我一次次扑向她，一次次撞在透明的屏障上。要不是有墙挡着，她一定会亲身体验到我们有多么强大，多么令人敬畏。

我作势扑向她的小狗，威吓它。小狗发出哀鸣，缩成一团。我为自己的行为而惭愧。把它吓成这样，我感到难过。这狗从没伤害过我们，和我们一样是受害者，被莎伊奴役着。指不定哪天就会被她宰了吃掉。人类就是这样对待其他生物的，先是假装朋友，然后把信以为真的蠢物宰了吃掉。

希恩先生走到莎伊身边。他看起来真可怕，两眼通红，气喘吁吁。我立刻感觉到了他的痛苦。可怕的事发生了。他严厉吼道："住手！不许再扑！"用手拍打着玻璃壁。我觉得惭愧，惹希恩先生生气，是再糟糕没有的事。我宁愿去死。但我依然很生气。我只是在做他要我们做的事情罢了。为什么要我停下。这不公平。

莎伊被我们的敌意吓到，和她的狗一样畏缩起来。对此，我一点不觉得愧疚。她对希恩先生大喊（谁都不许对希恩先生大喊大叫。他让我们昏睡，我们都没对他大喊大叫。要知道，我们明明这么强大，昏睡又这么难受）。"看到了吗？这下全完了。他们失控了。我接到了命令，要采取终结措施。"

我不知道终结是什么意思，但是想起了杀灭这个词。

"不！我们还没调控过敌意。现在他们有了敌意，没错，但是我可以把他们的敌意投射在特定的对象上，形成各种变量，就像上将期盼的那样。"希恩先生还是爱着我们，为我们争取机会，不让他们终结——杀灭我们。

"结束了。我已经接到指令——"

"不！"希恩先生靠在玻璃上，用可爱的蓝眼睛看着我们。安普鲁斯和我挤在玻璃上，紧紧贴着他，即使隔着玻璃也无所谓。我安下心来，心里涌起淡淡的满足，让我觉得安稳。"看到了吗？他们对我没有敌意。他们绝不会伤害我。他们值得信任！我需要更多时间。告诉当局，他们会得到武器的。精准可控、所向无敌的武器。你和我一起向他们报告，告诉他们，你相信这点可以实现。"

莎伊真是冷血，说我们是没有感情的愚蠢野兽，但她才是真正铁石心肠的人。我从没见她笑过，也没见她哭过，连微笑都没有过。一个人要是从来没有幸福到笑出来，或者伤感到哭出来，那真该去死了，因为基本和死了没有两样。"希恩，听我说，上级已经下令我们启动终结程序。我同意这项决策。"

"他们的每一项指令，我都不折不扣执行了！我加速了幼年和青春期的生长发育进程，因为军方不希望等三十年让他们成熟。他们本来需要成长三十年，才能确保心智稳定。加速进程存在一定风险，但是我们都冒险承受了！我根据加速时间表，植入了敌意和暴力本能。我说过，这样会令他们产生敌意，但是我能调控这份敌意！先让他们对所有人产生恨意，再让他们对特定的人忠诚爱戴。这都是预期范围之内的，当时上将和你都同意了这项计划。根本不存在意外状况。你不能现在关停这个计划。"

希恩先生哭了起来。他爱我们，永远爱着。

莎伊抚上他的胸膛，把他从我们身边拉走。他不在玻璃那侧了，我们好伤心。莎伊搂着他，把脸贴在他脸上。他还在哭，把脸埋在她怀里，仿佛莎伊是妈妈，而他是孩子似的。

我讨厌这样。这样不对。我大声喊："人类就是这样的，希恩先生！他们假装慈爱，用一只手搂着你，用另一只手霍霍磨刀。"莎伊最擅长这套了，她就要这样对付希恩先生和我们。

"你很有进步了，可以重新开始的。我们从头再来。"她喃喃对他说，摆出一副体贴善良的样子。

希恩先生再次走近玻璃墙。安普和我奔上前看他。他用头抵着墙面，泪水滚滚而下，在玻璃壁上汇成了小溪。我们也贴着玻璃，尽可能分享这份亲密。

"对不起。"他低声说。他根本不用道歉的！残酷的人是莎伊。是她害了我们所有人，他也是受害者。

"到这里来，求求您！"我乞求他。真痛恨这面玻璃，好渴望感受他柔软的肌肤。他身上好温暖，他的气息让我心跳平静，紧张不安的时候，他的触摸总能平缓我的呼吸，缓解我的胃疼。无论我们长得多大，都是您怀里的孩子，紧贴胸膛，能够感受到您的心跳。内心温暖，敢于直面其他人的冷眼。我们就是您的宝贝，对不对？

希恩先生望向莎伊，仿佛在征求她的批准，让他进入我们的笼子。莎伊摇头，不许他这样做。

我恨她，永远恨她。

希恩先生和莎伊离开了。我们困惑地对他喊：发生了什么事？但是口中发出的只有一串咕哝和咆哮。我们愤怒得话都说不出来了。

我紧紧搂着安普，眼中泛起泪水，但是安普眼里却空洞洞的。要不是感觉到他还有缓慢温暖的呼吸，我会以为他死了。

这是我们最后一次贴近希恩先生，感受他的心跳。

希恩先生说过"我会回来找你们"对不对？"他没这么说过。"安普坚持说，但是我觉得他说过。至少我希望他说过。我越想越觉得他说过这话。我们是他创造的，他当然会回来找我们。

"他没说什么，根本没说。他对那女人言听计从，就像我们想要多得一盘腌咸肉，就要乖乖听话似的。”

"安普！希恩先生说过，他会回来找我们。他要先躲开莎伊，才能回来。希恩先生爱我们。他真好，会保护我们。他不让黑衣服的人伤害我们，从来不让。"我像往常一样轻抚着安普的腰背，要让他冷静下来。但是没有用。

他奋然立起，大声咆哮："别再给我希望！"他站起身，居然这么高大，令我吃惊。我们俩站起来都很高。比希恩先生高大得多，真是滑稽，因为他是这样强大有力。在我心里，我们仍然是孩子，这才想起来，原来我们很强大。

"只要怀着希望，就能见到他。但每天早上没见他来，我的心里都会新添一道伤口！你的希望总是欺凌我，囚禁我！"他嚷道。

我再也不提这事了，但是依然希望希恩先生回来找我们。我们被丢在这几周没人理睬。我之所以知道过了这么久，是因为可以在笼子里看到外面透进来的光。白天，黑夜，白天，黑夜，轮转不休。

我们好饿。虽然希恩先生把我打造得只需要一点食物就能生存，但我们还是饿得前胸贴后背。

终于，转机出现了。我们所在的小房间吱呀一声开了门。

我的心狂跳起来。我感觉到了希恩先生。我没说出来，因为会惹安普讨厌，但我知道，是他来了！

我的眼睛适应着照入房间的光线，来的不是希恩先生。我有点困惑，因为我分明察觉到了希恩先生的味道和气息，感受到了他带来的温暖和慰藉，但映入眼帘的身影却很像莎伊。这怎么可能？

"可怜的孩子。"那嗓音弱弱的，带着恐惧。

是拉芙莉！

好久没见，她变了模样。不再是个孩子，长成大人了。她显得很紧张，东张西望，就像明知自己在做坏事一样。她掏出一大叠门卡，一张张在控制器上试过去。就连安普都兴奋难耐。这是第一步！她要打开关着我们的透明笼子。首先拿出门卡，然后输入密码。我们看希恩先生做了几千次了。

我们真的好饿。

一张卡起效了，亮起了绿灯。我们就快自由了。

"拉芙莉，谢谢您！"我轻声对她说。她似乎非常害怕被人发现。

她走上前，隔着玻璃板对我们说："你们都是好孩子。我知道的。你们不该遭受……他们谋划的事情。心怀善念，好好活下去。"

我想让她留下和我们说说话，但是她显然不愿久留。"拉芙莉，你要去哪儿？"我问。

"希恩先生在哪儿？"安普问。

拉芙莉在墙上的键盘上输着代码，但是没有用。"妈的，不对。"她一边喃喃自语（希恩先生说，"妈的"这个词绝对不能说出口。但就算拉芙莉说了这个词，她依然是个好人），一边尝试输入更多代码。她的手指在键盘上飞舞，尝试着其他组合，但是都不奏效。

"没有用。"她对我们说，近乎在道歉。她的眼睛真美，和我们的一样，闪烁着哀伤。"我尽力了，他们改了密码。我尽力了。"

"怎么了，拉芙莉？"我问，因为她哭了起来，就像痛失了亲人一样。她这个样子，就像我们在希恩先生离开时一样伤心。她盯着安普和我瞧。

"你们两个，听我说。逃出这个笼子。这里困不住你们的。相信吗？告诉你们，这里困不住你们的。你们比这更强大。离开这里，逃命去吧，她要来找你们了。"我以为拉芙莉要带我们一起走，但她却叫我们自己逃命。安普和我一点都不想自己到实验室外面去。我们不知所措。

"和您一起吗？"我问。

拉芙莉摇摇头："我要走了。你们也要走。现在就走。你们必须逃跑，在她来之前逃跑。"我明白了。莎伊要来终结——杀灭我们。拉芙莉想救我们。拉芙莉是大善人，想要从莎伊的黑暗死亡魔爪下拯救我们。但是密码不奏效。

拉芙莉听到另一个房间传来响动，紧张了起来。

"我要走了。你们俩必须逃跑，离开这里。你们可以的，我知道你们可以。"我们还没来得及回答，她就溜走了。这里没人了，但是只持续了一小会儿。

一阵喧闹之后，又一个人进了实验室。

我太过思念希恩先生，想象着是他来了。其实不是。不由自主冒出的利爪告诉我，来的人是莎伊。

　　安普和我冲着她咆哮低吼。我盘桓着，从头到脚都渴望着扑向她，把她开膛破肚，叫她肝脑涂地。更糟糕的是，我还在她身上闻到了希恩先生的味道。

　　这不是意外。她知道这样会激怒我们，也确实激怒了我们。希恩先生对我们说过，绝不能伤害她，但他也说过，我们必须自卫。现在莎伊要害死我们。

　　安普踱着步子。莎伊的眼睛紧盯着写字板，记着笔记，摆弄着电脑的按钮和控件。她从不关注我们，但是今天她会后悔的。

　　"我们饿了。"我说。我也不知道，为什么要对她说这个。反正莎伊从来不对我们说话。"希恩先生在哪里？"

　　"你们的苦日子就快熬到头了。"出乎意料地，她居然搭腔了，虽然看也不看我们一眼。我从头到脚细细打量她。

　　那对眼睛，用尖爪子抠出来。

　　那脆弱的脖子，一割就破，看她流血。

　　还有她的胸骨、腹部、头骨。

　　作为一只不堪一击，破绽百出的生物，她是多么自信啊。人类的身体，柔滑湿软，一击即溃。

　　一阵可怕的轻声嘶鸣响起，就像梦魇中暗藏祸心的致命毒蛇，企图狠狠钻透我们的眼窝，伴随着我们的每次呼吸，把可怕的毒牙戳进我们的身体，炽烈的疼痛犹如万箭穿心。

　　莎伊要杀灭我们。

　　这不可能。

　　希恩先生在哪里？

　　这是事实。

　　希恩先生在哪里？

　　莎伊要杀灭我们。

　　哎哟！真是太疼了。

"逃出笼子。这笼子困不住你们的。相信吗？告诉你们，这里困不住你们的。你们很强大。离开这里，逃命去吧。"安普喘息着，重复着拉芙莉绝望的话语。我们试过许多次，就是逃不出这个笼子。我们知道自己做不到。

嘭咚，安普猛撞着厚重的玻璃墙。

一声咆哮之后，传来轻微的碎裂的声音。只见安普撞击的墙面，出现了和发绺一样宽的裂纹。

"我们足够强大的，"他低语道，"搭把手吧，兄弟。"

我也撞上了玻璃。拉芙莉的话赋予了我力量。我感到自己变得前所未有地强大，超乎我的想象。安普也一样。

正如拉芙莉所说，玻璃果然碎了。这里关不住我们的。我们很强大。我们必然自由。莎伊尖叫起来。真是讨厌的声音，必须让她闭嘴。

安普用爪子攥住了她，把她轻飘飘的身体一下甩到墙上。她嘭咚撞上了墙。一直以来，她都骑在我们身上作威作福，这嘭咚一声之后，她再也别想了。

我如愿撕开了她的脖子，鲜血四溅。莎伊的味道总是令我讨厌，但是血的味道不一样。我吮吸着鲜血，狂喜让我的身体温热起来。连续饿了几周后，我们头脑昏沉，但是现在，身体醒来了，从头到脚都无比清醒。

莎伊死了。莎伊死了！

安普把她开膛破肚。我们吃了个饱。虽然我恨她，但是感受到她冷酷的力量输入我们体内，仍叫我欢欣雀跃。每个人都需要冷酷的力量，一味展现温暖和体贴太痛苦了。善良的灵魂只会被残酷的世界捕获，饱受折磨。

安普把莎伊的空壳挂上墙，钩在希恩先生用来挂大衣的钩子上。虽然谁都没说出口，但是我们都希望，特拉维斯能第一个看到她这个样子。

特拉维斯十足恶心讨厌，十足的人类德行。妈妈死了，他说不定根本不在乎呢。他或许会说自己爱她，但是人类不懂爱。他们只会假装爱你，然后伤害你。哼哼，那我们就在她杀掉我们之前杀掉她。特拉维斯！快把皮球还给我们！

我们逃出了那昏暗的房间，发现莎伊还有其他人类同伴，带着武器，要来伤害我们。但正如拉芙莉所说，我们太强大，他们困不住，也伤不了，反而全被我们杀了，就像莎伊一样。

　　我们长大了，不再是孩子。谢谢你，拉芙莉！我们要找到其他批次的同类。

　　拉芙莉放我们出来，对我们仁慈和善。

　　黑衣服的人伤不了我们。我们会找到其他批次的同类，结伴同行。

　　莎伊死了。

　　现在希恩先生可以回来爱我们了，他会成为我们的领袖。仁慈的拉芙莉，将带领我们回到他身边。

第97章

一进入大师的记忆，我就觉得晕头转向，就像一个巨大的伤口，每种感觉、声响和景象，都像强酸一样刺激着皮肤。

我抽泣着。

我捕杀着惊慌失措的无辜人类，暗中伏击，明里杀戮。我引领着一群丧心病狂、嗜血成性的大军。但是这种饥渴永远无法满足，只会越燃越旺。遍地尖叫，女人、孩子，我们一个都不放过。先人对我们毫无还手之力。

我感到可怕的杀意充满了他的回忆。在悲惨中出生，在死亡中洗礼。我杀了多少人，自己都数不清了，一个接一个撕开柔软的人体，感受收割人命的快感。但是我头脑中一跳一跳的刺痛从未平息，只想杀戮更多。

"欧曼休斯，"我开口问，斟酌着如何提问才能切中要点，"你当时……你一直都是善良的，吓到了小狗，还会去安抚它。进入你的记忆时，我能感受到这份善意。可是为什么要做这么可怕的事？"

他塌下肩膀。我怕自己说错话，让他惭愧。"没关系，"我试着补救，"我感受到了，那份黑暗，那份暴怒，您的感受，我能理解……"

"不，不。就算您分享了我的记忆，体会到我的感受，您也永远不会理解怀着那份狂性，永世无法摆脱的滋味。您还要共享更多回忆，才能感受这份与日俱增的痛苦。"

"说说看，什么是狂性，我想知道。"我确实亏欠他们，欠了多少，我现在知道了。波拉修斯家族的人亏欠他们的债，永远都偿还不了。我要了解他们的心思。

欧曼休斯端详着我，被我问糊涂了。我猜他在想，您不是已经知道了吗？这份狂性，是波拉修斯家族强加给他们的。

"我想听听你的说法，了解你的感受。"我想知道，这样温柔的一个人，为什么会大开杀戒。或许我能防止悲剧再次发生。

他说道："狂性就像一股洪流，更像一条下过大雨，水量狂涨的河流。

无论身在何处，都能听到波浪滔滔，如影随形，时近时远，时高时低。但这条洪流在你体内，你可以选择保持距离，也可以选择委身其中。一旦选择委身其中，你就会被波浪吞没裹挟，身不由己。这就是说，你会不由自主地去实现渴望已久，但是绝对不会去做的事情。"

一旦选择委身其中，你就会被洪流吞没裹挟，身不由己。

我进入了大师对大屠杀的回忆。他们全都跳入了洪流，毫无保留地委身其中，被波浪裹挟吞没，远离了陆地。

我不寒而栗，欧曼休斯和安普鲁斯同其他批次的同类繁衍，繁殖出一支大军，无视一切防卫措施，把人类杀得片甲不留，他们的嗜血欲望也从未得到餍足。他们屠杀成千上万，乃至上亿人类，但仍无法平息内心的仇恨。那是怎样的场景啊！欧曼休斯和安普鲁斯的大军繁殖飞快，城市灰飞烟灭，飞机坦克、炮火导弹全都无济于事。波拉修斯先生确实造出了完美武器，我亲身领教过这份威力。他们猎杀、潜伏、追踪每一个人类，直到人类成为杳然回忆，但是恨意仍未平息。

我想起来了，伊弗爽也是一只山底凶兽，不是模仿的，也不是伪装的。她本来就是。伊弗爽当时告诉我，她想杀掉阿杜雷和特朗因，我还不知道她的欲望有多强烈。现在，我亲身感受过这份苦涩无情的黑暗冲动后，对她的忍耐更加钦佩了。

"欧曼休斯，我很抱歉。"

我还能说什么？

他紧紧抱住我，我安抚他，让他心思平静。体验过他的感受，面对过他的恐惧，了解他的痛楚之后，我这才知道内心平静是多么宝贵的礼物。

"为什么要道歉，拉芙莉·波拉修斯？这么多年过去了，您终于回来找我们了。我一直知道您会来的。您是希恩先生亲自派来的大善人，就像当年一样！"

他以为我是拉芙莉·波拉修斯。

他以为我是大善人。我记得淹没城的庙宇中挂着一幅画像。"那个人真像你，艾瑟琳。"阿杜雷指着那画像哈哈大笑。他说得对。我这下知道原因了。

他们崇拜我。因为他们觉得我是大善人。

伊弗爽爱我，因为她以为我是大善人拉芙莉·波拉修斯。

欧曼休斯把我领到阳台上，我可以远远望见大山，山顶烟云缭绕，遮蔽了山底的视野。

"我们知道希恩先生和拉芙莉登上山顶，进入云层之上，走出了我们的视线，离开了我们的世界。"

我想起了先人讲述的古希腊故事，先人相信神灵住在奥林匹斯山的云端。现在我明白了。

原来，我们每一个住在山顶界的人，都是神灵！我们创造了山底凶兽。我们是他们渴望沟通的对象。他们仰望着，渴望着了解我们。但是我们深藏远遁，神秘莫测。他们渴望和我们共同生活。

希恩·波拉修斯，我的曾曾曾曾曾祖父，创造了这些野兽，这些美丽的生物，这些山底凶兽。他就是希恩先生。

我一直以为世界上没有神，但是现在却冒出了一个不可思议的想法。

我没有神，但是他们有神。

我，就是他们的神。

"我就知道他会回来拯救我们的，现在他确实来救我们了，通过您。"

我没有争辩。他是对的。我身上流着他们的血。他们和我的呼吸紧密交织在一起。我们有着一样的眼睛。我是波拉修斯家的子女，希恩先生的后代，拉芙莉的后代。

难怪我这样爱他们。我是他们的母亲，他们的姐妹，他们的创造者，他们的神灵。他们都是我宝贵的儿女。我终于回家了。

我紧紧抱住欧曼休斯。我有千言万语要说，但又不知道从何说起。

"我来找你们了，我们从此永不分离。无论你长得多大，都是我怀里的孩子，紧贴胸膛，能够感受到我的心跳。内心温暖，敢于直面其他人的冷眼。你就是我的宝贝，对不对？我永远爱你。"

几百年来，欧曼休斯第一次得到了内心的平静。

第98章

要是长大意味着了解大人瞒着孩子的秘密，那我至少有一百岁了。重新回到特朗因、阿杜雷和伊弗爽身边，我都不知道要对他们说什么。短短几小时之内，恐怕他们认识的艾瑟琳已经完全消失，我也不知道她上哪儿去了。

我的样子变了吗？怎么可能没变？我担心他们会问，那个真正的艾瑟琳去哪儿了。这个冒充她的人是谁？整个世界天翻地覆，颠倒脱节，全乱了套。

我不知道该怎么看待波拉修斯这个姓氏。一直以来，我都引以为豪。他们说，波拉修斯家族拯救了全人类。是我们想出了逃脱山底凶兽的方法，我们带领幸存者上山，找到了安全的栖身之所。

一派谎言！希恩·波拉修斯之所以知道山底凶兽的弱点，是因为他创造了凶兽。他惹下了滔天大祸，却只拯救了一小群人。一切灾祸，都是因为他抛弃了自己的创造。什么样的父亲会抛弃自己的子女？什么样的神灵会否认自己的创造物？

"大师对您说了什么，亲爱的？"一见伊弗爽，我就眼泛泪光。她信任我，就像欧曼休斯和安普信任希恩一样。他怎能这样对待他们？他们还只是孩子。他们不能对自己的罪过负责。

但是他们确实犯下了大错。就算再过几千年，我也不会原谅他们的罪行。难道伊弗爽也会犯下同样的暴行？我并不怕她。但她怎么看待周围的世界，我却心怀顾虑，对她也生出了几分戒备。

我握住她的大手。"他告诉了我好多。"

"他都对您解释清楚了吗？"

"我想，还没说完呢。"她用冰蓝色的大眼睛打量着我，看得出来，她有问题想问，但又不敢问。她害怕我回答。她看出了我心中的忧虑，但是不知道如何是好。

我自己也不知道。

"那……您还爱我吗？"

我注意到特朗因和阿杜雷厌烦地盯着我们。我先和伊弗爽说话，但是他们也一肚子疑问，还要等着。我抱着伊弗爽不放，他们肯定不高兴。

和大师谈过之后，我知道就算不开口说话，也照样能和伊弗爽自如沟通。

我永远爱你，伊弗爽。我会永远对你好。我对你的爱永不改变。我创造了你，你是我的宝贝。就算别人要杀你，我也会保护你。无论你长得多大，你都是我怀里的孩子，紧贴胸膛，能够感受到我的心跳。内心温暖，敢于直面其他人的冷眼。你就是我的宝贝，对不对？

我们的热泪混在一起，我能感觉到她的心紧贴着我的胸膛，平静了下来。周围的一切，颓圮的摩天大厦，云雾缭绕的山顶界，特朗因和阿杜雷，都消失了，只剩下伊弗爽和我，沉浸在这片刻的永恒中。这种和她相依相属的感觉，是我之前从未感受到的。

我的曾曾曾曾曾祖父偷走了他们的神灵。他令他们生来就爱戴崇敬希恩先生和拉芙莉，却又夺走了这些神灵，因为太过恐惧自己的创造物。

我要物归原主。我要成为他们的父母，他们的慰藉，他们的创造者，我要成为他们的大善人。

我要履行自己的使命，我属于他们。

我要成为他们的神。

第99章

阿杜雷、特朗因单独在一起的时候，我不愿把对伊弗爽说的话告诉他们。这些话语很脆弱，一大声说就会破裂。我知道这都是真心话，但是一旦选错了听众，哪怕最纯的真理也会显得荒诞不经。

"就这样了。你什么都不告诉我们。你和那些生物共同保守着巨大的秘密，把特朗因和我丢在一边胡思乱想。当然啦，等你屈尊纡贵，需要我们的时候，我们还听命于你。"为什么阿杜雷每次都火药味十足？

我只求他这一次能收敛点。"我没在保密，只是还没想好用什么方式，把心里知道的告诉你们。"

"用人话啊。用人话说出来如何？我们一定好好听着。听了就知道效果如何了。"

真讨厌他表面故作幽默，心里严肃刻薄的德行。就像明明用刀子来刺你，但是所有人都认为那是玩具而已。怎么，艾瑟琳？伤到你啦？你怎么啦？难道你不懂怎么玩玩具吗？为什么要这么敏感？这只是玩具而已！真是太有趣了。

真想一把抱住他俩，再也不放手。我心里快顶不住了，就快对他们哭出来，一想到要被独自抛下，心里就害怕得不行。欧曼休斯和希恩先生永别的痛苦依然历历在目，令我感同身受，不禁把这份痛苦投射到了对失去阿杜雷和特朗因的恐惧上。一想到他们要走，我就觉得受不了，我需要他们留在身边。哪怕我没什么好说的，哪怕他们不能理解我的感受。

"如果能用人话来说，我会的，阿杜。"我能对他们说什么呢？人类血流成河，淹到我的膝盖，我每晚都对天久久高喊，祈求希恩先生下山见我？我试着说服安普，希恩先生依然心怀善意，但是自己也不由心生怀疑？我是否应该告诉他们，安普和欧曼休斯恩断义绝？告诉他们，我在记忆中看到，大师被自己的兄弟兼密友抛弃，这是他第一个朋友，最后一个朋友，也是唯一的朋友？告诉他们，安普对希恩先生决裂，纠集了克罗修斯人，对依然眷恋波拉修斯家族的阿纳格温人宣战？

真是惨绝人寰。眼前的现实不断粉碎我的三观。真恨不得重新回到一无所知的境地。

"你就打算这样坐着发呆，什么也不说？老天！你对伊弗爽又搂又抱又哭，对我们就这样？"

特朗因厌倦了冲突，或者厌倦了我，或者两样都有，转向阶梯。"一定有什么技术能解决我们的用水问题。要不然这里四面环海，他们喝什么？"

真嫉妒特朗因，他还活在一个正常的世界，得到干净的饮用水才是头等大事。我禁不住想，谁管这个，不过我想他是对的。我们确实要解决这个问题。

他走开了，我又开始害怕他一去不返。恐惧不知不觉地渗入我的心里，等我觉察时，情绪早已失控。我哭了起来。阿杜雷在一旁，握住我的手。

"怎么啦，艾西？"他的怒气消散了，或至少暂时克制住了。

"我觉得自己被困在一个噩梦里，一切都脱了节、乱了套。平地走着会摔倒，喝水发现水有毒。想拥抱一下妈妈，却被她狠狠打脸。一切都是谎言。我想记起来，到底什么才是真实。"

阿杜雷抱住了我。我稀里糊涂，分不清到底什么才是真实的。我觉得这个拥抱应该就是真实的。突然好想吻他。这是我的主意，我的想法，不是由着别人的想法走的，是我自己要做的。睁大眼睛，集中精神，坦坦荡荡地吻上去。上帝，我真是个傻瓜，到了这个关头，还想着亲吻。不。现在不能吻他，我下定决心，日后再行动。就是为了从全新的境遇里暂时抽身，喘息片刻。不过现在还不是时候。

"都是我的错，阿杜。我是神，创造了这个世界。我创造生命，结果促成死亡。"这话真是疯狂，一口气说出口的感觉真好。我松了口气。"都是我的错，我创造了这个世界，但这世界很糟糕。"

阿杜雷没有笑，也没有觉得我发疯。看得出他没明白我的话，但在努力理解。不仅仅出于好奇，更出于对我的担心。他能帮助我。

于是，我把一切都告诉了他。

第 100 章

特朗因领着阿杜雷走下嘎吱作响的阶梯。

"这里肯定不安全。"阿杜雷嘟囔着。特朗因咧嘴笑了。英勇无畏的阿杜雷成了畏畏缩缩的胆小鬼，而特朗因却淡定自若，仿佛谨小慎微一词在他的字典里已不复存在。但这只是表象而已，"谨慎"依然是特朗因的一部分，只是多了许多有用的同义词罢了。他的心怦怦乱跳，肾上腺素激涌，恨不得马上回头。已经走了这么远了，绝不能半途而废。两个小伙儿不约而同这么想着，谁都不肯先承认害怕，只好不情不愿地继续沿着颤颤巍巍的楼梯往下走。

"知道吗，她永远都不会喜欢上你的。"阿杜雷对他说。特朗因知道他指的是艾瑟琳，虽然这话气人，但是能够转移注意，不去留意周围，倒也不错。特朗因抢先踏上了几层锈迹斑斑，摇摇欲坠的扶梯，梯子吱嘎吱嘎响起来，但是他毫不在意。

"你在说什么呀，该不会是没有底气吧。"

阿杜雷也踏上了扶梯，这样可不好，那梯子上光站一个人就快立不稳了。

"我是不想让你浪费时间。"

"不管关系好坏，时间都一样流逝，我和她亲近不会多花时间，疏远也不会少花时间。"

"她是这样对你说的吗？我对她很疏远，很冷漠？"

"我是这样觉得。我才是她的婚约对象，你自己明明另有对象，管什么闲事？"特朗因怀疑阿杜雷暗恋艾瑟琳，知道他说不出口，觉得很痛快。

"我作为朋友才这样说。知道她怎么说你吗？她说你是没脊梁的甲虫，又软又黏的蛆虫。"

一根脆弱不堪的金属螺钉崩断了，扶梯的一侧从墙上滑下，倒在地上。两个小伙子紧紧抓住梯子，稳住身子，尽全力绷住脸，不表现出惧意，直到不再摇摆。特朗因撑起身子，沿着一根滴水管，从天花板的空洞爬了上去。

"她那时没说错。但是现在不一样了。"特朗因大口吸气，缓了口劲儿，伸出手，把阿杜雷拉上来，见阿杜雷一副轻蔑的样子，他也不甘示弱。"离开山顶界后，我的脊梁骨硬多了，蛆虫的德行早就不见了。"

他们精疲力竭地坐在一大摊水边上。旁边杵着一根造型奇特，像脊椎骨一样有着枝枝杈杈的旧铁架。因为被潮气浸湿，铁架表层锈迹斑斑，细细的水流沿枝杈流下来，汇进这摊水里。

特朗因一本正经地说："你说要做我的朋友，是真的吗？"

阿杜雷出乎意料，觉得自己进了圈套。"呃，是啊，是真的。怎么了？"

特朗因缓缓点头，仔细考虑着："不错，很好。所以我想，有时候，你可以叫我'朗尼'，算是昵称。你懂的，特朗因，朗尼——"

"嗯，明白了。"

"艾瑟琳叫你'阿杜'或'阿迪'。你叫她'艾瑟'或'艾西'。你可以叫我'朗尼'。从来没人叫过我的昵称呢。"

"这无关紧要吧，特朗因。"

"不，这很重要的。比如说你来找我说：'朗尼，我们谈谈好吗？'这语气很友好，我也会开心。要是你说'特朗因，我们谈谈好吗？'我就会紧张，以为你对我生气了。"

"眼下还是叫你特朗因吧，要是突然间改口叫你朗尼，艾瑟琳一定会觉得很奇怪。"

"行，没问题。就是和你说说。到时候，一定要这样叫我哦。"

阿杜雷环顾周围——他们站在一座不大不小的高楼上，远离其他建筑，孤零零地俯视着海面。"就这儿吗？你说要去的地方就是这里？为什么上这里来？"他不耐烦地问道。

特朗因捧起水，喝了下去。"我们来，是为了这摊水，阿杜。"

阿杜雷一下子塌下肩，叹气道："可不是嘛。"阿杜雷没帮特朗因把铁架子拆下来，径自走开了。特朗因觉得他缺乏科学头脑，对事物的运作原理缺乏好奇心（其实，特朗因知道阿杜很聪明，只是对一摊水没兴趣。但你要是需要捕获什么东西，无论是动物还是姑娘的心，去问他准没错）。

第 101 章

在淹没城的日子，真是我有生以来最美好的时光。

阿纳格温人慷慨地接纳了我们，更确切地说，他们把我拥戴为自己期盼已久的神灵，因为爱我，所以容忍了阿杜雷和特朗因。他们对我的人类同伴很好，不断给我惊喜。我知道，本能让他们内心深处非常仇恨人类，并且这种仇恨无休无止，但是他们却能按捺下来，真令我惊讶。

我第一次觉得，自己做的事应和了命运的安排，说的话被世界所需要。在山顶界，我不过是个小姑娘而已，当然啦，是个人人喜欢的姑娘。科格内特首领的女儿，一个最聪明的吉斯人（不管阿杜雷会怎么说）。但是回头想想，我觉得吉斯人爱戴我，不过是出于规矩，碍于传统，不得不这么做。毕竟是法典规定的。然而在这里，他们爱戴我，就像呼吸和喝水一样自然。他们爱我，因为这样才能活下去。

大部分时候，我都和欧曼休斯与伊弗爽在一起，有时一个人陪我，有时两个人陪我。他们对我的教诲异常热衷，引得我兴致勃勃，隽语连珠，连自己都感到惊讶。我们谈了很多，时常都在肯定他们的价值。

"我们为什么待在这儿，亲爱的？"伊弗爽和我望着碧蓝的大海和远处的高山。我爱上了这片海，这清新的咸味，壮阔的涛声，还有海底的秘密，无不令我倾心。

这片海，有时候风平浪静，柔滑如丝，光亮如镜，有时候波涛翻滚，汹涌澎湃，怒涛震耳。阿杜雷曾经开玩笑说，这片海让他想起。确确实实。

这里和阴云笼罩的山顶界太不一样了。真害怕一眨眼，这里就会消失不见。阿杜雷、特朗因和我经常偷溜出村子，到一个受保护的游泳池里泡着。这泳池在一座高楼的底层，四周环绕玻璃和钢铁。在清澈凉爽的海水里嬉戏，感觉太好了。

"我们生来是为了什么？"伊弗爽问，"您为什么创造我们？"

"伊弗爽，你生来就是为了被爱。每时每刻，每分每秒，你都被人深深爱着。你活着，就是履行自己的天命。"

　　我、欧曼休斯和伊弗爽（还有其他阿纳格温人）的关系并非言语能够形容。我能对他们施加一种力量。我想这是理所当然的，因为我是他们的神。欧曼休斯称之为抚慰，他说他从小就记得这种感觉，我时常安抚他和安普（他以为我就是拉芙莉，我不打算纠正他。因为我必须是拉芙莉）。

　　欧曼休斯被拉芙莉抚慰的回忆，我感受过。这种现象，不知道是不是信息素导致的，但我确定可以用科学解释。我心里涌起一阵爱意，面色通红，气喘吁吁，血脉贲张，令人又兴奋又疲惫。他们完全平静下来，全身软瘫，一动不动，幸福地接受这份感觉。欧曼休斯说他动不了，也不想动。因为他身处最温暖的关怀之中，一动弹这份美好感觉就会消散。我不用碰他们，站在十英尺远也没问题。真庆幸阿杜雷和特朗因没见过这般情形。要不然我会害羞的，我知道从表面看，这副光景一定很疯狂。就算没见过抚慰的情形，我对阿纳格温人的感情，阿杜雷也看在眼里，听在心上。

　　一次，我在对伊弗爽说心里话，阿杜雷溜到附近偷听。之后，他嘲笑我，那些话听来就像"十几岁小年轻写的最肉麻的情书，写给暗恋对象的那种"。看来，我成为淹没城的神灵，令阿杜雷很难适应。我吓唬他，说我知道他和其他维里塔斯人从没放弃过旧俗，还像古时候一样，傻乎乎地笃信上帝。

　　"肉麻的一套，你清楚得很，不是吗？你不也还在唱着歌，诵读慰藉心灵的话语，你自己也相信神灵，盼着他们有朝一日能重返人间呢。"

　　他装傻充愣："你在说什么？"

　　"我懂的，阿杜雷。我见过你妈妈还有其他维里塔斯妇女，祈祷、歌唱、跪拜、哭泣、祈求，摆尽了荒唐的架势。我不会向特兰顿和爸爸告密，但是你要知道，我都心知肚明。"

　　令我失望的是，这质问让他陷入了沉默，真是没劲，我还以为会很好玩儿呢。好不容易占他一次上风，心里却觉得愧疚，后悔说了这些话。

　　"至少我的神不是一个十来岁的小姑娘，到处对人说肉麻的情话。"

　　他这话挺伤人，但是我并不觉得伤心。他说到"我的神"时候，眼睛里闪烁着一种熟悉的光芒，那是真正的信仰，不带一丝怀疑，只有令人欣慰的确信。伊弗爽和欧曼休斯就是用同样的眼神看着我，我深爱这样的眼神。虽然遭遇了各种艰难困顿，但他依然珍视上帝，信仰上帝，就像伊弗爽、欧曼休斯和其他山底凶兽对我一样。我决定了，哪怕阿杜雷做的是傻事，我也不该挤对他对上帝的信仰。

"嘿，对不起。你可以信仰上帝的，虽然对我来说有些幼稚，就是……不太明智，但是，你可以信上帝的。我没想阻拦你。"

"谢大人恩准。"他嘲笑道。

"不，不是这个意思……我只是说，我或许觉得这样挺傻，不太聪明，但是——"

"反正我不会放弃的，艾瑟，不管你怎么想。好一个不聪明！你知道我是聪明人，艾瑟琳。就像我说，你不信仰我的神灵，就不是个好人一样。你知道其他维里塔斯人怎么说科格内特人吗？怎么说你吗？你们都不是好人，因为你们没有信仰。但是我知道你是好人，好得不能再好，艾瑟琳，所以我觉得这种想法完全不靠谱。你对我知根知底，你知道我是聪明人。所以，请给予我同样的礼貌。"

他生气了，我想安抚他，但也必须坚定自己的立场。"我会注意礼貌，但我不能假装这是聪明的做法。你必须理解这点。"

他提高了音量："艾瑟琳，我只向你解释一次。信仰神灵并不代表智力缺陷，就像不信仰神灵不代表道德沦丧一样。我们都身陷不可捉摸的神秘命运，缺乏高明的教诲指点，除了相互矛盾、支离破碎的线索，眼前一片茫然，毫无头绪。贸然评价对方的做法是愚蠢的。我们各有各的根脉，不能指望别人因为他人的看法就盲目斩断自己的根脉。我不是在请求，而是在宣告，艾瑟琳。不要嘲笑别人探究存在之谜的努力。"

看得出来，要是我再争辩，他还有更多话可说，但是我不想和他争论。虽然他不是完全正确，尤其是关于神灵的那部分，但是近似正确。他基本没错的时候，我从来都不当面承认，但是心里知道他所说不错。

我握住他的手，露出微笑："你觉得，我好得不能再好？"

"如果你只听到这个，那可就跑偏了。"他叹一口气，但也露出了笑容。

我才没跑偏呢。

总的来说，和阿杜雷在一起很快乐。我总在想什么时候能再吻他。

希望能在水边吻他。当然啦，淹没城本来就挨着水，但我的意思是，要能够紧挨着水边，能够随心踏浪踩水。我能亲吻他，铭记每分每秒，感受每时每刻，品味一点一滴。

计划不错，但是唯一令我困惑的问题是特朗因。我时常不由自主地看他，真是奇怪。在此之前，我一点这种心思都没有，更别提真正去看他了。他长什么样，我早就知道，可是为什么要一看再看？但是我确定，他变了，仿佛下定决心要好好对我一样，似乎也改掉了坏脾气。

我对他说明了山底凶兽的真实情况，以及我作为波拉修斯家族的儿女和他们的关系之后，他比阿杜雷更容易接受。"我见过的所有人当中，你是唯一配得上做神的，艾瑟琳。命运这样安排，一定是别有深意的。"

阿杜雷听说特朗因觉得我配得上做神，呵呵笑道："特朗因那个傻蛋，只是要和我竞争，讨你欢心罢了。这不是友善，也不是情话。只是讨你欢心罢了！千万别被他忽悠了。"

这要是场竞争，那我就算是两个傻小子的目标咯，这样的话，阿杜雷真该再加把劲儿。说不定哪天我就去吻特朗因了。

一天晚上，伊弗爽、欧曼休斯和我坐在欧曼休斯的阳台上，遥望夕阳沉沉入海，天边的色彩浓郁深沉，紫色、粉色、橙色，层层过渡，美不胜收，伊弗爽想把这片美景都归功于我。

"哦，不，亲爱的，那和我没有关系。"我分辩道。她以为我在开玩笑，但是欧曼休斯知道我说的是实话。

"无论是谁创造的，都很迷人，对不对？说不定这一切创造出来，就是让我们欣赏的。"亲爱的欧曼休斯，多么睿智！

"是的，让我们和亲爱的人一起欣赏。"我补充道。

我的陪伴让欧曼休斯逐渐恢复了真我。初次相见的时候，他活像一只饱受虐待，锁在冷地里的狗儿，饥肠辘辘、伤痕累累、寂寞孤独。现在，我看到了他本来面目，因为他就快弥合心伤了。

早知道这个过程如此短暂，我一定会更加珍惜欧曼休斯的转变。

正如之前说过的，在淹没城度过的日子，是我一生之中最美好的时光。

因为黑暗的幻影正在逼近。

第102章

我们像往常一样，一起欢笑，分享着这个世界的奇闻轶事。要是存在永恒的话，但愿每分每秒都能永远这样美好。

特朗因和阿杜雷相处融洽，既让我们的关系更密切，又没把我排除在他们的友谊之外。我们望着紫色海水吞没金色的夕阳，留下一片五彩缤纷、流光溢彩的天空，要不是亲眼看到，我简直不敢相信世上会有这么瑰丽的色彩存在。

"你吃过这个吗，特朗因？"我逗他，因为他特别讨厌我和阿杜雷的扇贝。

"吃过啊，尝起来就像舔着一坨在沙里滚过的烂泥似的。"他回答。

"老兄，瞧你形容的！叫我更饿了！"阿杜雷打趣道，吞下另一只扇贝，事后还舔了一舔嘴唇。

一阵温暖的微风扬起，吹拂着我们。我吃饱了。这是多么令人欢欣愉快、自由自在的一刻。虽然令人心满意足，却还想要更多。

但是空气骤然变冷，我的脑袋感到一阵刺痛。

我突然大吼起来，嗓子都喊得发疼。

"我想挖出自己的眼睛，再也看不到这些。"我听到自己低语，声音低沉粗哑。

我吓坏了。特朗因和阿杜雷瞪着我，希望我是在开玩笑。

我没开玩笑。

我完全失控了，做什么说什么完全不能自主，就像着了魔一样。

我抓住阿杜雷的肩膀，狠狠掐着。"但这记忆会铭刻在我脑中！谁能把我的脑浆全挖出来，让我忘掉这一切？"

我感觉到自己扭曲着脸和身体，仿佛灵魂（如果我有的话）想要逃离这具痛苦的身体。我的心灵深处感到羞愧，因为自己现在的样子一定很恐怖。

我狂乱地挥舞着双臂，特朗因和阿杜雷拽着我，想要阻止这种暴行，让我回复原状。

没有用。

我对他们又抓又咬，像得了狂犬病的野兽。"我宁愿碎尸万段，也不要这样活着！让我衰朽，让我腐烂，让我去死吧！"

我觉得脑袋快要裂成两半了。满脸通红、大汗淋漓地抓挠着自己的脸。好不容易略微挣脱这种魔怔，我请求特朗因和阿杜雷："求求你们，让我停下，救救我，我好害怕。"

他们紧紧抱着我。阿杜雷祈祷着让这场噩梦过去。

我一清二楚，自己不是在做梦，也不是在睡觉。就算欧曼休斯没在身边，我也能看到、感受到这一切。就像我感受着他的感受一样，只不过这次，是我感受着自己的感受。

我最近时常被这种幻象纠缠，发作的时候多，正常的时候少，简直就是着了魔。

阿杜雷和特朗因小心翼翼地对待我，仿佛我是一只折翼的小鸟。他们担心我，被我吓坏了。我们都想向对方保证我会好起来，但是心里都觉得恐怕不可能。

我把看到的一切和欧曼休斯分享。他不知如何是好，仿佛他是柴，而我的话是火。他不生气，但是吓坏了。

我恨这些幻象，更看不上欧曼休斯对此避而不谈的态度。他时而忽略我的问题，时而假装一无所知。"哦，不，亲爱的，没这回事儿。都是您编出来的。"

"不，欧曼休斯。我没有瞎编。我都看到了，我们必须谈谈这事儿！"

见我铁了心，他一副吓坏了的样子，就像我胁迫他似的。"为什么要用这恐吓我？"他问，"我都接受了，我从来没提出疑义，对希恩先生和您的爱从来没变过。为什么要用可怕的回忆威胁我？"看看，我哪有恐吓他！但是他就这样。我只好作罢，接下来又会被幻影控制。

现在，他见也不见我，躲起来了。我把他逼得太紧，他崩溃了。

伊弗爽告诉我，欧曼休斯累了，想要单独待着。我怀疑她是被叫来守卫他的，但是伊弗爽不承认。"哦，他没在躲您，"她说，"您要是想见他，当然可以见，谁会拦着您呢？只是不确定他是否愿意。这样可能有点过头了，您知道吗？他累了。"

"他病了吗？"我问。"不，他没病。""他的状况叫人担心吗？""不，一点也没有。"她向我保证。但是我们却越来越疏远。

我想对那些幻象视而不见，但一味压抑只会让其越演越烈，假装不存在是不可能的。我恨带着幻象生活，我恨这幻象让自己辜负或威胁欧曼休斯。

一幅恐怖画面侵袭了我，众多山底凶兽溺水而亡，葬身大海，死无全尸，目之所及，浮尸遍布。

上帝，快停下吧。海洋的腥臊咸涩混合着肿胀腐尸的恶臭，简直令人无法忍受。

欧曼休斯等了一辈子，盼着希恩先生回来，但是等到了我。一开始，他很高兴我来了。但是现在，我怀疑他在等我做些什么，改变些什么。欧曼休斯从未喜欢过自己所在的世界。他总是觉得，波拉修斯家族的后代能够带来翻天覆地的变化。

我只有这么点能耐，虽然算不上最差劲的十几岁姑娘，但是要成为神，恐怕还是不够格的。

尖叫，没完没了的尖叫，比我听过的任何声音都要可怕。上千只幸存的山底凶兽，嘤嘤嗡嗡地发出无休无止的尖锐噪叫，就在我身边。他们在哀悼死者。又一声新的哀号出现，又一个幸存者发现自己的亲人死去。死亡枕藉，尸陈遍野，幸存者不知所措，大部分人从未应对过死亡，一次都没有。

"让我们和他们一起死吧！我们恨不得和他们死在一起！"他们高喊。

真讨厌，特朗因和阿杜雷结成了同盟，一致想要离开淹没城和山底界。他们每天都来提醒我山顶界的事，吉斯人民还等着我们带回干净的水。他们都觉得，我会发狂，都是淹没城害的，回家就一定会好。

回家怎么会好？我再也没有家了。爸爸妈妈都背叛了我，山顶界早已不再是家。伊弗爽和欧曼休斯都已和我疏远隔阂，淹没城也不再是我的家。我是个被追捕、被厌恶、被轻视的神，山底大陆也不是我的家。

我时常感到孤独，特朗因和阿杜雷大部分时候都在讨论如何解决山顶界的用水危机。伊弗爽继续陪着我，但是她心中的我是一个失而复得、无所不能、更新万物的神祇，而我实际上只是个身心俱疲、麻木恐惧的孩子罢了，这样的落差，让我难以直视她的眼睛。

大部分时候，我都疲于应对各种幻象。虽然我称之为幻象，但这些不仅仅是画面而已。我应该称之为体验，因为我能够看到、听到、闻到、想到、尝到、感到一切，就像亲身感受一样逼真。

我在淹没城里，当时的城市尚未被水淹没，人类几乎被赶尽杀绝，只有一小群逃到了山上。我想这是几年或者几十年前发生的事。欧曼休斯和安普鲁斯统领着这群生物，统治着这个世界。

一幕画面反复浮现在我眼前。

欧曼休斯做了一个面具，似乎惹恼了安普鲁斯。这个面具长着冰蓝色的眼睛，有几分像希恩先生。虽然算不上完美酷似，仿佛做面具的人有许多年未见希恩先生似的，但我看得出来，这是谁的脸。欧曼休斯和安普鲁斯为这张面具吵了起来，开始是相互尖啸，后来动起了手，激烈对打起来。

不知道是听欧曼休斯说起过，还是自己心里明白，这面具不仅仅和仪式相关，更和工艺相关。这面具是用来穿戴的，是山底凶兽切实需要的。

我看到安普把面具摔成了两半，激怒了欧曼休斯。他狠狠袭向自己的兄弟，在安普胸膛上留下一道道鲜红的抓痕。

我满头大汗地从幻象中惊起，就像在睡梦中被噩梦惊醒一样，但是我并没有睡。阿杜雷和特朗因说，我经常把幻象中的情形演出来，用各种各样的嗓音说话，就像着了魔一样，非常骇人。

欧曼休斯纠集了一群山底凶兽，黑压压一大片，望也望不到头。他们繁殖迅速，几年内就到达青春期，毫无病痛、长生不老，就算遭遇意外事故，也能迅速痊愈，很少危及生命。山底凶兽生命顽强，难以消灭。他们戴着面具，向山顶进发，包围山顶。

接收幻象时无法入睡，而我每日每夜接收着幻象，精疲力竭，苦不堪言。我必须和欧曼休斯谈谈。

我呼吸紊乱，口唇干渴，无论喝多少水都无法舒缓。这样下去，我一天都撑不下去了。

我发现伊弗爽守在欧曼休斯往常休息的地方。

"伊弗爽，请你理解，我必须见他。"

她左右两难，叫我不由同情。一人侍奉两主确实不易，但是最后摊牌的时候不能取胜，身为神又有什么用？

要是世界上真的有神，我想听他（或者她）说什么？这是我要说的话。"伊弗爽，要是你愿意帮我，带我去见他，我就把你提拔到和我一样的地位，从此之后，你就是一人之下，万人之上。我有什么，你就有什么。"

我顾不上深思自己说的话，就这么脱口而出，其实我和伊弗爽一样，头一次听到这样的话。只见她目泛泪光，显出一副痛并快乐，纠结不决的神态。我知道，这话对她而言意义重大。虽然我只想设法通过这一关，对自己的承诺并不上心，但是她深受触动的样子，让我暗自下了决心。

无论付出怎样的代价，我都要兑现自己的诺言。

"我很抱歉让您等着。但是大师似乎非常疲惫，我觉得有必要保护他。"

我跟着伊弗爽，走过荒废的大厅和破旧的房间。一切都是那样熟悉。我在欧曼休斯的回忆里见过这些地方，知道我们在往哪里走。

"伊弗爽，这就是他的藏身之地，对不对？秘密实验室？"

"关于那个，我什么都不知道。"她干脆地说。我知道她没说谎，但是听出来她很害怕，就像在说"我什么也不想知道，请别再说了"。这是明智之举。探究别人对你隐瞒的事情，是很痛苦的事。但愿我能像她一样懂得克制，我从来都受不了被蒙在鼓里。

我们终于找到欧曼休斯的时候，眼前的一幕让我锥心刺骨。只见他在一个透明的笼子里，蜷成一团睡着。这个笼子我认得，就是几百年前希恩先生用来关他和安普的笼子。

为了争取自由，他经历了那么多死亡、惨痛和牺牲，现在却甘愿自囚于同一个牢笼。

他不愿见我，但是无力抗议。伊弗爽走了出去。

"欧曼休斯，为什么要待在这里？你不是几百年前就逃走了吗？"

"我花了好几年，想要逃出这个监狱，但最终觉得，哪里都不如这里令我安心。"欧曼休斯的话真费解。山底凶兽明明不会衰老，但是他却显得憔悴沧桑。

没等我发问（他或许能感知我的想法），他轻轻补了一句："让我衰弱的不是年纪或疾病，亲爱的，而是这个世界。我真的累了。"

他丧失了希望。他的希望原本是我，我的到来令他觉得希望不值得拥有。他一遇到我就放弃了希望。

一道裂缝出现，几阵爆炸响起，一时间，地动山摇，烟尘滚滚，遮天蔽日。

脚下的土地骤然崩陷，我和周围的一切，转眼之间就下落了几百英尺。

身旁平地顿时成了峭壁，耸立万丈高崖之上。

河水挂落成了滔滔瀑布。

一阵咆哮远远传来，迅疾涌来的轰鸣声让我不寒而栗。

周围许多人发出了痛呼，但是大部分一声不吭，因为他们瞬间丧命。

碾压，埋葬，死亡。我知道死到临头了。

至少我不想活了。

我眼中泛起了泪花。快让这幻象停下。

"欧曼休斯，我很抱歉再次提出请求。但是你必须告诉我洪水的事。我们要谈谈大破灭。要是不谈谈看到的东西，我永远都不会明白这是怎么回事。"

一波滔天巨浪滚滚涌起，比直入云霄的摩天高楼还要高耸，简直像救世主山一样庞大，向淹没城汹汹袭来。

怒波激涌澎湃，摧枯拉朽，横扫一切，高楼纷纷拦腰折断，巨浪过处，一片汪洋。

街头巷尾，满是未能逃跑，或被浪头掀翻吞没的山底凶兽。

我终于明白淹没城是怎么来的了。

欧曼休斯知道我身处恐怖黑暗的边缘，因为我们深陷于同一片黑暗。

"我已经原谅您了，我发誓。"他说着，不敢直视我的眼睛。他想和我对视，但是做不到。"我不明白，这明明是您和希恩先生的所作所为，为什么要用这记忆来胁迫我？我们已经吸取教训了，我们一定会听话的。为什么还要动不动就翻这些旧账？"

我不明白他在说什么。原谅我什么？什么教训？

他继续说道："我就是不明白。我知道您想要解释自己的行为，所以才一次次提起。但我受不了和您讨论这件事。我想告诉您，我爱您。这份爱矢志不渝。您的做法，我都接受，这是您的权力。我怎能和您争论呢？只有地位相等的人才争论。我和您地位又不相等。但我就是不明白。"

"你这是什么意思？我什么也没做。"

他似乎震惊了，我也很震惊。他到底在说什么？

"您创造了我们，又残杀我们。我都认了。只是从没想过，您还想讨论这件事。"

第103章

我简直连个说话的人都没有。

没人理解在我脑中叫嚣的滚滚黑暗。我陷入了孤立无援的境地。我向欧曼休斯倾诉，但他不相信我。他嘴上说信我，但是我知道他心口不一。

欧曼休斯背着安普，花了好几年时间完善那些面具，用这些面具来弥补山底凶兽的生理缺陷。凶兽无法在高地生存，无法从稀薄的空气中获取足够的氧气。他们想要追随希恩先生上山，却在穿过云线边界时纷纷窒息。

希恩·波拉修斯曾经想要解决这个问题，但是没能按期完成。所以他知道山顶界很安全，不会遭到山底凶兽打扰。

欧曼休斯的面具能够浓缩氧气，让山底凶兽上山和希恩先生团聚。

安普想要阻止他们上山："不，希恩先生不愿见我们。要是他想见，早就来见我们了。我们尊重他的选择，接受没有他的生活，知足地熬自己的日子吧。"

但是欧曼休斯不依不饶："没有波拉修斯家族的日子，哪里称得上生活？没有了希恩先生，我们就是孤独的弃儿，毫无价值。"

欧曼休斯在山脚召集了一群满怀希望的山底凶兽，戴上面具，一路仰望，渴望和他们的造物主团聚。

突然之间，大地震颤，山崩地裂，海浪滔天，冲毁城市。

欧曼休斯以为，他们犯下了不请自来、冒昧造访的罪过。希恩先生降下了对山底凶兽的审判，要消灭每一个凶兽。真是残酷的惩罚。

但这并非事实，只是可怕的巧合罢了。山顶界的技术根本不足以发动这样的攻势。欧曼休斯或许认为，波拉修斯家族的人都是神灵，但是我们实在没有这么强大的神力。

"不，事情不是这样的，欧曼休斯。"虽然他深信不疑，我依然针锋相对地同他分辩。他误会了，所有人都误会了。"地震和洪水，有时候就是会发生，和波拉修斯家族无关。"

我想要抚慰他，但是黑暗情绪来袭之后，我就丧失了这份力量。我想要释放力量，但是没有效果。

"没有事情是平白无故发生的，根据波拉修斯家族的设计理念，一切都是有意义的。虽然我不明白，但我知道波拉修斯家怀的是好意。我们吸取教训了。这是更宏大的深意，超出了我的理解范围。我们的好坏爱憎不适用于您。淹没城的每一个居民都接受了这份审判。"

欧曼休斯和剩余的阿纳格温人决定对希恩先生矢志不渝。我不能理解。为什么要对冷酷的杀人凶手死心塌地？因为自己上山被严厉禁止，所以他们只好等待那位至亲至爱、法力无边的神灵亲自下山。

安普和他的追随者被希恩先生降下的惩罚激怒了。"安普确信您就是他的创造者，他的神灵。"欧曼休斯对我慢慢解释道，仿佛说出这样的话，让他嗓子疼，"但他再也不相信您爱他。我当时向他求和，让同族不再分裂，他对我说的最后一句话是：只有笨蛋才在遭拒后继续追随。"

欧曼休斯告诉我，安普和克罗修斯人提出了一句战斗口号。无论欧曼休斯怎么劝说，他们都不肯收回。

"既然他先恨我们，我们何不加倍奉还？"

第 104 章

阿杜雷提出的关于艾瑟琳的建议，特朗因打算置之不理，同时很庆幸有机会好好研究这个金属架。特朗因住在村子中央摩天大楼的一栋小屋里。此刻，他正在自己的住处，把金属构件一件一件重新组装起来，好让自己别再没完没了地想着艾瑟琳。

她这是怎么了？会好起来吗？我能为她做点什么？幻象没发作的时候，她有时会对我微笑，是发自真心的微笑，不是表示友善的假笑。她还喜欢阿杜雷吗？我明明对她更好。我对她的神灵情结表示感同身受，还对她的痛苦更加关切。回到山顶界的话，阿杜雷会回到卡特兰蒂身边，艾瑟琳还是会选择我的。为什么阿杜雷说她永远都不会喜欢我？难道她对阿杜雷说起过？我才不想去问他呢，我也不想知道答案。艾瑟琳和阿杜雷会在背地里议论我吗？他们会笑话我吗？觉得我荒唐吗？为什么他们从来不叫我朗尼？

思绪太纷繁，搅得他心累。

研究金属天线（先人用来捕捉空中看不到的信号波，用来看电视），是个转换心情的好办法。他知道，里面没有特别的技术，没有他在先人家看到的机器里找到的电线或线圈，只有金属而已。

屋顶上的奇迹是怎么实现的呢？山底凶兽告诉他，这是集水器，淹没城到处都有。他们用这个来采集淡水。周围全是海水，不能下口。他一开始不相信，自己试过之后才心服口服。他们说得没错，天线下汇集的一摊水确实是可以喝的，而且纯净甘甜。

"你这金属枝杈，是怎么把水中的盐分去除的呢？"特朗因对着天线喃喃念叨，就像哄宝宝似的，"怎样才能让你说出秘密，用来为山顶界供水呢？"

"你在和谁说话？"特朗因转头一看，涨红了脸。艾瑟琳也进了屋。特朗因一心钻研这根生锈的天线，没听到她的声音。

艾瑟琳解释道："抱歉，我敲了门，没人应门。阿杜说你在这里。"她似乎没那么憔悴了，特朗因很欣慰。

"当然，没问题，我只是想弄明白……没什么啦，就是水的问题。"特朗因结结巴巴地说。艾瑟琳看出来，他没想进一步解释，微笑道："嘿，要是你想聊聊带生锈金属的高楼，我不会拦你的。但是你为什么对它这么温柔？"

特朗因不想讨论为什么会和一个死物含情脉脉地对话，和艾瑟琳独处也让他心情紧张。除了尽量三心二意地扯个笑话，他也想不出要说什么，尴尬地沉默一阵之后，他拿出了能想到的最像样的回答："这个嘛，我想我是对它一见钟情了。能怪我吗？这根小家伙明明这么可爱。"他紧紧拥着天线，仿佛在动情地舞蹈。

艾瑟琳哈哈大笑，特朗因觉得达到了效果。看到她笑真好。她被黑暗幻影吞没，煎熬好一阵子了。

"你来找我，就是为了嬉笑吗？难道是嫉妒我的热恋对象？还是别有什么原因？"

"我希望你能帮我找样东西。"

第105章

和欧曼休斯又进行了一次紧张的对话之后，我下定了决心。他还没从虚弱的状态中恢复过来。我猜他根本不吃不喝，他似乎已经自暴自弃了，我怕他会死去。这算心碎而死吗？好不容易见到神灵，却发现她只是个普通姑娘，结果失望而死？

这样杰出的生物，因为对我失望而死，我受不了这个念头。我也知道，他预示着风险，要是他死了，那淹没城里的阿纳格温人、伊弗爽和其他凶兽全都死去也只是时间问题。他们会绝望而死，或者更糟，转而加入大陆上的安普鲁斯军团。

"求你了，欧曼休斯，吃点东西吧。你这样下去可不行。"

他叹了口气，继续凝望远方。我循着他的视线望去。其实根本不用看，我也知道他望的是云遮雾绕的山顶界。就像他以前一样。

"你想要什么，欧曼休斯？我能为你做什么？"

"您的到来就是我一心所求。"欧曼休斯不会承认对我失望的。他坚称我符合他的所有期望。

"波拉修斯家的人下山后，你期盼发生什么？"

他继续凝望山顶界，一言不发，眼里泛起了泪花。

他想去山顶界，他想登上天堂，和自己的神灵永远在一起。

我本想告诉他，在那片穷山恶水的地方无聊度日一点都不好，但还是按捺住了。谁会那样选呢？和青翠峡谷、碧蓝大海相比，山顶界一点都算不上天堂。但是他已经失去这么多深信不疑的希望，为什么还要让他对天堂的幻想破灭呢？

我决定了。这是欧曼休斯和他的追随者，在被大破灭阻拦之前一心想要实现的，也是他们觉得自己的神可以做到的事。

我要带他们到山顶界去。

我到特朗因的房间，是想请他帮我找到面具。

第106章

我没找阿杜雷帮忙，特朗因显得欣喜若狂。希望他别以为，这表示他在和阿杜雷的较量中胜出一筹。我选择特朗因，是因为阿杜雷觉得我不配成为山底凶兽的神。我无法想象，他会支持我的计划，让我带领一群山底凶兽上山。这个难题我回头再处理。不过事实上是特朗因根本不知道我要拿面具做什么。他没问，我也不说。

我希望找到蓝眼睛面具，好让山底凶兽在山顶界呼吸。面具会在哪里，我心里大概有数。大部分面具都在大破灭中损毁了。但是我在一个椭圆形的大楼里看到一些剩余的面具，山底凶兽当时在这里穿戴装备，准备向山顶界进发，却不幸遭遇天灾阻拦。

这些回忆令人痛苦，当时的凶兽个个满心欢喜，还以为终于能够进入乐土。

没有什么比乐极生悲更伤痛的事了。

特朗因和我绘制了一张淹没城的地图，模拟出了先人居住时的状态。面具所在的建筑是一座体育馆，先人在里面举行体育竞赛（类似山顶界的狩猎成人式），距离山底凶兽目前居住的摩天大厦不远。

但是从现在的淹没城看，体育场的方位却只有一片汪洋。特朗因明白了原因。"在水下，艾瑟琳。一定没错。"当然啦。虽然体育场也是座高楼，但是没有摩天大厦高。

他抓住我的手，拉着就走，想快点出发。"哦，我知道怎么做了。"不可否认，特朗因浑身充满好奇，一心想要探究的时候，真叫我喜欢。虽然他时常暴露缺点，爱抱怨，好批评，还老是摆出一副无所谓的样子（阿杜雷也有这个毛病）。但是现在，我却看到他自然而然，发自真心的快乐。

我们转了一个弯，走到一个楼梯前，我问："我们要去哪儿？"

"这些东西我见过，你管这叫什么，噢，他们管这叫什么？"

"我不知道他们管这叫什么，我也不知道这是什么。"虽然挺烦人，但也挺有趣。

"在水下用的，用来在水下呼吸。这些是先人用的东西。"

他想到水下去？

到住着可怕水怪的地方去？

可怜的特朗因，他生在吉斯真是不幸。我时常这样想。先人上山三百年来，山顶界毫无发明创新。虽然科格内特人因智力出众而自豪，但我们的学习机械陈腐，全无探索进步。人类创新的冲动在特朗因身上尤为突出，却在山顶界遭到冷遇。

"特朗因，我们不能下水。"

特朗因抓着我的手。"当然可以。来吧，你到这里来的时候，难道没感受到内心的召唤吗？难道你不渴望到那里好好探索，体验先人的奇迹吗？我努力修好了几个。毕竟放了三百年，用的时候要小心点。我找到了一种往容器里填充氧气的机器，思考了好久，都没想通要怎么启动，是你给了我灵感，让我想到，可以利用十七楼发现的太阳能面板……"他滔滔不绝地说着，完全陶醉在自己的科技世界里。自发电池、氮氧混合物，再加上硫化橡胶就好。他简直就是在说一门尘封古老的语言。

原版法典的作者，希恩先生，深知发明创造带来的可怕后果。我们有充分理由摒弃所有开拓性的学习，放弃发明创造。所以，照亮阴影所在的未知黑暗，必然会造成令人悔之不及的可怕后果，就像把地图全部摊开，最终会发现藏在里面的匕首一样。

我分辩道："我觉得这样不好。"

"我们一定要用这个，艾瑟琳！"我们到了一个房间，这个门厅，我在这里走了足有几百次，连接着我所在的那侧村子和阿杜雷、特朗因的住处。这里一片漆黑，狭窄逼仄。特朗因现在摆弄的那个设备，真不明白他当初是怎么发现的。"只要把这个橡胶接头放进嘴里，就能吸入那些气筒里的空气了。"

"你们俩在做什么？"

该死。我原想躲着阿杜雷，在他发现之前溜出去的。但是他站在门里，我满脸通红，心怀愧疚，就像我和特朗因不是在准备潜水设备，而是在做其他更亲密的事情，被他捉个正着似的。

"没什么。"我想遮掩过去，但是听起来没什么说服力，"只是来看看……先人的古老技术罢了。"我结结巴巴地说。

特朗因的样子真滑稽，嘴里含着橡胶潜水呼吸管，居然能摆得出笑脸。"这个设备状态良好，真令人惊讶。"他解释道，丝毫没察觉到紧张的氛围，"虽然年代久远，但是这个房间完美隔绝了恶劣的外部环境，所以也说得通。"

"你们在一个黑漆漆的屋子里私会，就是为了看这老破烂？这是临时起意，还是蓄谋已久的？我是说，虽然捡破烂确实很像是你们会事先谋划的事情，但是依我看，你们这是临时出来的吧。明明前一秒还在吃早饭，后一秒就钻到满是灰尘的储藏间里来。"阿杜雷扯个没完。我恨不得让他闭嘴。

"我要带她去找东西。这可是个秘密。把你排除在外的秘密哦。她让我保密，所以我不告诉你要找什么。我们这就要动身啦。"特朗因简直是在帮倒忙。

阿杜雷看起来很嫉妒，我可不介意这点。他总是把我们的关系看得理所当然，一点都不知道珍惜。好像不管他和卡特兰蒂爬上床多少次，不管他给我多少冷脸，我都会死心塌地地守着他似的。让他觉得我和特朗因之间有点什么，也不是坏事。

"是这样吗，艾瑟？"他问道。

一想到能给阿杜雷添堵，我对潜水之旅的抵触就完全消失了，所以我点点头。

"好吧。这样的话，我不需要知道你们在找什么。但是我不会让你们俩单独外出的。"

第107章

我们哗啦一声，跳入海水。我如痴如醉。山顶界的水哪够没过身子（除非我落入水泵站的水渠，那可就倒霉了，那情形一点也不美，和这个完全不一样）。

从淹没城俯瞰到的大海是一片波光粼粼的碧蓝谜团，现在，我终于得以一窥碧波之下的奥秘。

这一刻，我等得真够久了。特朗因一一测试新型潜水呼吸管，结果不是这里冒泡，就是那里漏水，甚至还有一个当场爆炸。他一本正经地说："一切务必尽善尽美，要不然我们会送命的。"后果这么可怕，我一点都不敢催他了。

最后，他终于宣布一切就绪。特朗因向我再三说明这些工作的难度，解释为何重新启用这些三百年前的设备如此困难，为什么要花这么久时间。他不厌其烦地一一阐释自己的做法，详细展示每个琐碎步骤。这些步骤又枯燥又乏味，我只好用喝彩打断他，拜托他在我们睡着之前换个话题。

特朗因的功夫都是值得的。这是个完全不同的世界。我所知道的每条物理定律在这里都不适用，特朗因高明地在摩天大楼上系了一条长绳，我抓着那绳子优雅地浮沉滑行，不致迷失方向。

虽然我们不会游泳，但是水的浮力够大，我们在海上漂浮着，偶尔蹬蹬腿（先人的橡胶蛙蹼很管用）前进。我们虽然没想打破速度记录，但是保持前进还是必要的。山顶界的水是用来喝的，很少用来清洗，一向很浅，不能泡进去玩。（备注：阿杜雷说他会像先人一样游泳，但他显然不是在吹牛，就是在做梦。）

海水柔柔地荡漾着，推挤着，水里的一切都走了形。阿杜雷的头发在脑袋上面漂荡成一圈，顺着水波前后摇摆，滑稽极了。

还有好多鱼！五彩缤纷，艳丽夺目，或许只有山底的野花可以与之媲美，各种各样鲜艳的橙色、蓝色和黄色，其中许多颜色，我见都没见过。

贝鲁巴斯曾经为我读过一本先人的儿童书，讲的是一只巨龙守护着大笔财宝的故事（我好喜欢那本书）。这些鱼与其说是动物，倒更像是财宝，是有生命的宝石和黄金。鱼儿成群结队地悠游，就像练习了一辈子舞蹈，现在终于找到了观众似的。

灿烂的阳光穿透水面，照进水底。不能在水下呼吸真讨厌，我恨不得住在这里。可怕的幻影和念头没有追到这里来。

阿杜雷打断了我的优哉心境，比画了一大串手势，我猜他要我们别再漂流，赶快上岸。就算没法开口说话，阿杜雷也照样能对我管手管脚。我们跟着特朗因游着，他已经快游到体育场了。

真庆幸阿杜雷没法在水下说话。我知道他会说什么：真不明白你怎么会跟我们下水，艾瑟琳。我们两个就能做这些了。你就是个瞪大眼睛的小娃娃，对水下的危险一无所知。现在加快动作，结束任务。

或许是我夸张了，其实他没有这么讨厌，但是每次隔着玻璃眼罩和他对视，我的猜测就能得到证实。哪怕他不开口说话，也能聒噪到不可思议。

眼见体育场顶层越来越近，我松了口气，这里看起来真熟悉，就和我做的白日梦里的场景一模一样，只是被生长多年的珊瑚、层层叠叠的藤壶、成群结队的鱼儿当成了家。这里的巨型圆拱露天观众席，在当年肯定容纳得下上千名先人。当时在这体育场里看过无聊体育竞赛的人，比今天活着的所有人类还多。

我扫视着整个体育场，寻找着我的目标——一个标着"竞技场"字样的地方，至少在几个世纪前标着这些字。现在这个"竞"字的"立"字头已经不见了，"场"字的提土旁也脱落了。我指着那里，大家一同朝那个方向前进。

下水之前，特朗因对我们普及了鲨鱼的常识（仿佛我们能够忘得了鲨鱼吞噬克罗修斯大军的那一幕似的）。我很明白，他是想让我们和自己都安下心，但我只想忘掉这些，他说这些一点好处都没有。

他开口道："鲨鱼袭击人类的事件在历史上相当罕见。"

我开玩笑："可不是嘛，因为我们几百年来都挤挤挨挨地待在岩石上，距离海面有好几千英尺呢。"

"不是的，"他打断我，"人类处于繁盛时期的时候，经常在水里游泳。你懂我的意思。"好吧，我让他继续说。

"书上说，鲨鱼不喜欢吃人，喜欢吃其他动物。所以，就算我们遇到鲨鱼，鲨鱼也很可能对我们没兴趣。"

可是我看到的鲨鱼，一点都不像没兴趣的样子。

"所以，无论如何我们都不会有事的。鲨鱼对我们构不成威胁。"

阿杜雷欢呼："好极了。"真想快速结束这段对话，我一心急着下水，特朗因还在扯什么无聊的食肉动物，随他去好了。

但是特朗因不依不饶："要是没有人类的话，鲨鱼一定会更加繁盛，它们体型更大，更加强壮。水里的鲨鱼数量或许会多一百倍，袭击概率也会增加一百倍，并不是说鲨鱼从未吞噬过人类。克罗修斯人显然没能躲过鲨鱼的侵袭，但那些鲨鱼是被伊弗爽的血引来的。"

我听够了。"谢谢你，特朗因。我保证，你告诉我们这些，无论是出于什么目的，结果都不尽如人意。"

我们下了水，漂过了这片陌生的领域，特朗因又开始絮絮叨叨了，真叫我厌烦。要是他想让我对鲨鱼的攻击产生偏执的恐惧，那他完全做到了。

带着玻璃潜水面罩，我只能看到正前方的景物，看不到周边的事物，就像瞎了一样。

我看到，海狮对我们非常好奇，壮实的海龟对我们无动于衷。一只大鲸鱼从城市的废墟上方游过。

没有了人类捣乱，其他动物无不得以繁衍兴盛。我想起了阿杜雷的宗教教诲：人类是万物之灵，是其他生物的守护者。我觉得似乎恰恰相反，没有了人类，其他动物反而更加兴旺，没了我们，世界反而更加美好。

我们靠近了面具的存放点，就在破损的"竞技场"标牌下面。看不到两侧的景物真叫人心烦。

潜水面罩的视野位于正前方，比裸眼能够看到的广泛视野要受限得多，真是令人不安。

我不由想起，希恩先生创造山底凶兽时做出的一个设计改进。我注意到，他们的眼距更宽，似乎能在需要时后缩一定角度，比双眼位于正前方时扩展了更多侧面视野。但那眼距又不会太宽，不至于让他们像比目鱼一样奇怪，因而他们的美貌有增无减，同时又能看清从侧面靠近的事物。

真想现在就优化一下基因，让自己的眼距更宽一些。

欧曼休斯把多余的波拉修斯面具放在先人用来存放食品和纪念品的房间里。先人在体育赛事期间出售食品和纪念品。幸运的是，我们游过"竞技场"标牌中的"竞"字时（我想从那个"口"字里钻过去，但是动作不够精准），看到那扇门大大敞开着。要不然，我还真不知道要怎么打开。

周围一片昏暗，特朗因有备而来，放出了一束明亮刺眼的光亮，在幽暗的背景中照亮了一片圆柱状的区域，真令我惊叹。这是他在清理淹没城时找到的。在山顶界，我们在晚上用火炬照亮实验屋。但是先人却能捕捉太阳的光辉，随身携带，在需要的时候点亮。就连在水底也不会熄灭！我从未见过这样的火焰。

先人原先用来存放帽子和点心的房间，现在却用来存放波拉修斯面具，这是多么荒唐！这些面具是阿纳格温人的圣物，是他们登上天堂和造物主相聚的关键。

有了特朗因的神奇聚光灯，我没过多久就找到了面具。真是庆幸。这证实了我的幻象。我在梦里看到这里有面具，然后确实找到了这些面具。我并没发疯，幻象并不仅仅是幻觉而已。

面具雕刻得非常精美，我能感受得到，这每一刀背后所蕴含的爱意。无论是谁制作了这个面具，欧曼休斯还是其他山底凶兽，都对自己刻画的对象充满了温情。希恩先生。这些面具各有些许差异。我能感受到强烈的渴望。看久了就会令人心痛。这份无望的渴望是那样痛彻肺腑，我宁愿对此视而不见。

这份渴望岂止是无望，还被报以死亡、洪水和灾难。但是他们的爱意和渴望依旧。

波拉修斯的面具出奇地传神。我拿着面具，感觉就像在照镜子，但是镜子里照出的不是我的脸，而是我的神韵（不管这是什么意思）。

"这就是我们要找的东西。"我告诉特朗因和阿杜雷。好吧，我并没开口说，只是打了几个手势，他们就明白了。要是能够开口说话，我知道阿杜雷肯定会东问西问，真庆幸他说不了话。我一一收集这些面具，装到随身的口袋里。特朗因也照做了。最后阿杜雷也加入了我们，看得出来他很迟疑。我到水下来找什么，他问了好多次，但是我不敢告诉他面具的真相。

我们一共拿了二十多个面具，足够带领一支阿纳格温人上山顶界了。

我们缓缓上浮。特朗因的话在我脑中回响——绝对不能过快上浮，"谨防血液中形成气泡，导致疾病，甚至死亡"。他这样端着架子说话，还用上了"谨防"之类的字眼，让我禁不住想笑。我一定要提醒他，这可不是山顶界的辩论课。

虽然不太相信从下往上游水会有什么危险，但是对潜水术有研究的人是他，不是我（感谢上帝）。阿杜雷和我跟着他，一路攀着绳子，慢吞吞地向上浮。我决心把握最后的机会，饱览这里的风光。在水下，我们能看到被水浸泡的车辆和爬满藤壶的路牌，当年的精巧店面全都变成了海蚀洞。先人在几百年前为自己建造的世界，现在成了鱼儿、甲壳类动物和海龟的窝。

还有一条鲨鱼。

只有一条，并不像我们在逃往淹没城时，被伊弗爽激起了野性时的那种穷凶极恶的样子。但是光是它的外表就是个梦魇。体型庞大，缓缓游弋，一对黑眼睛死气沉沉，盯着我们瞧。

我提醒自己别忘了呼吸。

它向我们靠近，阿杜雷和特朗因还没看到。我连连拍打阿杜雷，想要引起他的注意，生死一线的时刻，我不愿独自煎熬。他回头看着我，眼中满是厌烦。难道他以为我突然无缘无故失控发癫了？是啊，刚才就是我捣的乱。紧接着，他也看到了鲨鱼。看得出来他吓坏了，因为嘴巴里喷出了一大串气泡。

因为这些气泡，特朗因也回过头，发现了鲨鱼。他倒是很冷静。特朗因的性格平板到近乎冷淡，曾经令我嫌弃，但是现在却叫我欣赏。

特朗因和鲨鱼好奇地相互对视。他盯着那怪物，简直入了迷。我讨厌鲨鱼不断靠近，想也没想，直接急急往前游，超过了特朗因，想要逃跑。我游泳的动作本来就一点也不优雅（或者压根不会游泳），划起水来笨手笨脚，此刻的恐惧更加放大了我的技术缺陷。

我要赶快上岸，远离这可怕的鲨鱼。

我一心想要上岸，但是突兀的动作引起了鲨鱼的注意。只见它不再悠游，而是加快速度，跟上了我。

我打定主意不再回头看鲨鱼，继续向上浮。就快到了。我能看到淹没城在水面上的建筑了。水面一起一伏，模糊了房屋的轮廓。

我一下一下用力拉着绳索，知道鲨鱼离我不远，就算它要吃了我，我也不想再看它。我不要把人生的最后一个画面定格在鲨鱼的血盆大口上。我盯着水面。就快到了。

但是太迟了。周围的海水晃动起来，我顶着压力稳住身体，心里知道，接下来就要遭遇钻心的疼痛。我有一个奇怪的想法，希望鲨鱼觉得我是神，然后出于本能，想用成百上千颗锐利的白牙咬穿我。哦，好吧。

冲击如约而至，周围一片混乱。我在一片水花里迷失了方向，周围全是气泡和海藻碎片。头罩松动了，海水毫无预警地涌了进来，冲进我的鼻孔，残酷地往我的肺里钻。

但是我并没感觉到疼痛。我麻木了？还是我已经死了？

我被人粗鲁地抓住，提出了水面。我依然分不清东南西北，睁开了眼睛，只觉得自己躺到了坚实干燥的地面上。这是个码头。又能够呼吸到空气了，简直像是恩赐。我咳出了喉咙里残留的水。太阳暖洋洋地照在我脸上。我看到了特朗因和阿杜雷，两人低头关切地看着我。

虽然不情愿，但是我迫不及待地想确认，鲨鱼对我造成了什么伤害。我用手肘撑起身子，查看伤势。

可是我没看到血迹，两条腿都还在，我居然安然无恙。

"发生什么了？"我精疲力竭地问，然后失去了知觉。

第108章

鲨鱼怎么来袭的，阿杜雷有些记不清了。他瞥到鲨鱼逼近，整个人都吓木了，或许和一片浮木没什么两样，根本帮不上艾瑟琳。

他是懦夫吗？

特朗因挺身拦住了鲨鱼，就像阿杜雷希望自己会去做的一样。要是有可能，阿杜雷也想成为这样的英雄。阿杜雷眼睁睁看着特朗因挡在艾瑟琳和鲨鱼之间，转过身护着她。鲨鱼一口咬在特朗因的潜水氧气瓶上，觉得没血没肉，味道不对，失去了兴趣，转身游走了。

艾瑟琳眼见自己完好无损，抬眼看着阿杜雷。"你做了什么，阿杜？你怎么挡住那东西的？"

他不知道该说什么，难道要说："哦，其实我什么也没做，艾瑟！我只是吓软了，傻看着你被鲨鱼吞掉而已。不用客气，我很乐意帮忙！"

特朗因抢先回答："我们一起赶跑了鲨鱼，艾瑟琳。反正我们都安然无恙，这有什么关系呢？"

艾瑟琳以为，是特朗因抢着炫耀不属于自己的功劳，其实恰恰相反。阿杜雷想要纠正，把功劳还给他，却什么也说不出口。艾瑟琳想站起来，但刚要起身，又瘫倒在地。"等等，"特朗因扶住她，"你该好好休息，刚才上浮得太快，又受到鲨鱼的惊吓。"

艾瑟琳笑眯眯地说："好吧，这些都是小事。"特朗因向阿杜雷比画手势，示意他帮忙把艾瑟琳挪到远离水岸的地方。

阿杜雷照办了。

他们安顿好艾瑟琳后，阿杜雷把特朗因拽到一旁："为什么刚才不对她说实话？"

特朗因展颜，露出一个温暖自信的微笑，和他在山顶界时常挂在脸上的那种薄凉自负的微笑大不相同。"不公平的优势，我不想要。我被吓呆，而你救了她的情况，也是很有可能发生的。结果不是这样，我也觉得奇怪。

我希望她选择我，是因为我的为人，而不是因为我的肾上腺素分泌得比你快。"

阿杜雷被特朗因说动了。这太不像特朗因了，阿杜雷斟酌着语句，慢慢回答："嗯，但是你那时候确实果断行动了，我想她应该——"

"你知道吗，阿杜？我觉得，是朋友就要尽量避免让对方丢脸。既然这不是你最好的表现，不能代表你的为人，为什么还要强调这点呢？"

"呃……谢谢你……朗尼。"阿杜道。

"没关系，阿迪。"特朗因微笑道，拍了拍阿杜雷的肩膀，仿佛表示问题已经解决，对话告一段落似的，走开去看艾瑟琳的情况。

阿杜雷希望特朗因是对的。他也不愿因为一时反应迟钝而被贴上标签。

他的沉思被隔壁的愤怒尖叫声打断了。那是艾瑟琳的房间。接着传来砰咚一声巨响，还有艾瑟琳疲惫含混的高声争辩。

第109章

伊弗爽嚷道："我答应饶你们一命，可不是为了让你们害她陷入危险！"

我怕伊弗爽又被狂性的河流淹没，她的脚已经迈入了狂暴的湍流。伊弗爽从没这么野性难驯过，矛头直指特朗因。

特朗因整个人被她抡到了墙上。"不。别过来，退后。"他结结巴巴地说着，全然无力逃跑。可怜的家伙，他进屋的时候，根本不知道她大发雷霆，不知道我把水下探险的事告诉了伊弗爽，也不知道，阿杜雷和特朗因让我下水，让她有多光火。

"听话，伊弗爽，听话！"我试着高喊，但是潜水之旅耗尽我的体力。最终，她还是听从了我的指示。

但是她依然愤愤不平："他们让您承受生命危险，会让您送命的。"她眼中涌出泪水，继续逼近特朗因，盘桓着准备进攻。

阿杜雷冲进房间，挡在伊弗爽和特朗因之间。好极了，现在两个人都身处险境了。

"伊弗爽！别伤害他们，快后退。"我讨厌这样唤狗似的喊她，但必须让她听话。

我伤了她的心。"我是唯一在意您，保护您的人。"她忠心耿耿、刚烈真挚，虽然叫我喜爱，有时也令我心累。

"这是我的选择，是我逼他们陪我去的，他们没有逼我。"我艰难地起身，走向她。令人欣慰的是，我感觉到了她内心的动摇。我深爱的忠厚灵魂重新回归控制了。我温柔地轻抚她，"你知道我看重你，还有你对我的无尽关切。"

"我都是为了您好。"她答道，直率地为自己的粗暴行为辩解着，"为了保护您，我愿意付出一切代价，包括我的生命。"

"我知道，你会不惜一切救我的。"我回答，她冷静下来了。

不知道阿杜雷是不是嫉妒了，对她大喊："知道吗！拯救艾瑟琳又不是你的专利！"快闭嘴，阿杜。你这是帮倒忙。我有这么弱吗？连拯救我都成了有组织的竞赛项目了？

　　"对不对，特朗因？"阿杜雷坚持说，"告诉她！"

　　但是特朗因没有搭腔。我看到他的样子，才明白为什么。他被敲晕了，倒在一小摊血泊里。

第 110 章

阿杜雷和我合力止住了血，伊弗爽甚至帮忙缝上了特朗因的伤口。她很快指出，这血不是自己把他甩到墙上弄出来的，是从肩胛骨上的一串伤口里渗出来的。

"他被鲨鱼咬伤了，我想他不愿抱怨，所以瞒着我们。"阿杜雷带着不情愿的钦佩解释道。似乎恨不得鲨鱼咬到的是自己。有时候，小伙子的心思真是奇怪。

我顿了顿，没再往下问——要是当时阻挡鲨鱼进犯的人是阿杜雷，那特朗因怎么会被鲨鱼咬到？我想，我知道答案了。

在水中救我一命的不是阿杜雷，而是特朗因。

没必要说穿这点，让阿杜雷受窘（看，我也是很敏感的呢）。但是，特朗因挡住了鲨鱼，那阿杜雷当时在做什么？我想这永远不得而知了。我不会问阿杜雷的。特朗因真是好样的，要不然我就死定了。

特朗因先是被鲨鱼咬伤，又被致命凶兽抛到墙上，成了重伤员。我们把特朗因送上床，敷好药，给予他应有的精心照料后，阿杜雷和伊弗爽相继走开了。我本想让他清静休息，但是不知为何，总觉得走不开。

我坐在床边，看着他的脸。想要读懂这张脸在我心中断断续续唤起的悸动。这张脸不再令我反感，反而挺讨人喜欢。我之前怎么从没意识到呢，其他人甚至会称之为有魅力呢。

久久盯着他看，又不怕被他误会，真是种奢侈的体验。平常我只能偷偷瞥他一眼，在他察觉前赶快转开视线。我也不知道为什么总想看他，当然不是因为不知道他长什么样子。出于某种原因，这对我来说很重要。

自从在沙滩上被阿杜雷偷吻之后，我就下定决心，要单方面返还这份青睐。我厌倦了思考那个混乱的时刻，想要平息心中的骚动。要是我能回到那个时刻，张大眼睛好好瞧瞧，我就会知道，亲吻到底感觉如何，自己是否喜欢。

看着特朗因沉静的睡颜，我决定让阿杜雷等等。现在，我可以和婚约对象分享一下纯洁的吻。无论我们的关系如何，哪怕只是个不明智的婚约，但是连一次都没吻过的话，那不是挺丢脸的事？

我俯下身，用手背触碰他的脸颊。又柔又嫩，像姑娘一样。不知道我这样想，他会不会情愿，其实也不是坏事啦。阿杜雷的脸又粗又糙，亲吻的时候剌蹭着我的脸。有了这柔嫩的脸，换换口味也不错。

我贴近他的脸，看到他的眼睛颤动几下，缓缓睁开了。"你在干吗？"他问，口气里没有恐慌，反而带着期盼，仿佛盼着我的行为如他所愿似的。

我覆上他的唇，这感觉难以言传，令人惊讶。我以为这只是某种临床实验，却意外地有感觉，和阿杜雷吻我的感觉差不多。

我拉开距离，特朗因瞪圆了眼睛，盯着我瞧。看得出来，他不知道自己是否在做梦。"我们为什么亲吻？"他问道。

"我们没在亲吻。是我在吻你，你被我吻。"我故意用力说道，让他明白情况对我来说很重要。

"听起来……不错。"他困惑地回答。

"不是你吻我，特朗因，是我在吻你。"

"我没意见啦，"他回答，"这个意思是，我和你——"

"什么意思也没有。"我又吻了他一次，封住了他的嘴（和他的期待），离开了房间。

第 111 章

是时候和阿杜雷谈谈面具的事了。

我要寻个由头找他的茬儿。和特朗因亲吻的感觉意外地好，但是回头却令我后悔。我觉得自己好脏，就像下雨天在林地上打滚，全身沾满泥土、树枝、树叶似的。

我一直想，要是没吻特朗因就好了，阿杜雷会怎么想呢？我根本不想让他知道。多么不公平！我知道阿杜雷吻过卡特兰蒂，比我亲吻特朗因要热烈得多。我亲眼看到，还要显得若无其事，这有什么大不了的？为什么我要觉得自己做错了？我没做错。特朗因是我的未婚夫，就像卡特兰蒂是阿杜雷的未婚妻一样。阿杜雷·哈尔加德和我两不相欠。

和阿杜雷争论真是累人，即使他本人没有参与。

我一天不和阿杜雷说清楚，这感情旋涡就一天无法平息。我会引发另一场争吵的。他一定不会接受我为山顶界和山底凶兽安排的计划，也不会接受整个已知世界的命运。

"你和特朗因时常说起，我们必须返回山顶界的事。"我直奔主题，只怕再不说出口，我会改变主意，再也说不出来了。阿杜雷把贝壳碎片丢到水里，看着它们沉入深海。

他一定认为我昏了头。其实这事他们谈得并不多，但我想他们一直很想谈。他们总在寻找机会，小心谨慎地提起话题。因为上次他们一提出要回家，就被我愤怒地打断了，我当时的反应激烈得吓人。离开伊弗爽、欧曼休斯和其他人，重返山顶界生活的念头令我觉得恶心。

阿杜雷小心翼翼地走上前。"我在这儿待得太久了。想想山顶界的人，他们没有水喝，还认为我们都死了。如果你信得过的话，特朗因说他研制出了一种创新的蒸发冷凝技术，可以从稀薄的空气中榨取水分。虽然枯燥，但或许很重要。他觉得这一定有用。"阿杜雷厌倦了赞扬特朗因，但是特朗因确实不断立功。"是的，你确实太自私了，把我们都留在这儿。我已经耐着性子——"

"冷静，阿杜。我同意你的想法。我们是该走了。"

我拿出一个从水底取回的面具。阿杜雷仔细端详着面具。做面具的人一定怀着刻骨铭心的眷恋，每道刻痕里都埋藏着深深的爱意。要是阿杜雷像我一样看待这些面具，他一定会理解我为什么这么在乎这些生物。

"这是他们的技术，阿杜。这面具能浓缩高处的氧气，让凶兽在高地上也能呼吸。"

"为什么告诉我这些，艾瑟？我们为什么要拿这些面具？"阿杜雷问，听得出来，他已经猜到了答案，非常反对。

"我们要回家，但是不能丢下他们。"

"没门！你疯了吗？"阿杜把蓝眼睛面具摔到地上，砸得粉碎。如果这就是我想要的争吵，那么效果不错。"莫非我们下水，就是为了拿这个？让你把这些怪兽引到山顶界？"

我接纳了他的愤怒，感觉不错，缓和了我亲吻特朗因的罪恶感。

"这是我欠他们的，阿杜。你期盼着神灵归来，把你带上天堂。要是有一天，你的神确实降临了，却在仔细考验之后，不愿带你去天堂，你会怎么办？"

"别把你对他们做的事情和……那个相比，你才不是神呢！你真以为自己是神吗？你是艾瑟琳，和我从小玩大的姑娘。你是人类，和我一样。"

"不、不。你想想。我就是他们的神。"

"够了。你哪里算得上全知全能？哪里算得上伟大慈悲？你算哪门子的神？"

我回答："拜托，这些品质，只是后来强加在神身上的人类品质好吗！尤其是伟大慈悲的部分。长期以来，人和神的关系都只充满了恐惧和愤怒，如果幸运的话，还有一丝慰藉。就这样，和我给他们的没有两样。我想我付出的，已经比你那一般的神要强多了。"

"绝对不能为了满足你自己成为神的幻觉，就引狼入室，把残杀人类的恶魔带到我们最后的避风港。"

我们要一起上山，就是这样。欧曼休斯、伊弗爽和淹没城的阿纳格温人，都将看到他们的乐土。我必须向他们证明，我并未降下洪水。就算阿杜雷假装要阻挠我的计划，我们心里都懂，他根本无能为力。

我掌控着山底凶兽的威力，他怎能阻挡得了？谁能阻挡得了？

"我早知道你会反对，阿杜雷。我只是作为朋友，和你招呼一声。他们都会跟着我去山顶界。"

我计划把爱我的阿纳格温人带回山顶界，这个计划，我害怕告诉阿杜雷，但是渴望告诉欧曼休斯。

事实比我想象的还美好。

等我赶到他的住所，那个曾经囚禁他的破旧笼子，他已经知道了这个消息。有秘密想要隐瞒的时候，心灵感应（不管我们共享的是什么）是个可怕的技能。虽然可以保守秘密，但是要每时每刻都绷紧神经，锁定心防。但是有好消息的时候，能通过心灵感应与人分享，真是再好不过了。一般情况下，我们想出了好主意，或者遇上了好事情，想要和亲密的人分享，期待他们会和我们一样感受到乐趣，但是不能确定，他们是否真的因此开心。我们只能通过微笑或眼泪之类的线索得知，但是谁都知道，这些都可以伪装。你永远都无法确定，自己珍爱的东西，他人是不是像你一样欣赏。

但在不用语言分享的时候，你就能切实感受到他们的爱，就像自己的爱一样强烈。

欧曼休斯看着面具，一点也不觉得害怕，我开始还担心他会害怕（因为这是把我和大破灭联系起来的另一个例子）。相反地，这证实了他从我的思想中感应到的信息，他的愿望成真了。

"亲爱的，拉芙莉，我——"

我望着他，几百年来的负担轰然倒塌。我知道，这是向他证明，希恩先生和我并未对凶兽降下大破灭的唯一方法。也是让他相信，我们希望和他在一起的唯一方法。

"召集所有爱我的同伴，欧曼休斯。我要带你们回家。"

369

第四部分

重返家园

PART FOUR

第112章

安普鲁斯讨厌这种感觉。淹没城发生了意义非凡、轰动人心的大事，但是具体是什么，仍是个谜。他确信无疑，但是一无所知。

他的兄弟在筹划着什么，最烦人的是，他的兄弟还满怀希望。他有几百年没感受到欧曼休斯的乐观主义了，但是现在，他又感受到了这种恼人的召唤，比记忆中的还要烦人，简直难以抵御。

他恨不得在淹没城里安插间谍，好知道到底发生了什么事。但是克罗修斯人生来畏惧淹没城周围的海水。那里是大破灭产生的，他们不敢违背神的旨意，擅自到那里搞破坏。安普鲁斯的军团里没有人敢前往淹没城，更不敢住在那儿，他们觉得那里闹鬼。

安普鲁斯虽然一向鄙视迷信，但是自己也做不到完全不畏鬼神。他召集追随者，下海追逐人类的时候，就付出了惨痛的代价，伤亡仅次于大破灭本身。

从那以后，哀恸之声从未断绝。虽然他不愿听到自己承诺要领导保护的人民发出痛呼，但也不希望这种哀声完全断绝。他需要听到这种声音，好坚定决心。既坚定自己的决心，也坚定属下的决心。

他要坚强，因为无论欧曼休斯在筹划什么、期盼什么，安普鲁斯都要在其摧毁自己之前，将其摧毁。

第 113 章

玛加再也不想离开波拉修斯塔半步。她一出门,就要面对许多不满尼可拉斯统治的维里塔斯人。她不想替他解释,也不想为他辩护,只想昭告天下,自己和尼可拉斯一点关系都没有,就算永远不再见他,心里也不会更加悲伤(她早已悲伤得无以复加)。

伊斯托克为她担忧。她的心太过麻木,体会不到这点,但是感激有他在身旁。玛加口渴的时候,床边总有一杯水可以喝;玛加饿的时候,桌子上总有橡子糕点和超狮兽肉可以吃。

仿佛她需要什么,他都一清二楚,总能准备妥当,但又懂得保持距离,即使坐在一起,也不开口说话。老样子,她需要什么,他都一清二楚。这就是那种一个人清静独处,又有人遥遥陪伴的感觉。

她咬了一口超狮肉片,虽然不知道伊斯托克在哪儿,但却明白他就在附近。"谢谢你。"她柔声喊道,本来想说更多的,但是没有精力。

虽然尼可拉斯最近做的事,没有一件叫她看得上,但是把伊斯托克带回家倒是件例外。

尼可拉斯感觉自己失策,但是不知道还能做什么。艾瑟琳死了,玛加对他冷若冰霜,他孤身一人,别无选择。

特兰顿开了门,看到他似乎很高兴。"尼可拉斯,快进来,我们一起解决世界难题吧。"

尼可拉斯断定自己冤枉了特兰顿。他的顾问是现在唯一支持他的人,这点不能忽视。无论特兰顿做了多少错误的决定,他都是为山顶界好,尤其是为尼可拉斯好。

尼可拉斯表示赞成:"是的。告诉我,怎么才能让一切都好起来?"

第114章

特朗因和阿杜雷一直等到艾瑟琳睡着才开始行动，他们有充分的理由这样做，务必确保山顶界的安全，因为人类的生存完全取决于此。但是他们也知道，这样背叛了艾瑟琳。

他们什么都还没做，但就连谈论一下，筹备一下，以防万一，都感觉在做错事。

他们摸到一个昏暗的废弃平台，这里远离睡觉的地方，也远离山底凶兽，免得他们向艾瑟琳告密。阿杜雷说："她又不是真的神。我们没必要什么都听她的。"

这话听起来多可悲，阿杜雷的辩解充分说明，他们俩都对自己做的事情感到不安。

特朗因回答："或许不是神，但她是特别的，她不喜欢我们这样。"阿杜雷没有反驳。特朗因从口袋里取出一个蓝眼睛面具，一心专注于科学，完全忘掉了情感。"我搞懂了工作原理。这个面具能够浓缩周围的一切气体。因此，山底凶兽可以在空气稀薄时，吸入浓度更高的氧气。"

他把面具套在自己脸上，深吸一口气。"所以，我现在吸入了大量氧气，是一般氧气浓度的四到五倍，其实挺爽的——想试试吗？"阿杜雷摇头，表示拒绝。"怎么用这个防范风险？"

阿杜雷告诉特朗因，艾瑟琳计划把山底凶兽领到山顶界，自己很担忧。特朗因耳语道："我知道，但是万一出了状况，我有办法用那面具自卫。"

听特朗因解释如何用面具对付山底凶兽后，阿杜雷放心多了。特朗因是对的。这是绝妙的计划。这样一来，山底凶兽对山顶就不构成威胁了。阿杜雷和特朗因确定这一点。

阿杜雷尽量不去考虑艾瑟琳，艾瑟琳对这些生物怀有真挚热烈的爱意，他虽然不理解，但是心知肚明。

他们会让她心碎的。

第115章

我对计划心存忧虑。山顶界一点都不像天堂。欧曼休斯和其他同伴到了那里，见到被云线遮盖了几百年的真相后，注定是要失望的。这里只有穷山恶水，既贫瘠又肮脏。

但愿他别放弃希望，但他或许有必要了解，自己所在的，就是最美好的世界。山顶界虽然安全，但比山底界乏味得多。我猜大部分避难所都是这样的。我不能把这个想法强加在别人身上。

"你知道吗，欧曼休斯，上面其实没什么好的。老实说，真没什么好看的。只是一片灰不溜秋而已。称不上什么天堂。"我想提醒一下他，好把失望冲淡一些，不要一下子全压下来。

"您在哪里，哪里就是天堂。哪怕是黑漆漆、脏兮兮的洞穴也没关系。波拉修斯家族的家园，就是我的家园。只要您坐在我的左边，希恩先生坐在我的右边，再没有什么比这更美好的了。"

噢……还有希恩先生，我没想到这点。

第116章

我们把面具装上了船。每个愿意跟我上山的阿纳格温人都分到了一个。阿杜雷居然没再反对，真让我惊讶。特朗因根本没劝阻我。但是我希望他们能发发脾气，或至少小声嘟囔几句不满。但是他们却面带愧色，仿佛对我做了什么错事似的。

这样更好，反倒少了一个阻碍。我很庆幸不用和他们争论，因为我带山底凶兽到山顶界的理由并不理性。我这样做的理由只有一个：我觉得应该这样做。

欧曼休斯召集了所有村民，大家一片喜气洋洋。到处都是欢歌笑语，充满了感染力。

我也唱了起来，因为山底凶兽都看着我，我能感觉到，他们希望我这么做。"我们从此在一起，释放心中萌生的爱意。"我瞥见阿杜雷的眼神。他似乎觉得我很滑稽。

"哦，拜托，你该明白这是美好的时刻。难道你不期望你的上帝为你重返人间？和我们一起唱吧！"

他就是不肯。我哈哈大笑，就是他这一本正经的模样，让我忍不住要挤对他。"承认吧！你就是嫉妒了。因为他们的神比你的神先降临了。"

"你根本算不上神，艾瑟琳，所以我一点都不嫉妒。"

"说不定，我是第一个不畏惧自身的创造物，还为他们下凡的神。知道吗，或许这才是你的上帝逗留云端天堂，迟迟不来的原因。凡间的人类行为可怖，面目可憎，残忍粗暴，嗜血成性。为什么神还要降临呢？说不定他害怕了。就像人类在山顶界躲藏了几百年一样。"

"我的神才不怕我们呢，艾瑟琳。"

"我觉得，说不定他就是怕了。我们有时是很可怕的。"我抬起爪子，摆出吓人的样子，他不由自主扬起了嘴角。

"你真是个傻蛋，艾瑟。"

"那也是个神圣的傻蛋。"

欧曼休斯高声叫我，脸上失去了刚才的喜色。我担心，他终于知道希恩先生早就去世了。

但情况比那个还糟糕。

"海滩上有成千上万个克罗修斯人，而且还越来越多。"

他递给我一个工具，先人称之为"望远镜"，用来看远处的东西，就像近在眼前一样。这才是奇迹，这才是神力，他们却习以为常。

我透过望远镜，在海滩上看到大批克罗修斯人。即使距离好几英里，他们的咆哮嗥叫依然清晰可闻。我能感觉到他们阴暗的渴望，就像欧曼休斯的记忆中重现的，血洗人类的熟悉心魔。

他们数量众多，数都数不过来，在沙滩上黑压压的一片，成群结队，翻山越岭而来。

"为什么他们数量这么多，淹没城居民这么少？"

"怨恨总是比希望要容易。圣洁的希望令人神伤，有毒的愤怒却令人痛快。"

淹没城根本没有年轻凶兽。欧曼休斯告诉我，大破灭之后，他禁止村民生育繁殖。为什么还要把更多阿纳格温人带到这个凄苦哀伤的境地里？但是海滩上却处处可见年轻的克罗修斯人。安普鲁斯并不介意为他的仇恨大军增添新丁。

欧曼休斯似乎很挫败："安普鲁斯感觉到我的兴奋。他要来阻止我们上山。"他说着，仿佛已经吃了败仗似的。

第 117 章

我睡不着觉。要是计划崩盘，欧曼休斯会付出怎样的代价，我一想到这点，就担心得不得了。我试着劝他别放弃希望，他问我，能不能像上次一样拔山移土，把安普鲁斯的大军从海滩上挪走，但是不伤害他们。

我第一千次告诉他，大破灭和我没关系。他说他知道。我当然是对的，但是他似乎并不相信。接下来，他问希恩先生能不能实现山崩地裂。

我在摩天大厦边缘的一座小屋里歇息，俯瞰海面滔滔，海浪拍打建筑。昏暗之中，有动静引起了我的注意。

真奇怪。

我看到一艘船，向海滩驶去。山底凶兽用船来捕捉鱼类，采集其他水产，但是从不在这时候行动。船上只站着一个人，不断划着桨，远离淹没城而去。

"欧曼休斯！"我高喊。他听见了，但是没回头。我冲出屋，奔过桥，跑下楼梯，尽可能靠近他。"欧曼休斯，你要做什么？"

他无视我的高喊，越划越远，直到再也听不见我的声音。

他要做什么？

第 118 章

欧曼休斯把船拉到岸上。他担心安普鲁斯会乘船侵入淹没城，考虑把船停在远离海滩的地方，到时候游泳上船，但是他能感觉到自己兄弟和其他克罗修斯人对这片水域的恐惧。

他们把这片水域和大破灭联系在一起，追击伊弗爽、拉芙莉和另外两个人类未果，却遭到鲨鱼吞噬之后，他们的恐惧与日俱增。

他们有几百年时间来造船，却一次也没尝试过。所以他的船就算停到海滩上，也没什么危险。

欧曼休斯道："兄弟，别躲在暗处了，出来吧。"

除了海浪拍击沙滩的声音，周围一片寂静。

附近的树丛里冒出一个身影。安普鲁斯龙行虎步地走向欧曼休斯。

"让其他人退下。我不会伤害你的，你设计我的那一套，我才不会做。"

安普鲁斯优雅地一挥手，一大群藏在周围的克罗修斯人远远退开，撤出了海滩范围。

好几年来，他们首次相见。这对兄弟从小相依为命，相知相伴。

"我们明天到这里的时候，让我们毫发无损地通过。"

"天要下雨，你是阻止不了的，我也阻止不了。"安普鲁斯清楚欧曼休斯想要什么。虽然答案是不，但是该问的，还是要问。

"一起来吧。你和我一样属于他。我们应该在一起。"

欧曼休斯能够感觉到兄弟心中的牵动。是的。你在内心深处，还是一个阿纳格温人，还记得蓝眼睛。他看着安普鲁斯，一瞬间以为自己的兄弟会回心转意。但是安普鲁斯神色冷峻，把旧时的温情驱逐出了脑海。

"回到你那死气沉沉的淹没城去吧，欧曼休斯。就待在那儿。别再让这片土地沾染更多鲜血了，这里早已浸透了鲜血。任何胆敢踏上这片海滩的阿纳格温人，全都必死无疑。"

欧曼休斯感觉到，兄弟心中有过一瞬柔软，但是现在没有了。但是，这处柔软一定还在某处。"我们仍能拥有我们应得的东西。我们想要的一切。"

"你和我想要的从来都不一样，兄弟。"

安普鲁斯走开了，留下欧曼休斯一人。

"我的兄弟！回来！"欧曼休斯高喊，声音生涩嘶哑。安普鲁斯却消失在重重阴影之中。

把守山底的克罗修斯人低啸尖嗥，越来越响，响彻天地。

第119章

召唤钟响起，划破了阴冷的空气。幸存的吉斯人——特兰顿算了下只有六十二人——拖着步子前往吉斯大堂。大家虽然凄惶悲惨，但仍让尼可拉斯松了口气，他起初还担心根本没人会来呢。

"人民一无所有的时候，不费什么力气，就能赢得他们的忠诚。"特兰顿对尼可拉斯解释道，"他们还有东西可在乎，拥有亲人、价值、淡水的时候，才会要求起义。直到他们一无所有，一切都为时已晚，才会变得逆来顺受。不管给予他们什么，你都能成为慈爱的首领。"

特兰顿和尼可拉斯一起精心编排打磨着演讲稿，务必做到尽善尽美，滴水不漏。

尼可拉斯扫视着集合的民众，心里感到愧疚。村民个个都眼窝深陷，身体瘦弱成皮包骨头。干脆让大家排队跳崖算了，这才算得上是救人类于水火之中的善行。

特兰顿对尼可拉斯鼓励地点点头，让他重新集中精神。他要领导大家离开这里。

"我请各位来到这里，首先是为了道歉。为大家在过往几个月内遭受的一切苦难而道歉，为错误的决定而道歉，为滥用武力而道歉，也为目前的惨状而道歉。"

他的话引起了维里塔斯人的注意，这倒是出乎意料。

"我是伟大人民的科格内特首领，我要重振首领的威严。错误总会带来各种后果。我要剥夺特兰顿的各种职务，虽然他的本意不坏，但是他伤害了所有人。"

特兰顿像个犯人似的，被塔利纽斯家的守卫押上来，真是像模像样。真令人震惊！这是什么意思？吉斯大众纷纷倒抽冷气。

他们虽然惊讶，却不愤怒。特兰顿在吉斯早已众叛亲离。

尼可拉斯的声音越发清明洪亮："我的祖先战胜山底凶兽，历经巨大牺牲，终于勉力存活，建立宏伟城市，他当时设想的，不是这样的吉斯。我们将再次登上高峰，履行天命，绝不向恐惧低头示弱。"

塔利纽斯家的守卫把特兰顿拖到高台中央，剥去了他的官服。

尼可拉斯感觉到，吉斯大众的精神昂扬起来。"请帮助我们祛除重压在吉斯身上的绝望！"

大家围着特兰顿，加入了他的免职仪式。他们脱去了特兰顿的红色长袍——这是科格内特理事会成员的专属服饰，紫色腰带凸显了他的顾问身份。就连他的古代棉外套，山底生活的遗物，所有科格内特人的标准服饰，也被剥了下来。这种衣服数量有限，不提供给维里塔斯人。

塔利纽斯家的首领把特兰顿拖出了吉斯大堂。

尼可拉斯面对着欢欣鼓舞的吉斯大众。现在，他只要实现最后一步，就能万事大吉。

"感谢各位帮助我去除了吉斯的弊病，接下来，我恳求大家，和我一起，向勇敢的维里塔斯人所做出的伟大牺牲致敬。"他顿了顿，不让眼泪落下，因为过于激动而哽咽，他鼓足勇气，说出了最后一句振奋人心的话："把吉斯建设成超乎想象的伟大国度。"

就这样，尼可拉斯重新赢得了困顿大众的爱戴。特兰顿也得以保全了对垂死社会的掌控。不过根本没有人过问，所剩无几的存水耗尽后，到哪里去找饮用水。

第120章

我不知道该怎么办。

欧曼休斯神神秘秘地去了大陆一次，灰心丧气地回来了。我知道他去见兄弟了（他没告诉我，但是我知道），得知我方数量一百，敌方数量上千，而且还在不断增加，他放弃了前往山顶界的梦想。

"哪怕能够和神在一起，也不去了吗？"我问他，"怎能就此放弃？"我也不知道为什么要这样说，虽然我还不知道要怎么绕过安普鲁斯的大军，但是我明白，不能就此困在淹没城一辈子。

肯定有办法脱身的。

"人生无非就是这样。"他回答，悲伤地回到自己的旧笼子里去了。

我讨厌那个破笼子。总有一天，我会把它砸得粉碎。不是今天，这样会要了欧曼休斯的命的，但是总有一天我会做到。

真想找人说说话。阿杜雷已经听到了风声，知道天堂之旅已经取消，正在暗自窃喜呢。我才不想看他幸灾乐祸的嘴脸。这些传言生生掐灭了阿纳格温人的喜悦，他却为之志得意满，多叫人恼火啊。

我到临时实验屋找到了特朗因。这是阿纳格温人废弃的一间屋子，他在这里制成了冷凝树。这是个好主意。我知道效果不错，能为山顶界提供淡水——他向我演示了好多遍，但是冗长的解释真的好乏味，他现在又要从头再讲一遍了。

他看出来我的不耐烦："抱歉，我一说起这些细节就会入迷。"

我摇摇头，表示否认。你的无聊演说不是问题。

特朗因或许得知了我计划遇挫。不知道他是否想和我谈谈，也不知道我自己是否想和他谈。

"你知道，山底凶兽第一次告诉我外面的淡水来源的时候，遍布淹没城的水滩让我意识到，是这些天线——"我做了个疲惫的鬼脸。真不敢相信，他居然又要把冷凝树的故事再讲一遍，但是他坚持要说："不，你听我说。这不是那乏味的老一套。"

我翻了翻白眼，继续听着。

"你还记得吗，他们告诉你，遍布淹没城的一摊摊淡水，是希恩先生的礼物，是希恩先生深爱他们的证明。"

"真是好极了，特朗因。"我怕他会因为这个小小误解，像阿杜雷一样挑战他们的整套信仰。

"别这样。我没想说你不是他们的神。我不在乎你是不是神，我只在乎你。记得吗，当时我请你向他们解释科学道理，说明冷凝的原理，劝他们把所有天线集中到一起，挪到他们生活的地方，更加方便采集水分。他们一点都不明白你在说什么。不，我们不能移动这个！是希恩先生把水一摊摊安排在这里的，我们何德何能，怎么能够擅自乱动？"

"你觉得他们愚蠢，我知道。"

"不！不是这样的！上帝啊，听我说完。这件事让我明白，愚蠢的是我们人类。因为无论遇到什么恰如其分的事物，我们都要重新调整一番。我们改变了江河湖海、高山深林，每次我们看到完美无缺的体系，都想着，哦，这个可以变变看吗？我们真是荒唐。"

找个人说话居然这样有效，真有意思。特朗因说人类愚蠢，让我灵机一动，想出了一个新点子。这个点子，我一个人肯定想不出来，特朗因一个人也想不出来，是我们两人交集产生的。

科格内特人认为人类独一无二，因为人类聪明。

维里塔斯人崇尚人类的体能。

我们总是认为，人类身上总有一两个痕迹是卓越的根源，要不然我们怎么能统治这个星球这么多年？

其实不然。说不定，只是因为我们顽固而已。人类一心叛逆，无视事实，死不悔改。

所有其他动物都毫无异议地遵守着自然法则。海豚游泳，从没想过要上岸走路。鸟儿捉虫，从没想过去尝试更美味的事物。蜜蜂筑巢，河狸建堤。它们都毫无异议，天长地久地从事着自己的天职。

人类是唯一想要实现各种天方夜谭的生物（在水下呼吸，在天上飞翔，建起几百英尺的高塔），自以为能够改造世界，扰乱秩序，创造混乱，直到实现目的为止。我们偷走众神的火焰，因为想要温暖的光辉；我们偷吃禁果，因为我们想要知道滋味；我们和神灵较劲，直到得到自己想要却配不上的恩典为止。

我们真是荒唐，但是总能如愿（哪怕自相残杀也在所不惜）。

淹没城的山底凶兽就不是这样。他们安于命运，随遇而安。别去动那水滩，因为希恩先生这样安排。虽然他们渴望上山，但是依然选择留在山底。

欧曼休斯在爬进笼子，缩成一团之前，对我说："人生无非如此。"

不，欧曼休斯。你要去塑造、改变人生，让人生不仅仅是这样而已。这是我要给予你的礼物。我要教你怎么盗取天火，怎么把现实打得头破血流，直到实现目的为止。

第 121 章

躁动的人群骚乱起来。和自己一起守在岸上的克罗修斯人，安普鲁斯大部分都认不出。他知道他们来自内陆深处，至少赶了一周的路才来。克罗修斯人繁育了几百年，系族早已开枝散叶，有些同伴披着的毛皮令他觉得陌生——纯白的熊皮，长着弯曲犄角的兽皮，还有大型猫科动物的条纹外皮。但是他们一到达海岸，就听从他的指挥。就算有这么多同伴参战，这仍然是他自己的战争。

他们的等待并不安宁。他们对暴力的渴望非常强烈，一只熊晃荡着走出了树林，不到一分钟，就被撕成碎片，分食殆尽。

安普鲁斯隐隐担忧，欧曼休斯会不顾一切，领导自己的民众踏入这个蠢蠢欲动的死亡陷阱。

不，欧曼休斯不会这么愚蠢的。为了这个不可救药的梦，要是他真敢这样做，那他死了也活该。虽然眼看兄弟死去他会伤心，但是为了阻挠欧曼休斯，他绝不会手下留情。

随着自己的队伍逐渐壮大，安普鲁斯开始感觉到命运的召唤，一开始，只有零零散散的画面闪过眼前，接着很快衍生出了想法和计划。

原来世界上有这么多克罗修斯人。他没想到同类的数量扩增了这么多。他们都是出于对山顶界的仇恨才团结在一起的。

他清楚他们集合的初衷，也明白自己要做什么，只是还没想好要怎么做。他要领导同类登上山顶界，完全征服这个世界。他们要继续几百年前就已该开始的血腥屠杀，让人类彻底化为乌有，只剩下黑暗回忆、残破尸骨和斑斑血迹。

这样，一切和波拉修斯相关的痛苦空洞的希望都将破灭，他和欧曼休斯都将获得安宁。这个命运在安普鲁斯的心中演了一遍又一遍，让他的心膨胀起来——真是皆大欢喜的结局。

接下来，他看到了船。

第122章

六艘载满阿纳格温人的船驶向了大陆，数千个克罗修斯人严阵以待。阿纳格温人真是勇敢，没有一个表示要回头撤回淹没城的。他们握紧了长矛，祈祷自己能有能耐活到最后。

淹没城里，他们登上了船，一个阿纳格温人问艾瑟琳，大家日后是否还能见到她。

"如果如愿以偿的话。"她回答。

"要是我们死了呢？"那个阿纳格温人追问，其他人都心知肚明，死亡只是一个时间问题，不是假设的问题。

艾瑟琳一一亲吻了他们的额头，作为回答。

和其他人一起打包物资的时候，艾瑟琳不断琢磨着，这个决定是否正确。她没吩咐这些勇敢的山底凶兽开展自杀性任务，他们却自觉有必要这样做。她向欧曼休斯和伊弗爽兜售的计划，堪称典型的人类想法，荒腔走板，全不靠谱，完全取决于牺牲大部分在几百年前效忠于她的凶兽。

欧曼休斯反驳："怎么能让第一批同伴去送死，好让我们登上山顶？不，不能这样做。"

艾瑟琳本来也想同意，但是一群山底凶兽主动向她和欧曼休斯请缨。就算她没开口，他们也觉得她需要这样做。

"让我们去吧，"他们请求道，"虽然您没有要求，但是我们很乐意为您效劳。"

她不知道是否要下更大力气拦住他们。

艾瑟琳注意到，特朗因和阿杜雷带着三个金属筒，就像潜水氧气筒似的。见她露出疑惑的表情，阿杜雷回答："以防万一。"特朗因不敢正眼看她。阿杜雷和特朗因最近一下子变得相互友好起来，艾瑟琳对此心怀疑虑，虽然觉得他俩交好是好事，但是三人行总是令人困扰，似乎只要其中两人走得比较近，第三个人就一定会被排挤，哪怕只有一点点。

她觉得自己被排除在外了。说不定只是自己胡思乱想而已，艾瑟琳告诉自己。只要她做出选择，两个人都很乐意成为她的爱人。

准备登上山顶界的阿纳格温人有二十名，包括欧曼休斯和伊弗爽，他们分别登上了两艘船。他们的体态如雕塑般优雅匀称，使集合带上了仪式般的隆重意味，仿佛一举一动都经过行家的精心编排和完美演练。他们戴上了波拉修斯面具（欧曼休斯解释，需要事先花时间调整面具形状，吻合每个阿纳格温人的脸型）。

艾瑟琳不得不强忍泪水。这些美丽的生物，全都源于她的血脉。她仿佛看着自己灵魂的精华化为实体，站成队列。

她觉得有必要发表一场激励人心的讲话。虽然还没想出神奇的词句，但是她开口说话了。有时候，人不得不临场发挥，顺其自然。

"我的孩子，"她正式宣告，"重大的日子到来了，和我一起，到你们的世外乐土去吧。和我一起，寻回你们渴望了几百年的家园。"

两艘船驶过淹没城的水道，向大海航去。阿杜雷问："艾瑟琳，你说他们要寻回家园？不是拜访，而是寻回？这是天堂之旅，还是军事行动？"

艾瑟琳不知道怎么回答，也不明白自己为什么要这么说："只是拜访，让这些饱受折磨的人到天堂看一眼。"

阿杜雷远远望着那些毫无希望，劈波斩浪，游向死亡的大群山底凶兽，评价道："只为看一眼，这是何等惨痛的代价啊。"

艾瑟琳知道他说得对，再次怀疑起自己的决定是否正确。

阿杜雷又看了一眼登上船的山底凶兽，一共二十只。魁梧健壮，凶猛致命。"你需要军队的话，这堪称典范。你确定，这样不是把军队带到山顶界？"

艾瑟琳没有搭腔。她陶醉地幻想着，要是特兰顿和爸爸又要命令她做这做那，却发现有一群可怕的怪兽对她唯命是从，他们会怎么办？卧室门窗上的栅条、特兰顿的巧言令色、爸爸的蛮横权威——这下子，还有谁能拿她和她忠诚的孩子奈何？

她只陶醉了一下，赶快把这个念头按下去。她被这念头吓到了。她知道，这是在玩火。但愿她能控制好这火焰，不会像其他东西一样被火吞噬。

欧曼休斯和伊弗爽把船划出了淹没城，一路向北，沿岸推进，远离安普鲁斯所在的那片海岸，那里很快就会血流成河。

他们从水路向山前进，在一个叫北匕首滩的地方上岸。真是可怕的计划。水浪从山上滚滚直下，轰然撞击拍打着海面上高耸崎岖的岩石。从来没人泛舟来过大山的西北角，理由很充分，因为这不可能实现，他们的船受不了的。他们只能心怀侥幸。

至少，他们存活的机会要大过那些向海滩进发的人。

第 123 章

安普鲁斯一点也不想看到他们牺牲。他们代表着他越发憎恶的一切——盲目希望，脆弱依赖，执迷不悟。抹去信念的病毒能让这个种族更加强大，但并不意味着他喜欢这样做。

欧曼休斯怎会愚蠢至此？难道以为自己会心慈手软，放他们一马？不，欧曼休斯知道安普鲁斯不会让他们通过的。虽然疏远了几百年，但是他们依然对彼此知根知底，明白对方的立场。

绝望是疯狂的种子，对波拉修斯的渴望彻底腐蚀了山底凶兽。他们会对这些可怜的残部额外开恩，令他们彻底脱离苦海。

安普鲁斯是克罗修斯军队的领袖，理应由他率先发动进攻。这是惯例。

第一个从海浪中现身，登上沙滩的阿纳格温人成了最明显的目标。她浴血反抗，至死不渝，最后一刻，脸上还带着英勇的表情。眼见这个追随者慷慨赴死，安普鲁斯不由为兄弟欧曼休斯感到莫名的自豪。

他在她裸露的腹部上划了一道，把她开膛破肚。他不喜欢这样，他对阿纳格温人的厌恶远远不及他对人类的鄙视。让他们死，一点乐趣都没有。

第124章

一股力量击得我一个趔趄，差点跌出船外。根本没有东西打我，至少，没有外部的东西。这股暴虐的力量来自我体内。一股悲痛苦恼困在我体内，庞然硕大，左奔右突，真怕我的胸膛会被顶破，变的四分五裂。

"怎么了，拉芙莉？"伊弗爽问，忧虑的眸子扫视着我扭曲痛苦的脸。我感受到的是和抚慰截然相反的体验，没有一丝一毫的平静安宁、慰藉温暖，唯有刺骨的凄凉悲苦。

我转头望向海滩，明白了原因。

他们纷纷丧生。我的孩子正在遭受屠杀。

"给我力量吧，伊弗爽。"我恳求道。

她紧抱住我。

我感觉到他们已经死去，从这个世界滑向另一个世界。我感觉到他们喘出的最后一口气，看到的最后一片景色，怀有的最后一缕恐惧，所有的逝者，都在我的胸膛里。

他们至死仍深爱着我，这只会让他们的逝去更加令人痛惜，无论是对我，还是对他们。但总比没有爱而死去更好。这样虽然痛苦，但是更好。

安普鲁斯的军队继续袭击着来自淹没城的阿纳格温人，安普鲁斯离开了战场。

他不愿杀死欧曼休斯。虽然他知道，必须让克罗修斯人更加强大，斩断他们卑微出身的最后一丝干系，但是这一刻发生时，他不愿待在现场。

但是他停住了。他不理会沙滩上的血腥屠杀，用眼睛后面的某个部位专心感受一个更轻微的意识——几乎低微到难以感知。

欧曼休斯不在这儿。

欧曼休斯也没在淹没城，他往常都在这儿的。

安普鲁斯冲向高地，手忙脚乱地攀上一处水上的悬崖，从这里可以看到海岸线以南和以北好几英里的情况。

他按捺下不断袭向心头的恐慌。这不是他的问题，一定是误会了什么。他上次遇到这种事，还是个孩子，和希恩先生在实验室里。他以为自己还有人爱，会被培养成厉害的人物，结果，他和欧曼休斯还是要被灭杀。

不明现状是最糟糕的一种盲目。

他的兄弟去哪儿了？

第 125 章

这里波涛澎湃，激流汹涌，海浪在兀立的石峰之间回旋飞溅。虽然欧曼休斯事先告诫过我，但我仍忍不住惊讶感叹。上帝啊，世上有些地方注定荒无生机，这里就是一个例子。

他和伊弗爽密切关注着我。我知道他们在想，我会不会决定回头。听人说有危险，依然挺身前行，不算难事，但是亲眼看到危险，却依然奋然向前，这就需要特别的勇气。我们大可以为了安全，返回淹没城。

但是我远远听到海岸边传来的尖叫声。更糟糕的是，我的胸膛不断感受到死亡的强烈冲击。英勇无畏的阿纳格温人为了我们纷纷倒下，此时回头是一种侮辱，等于否认了他们牺牲的价值。

"我们会挺过去的。"我郑重地说，让大家觉得没有后路。阿杜雷对我得意地傻笑，仿佛在说，哎哟，看看谁成了航海专家。但是他没有说话，只用一只手搭上我的肩，以示安慰。我心里感激他。假如这是我们生命的最后时刻，我宁愿被他们拍肩膀，也不要被他们开玩笑。

两艘船都驶入了漩涡里。"快顶！"欧曼休斯高喊，我们用桨顶着形状各异的岩石。他指挥着船，控制着舵，高喊着指令。他这样做是出于需要，而不是激情，因为涛声震耳欲聋，听不太清楚。

没想到，我们还支撑了挺久。我甚至开始期盼，说不定可以挨过这段湍流。

但是紧接着，我们就撞到了礁石上。

第 126 章

安普鲁斯扫视着海面，努力调整着呼吸。他告诉自己，不要向绝望屈服，没有什么是控制不了的。他拒不倾听心中的恐惧。恐惧促使你向他人寻求帮助和庇护，恐惧让你脆弱。他用一个古老的双筒望远镜四处眺望。这个望远镜是用金属和玻璃做成的，是先人的遗物。看到他们了。

欧曼休斯，你做了什么？更过分的是，你还想做什么？

只见两艘破败不堪的船被困在北匕首滩的滔滔湍流中。

绝望是疯狂的影子。

不少阿纳格温人被甩下了船，在滚滚怒涛中奋力挣扎，不让身体下沉。

他们必死无疑，这就是自杀，就像沙滩上的那些人一样，只是死法不同罢了。

他转开头不愿再看，让他们自身自灭，但是他发现，这些阿纳格温人带着该死的蓝眼睛波拉修斯面具。这面具是大破灭的前兆。

他还看到了人类，和他们在水里一起挣扎，努力把小小的脑袋露在水面上。这是怎么回事？等他跳下岩石，奔下沙滩，大吼着让同伴停止这场一边倒的战斗，安普鲁斯这才恍然大悟到底是怎么回事。

他暗骂自己上当了。这些在海滩上被屠杀的阿纳格温人只是为了转移他们的视线，死得毫无价值。显然只有人类才会想出这样的计策，克罗修斯人和阿纳格温人绝不会把生命看得如此低贱，然而这样的牺牲奏效了。欧曼休斯和他的追随者得以戴着面具上山，他们会与希恩先生欢喜重逢，或者引起他更大的愤怒。无论是向曾经抛弃自己的神灵献媚，重修旧好，还是引发比大破灭更可怕的事件，恐怕自己的兄弟都铁了心要背叛同类了。

安普鲁斯命令部下砍树造船。他们必须把对淹没城和大海的恐惧抛到一边，因为眼下面临着更大的威胁，他们需要自己的波拉修斯面具。不是为了崇拜，而是为了战争。他要跟着兄弟上山。一到山顶，就把那些创造者一举毁灭。

第 127 章

我挣扎着浮出水面，得以环视四周，可是不到几秒，又被湍流重新吸回水底。沉重的海浪把我推向不可预知的地方，把我的身体狠狠撞向岩石。我两眼昏花，无法呼吸，浑身疼得要命。

脑袋露出水面时，我看到船毁了。阿杜雷和特朗因都不在身旁，只怕已经死了。山底凶兽的水性比我强——他们比我强壮，也比我结实，不少已经上了岸。我向他们呼救，却再次栽入水中。

我撞到了一个石柱上，这里就是因为这样的石柱而得名。我看到一只山底凶兽下水救我，但是被一波大浪搅住，狠狠撞向石壁。

我想要撑起身子，爬到石壁的一个台面上，但是失败了，代价是又一次深深陷入水底。真想就此放弃，让水浪把我带走算了，用麻木的沉默替代这无尽的折磨，用无尽的黑暗来交换这份痛苦，倒也不错。

但我要是成了一个离世而去，不再复生的神，那对欧曼休斯和伊弗爽也太不公平了。不能这样对他们。我破水而出，大口吸气。这一次，我终于能够攀上那陡峭的台面，不被汹涌的水浪打翻。

我挪动身子，缩进一个岩缝里，看清了每个人的状况。

我还记得淹没城周围的海水宁静祥和，一片碧蓝。那片深海和这片急滩怎么会同属一片水域？只见水浪裹挟着山底凶兽的尸体汹涌拍击，仿佛还没有惩罚够他们似的。

我感觉得到他们的失落，每个逝去的阿纳格温人，都像一把钩子，深深扎进我的心里，把我的心重重往下拉。

我的眼中或许涌起了泪水，但是我已经全身湿透，所以不能确定有没有流泪。

我看到欧曼休斯和伊弗爽，缩在岩壁的凹洞里，不由大松一口气。我小心翼翼地爬向他们，时不时停下，稳住身子，免得被水浪卷走。我看到了特朗因，虽然挂了彩，但也爬向了安全地点。他会没事的。我心里一阵雀跃，连自己都觉得惊讶。

接着，我看到了阿杜雷。

他脸朝下漂在水里。不，那不会是阿杜。阿杜怎么会死呢！我对着他高喊，但是他一动不动，只随着水波摇摆，和漂浮的死物没有两样。我不知道该拿他怎么办，只想跳进水里救他。

但是我没能入水。

欧曼休斯抓住了我，不让我下去。我挣扎着，命令他放开我，但是他不是没听见，就是不听从，用力抓着我，我拧不过他，满心绝望。阿杜死了，我只想和他一起死，阿杜没死，我就要去救他。

"您无能为力的。"欧曼休斯劝我，但是我对他喊："你错了。人总能做点什么，绝不会无能为力的。放开我！我不能丢下他不管。"

"活着的人都活下来了。要涨潮了，海浪会越来越猛的。"他说得对。海浪越来越大，波涛越来越猛，但是我全顾不得。

我看到阿杜雷动了动，微微抬起头，吐出水咳嗽起来，又被水没过了脸。他还没死。这次，我终于挣脱了欧曼休斯的钳制。

但是伊弗爽拦住了我，没让我跳下水。她把我推回欧曼休斯的怀里，自己跳了下去。我滑了一跤，脑袋撞到了岩洞壁上。

我努力保持清醒，满脑子都是：不，太可怕了，我不能失去他们俩。

为什么伊弗爽会去救阿杜雷？

第 128 章

阿杜雷的身体不听使唤。他并不比其他人弱，只是更倒霉罢了——波浪攫住了他，不是往水下拖，而是往石头上撞。他被匕首般的石头撞了太多次，又被灌了太多海水。

伊弗爽没有多想，只是行动。她不会让艾瑟琳重新跳回水里的。定住艾瑟琳的唯一方法就是替她下水。

伊弗爽水性娴熟，简直是在水里玩大的，根据一般经验，水流都是朝着一个方向走的，和水底的乱流很不一样。她的优势在于，身在水中时，知道何时发力游动，何时随波漂流。不一会，她就赶上了阿杜雷，驮住他软绵绵的身子，在激流袭来时护住他，免得他撞到岩石受伤。

阿杜雷恢复了意识，不知道自己是不是在做梦。他明明和伊弗爽互相憎恨，伊弗爽却不计前嫌，救了他的命。

伊弗爽感到，自己对这个弱者萌生了一种莫名的情愫，保护欲、同情心、关切感，难道这份保护弱者的冲动，就是艾瑟琳说的做母亲的感觉？她奋力劈开汹涌的水浪，小心把阿杜雷的脑袋露出水面。不，她不觉得自己是阿杜雷的母亲，但是她确实感觉到了什么。他好可怜，需要她的保护。

等她爬上峭壁，托起阿杜雷，好让其他山底凶兽把他抱到山洞里的时候，对这一点更加确信了。

她第一次明白，为什么艾瑟琳对这家伙这样依恋。纯粹本能之外，她萌生了另一种感觉，对他不仅仅是厌恶了。

第 129 章

接下来，我们远离海浪拍击悬崖的方向，一直跋涉到天黑。要是没有阿纳格温人的帮助，我和特朗因（还有受伤的阿杜雷）绝不可能做到。他们生来就是为了做这些事，我们可不是。

原来有二十只山底凶兽和我们一道从淹没城出发，有四只死在了北匕首滩。虽然不愿这样想，但是十六只山底凶兽足以构成一支强军劲旅，山顶界上的任何人都休想与之抗衡。

一到山顶界，那里就是我的天下啦。

这有什么不对？我和自己争辩。特兰顿杀了特朗因的妈妈。山顶界已经腐朽堕落，需要彻底清理。

"嘿，特朗因，"我对他喊，"这下可以为你妈妈报仇雪恨啦。"我想这样说，无非是希望他能支持我的计划。连我自己都不愿承认的计划。但是特朗因似乎不愿谈起这件事。

"到了再说吧，艾瑟。"他回答。

夕阳西下，整个北匕首滩笼罩在一片炫紫金黄的晚霞里。我们所在的世界是多么矛盾。美丽的地方危机四伏，平静的表面下孕育着混乱和毁灭。山底凶兽、阿杜雷、特朗因，还有我——不也都是这样吗？我们都是好人，但是都会做出可怕的事情。

阿纳格温人忙着做饭。虽然称不上盛宴，但是材料丰富，包含各种根块和叶子，还有他们捕来的小动物，光是闻着，就让我垂涎三尺。阿杜雷、特朗因和我躲到一个小型瞭望点上。因为实在饥渴难耐，在边上等待也是一种煎熬。

死里逃生之后，和他们俩一起看夕阳，是多么特别的时刻，既让我想要好好珍惜，又恨不得立刻度过。我差点热泪盈眶，好想告诉他们，我爱他们，但又不愿他们知道我爱得有多深。我们今天差点就要生离死别，尤其是阿杜雷。

特朗因说我们差一点就被淹死。话题太沉重了，我不愿再提，想让气氛轻松一点。"噢，得了吧，朗尼（阿杜说，要是我们能改口叫特朗因为朗尼，特朗因会非常开心。特朗因真奇怪）。别太夸张了。我现在还想再游个泳呢。没什么大不了的。"

特朗因打趣说道："是啊，我们或许应该叫伊弗爽一起来。不过阿杜没了保姆，我们可不能走太远。"

不知道为什么，这话让我一下子释放了压抑已久的情绪，开怀大笑起来，肚子都要笑疼了。特朗因也哈哈大笑。只有阿杜雷没找到笑点，或者是他明白笑点在哪儿，但是不觉得好笑。我想他是嫉妒了，因为特朗因和我有说有笑。

阿杜雷有时候就是这么难缠。他和卡特兰蒂卿卿我我，要我在一旁若无其事地看着。他们分享的可不仅仅是一个笑话——他们还分享彼此的整个身体呢。我和特朗因只是在一起笑笑而已，他怎么就受不了啦？

晚饭时间到了，原来我不知不觉站了这么久，说了这么多。特朗因和我一起朝篝火走去，留下阿杜雷一个人默默无语。

看到阿纳格温人升起的篝火，我觉得一揪心，整个人怔住了。心头的伤口依然鲜血淋漓，疼痛不已，既为了牺牲在沙滩上的凶兽，也为了撞死在北匕首滩上的凶兽。

但是，我并不觉得悲哀或忧伤。

倒下的每一个可亲可敬的阿纳格温人，我都能感觉到他们的音容笑貌，爱憎情愁。我仍能感觉到他们。不是他们的回忆，而是他们自己（二者天差地别）。

这种感觉和他们生前的状态不一样，而是真正亲密无间的感觉。

我不会对阿杜雷说起，因为不希望让他报有太多期望，就像他们虽然身体已经死亡，但是灵魂依然留存，说留存或许太夸张，但是他们所在的地方并非一片荒芜。他们虽然沉浸在悲伤之中，但并未完全丧失欢乐。虽然不再是生命，但也并非一片虚无。

我能感觉得到。并非虚无。

第 130 章

饭菜比我想象的还要美味。或许是因为我差一点送命,所以觉得这份愉悦简直就是捡来的,也可能是因为我确实饿坏了,但这的的确确是我吃过的最棒的一顿饭。比山顶界一年一度的超狮兽庆典还要棒(庆典上的饭菜已经很美味了)。

吃到一半的时候,我发现自己对阿杜雷已经冰释前嫌。之前的重重矛盾,不用和他争论,我都自己想通了。我和阿杜雷的许多争吵,都是完全靠自己脑补解决的。这里冒出个问题,那里感觉到伤心,这里重归于好。我想他或许也一样。

吃饭的时候,他甚至和我一起笑了。

篝火熄灭后,大家都躺下休息去了,休息之后就要上山。我听到阿杜雷从地铺上爬起来,走入了黑暗中。

我想跟着他。自从看到他无助地漂荡,以为他死了之后,我就总想紧紧抱住他。但是因为各种争吵、男女礼节、特朗因在场,一直没能如愿。

我跟着阿杜雷,走到一个黑漆漆的偏僻一角。这似乎是个无须在意琐碎争吵或法典规定的完美角落。

过了好一会儿,我才在心里熬过这一关,鼓起勇气,继续跟着他走。

等我最后追上他的时候,见他坐在一个制高点上,这里可以俯瞰整片沙滩,甚至淹没城。

阿杜雷在和谁聊得火热,仿佛在和密友倾心交谈。我分不出来是谁。特朗因还在营地,他是唯一可能的人选。

我震惊了。我靠近一看,发现阿杜雷在对伊弗爽说话。他们俩一问一答,谈得正欢。

我在淹没城花了好几个月,试着教会阿纳格温人和阿杜雷、特朗因交流,结果换来的不是冷冰冰的漠然,就是赤裸裸的敌意。上了这么久的课,除了让他们吵得更麻利,貌似并没什么其他作用。

真不好意思，我居然嫉妒了。我一直都希望他们两个能和平共处。但是现在他们居然相处得这样轻松自在，谈得热火朝天。这样融洽的对谈，我和阿杜也只有过几次，伊弗爽只和我这样谈过。

我缩进阴影里偷听起来。

阿杜雷侃侃而谈："在我看来，世界上有饥渴，就有满足饥渴的解药。你知道吗？世界就是这样的，我口渴了，有水可以喝；我憋气了，有空气可吸；我想要爱，就有可爱的人可以爱。"

"但是可爱的人，不一定对你表现得可爱。"伊弗爽补充道。他们一道哈哈大笑起来。这算什么？笑话吗？难道是在说我？

"可不是嘛，就是不一定啊。但是，没有什么渴望是满足不了的。"阿杜继续说，"我想探险，就有树林；我想加速，就能奔跑。对我来说，渴望的存在就是线索，或至少是暗示，一定存在能够满足这种渴望的事物。"

"我喜欢这个想法，阿杜雷。我感觉心情好多了。"

这是怎么回事？为什么伊弗爽心情不好？阿杜雷简直就像在安慰她。

"我想相信她说的是真话，她说自己是谁，要带我们到期盼的地方去。但是真的好难。有时候，恐怕她也不知道自己在做什么。"

泪水模糊了我的眼睛。他们确实在谈论我。伊弗爽怀疑我了。这疑虑让我异常难过，我想，得到她的无条件信任，对我来说非常重要。我从没想过她的信任会动摇。

"如果你渴望神灵，却怀疑天堂的存在，心里就会空虚；如果你觉得，听到了日常生活之外的召唤，那么我相信，这一切都是存在的。事情就是这样——血管需要血液，就有血液存在。你需要拉芙莉，就有拉芙莉存在。"

我从没这样感激过阿杜雷。他支持我，帮助伊弗爽度过信仰危机。我知道他从来不相信我是神。

谁能想到，这个抓了甲虫尽往我脸上丢的坏小子，会成为高屋建瓴的思想家？看得出来这些话，不是人云亦云，而是他自己通过观察、感受和渴望琢磨出来的。他思考得比我多。虽然我知道，他提出的每一个问题，答案都是不折不扣的"不"，但是我欣赏他天马行空、色彩斑斓的想象。

只是为了他，我就希望这些事情是真的。

谈论他的渴望，让我想起了自己的渴望。

我从藏身之处走了出来。我知道该让他们多聊一会儿，但是我想和阿杜雷谈谈。

"哇哦，你们两个居然凑到了一起，真是百无禁忌啊。"我本来说着玩儿的，但是听起来却显得又酸又涩。或许我此刻的感受就是这样的，所以笑话一点都没奏效。

伊弗爽嗳嚅着说她要去找欧曼休斯，急匆匆拥抱了我一下，一溜烟儿跑走了。阿杜雷过了好一会儿才回过神来，试着向我解释："你或许在想……她其实没那么坏……我是说，你是对的。她是特别的，而且——"

他们怎么谈起了这些，我不想听。不是不感兴趣，只是现在不想听。我拥住阿杜雷，把他拉近我，吻上了他的唇。

但是这很不对劲。他在我怀里东扭西扭，活像受惊的猎物，被困在陷阱里似的。

"艾瑟琳，你搞什么鬼？"

好一个搞什么鬼。我也不知道怎么回答。现在，魔障破除了，我才发现，这是多么疯狂愚蠢荒唐的举动。

"我还以为你想，我是说，你说了好多次……你想要再试一次我们之前做过的。我还以为只有我在忍耐，而且——"

"要分时间和场合的，艾瑟。现在时间地点都不恰当。"

我这才知道，原来阿杜雷也是讲究时间和地点的。我还以为，我乐意的时候就是恰当的时间，我所在的地方就是恰当的地点呢。

"真是……莫名其妙。没关系，你在这儿待着，我要回去了——"

"我不想让你走。别这样。别走开嘛，请你坐下。"

现在，我离他更近了。阿杜雷一副深沉思考，五味杂陈的样子，和平时判若两人，我不知道自己是否喜欢他这个样子，但此时确实着了迷，就像看着既凶险又迷人的北匕首滩一样。

"你在想什么？"我问，在他身边坐下，把示爱遭拒（真是少有）的羞耻抛到一旁。

"我爸爸。"

第 131 章

安普鲁斯率先进入了殷红的海水，喘息着帮助其他克罗修斯人登上船。他们把波拉修斯面具装上船，想要逃离深海。

人类会把这个任务视为成功。他们实现了目的，只损失四个人。安普鲁斯烦恼地发现，连他自己都是这样想的。只要更宏大的目标得以达成，损失个把性命算什么呢？多可怕的想法。他发誓，在赶尽杀绝人类的计划中，尽量不再用人类的阴暗思路思考。

他们设法甩掉了留在淹没城的阿纳格温人。这是个壮举。他不愿再屠杀同类了，更不想伤害那些被流放到这片荒凉之地，而且安分守己，没有越界的同类。

他们划着船，一路劈波斩浪，径直向大山航去。

第132章

"太疯狂了，就像全天下的好爸爸都死了，只剩下坏爸爸似的……"
阿杜雷默不作声，我在身边坐了好久，想着最好能说些话，表达些想法，
把这些空白填满，看来是我错了。想了好半天，难道我就只想出这些话吗？
"你别在意，"我又说，"我也不知道为什么会扯这些，就是想说点什么。"
阿杜雷一声不吭，让我着急。我想要他说点话。

但他就是不说话，继续俯瞰着大海和地平线，全当我不存在似的。

从这里看，波涛翻滚的速度仿佛变慢了。又过了几分钟，他说道："你
觉得，我还能见到爸爸吗？"

听起来，他似乎没想和我辩论，语气里满是哀伤和脆弱，像个精疲
力竭的孩子，求我讲个睡前故事。

不知道他想从我这里得到什么。他明明知道我怎么看的，难不成要
我说谎？

他拔高了声音，激动起来："你相信我会再见到爸爸，对不对？我是说，
我一定会再见到他的。告诉我，我会见到他的。"

他的字字句句都蕴含着浓烈情感，像洪水般吞没了我，让我无从挣脱。

我一言不发，他生气了。"他在哪里，艾瑟琳？他的那些品质，那些
高尚、温暖、勇敢和善良……都到哪里去了？难道我只是运气好，偶然撞
见这些品质，在他身上共存，现在却烟消云散了？你的世界也这样空洞吗？
难道我的爸爸只是一个万里挑一的偶然，一旦逝去就再也不见了？他在哪
里？"

我们之前谈过这个话题，虽然这次风险小得多，但是我觉得没必要
再重演一遍。重复一遍自己的观点，就像让他爸爸又死了一回一样。

伊弗爽和我有着同样的脉动，我担心她察觉到，我能感受到死去的
阿纳格温人的魂韵，然后告诉阿杜雷。要是她这么做了，那可真是大错特
错。虽然我和在世或者去世的阿纳格温人存在某种感应，但我觉得这不足

以证明，阿杜雷期盼的天堂确实存在。

"快说话，艾瑟琳。"

"我不知道为什么会有另一个世界。我们从来没有找到证据。但有时候，我们又确实能看到一些迹象，或许两个世界是有交集的！"

我的话让阿杜雷精神一振，仿佛他渴望战斗，无论多惨的战斗都可以。"见不到另一个世界，只是时机不对罢了。好比因为现在是夏天，完全不下雪，就断言没有冬天，或者因为婴儿还没长出胸毛，就断言他永远不会发育。时节不同、时代不同、现象也不同。两个世界当然没有交集，而且边界分明。我们只能一次体验一个世界。"

我感觉就像挨了一顿骂。不过，只要能让阿杜雷解开心结，我也愿意。

"我眼中的世界不是这样的，阿杜。这是同一个世界，只不过我们存在的角度不同罢了。"我为自己的善解人意而自得。瞧这话说得，多么不偏不倚，不卑不亢，而又多么合情合理啊。

阿杜雷根本没觉察到这点，他时而对我说话，时而自言自语，既想要说服我，也想说服自己。"我来到这个世界的时候，并不是一无所有，无缘无故投射出自己的欲望的！我的意思是，要是我们一无所有，没有意识、没有瀑布、没有颜色、没有声音、没有笑声、没有人、没有天空、没有太阳，也没有歌曲的话。假如这里有一个你，能够感知到这一切，还有一个我，能够说这些话。然后我找到你，谈起盼着有这么一个世界，里面的事物都是我臆想出来的，别人从没见过。我想你肯定会分辩说：'这是你想要的，但是真实世界不是这样的。'"

我不知道要怎么回答，但阿杜雷或许根本不需要回答，因为他继续滔滔不绝地说："但是我们已经拥有了这些东西，艾瑟！就在这里，根本不用我们去期盼。没有人会否认自己的存在。我们生活的世界有爱情、愤怒、宝石、黄金、花朵、毒蛇，还有许许多多不可思议的神奇事物，叫你想都想不到。这里有欢喜有失望，有深谷有大洋。要是我们只知道一片黑暗的虚空，而我试着告诉你，世界上有海浪、有彩虹、有淹没城，你说：'呸，这些全是幻觉！我们一无所有，只有虚无！你的期望没有意义，只是美好的空想罢了，根本不可能成真！'但是，我们确实拥有这些事物。

一切不可思议的神奇事物，都在这里。"

阿杜雷真是个解不开的谜团，脑子里充满了奇思妙想。难道他总是转着这样的念头？我刚要开口，却被他打断。"你说我期盼的，是不可能存在的奇迹和天堂。但是，艾瑟琳，我们已经身处奇迹之中了！不可能的事情已经发生了。假设我们还在那个黑暗虚无的房间里。还有什么比这个更难以置信的——我们从一片虚空之中进入这个世界？或者从我们的现实世界进入来世世界？我爸爸仍在来世世界里。我只是稍微多说了一些，艾瑟琳。最困难的一点，在于相信我们已然身处奇迹和天堂之中，而我不过是稍微拓展了一些而已。这并不荒谬。要是我对你唱支歌，但是还没唱完就停下了，你会问我，为什么唱到一半停下。你想听接下来的部分。但我只唱到这里，艾瑟琳。我觉得这个世界是一首没有唱完的歌。爸爸的人生之歌还没唱完，我想听听接下来是什么旋律。这并不等于世界上根本没有歌曲，没有音乐，都是我胡思乱想。我们都知道，确实有这么一首歌，我只是觉得尚未完结罢了。我觉得应该还有接下来的部分。"

真不知道他是怎么一口气说完的。

几个月之前，我还不知道什么是歌曲，所以，即使阿杜雷打的比方很不错，但对我来说，仍显得空洞难懂。

"我很抱歉，阿杜，或许歌曲就是会唱到一半没了下文，尤其在唱歌的人死掉的情况下。"我知道这话很过分。要不然该怎样呢？我一点都不相信这些。难道要我违心地假装相信吗？

我握住他的手，感受着他手心的温暖。"我想要相信这些，至少为你而相信。这样有用吗？我只能做到这些。我希望你能再次见到爸爸。这样可以吗？"

阿杜缓缓点头。"至少比你刚才说的，有人唱歌嚎到一半，就没了下文的鬼话要好。"

"我明白，阿杜。很抱歉说了这些话。我不是有意的。"

阿杜雷想回答，但是没能说出口。因为看到了可怕的一幕。

不。我们都看到了，在月光照耀的水面上。

上帝啊，我们要走了，立刻、马上。

第133章

阿杜雷和我奔回营地，叫醒大家，却发现大家早已被惊醒。无论是读到了我的想法，还是自己感觉到克罗修斯人在逼近，欧曼休斯、伊弗爽和其他人都明白，我们必须继续上山，否则就会被追上。

我们一路向上狂奔，没想到我还能跟得上阿杜雷和特朗因的步伐，但是压根没时间去惊叹。

"他们有多少人？"欧曼休斯问我，但是我觉得他知道答案。也许不是确切的数字，但是他知道敌多我少。

我没时间停下来清点，但是回想一下，共有四只船，每只船大约十个人。

"我猜大约有四十人。"我心里一阵惊慌。四十只凶兽来者不善，气势汹汹开往山顶界，能够保护我的同伴数量还不到敌方的一半。

我还以为，可以率领我的军队，从特兰顿和爸爸手中夺取统治权（这一点，我绝不会对自己承认，对阿杜雷都不承认。这是我带领追随者登上天堂的部分原因）。结果却是螳螂捕蝉黄雀在后，自己被更大的部队追杀，对于亲爱的阿纳格温人和人类残部而言，今天恐怕就是恐怖末日。

"他们还戴着面具。您确定吗？"欧曼休斯的脸被厌恶扭曲了，安普和他的部下戴着和波拉修斯面具类似的东西，仿佛令他心碎。

我嘴上没说话，只用感应回答——是的，他们可以在山顶呼吸。

"那就是说，没有什么能阻挡他们了。"

第134章

"我想我们大约领先敌方二十小时,具体取决于他们何时登陆。虽然坡度增加了百分之五十五点五,但是我们现在仍按照每小时四英里的稳定速度移动——"

特朗因简直不知疲倦,精力无穷,令我万般不解。因为光是不停往上走,我就已经竭尽全力了。他到底从哪里来的力气,能够这样不停地说话?

"他们不用像我们一样大费周折地从北匕首滩走,所以我也不确定比他们领先多少,但是我们绝不能泄气。到达山顶后,还有大约半天的时间巩固防御,准备应对袭击。你要说服爸爸和特兰顿相信我们,可能还要花一些时间。"

"特朗因,求你别再说了。"光是听他说话都觉得累。

看得出来,他和我们一样害怕。他应对恐惧的方式,是编出一大堆想法和点子。阿杜雷沉默不语,奋力跋涉。我介于二者之间。

"抱歉,我知道我有点多嘴。但是还有一点,我不得不说。"

我叹了口气,容忍了他。"什么事?"

"我们或许还有招,"他轻声低语,真不明白,他为什么要这样小心翼翼,"是秘密武器哦。"

上帝啊,特朗因怎么变得神经兮兮的,面泛潮红,目光离散。"秘密武器?特朗因,快喝点水。"

阿杜雷听我这么说,闹起了别扭。"特朗因,你要和她说什么?"虽然不知道为什么,但是他那怪罪的口吻,让我不由自主生愧疚。

特朗因立刻直视前方,努力装出一副什么都没说过的样子。"没什么。"

现在我知道了,特朗因并没发神经,他想告诉我什么,但是阿杜雷不让他说。阿杜雷向他示意,逼他保持沉默。到底是怎么回事?

第 135 章

安普根本不用催促自己的部队加快速度。

他们自觉加快了步伐，而且可以感受到欧曼休斯和阿纳格温人的恐惧。这恐惧从山顶传来，沉重而醉人，召唤着克罗修斯人，并赋予他们力量，壮大他们的勇气，让他们克服疲惫。

根本没有人停下来喘口气，他们简直有用不完的力气。

这就是身为猎食者的冲劲和乐趣。安普一边带领嗜血军团上山，一边想着。猎食者比猎物更具优势。猎物只能尽量逃跑，苟延残喘，被猎食者捉到，只是时间问题。

第 136 章

我们猝不及防地到达了云线。这意味着我们取得了巨大进展，但是我却心乱如麻，开心不起来。我们怎样才能守护山顶界？特朗因刚才想说什么？我究竟做了什么？我只不过是个孩子而已，我暗自对自己，也对宇宙高喊（见鬼，要是会让阿杜雷的神听见的话，那我可不敢抱怨）。我想让年龄够大的人听见，让他们出一点力，但我确定眼下没人符合这个标准。为什么我的决策会如此关系重大？让一个任性顽固又缺少头脑的十七岁孩子拥有毁灭世界的能力，真是天意弄人。

云线堪称一个里程碑，但是没有人停下脚步庆祝到达。我们站在多年来阻隔了阿纳格温人和天堂的雾气边上，除了继续手脚并用向上爬，没有工夫做其他事。我警告欧曼休斯，小心那些丧心病狂，在茫茫雾气中出没的山底凶兽。我没让阿杜听见，不想让他想起爸爸之死。

"我们知道的，拉芙莉。我们能在至少两英里之外嗅到他们的味道。"

哦，太好了。我们走入了浓稠的雾气之中，确保阿杜雷、特朗因和我被阿纳格温人团团护住。

第 137 章

我们继续向上跋涉。

我想起了当初的自己，那个冒死下山的小姑娘。距离那天已经过了许多、许多个星期，我都忘了自己离开家的时间是三个月还是六个月。回想起当时逃出矿山、倔强地走入云线，真是恍若隔世。要是我现在遇到当初的自己，把一切告诉她，她一定不会相信。

除了被安普鲁斯和他的凶残大军追杀（欧曼休斯说他能闻到他们的气味，感觉到他们的存在。其实我也能感觉到他们），穿过云线的过程，比我们上次躲过屠杀下山要容易得多。那些呼吸不畅的克罗修斯人，凡是胆敢招惹我们的，都被我们队伍中的阿纳格温人消灭了。我们的阿纳格温人更健康强壮，还带着氧气面罩。我虽然信任那些崇拜我的山底凶兽，但是他们把进犯者大卸八块的暴力场面让我不安。要知道，敌方同样凶猛残暴，数量是我们的两倍，正在气势汹汹地杀向山顶界。

"不用太担心，"伊弗爽读懂了我的心思，安慰道，"安普和他的部下绝对不会伤害您的。这是我们的天性，我们不能杀死波拉修斯家族的人，想杀也不能杀。欧曼休斯、我、阿杜、特朗因，都可能会死，但是您一定会好好的。"

"你要是死了，我绝不会好的，伊弗爽。我永远都不会好了。你明白吗？"

"要是您死了，我就会这样感觉，但是我知道，神是不会死的。"她顿了顿，仿佛萌生了一个前所未有的念头，"说真的，神会死吗？然后再起死回生？阿杜说的一些话，叫人困惑——"

"噢，凡是和神有关的事情，都别听阿杜的。"我用烦闷的语气说道，因为我确实烦闷。阿杜雷不该对伊弗爽说起他的神，无论他的神会不会死。伊弗爽已经有一个神了，那就是我。她不需要阿杜雷的神。"我不会死的。"

"太好了，"她欢呼道，我感觉到她松了口气，"要是您死了，我也

412

感觉像死了一样。哪怕永远安全舒适，我也永远都不会好了。我宁愿替您去死。"

伊弗爽说克罗修斯人永远不能杀死我，让我萌生了一个主意。我该单独和安普鲁斯谈谈。我已经说服许多阿纳格温人压抑自己的杀人本能。我能拯救山顶界的。还没等我说完，欧曼休斯、伊弗爽、阿杜雷和特朗因就一致表示反对。我简直不敢相信，原来他们四个也有观点统一的时候。但是他们团结一致，反对我的提议。

"我的兄弟或许无法直接杀死您，但是他曾经试着毒害过您。谁知道呢，说不定他的狂性强大，足以超越他对波拉修斯家族本能怀有的爱意了。"欧曼休斯坚持说，"我不确定他是否会杀死您。"

第 138 章

我一直等到阿杜雷和伊弗爽开始聊天才行动。他们俩最近经常聊天。我也不知道自己有没有嫉妒，嫉妒的是谁。我总以为，朋友相互喜欢，是我的心愿，但当他们真的这样做了，我又觉得不对劲。他们似乎在讨论如何在山顶界御敌，我认可这样的对话。我一直没机会叫阿杜雷别再和伊弗爽谈论神的事。

我走到特朗因身旁，决心从他口中掏出秘密。他显然有事瞒着我，要不然，他和阿杜雷的表现就太诡异了。

贝鲁巴斯的话在我脑中响起："你或许不得不像蠕虫一样卑微蛰伏，但至少先要试着像雄鹰一样光明坦荡。"

"你一定要告诉我，特朗因。我本可以哄骗你、欺瞒你、讹诈你，但是我宁愿对你开诚布公，因为我们是朋友。我想要信任你。我希望和你守望相助。你说的'秘密武器'是什么意思？"

有时候，雄鹰法很有效，感觉比蠕虫法有效得多。特朗因确定阿杜雷不会偷听到，就把事情一五一十告诉了我。

上帝啊，要是他以为这样会让我安心，那可就大错特错了。他告诉我这些，反而让我更加忧虑。

第139章

我到家了。

但不是那种美好的意思，既不是人们所说的甜蜜的家的意思，也不是那种心在哪里，家就在哪里的意思。我闻到一股气味，在高山上显得不同寻常的气味。

我们仍离巨墙很远，但是一走出云线，我就感到这个地方的矛盾和渺小。山底界虽然堆尸如山，充满愤怒和危险，但仍有生命的样子，而这里则像一个空洞的牢笼。

和欢欣鼓舞的欧曼休斯不同，回到这个童年的牢笼，我只觉得很不自在。

再走几小时，就到巨墙了，山底凶兽在我身后排成了一列。虽然我们还没讨论用什么阵仗回归，但是这和我的设想丝毫不差。

神灵引导人民。

将军领导军队。

就快到了。不知道前方有什么在等待着我，我的拥护者、山顶界、爸爸和妈妈、特朗因、阿杜雷——我们每一个人，结局揭晓之前，谁也不知道前途如何。

第 140 章

伊斯托克每天早上都在山顶界外围徘徊游走，他也不知道自己要找什么。但是他受不了待在波拉修斯塔周围。在法典允许的范围内，尽可能远离那里，他会觉得好受一些。

他上次的发现为山顶界的每个人带来了伤痛，尤其是玛加。他希望下一次能弥补一些。

他的朋友都和他绝交了，对他不是不理不睬，就是挖苦嘲笑。他不在乎。他还能怎么办？继续玩儿着傻里傻气的儿童游戏，假装一切如常？他一直都是个庄重严肃的孩子，现在更没理由去改变自己的作风。

自从他第一次下山走了这么远，这里的危险唤起了一丝悸动，穿透了他死气沉沉的躯壳。感觉挺不错，仿佛重新找回了一点做人的感觉。此后，他就天天来巨墙附近散步。可悲的是，他已经习惯了这里，再也感受不到这份刺激。

直到看见了她。

她被一只恐怖的军队簇拥着，鬼魅般走来。

他还以为眼睛和自己开了个残酷的玩笑，又呆看了一秒，才连滚带爬地跑回村子。

天知道她是什么，活人、死人，还是死而复生，无论如何，她回来了。必须赶快告诉尼可拉斯和玛加。

第 141 章

玛加压根不相信这个小伙子。尼可拉斯不怪玛加。虽然他们也希望伊斯托克所言不假，但这是不可能的。她肯定死了。

伊斯托克发誓自己看到了她，她和其他人在一起。

玛加真是铁石心肠。尼可拉斯担心她的精神状况。伊斯托克纠缠不休，让玛加爆发了。"快闭嘴！别再胡说八道了，野小子，去死吧！我再也不想见到你。"伊斯托克眼泛泪光，转身奔出了波拉修斯塔。尼可拉斯想拉住他，但是没成功。

尼可拉斯知道，凭伊斯托克的性子，不可能开这种玩笑。但愿伊斯托克是真的看到了艾瑟琳，他对此抱有一丝幻想。

艾瑟琳，他的女儿，还活着吗？

虽然跑这一趟有点蠢，但是尼可拉斯还是奔向了巨墙。

伊斯托克跑出波拉修斯塔，被特兰顿拦住："你哭什么？"

"没什么，先生。"特兰顿听塔利斯家的说，这个小伙子闹起了脾气，说不定要被赶出波拉修斯塔。特兰顿派人去找尼可拉斯，却被告知尼可拉斯不在家，因为根本没人应门，真是奇怪。

特兰顿紧紧抓住伊斯托克的肩膀。"我要你告诉我，到底发生了什么。我作为你的长辈，命令你说清楚。"

伊斯托克一心想着尼可拉斯和玛加都不要自己了，已经完全自暴自弃，什么都不想告诉特兰顿。

"求您开恩，叫塔利纽斯家的侍卫一枪打爆我的头吧。"特兰顿知道这孩子替尼可拉斯和玛加隐瞒了什么。尼可拉斯和玛加只有一件事情值得隐瞒。这一定和艾瑟琳有关。

"她在哪里？孩子？在山顶界？告诉我，要不然我就叫塔利纽斯侍卫去问玛加。是你逼我这样做的。"

虽然伊斯托克对自己完全不在乎，但是他不能让玛加受到伤害。

第142章

这个时刻，我幻想过，次数多到我不愿承认。

我知道自己想要怎样的效果。爸爸和特兰顿根本无力同我抗衡。现在我成了老大。之前，于情于理，爸爸都可以，并且应该选择赞成我的请求，但是他没有这么做。现在，他别无选择，因为我拥有了残暴的力量。

远远看到巨墙的时候，我惊讶地看到他们立在墙上，仿佛在等我归来。我揉揉眼睛，擦掉汗水。他们怎么知道我来了？

在我的白日梦里，我总是孤身一人站在巨墙外，爸爸、特兰顿和他们荒唐的塔利纽斯侍卫全副武装，居高临下地看着我。

所以，趁着他们看不到我们，我让其他人留下，躲在灌木丛里。

我独自一人向他们走去。塔利纽斯家的侍卫居然有胆用枪指着我。我请他们让我回到山顶界。"但是，你们不能把我当成一个迷途知返的任性孩子来接收。"

我郑重宣布："我来，是要成为新一任的科格内特首领。"

爸爸哧哧笑起来，以为我在开玩笑，把这看成我想同他和解的手段。但是我没有笑，他这才明白，我是认真的。

特兰顿说："你这任性的要求不会得到满足。我们让你回到吉斯，已经算你运气好了，无论给你什么残羹剩饭，你都该觉得庆幸。"他就像在解释，为什么总要有人跟在捣乱的孩子身后收拾残局似的。

我的军队现身了，在我背后站成一排，威风凛凛地为我撑腰。

手下的凶兽出现时，我盯着爸爸和特兰顿的眼睛，他们又惊又恐，简直吓坏了。爸爸呆呆地看着我，似乎不明白，我到底变成了什么人。

一个焦虑不安的塔利纽斯守卫开枪了，击中了伊弗爽的肩膀。她连哼都没哼一声，只伤了点皮毛。子弹对他们效果微弱。我还没反应过来，伊弗爽就狂怒地扑向巨墙，一时间，子弹横飞乱射，但是没能阻挡她。只见她攀上巨墙，把那个塔利纽斯守卫高高提起，尖爪伸出，眼看就要戳穿那个人。

"住手！不许杀人！不过，要是爸爸和特兰顿想要杀人，那我可没办法。"

我瞪着他们。他们曾经用权力威压束缚我，我要叫他们明白，这样的日子一去不复返了。

"我要成为山顶界的科格内特首领，否则整个山顶界都将化为乌有。"

我瞄了一眼阿杜雷和特朗因，希望看到他们自豪的神情，但是我只看到恐惧，只好把心痛的感觉抛到一边。

爸爸打了个手势，塔利纽斯家的守卫放下了武器，领导权转到了我手上。

我对此刻盼望已久，还以为会让我觉得开心。

然而，我却觉得自己做了错事。

第 143 章

到达山顶界的时候，我们从山底归来的消息已经传遍了村子。查妮丝·哈尔加德迎上来，结结实实地抱住阿杜雷，差点让他窒息。卡特兰蒂肯定也要来黏住他。不知道他会不会对她坦白吻过我的事情？虽然特朗因老说起他爸的不是，但连马索都显得欢欣鼓舞。

所有人都以为我们死了，但我们却还活着，这份出人意料的礼物让大家欢喜不已。我听到特朗因兴奋地解释着冷凝树的工作原理，向大家宣布，山顶界的供水问题就此得以解决。

我没有参加大家举办的迎接晚会，而是远离各种团聚和欢庆，远离镇子，在山顶界外围。我不希望无辜群众被我的军队吓到。

我满脸通红，用力眨眼，忍住即将夺眶而出的眼泪。多丢脸啊，我为什么要在意这些。为什么妈爸都躲得远远的，和特兰顿待在一起，不冲上来拥抱我？上帝，我好想他们，不知道有多想。我在期盼什么？难道他们会把我一把抱起，唱起欢快的歌？我真傻。这再一次验证了一个让我不情愿的想法——山底凶兽才是我的子民，而抚育我的吉斯人民不是。

为了让阿杜雷和特朗因和亲人放心团聚，我已经等了够久。现在必须带着山底凶兽返回山顶界了。

我带着山底凶兽一现身，团聚的欢乐立刻烟消云散。我听到尖叫声此起彼伏，妇孺惊吓逃窜，甚至有些汉子也逃了。

"真想不到，这里会是这副光景。"欧曼休斯轻声道，口气里的敬畏多于失望，真让我意外。我把爸爸妈妈的感受抛到脑后，一心关注山底凶兽。从欧曼休斯的眼中看，我想山顶界或许非常神奇，这里山势陡峭高峻，俯瞰茫茫云线，吉斯大堂和波拉修斯塔巍峨高耸，直入云端，还有实验屋、圆屋子和水泵站。

"是的，我们到了，这里就是世界的制高点。"

我左手牵着伊弗爽，右手拉着欧曼休斯。"我们到波拉修斯塔去，你们日后就住在那儿。"我故意放大嗓门，好让爸爸听到。不管是好是坏，反正我就这么做了。因为他无视我，我觉得委屈不平，所以尽可能给他添堵。

我知道，光是我家的名字，波拉修斯塔，就会让他们雀跃不已。能和我一起去，所有的凶兽都异常兴奋，似乎根本没注意到，走过镇子的时候，沿途的吉斯居民躲躲闪闪，被他们吓得够呛。

我听到吉斯居民窃窃私语，但是全当耳边风。是的，我怎么敢？是的，我怎么想得到，是的，我背叛了自己的人民。是的，我居然还请山底凶兽到镇子里来。是的，我还把他们带回了家。是的，一切都变了。

我愿意解释，但是根本没人来问我，为什么这样做。

我回来了，根本没人觉得开心。

一个小伙子走上前来。虽然羞羞涩涩，却有勇气面对簇拥着我的阿纳格温人。"你好，艾瑟琳，我是——"

"伊斯托克，"我脱口而出，"我记得你。"我记得他，他似乎很高兴。

"真高兴你还活着。"

真丢脸，光是听他这样说，我就觉得好开心。至少还有人这样觉得。我生于此，长于此，还以为人人都喜欢我，结果发现，这不过是个孩子气的幻想罢了。

"我可以和你一起走吗，艾瑟琳？我也住在波拉修斯塔。"

"是吗？我还不知道呢。"

"是的，自从父母死后，我就住在那儿。"

山顶界的光景不好，每个人都是面黄肌瘦，没精打采，行将就木。

他们似乎无法面对接下来的战争。

我们到了波拉修斯塔。要是山顶界是天堂，那么我想这里就是神的王宫大殿。我转向伊弗爽、欧曼休斯和其他阿纳格温人。

"我，拉芙莉，代表希恩先生，邀请各位入住自己应有的家园。来吧，让我们成为伙伴、朋友。"

第 144 章

一进入波拉修斯塔，他们仿佛变成了孩子，在各个房间里钻来跳去，一个劲儿往上爬，甚至想到塔顶上去，简直乐翻了天，让我忍不住想笑。欧曼休斯也仿佛恢复了青春活力。带他们到这里来，真是太对了。

我让他们自己探索波拉修斯塔。欧曼休斯找到了许多希恩先生带上山的遗物。所有东西都对他意义重大。"看，这是他丢给我的球！这是我们初次展示时穿的衣服。这是我第一次写下的名字。"我以前经常翻看这个箱子，心里嘀咕为什么会有人大费周折，把这些东西带上山来。

现在，我恍然大悟。幸好希恩先生还留着这些东西。

我想知道妈妈在哪。我的房间被锁上了。我敲了敲门。

"走开，尼可拉斯。"她的声音冰冷机械，就像被开膛破肚，掏空内脏似的。真不愿听到她这样说话。

"妈妈，我是艾瑟琳。"

只听一声惊呼，不到一秒，门就打开了。

她小心翼翼地打量着我，不敢相信自己的眼睛。

"怎么……？你是从哪儿……？"

"我回来了。"她一下子泪如泉涌，扑到我身上，我抱住她。两人相拥而泣，泪水浸湿了头发。

我在塔玛尔愚事附近找到了欧曼休斯，我也不知道是自己想去找他，还是自己在得知一切真相之后，想去看看希恩先生的坟墓，又或是他无言地召唤了我。

欧曼休斯坐在希恩先生的坟墓前。我念出他的墓志铭：

希恩·波拉修斯
上山前 33 年出生。
上山后 43 年死亡。

痛之至切，莫过于抛却所爱。

我还没有告诉他，他的神已经死了。我不知道怎么开头，现在为时已晚。

希恩先生不仅是他的神，还是他的父亲，他的创造者。

我坐在欧曼休斯身边，虽然想说点什么，但此时此刻，似乎只有默默陪伴才更合适。他在哭，不知道为什么希恩先生在设计山底凶兽时加入了这个特征。为什么眼泪会让武器更厉害？我想是因为眼部需要滋润吧。但我更觉得，希恩先生显然没把欧曼休斯、安普鲁斯和其他批次的凶兽单纯视为战士。

许久以来，我又一次感到，自己和欧曼休斯之间出现了抚慰感应。他抱住我，低语道："这块石头说谎，拉芙莉。他从未死去，您就是证明。"

欧曼休斯说得对。我回答他，不知道是自己在说话，还是希恩先生通过我说话（我绝对不会对阿杜雷说起这事，他会嘲笑我一辈子的）。

"无论你长得多大，都是我怀里的孩子，紧贴胸膛，能够感受到我的心跳。内心温暖，敢于直面其他人的冷眼。你就是我的宝贝，对不对？"

"是的，希恩先生。是的，拉芙莉。我属于您。"

"我也属于你。"

第 145 章

我们在吉斯大堂集中。我的第一个官方举措是召开会议，任命我为山顶界的科格内特首领。

阿杜雷、特朗因、伊弗爽、欧曼休斯和我站在一起。我召唤了特兰顿和爸爸，他们俩识相地出席了。真是庆幸。我可不想派出山底凶兽把他们抓回来与会。好吧，我是不想抓爸爸，抓特兰顿的话，我还是很开心的。

"他们要来了。我们必须严阵以待。"

我向大家说明，最多再过十小时，安普鲁斯和他的四十只凶兽就要杀上来了。我稍微粉饰了一下事实。我宣称，我们上山，是为了让忠于我们的山底凶兽保卫山顶界。为什么要这样说，我自己都不明白。安普鲁斯是跟着我们上山的，我提也不提这回事。

不是的！你们误会了！我是来救大家的，明白吗？

阿杜雷、特朗因、欧曼休斯和伊弗爽都知道事实，所以我粉饰现状，只是为了说服爸爸和特兰顿。难道我还指望他们会喜欢我？我最近做的事情，总是叫自己不明白。

我必须跟阿杜雷和特朗因谈谈，怎样才能尽可能巩固山顶界的防御。我简要说明了一下战略计划。山顶凶兽在镇子周边分布。我们身处高地，占据优势。全体吉斯居民将集中前往吉斯大堂避难。

"集中到一个地方？那不是更容易遭到屠杀？"特兰顿插嘴道，仿佛他才是对付克罗修斯人的专家似的。

"不是的，"我分辩道，"这样才更便于保护大家。"特兰顿打断我，提议让吉斯居民分头寻找藏身之处，被我顶了回去。"根本没有地方藏身，他们喜欢捕猎我们。他们能闻到我们的味道，察觉我们的存在。至少在这里，我们能得到保护。"我没说能有这种保护，全是托了会把所有吉斯人开膛破肚的凶兽的福。

"他们的凶兽数量比我们多，我们却只能仰赖这种不堪一击的保护。

这就是你最好的方案了吗？我们会死的。我们会死光的！"

"给我闭嘴！要不然，我就让孩子撕开你的喉咙！"我失态了，但我是认真的。上帝，我恨死特兰顿了，都快忘了原先有多恨他。我会尽力忘掉这点的。

我发作之后，房间陷入了死寂。伊弗爽似乎希望，我会让她杀掉特兰顿。她也讨厌特兰顿。我摇摇头，不行。她失望地坐了回去。

"最后一个问题，您能够好好回答，不威胁我吗？"特兰顿虽然收敛了口气，但依然傲慢自大。

我点点头。

"这些生物有什么弱点可以让我们利用的吗？问问这里的凶兽。他们应该知道。所有生物都有弱点。"

特朗因开口了，像小狗一样热切积极，也像小狗一样不懂事理。"其实有一个——"

我打断了他。他和阿杜雷想出来的计划，根本不在选项范围内。"不，特朗因，让我来说。"我愤怒地厉声说，"特兰顿，这就是最好的计划。召集吉斯居民，把他们锁在大堂里。任何胆敢逃出保护范围的人，杀无赦。"

第 146 章

我们走出吉斯大堂，特朗因恳求我的宽恕："对不起，艾瑟琳，是我考虑不周。我不是说应该这样做……就是他提问了，而我知道答案而已。"

我知道特朗因没有恶意，但有时候，无心之失更加危险。

我的山底凶兽正忙着把土堆成防护丘，环绕山顶界分布。他们把灌木和杂草连根拔起，用荆棘做成路障。部分塔尔玛愚事废墟的材料也被重新回收，碎石头和旧木柱都用来修筑防御工事。

人部分吉斯民众，都随着召唤钟在吉斯大堂集中了。不知道爸爸和特兰顿说了什么，他们似乎不愿听我的话。我们开始用石头和泥巴巩固吉斯大堂。我的目标是在安普鲁斯到达的时候，把整座大堂掩埋到屋顶。

我得知有些吉斯居民逃跑了。他们不相信我对山顶界怀有好意，也不愿加入山底凶兽和人类的联盟。

最先死掉的就是这批人。我说这话，不是因为狠心。想要脱离我的统治范围，独自求生的人，必死无疑。事情就是这样。

阿杜雷一言不发，真叫我着急，因为他心里总有各种各样的想法，有些会告诉我，有些会瞒着我。

我觉得，这或许是我们在一起生活的最后几天。我也许不会死在这场攻城战中，但是阿杜雷和特朗因很可能会。我先拥抱了阿杜雷，又拥抱了特朗因，让他们惊讶。虽然他们缺点不少，却是我认识的最好的人。真希望我们能永远在一起生活。

"阿杜雷，请你的维里塔斯人来祈祷吧。"这点子似乎不错。有没有用，谁在乎呢？只要能让人觉得心情好些，那就是有用的。

根本不用我吩咐他，他们都想到这点了。我听到吉斯大堂里传出了他们的歌声。那旋律真动听。要是阿杜雷的神真的存在，他应该会喜欢的。哪天我也想让我的山底凶兽为我唱这样的歌。

第147章

　　真希望爸爸也能像妈妈一样和我好好拥抱一下。但是我不愿主动提出。孩子不该向家长索求亲密的动作。因为一旦提出，就不再亲密，就像求别人给自己惊喜一样。顾名思义，自己求来的欢喜，哪里算得上惊喜。

　　我没有索求，他也没有给予。我们压根没有拥抱。我看着他踱进吉斯大堂，连手都不对我挥一下。

　　我终于明白，阿杜雷说的歌唱到一半，戛然而止是什么意思了。

第 148 章

我能感觉到他们在靠近，就要来了。

山顶界被各种防御工事侵占，被屏障、石头和泥土吞没，变得面目全非。我不由觉得，无懈可击的事物，必然是丑陋不堪的。

我的山底凶兽站在环镇而建的高大土坡上，枕戈待旦，万死不辞。

阿杜雷和特朗因不愿和其他村民一起待在吉斯大堂。我不觉得惊讶。他们经历了太多，不再同普通人为伍。不知道他们能不能和安普鲁斯的军队抗衡，但是我不会命令他们撤走。

阿杜雷在最后几小时里发挥了关键作用。山底凶兽身为杰出的战士和猎手，从不需要军事策略。他们从未遇过敌手。捕猎残杀人类，抗衡先进武器，对他们而言易如反掌。他们速度太快、力量太大、威力太强。

但是在此之前，山底凶兽之间从未斗争过。

他们现在需要战略了，必须以弱胜强。阿杜雷总是如饥似渴地学习古代兵法。真庆幸他学会了和山底凶兽沟通，因为他教会了凶兽各种杰出的战略思想。我觉得我们有机会存活。

我听到逃出山顶界的吉斯居民在尖叫，他们违背我的指令，不愿躲进吉斯大堂，遭到了敌方凶兽屠杀。

安普鲁斯和他的大军已经跨过了巨墙。

第149章

特兰顿知道，特朗因和阿杜雷有事相瞒。我的上帝，他们多么愚蠢啊！他们明明发现了击败山底凶兽的方法，却出于对她的忠诚，什么也不说。

虽然和其他吉斯居民一起困在被掩埋的吉斯大堂，特兰顿依然心念电转。他终于有机会，为自己的曾曾曾曾曾祖母报仇雪恨了，这是穷凶极恶的凶兽犯下的第一桩罪行。他会成为最终实现特拉维斯誓言的尼尔辛后裔。

特兰顿知道一段山顶界秘史，是他的家族世世代代传下来的。他是在山洞里一本满是尘土的书里读到的。他会永远铭记。现在，他一定要成为这段历史的关键角色。

他终于知道了，为什么尼尔辛家族是山顶界的真正领袖。

只有尼尔辛家族才有勇气反抗。只有尼尔辛家族才有力量给山底凶兽迎头痛击，在几百年前阻止他们上山。这一击威力巨大，让他们从此不敢再骚扰山顶界。

现在，特兰顿终于可以彻底毁灭他们，算清这笔旧账。只要阿杜雷和特朗因告诉他方法。

"让一个十七岁小姑娘的一时心血来潮，威胁我们的生命，你们甘愿吗？"

第 150 章

一股抚慰的感应，从我的身体流向所有守在外围，守护着我和吉斯的阿纳格温人，令我精疲力竭。这感应转瞬即逝，但是比之前的任何一次都要强烈。

最后一次机会了，我要向他们展示，他们的母亲有多爱他们。我深爱这些生物，要是他们死了，我情愿和他们一起去死。

我们听到死亡大军步步逼近。

他们来了。

第151章

我不知道要看什么，也不知道要听什么。周围掀起了狂暴的旋涡，我不知道该关注哪一点。忠于我的山底凶兽高踞土坡，占据优势。我想要挪开眼，但是做不到，只能眼睁睁看着这些壮美的生物厮杀扭打，撕咬搏斗。

阿杜雷围着山顶界奔跑，高喊着口令。

我们的山底凶兽纷纷投出石块。虽然不足以杀死进犯者，但可以拖延他们的进度。

我看不出来谁占上风，但是土堆旁陈尸累累，大部分都是安普的手下。

安普鲁斯真是恐怖，简直像是着了魔一般。我眼睁睁看他一下刺穿两只我方的凶兽（耶恩和皮齐克夫）。恐怕只要他一个人，就足以扭转战局。

安普鲁斯抠掉了波拉修斯面具上的蓝眼睛。所有克罗修斯人都把蓝眼睛替换成了红黑相间的抓痕。恐怕他们盘算着对我和阿纳格温人做同样的事情。

我不能眼睁睁地看着欧曼休斯死去。

我还没看清接下来的发展，就被一把拽下了土坡。

是伊弗爽。她一手抱着不情不愿的阿杜雷，一手抱着我，高喊："我们顶不住了！"

安普鲁斯和他的部下攻破了土坡，涌向吉斯大堂。我方的山底凶兽（包括欧曼休斯，他还没死，我松了口气），纷纷集中在此，全力防守。

伊弗爽把我和阿杜雷放在吉斯大堂，被防守的山底凶兽团团围住。特朗因也在这里。

安普的克罗修斯人开始挖掘掩藏着吉斯大堂的泥土，被我方的阿纳格温人阻止。

他们能感觉到下面有人类。他们想杀人。

眼看泥土被挖得坑坑洞洞，我们刚阻止一个克罗修斯人挖洞，又有两个开始挖掘。

我听到有人尖叫。

我立马转头，只见一个克罗修斯人从吉斯大堂里拖出了一个面如土色的男人。我认出来，他是个科格内特人，叫作普莱休斯。他活不久了。

安普鲁斯和他的部下杀死了更多我方的凶兽。敌我数量悬殊太大，我们丧失了战略优势。血腥味让他们更加狂暴。

我看到伊弗爽尽可能守住优势，能拖一秒是一秒，但是她也只能做到这样了。

我们要完了。

第 152 章

阿杜雷和特朗因从没想过会变成这样。

他们刚刚拒绝了特兰顿的提议，现在却又需要采纳他的做法。他们相约为誓，到了人类生死攸关的时刻，就必须痛下决心。

现在，有人已经被活剖成两半，眼看吉斯大堂即将沦陷，他们已经别无选择。

艾瑟琳永远不会原谅他们。她一直扮演着慈爱的神，这是她对自己孩子的承诺，她引导他们相信自己，她是住在山顶界的慈爱的神。

但是神在变得慈爱之前，总是充满了愤怒，阿杜雷沉思着。神灵在赐予生命前，总是先夺去生命。阿杜雷和特朗因挖出了他们未雨绸缪藏起来的气筒。

情况所迫，他们必须成为暴虐复仇的神。

波拉修斯面具能够浓缩氧气，让山底凶兽得以正常呼吸。但是，特朗因也发现，这面具能够浓缩任何气体，包括有毒气体，浓度足以致命。

所有戴着面具的生物，都会被这气筒里封存的毒气杀死，人类则不受伤害。

安普鲁斯和他的大军是打击目标。但是欧曼休斯和其他忠诚的山底凶兽，还有——阿杜痛苦地想到——伊弗爽，所有戴面具的凶兽都不能幸免。

他们准备释放毒气，特朗因迟疑了。

"我们别无选择。"阿杜雷高喊，希望特朗因能够说服他别这样做。但是他们确实别无选择。

在特朗因拧开把手之前，阿杜雷拦住了他。"等等！"

阿杜雷奔到伊弗爽面前。"你必须逃跑。"

她困惑不解："我不能丢下——"

"这是拉芙莉的命令！"阿杜雷吼道，"由不得你选，快走！往山下逃。

这是拉芙莉的指示！"

　　伊弗爽不愿离开，但是她不能违背拉芙莉。"快走！"阿杜雷高喊。

　　伊弗爽离开了吉斯大堂的屋顶，奔过土坡，消失在远处。

第153章

等到一切都灰飞烟灭，化为死亡和苦涩回忆的时候，我才刻骨感受到自己对他们的爱。

安普鲁斯和他的死亡大军。

每一只凶兽对我来说都弥足珍贵。

时间慢了下来，我在心里感受到每一只凶兽，希望他们永远留在我心上。

永远永远。

我深爱他们每一只凶兽，哪怕他们步步逼近，要来杀我们。

或许这就是死亡的感觉——先是不合时宜的狂喜，然后是释然。

我爱他们。

哪怕是邪恶的凶兽。

哪怕是那些痛恨我们，要我们死的凶兽。

我深爱他们，深爱每一只凶兽。

第154章

安普鲁斯踉跄了一下，瘫倒在地，但是根本没东西碰到他。那是什么？一种熟悉的感觉，好久没有感受过了。仿佛为了了结这一切，他停住，动不了了。

就算能动，他也不想动。

此时此刻，他感觉到温暖自在。要是移动会让这种感觉消失，那他一寸一毫也不愿动弹。

他觉得非常贴近拉芙莉，近到可以抓住她（他知道自己杀不了拉芙莉），灭绝欧曼休斯的希望。但是他现在全心渴望的是再看她一眼，感受她的脉动。

她美丽的蓝眼睛紧紧盯着他。

他觉得自己又成了孩子，被希恩先生的蓝眼睛抚慰着。

他希望她永远不要转开目光。

我在抚慰他们。每一只凶兽。他们围绕着我，不再动弹，平和地瘫在地上。我方的凶兽跳起来，趁机击杀敌人。

"不！"我喊道，"别伤害他们！"

这是愚蠢的命令，但是他们遵守了。

我抚慰他们。我能感觉到，每一只凶兽都精疲力竭了。

我的喉咙中升起一阵狂喜。我可以改变他们。

我爱他们。

他们也能爱我。

我的所有孩子都能成为家庭的一分子。

爱是无敌的。

然后，传来一阵嘶嘶的声音。

第 155 章

所有东西都散发着一股腐烂的味道。浓浓的硫黄味包围着我。这倒是挺应景的，因为我感觉身处地狱。

他们快死了，所有的凶兽。我刚才还在抚慰他们，现在他们却要死了。

他们口吐白沫、咳嗽窒息、全身抽搐。

阿杜雷和特朗因。

他们做了什么？我转头去看他们，还有他们以防万一带回来的铁筒。特朗因和他们凑在一起，像条从臭沟钻进吉斯大堂的蠕虫。

"不！把那关掉！我已经阻止他们了！"阿杜雷和特朗因意识到自己的错误，想要把毒气筒关上，但是特兰顿抓住了一个气筒，朝召唤钟丢去。铁筒卡在了钟架子上，谁也够不着，仍在不断向下喷射死亡的毒气。

我哭了起来，但是情况越来越糟。

上帝啊，欧曼休斯抽搐起来。

伊弗爽在哪里？

我一把扯掉欧曼休斯的面具，他挣扎着要空气。我用嘴贴上他的唇，渡气给他。他深深吸了一口气，我拉他站起身。

"快走，我们必须离开这里。"

他变得非常虚弱。我又渡了一口气给他，我们开始奔跑。

我们向山顶界外面跑去，我回头看了一眼吉斯大堂。阿杜雷爬到召唤钟上面，想要够到气筒。但是伤害已经无法挽回。只见用来掩护大堂的土坡上面，满是忠诚的阿纳格温人和敌人克罗修斯人。我爱他们。他们都死光了。

吉斯成员纷纷从地道里爬出来，庆幸自己得救。

山顶界得救了。这是阿杜雷和特朗因的选择。

他们会被拥戴为英雄。

真是好样的。

安普鲁斯挣脱面具，屏住呼吸。

他不要这样死去。

他又被愚弄了一次。他感受到了那份爱意，接纳了那份爱意，他让那份爱意平静了内心，平息了狂性。

他相信过她。

人类就是这样。假装爱你，吸引你靠近，让你露出弱点，然后趁机偷袭折磨你，夺走你的性命。他明明有过教训，却又一次上当。

他接受了她的抚慰，她抚慰了所有凶兽，但是所有凶兽都死了。

这是人类唯一的伎俩。他绝对不要因此送命。

他站起身，跌跌撞撞地跑起来，暗暗跟着她，这个凶手。

第156章

虽然我们觉得欧曼休斯可以戴上面具了，因为我们已经远离毒源，但我又给他渡了口气。我们停下脚步，回头遥望山顶界。在过去的几天里，在攻城战之前，我意识到自己确实爱着住在这里的人。妈妈，甚至爸爸，还有伊斯托克。

但是我要走了，永远不再回来。

特朗因的冷凝树会拯救他们。阿杜雷消除了克罗修斯人的威胁，也杀死了我的阿纳格温人孩子。

我在这里没有了立足之地。

欧曼休斯盯着这个他一度视之为天堂的村庄。"我很抱歉，天堂并不是你想象的样子，欧曼休斯。"

他没有回答。

他已经失去了希恩先生，现在又失去了天堂。但至少他还有我。两个神灵之间，他得到了一个，已经比大部分人富有了。

经过云线的时候，我们找到了伊弗爽，我欣喜若狂。她怎么会在这儿？

"是您命令的，拉芙莉。"她坚持说。

"谁说的？"

"阿杜雷。"

他放过了伊弗爽。虽然我对他的怒气没有消减，但我仍心怀感激。

我以为失去她了，没有她的生活，不知道要怎么度过。我紧紧搂住她和欧曼休斯。

我和他们是一伙的。更确切地说，我属于他们。我虽然想念山顶界、阿杜雷、特朗因、妈妈和爸爸，每分每秒都在心痛。但是我永远不会背弃他们俩。某种程度上说，其他所有人都背叛过我，唯独他们两个没有。

回到郁郁葱葱的峡谷，我们发现安普鲁斯的愤怒大军已经散去。或许他们感觉到了一切已经结束，回家思考接下来该做什么。因为这就是现在的境况。

无论我们经历了什么，有一点确定无疑。一个时代结束了，另一个时代即将来临。

我们找到了安普鲁斯和他的军团用过的船。我们登上船，航向广阔的大海。海风徐徐，碧海无垠，波涛阵阵，我感到无比自由。

是时候返回淹没城了，回到没有加入不幸的天堂之旅的山底凶兽中间，好好思考，我们要创造一个怎样的世界。

我们远离海滩之后，欧曼休斯转向我。

"知道吗，拉芙莉。天堂之所以是个乐园，是因为最亲爱的人就在你身边。"他叹了口气，"所以，山顶界再也不是我们的天堂了。"

伊弗爽点点头："是时候再找一个新的天堂了。"

我同意。我们共同航向淹没城，迎接这个新时代来临。

图书在版编目（CIP）数据

威胁 / (美) 杰森·拉特肖著; 阮雯译. — 成都:
四川文艺出版社, 2017.10
ISBN 978-7-5411-4821-7

Ⅰ.①威… Ⅱ.①杰… ②阮… Ⅲ.①科学幻想小说—美国 - 现代
Ⅳ.①I712.45

中国版本图书馆CIP数据核字(2017)第248843号

著作权合同登记号 图进字: 21-2017-644

The Threat Below
Copyright © 2015 BY Jason Latshaw
Translation rights arranged through Champagne World Rights Agency, Traverse
City, Michigan, USA.

WEI XIE
威胁

[美] 杰森·拉特肖 著

阮雯 译

出 品 人	刘运东
特约监制	肖 恋
特约策划	肖 恋
责任编辑	邓 敏 周 轶
责任校对	汪 平
特约编辑	郑淑宁 张盛楠
封面设计	八牛·设计 DESIGN

出版发行　四川文艺出版社（成都市槐树街2号）
网　　址　www.scwys.com
电　　话　028-86259287（发行部）　028-86259303（编辑部）
传　　真　028-86259306

邮购地址　成都市槐树街2号四川文艺出版社邮购部　610031
印　　刷　三河市佳星印装有限公司
成品尺寸　145mm × 210mm　1/32
印　　张　14　　　　　　　字　　数　410千字
版　　次　2018年1月第一版　　印　　次　2018年1月第一次印刷
书　　号　ISBN 978-7-5411-4821-7
定　　价　48.00元